古典文獻研究輯刊

三十編

第 **7** 冊

傳統政教與古典神話

李 川 著

國家圖書館出版品預行編目資料

傳統政教與古典神話／李川 著 -- 初版 -- 新北市：花木蘭文
化事業有限公司，2024〔民113〕

目 4+264 面；19×26 公分

（古典文學研究輯刊 三十編；第 7 冊）

ISBN 978-626-344-906-0（精裝）

1.CST：政教關係 2.CST：中國神話 3.CST：中國文化

4.CST：文學評論

820.8   113009662

古典文學研究輯刊

三十編 第七冊   ISBN：978-626-344-906-0

傳統政教與古典神話

作　　者　李 川

總 編 輯　杜潔祥

副總編輯　楊嘉樂

編輯主任　許郁翎

編　　輯　潘玟靜、蔡正宣　美術編輯　陳逸婷

出　　版　花木蘭文化事業有限公司

發 行 人　高小娟

聯絡地址　235 新北市中和區中安街七二號十三樓

　　　　　電話：02-2923-1455／傳真：02-2923-1452

網　　址　http://www.huamulan.tw 信箱 service@huamulans.com

印　　刷　普羅文化出版廣告事業

初　　版　2024 年 9 月

傳統政教與古典神話

李川 著

作者簡介

李川，1979 年生，河北衡水人，文學博士，現就職於中國社會科學院外國文學研究所，主要從事神話學、古典學、思想史等方面研究。主持、參加國家社科基金項目多項。曾在《文學遺產》、《外國文學評論》、《民族藝術》等刊物發表論文 50 餘篇，出版專著有《論譜屬詩：〈天問〉〈神譜〉比較研究》、《華夏書學源始邏輯論》等；參編有《中國民間文學作品選》（神話卷）等；譯文若干篇。《「論譜屬詩」——〈天問〉〈神譜〉比較研究》曾獲「外國文學研究所 2021 年科研成果一等獎」、「中國社會科學院 2022 年科研成果優秀獎」。

提　　要

　　本書基於實踐論、價值論立場反思現代「神話」觀念，並從對上古文化構造的理解回溯古典政教傳統的開端，嘗試重新建立「神話」與古典政教傳統之間的聯繫。從這一根本的邏輯起點出發，可觀察到進化論神話學在重構中國神話體系的學術實踐中，常常為了迎合這個理論而肆意消解第一位的、本源性的價值敘事，從而造成對本土文化實踐主體價值的割裂和顛倒。

　　儒家關於「語怪」「不語怪」的爭論乃理解政教傳統的鈴鍵。現代神話研究蘊含有建構現代性與反現代性的內在矛盾，這種矛盾即「語怪」與「不語怪」的實踐論之現代知識轉化問題。實踐論的立場也就是古典政教的傳統立場，探討諸如「神話歷史化」、古典政教傳統、「語怪」及譜系敘事（以《天問》《山海經》為例）等理論問題，主要在於進化論神話觀長期以來所造成的對中國神話的歪曲認識進行糾偏。

　　本書深入剖析了諸如「神話歷史化」的成因及其弊端，並嘗試給出其不同的思考路徑；具體討論了《天問》、《山海經》的「語怪」問題、敘事次序問題、《焦氏易林》「象教」、「神道設教」問題，進而對圖譜、譜系敘事從神話立場予以解讀。要之，從古典政教觀不同的文化實踐取徑，對於廓清文化二元論立場、重新思考當下學術不無理論和實踐參考價值。

目

次

前言　古典政教傳統與現代神話研究

　　中國現代學術運動是西方二元論介入的產物，反思現代需要有一個更宏大的理論視野。此種視野應包含時空兩個必要的層次，就空間而言，中國文學和域外文學已然彼此混融一體，現代是一所謂世界文學的時代，因此跨文化的、全球化的視野不僅可以而且是必要的；就時間層次上來說，現代學術是古典學術的當下形態，古典傳統對於當下的影響顯而易見，因此不能不重視古今之爭之於當下學術觀念反思的意義。現代學問誕生於傳統經學體系的解體，所謂道術將為天下裂。神話學是現代學術的一個分支，其必然也蘊含有現代學術的特質。

一

　　中國現代神話學主要參照對象是西方經驗——實證的現代神話學尤其進化論神話學，進化論神話學在構建中國神話學體系時，主要運用的是「神話歷史化」理論，這個學說假設中國原本也有和古希臘相似的極為豐富的神話，只是被「歷史化」了；這個理論也就決定了其通過「還原太古史」重構中國神話系統的學術路徑。通過魯迅、茅盾、袁珂以及馬伯樂等人的學術實踐，歷史還原法成為中國神話學體系建構的基本套路，該套路確實為中國神話學的構建做出了卓越貢獻。不過，在肯定前人的偉大貢獻同時，現代學人應當意識到「神話歷史化」理論的嚴重缺陷，而其最根本的癥結在於這一理論不能同情地理解本土文化的主流價值和終極關懷。進化論神話學在重構中國神話體系的學術實踐中，常常為了迎合這個理論而肆意消解第一位的、本源性的價值敘事，從而造成對本土文化實踐主體價值的割裂和顛倒。《山海

經》自成書以來在華夏古典敘事體系中從來沒有佔據主流位置，《漢書・藝文志》列入「方技略」之「形法家」之列，在文化整體的價值序列中是相對靠後的；《隋書・經籍志》列入「史部」的「地理類」，在《隋書》經史子集四部加上道經、佛典等，儘管排名較為靠前，但卻仍是史學之末而作為經學之附庸存在。嗣後的「語怪之祖」（胡應麟《少室山房筆叢》）、「小說之最古者」（《四庫總目提要》）等定位，皆是被看作與「常道」對應的異端或與「大道」對應的支流。然自日人鹽谷溫倡其為神話之書以來，中國前輩學人紛紛響應，《山海經》也就從不被重視的「語怪」「小說」，一躍成為民族的聖書，並幾乎獲得了相當於「荷馬史詩」《聖經》等奠定民族核心價值的經典地位。眾所周知，「荷馬史詩」和《聖經》對西方的精神生活產生了奠基性的、深遠的影響，《山海經》儘管對中國文化也有持久影響，比如對六朝志怪（《博物志》、《拾遺記》）、唐宋傳奇（《李湯》）以及明清小說（《鏡花緣》）的創作有直接影響，但其在模塑民族性格、塑造文化共同體的精神價值上所起的作用遠不能和儒家經傳相提並論。從對民族價值功能的角度看，通過抬高《山海經》的地位來認識中國神話，無異於緣木求魚，《山海經》既不能和西方的「荷馬史詩」抗衡，更不能與儒家經傳《四書五經》甚至佛道典籍比肩，它不是中國人精神生活的聖書。這種基於實證主義做法的問題，恰如呂微所云，「它迴避甚至從根本上就放棄了通過對『神話』概念的理論定義本身或者對『神話』定義的理論認識使用方式的反省」〔註1〕，唯有立足於平等對話的反思立場，唯有立足於現象學主觀性觀念直觀方法，「神話」之為神話實踐主體意義才能凸顯。而這需要對傳統實證主義神話學予以反思和對神話重新界定。

　　傳統的實證神話學著眼於內容的表層相似，將神話界定為神靈的行事，並以此勘測中國經史敘事系統，在發現經史敘事沒有類似於西方那樣的諸神故事，從而就斷定中國缺乏神話或者中國神話歷史化了。其實，這個基於內容的定義本身很值得認真推敲。西方現代神話學自其誕生之日起，就從來沒有過一個一成不變的神話概念。前輩們所引進的進化論神話學只是西方現代神話學叢林中的一棵樹木而已，而西方現代神話學又只是古典哲學——神學體系向現代科學體系演化進程中的一條支流。因此，不加反省地吸納進化論

〔註1〕呂微：《回到神話本身的神話學—神話學的民俗學現象學—先驗論革命》，中國社會科學出版社，2023年，第221頁。

神話學的觀點，並不能真正看清中國現代神話學的問題。研究神話學，必須要弄明白的是，不是因為西方有神話，我們也得有；前輩學人們之所以引入神話學，有其時代精神的訴求，此一訴求和當時的社會思潮響應，就是民族精神的重塑。進化論實證主義神話學是否達到了這個目的？這並非三言兩語所能評判。然而，可以斷言的是，進化論神話學並沒有真正地理解中國古典傳統的思想精髓，為後人的進一步探討留下了空間。接續前人的探究我們可以繼續追問，神話學對於當下活生生的生活世界的實際意義何在？本書因此提出這樣的思路，即：神話學理應關懷的問題是人的生活現狀，神話是古典的然而也是現代的而且理應是當下的，為此神話學就必須是一門關於當下價值和意義的學科，而絕不能是發思古之幽情而為之的史料學或考據學。

如何重勘人與自然的關係、如何重新認識古典政教傳統，始終是本書所關心的核心問題；也是本書介入神話學問題的基本立場。本書不贊成將神話學視同純粹的知識論，而更關心的是神話何為、神話之於當下生活的價值，也因此需重審華夏古典文教的源始邏輯。神話之所以是神話，不在於其是神的敘事，而在於其「通過『敘事』或『論理』諸『體裁』的純粹形式間關係，在任意約定的理性條件下，被賦予了共同體——神話的文化——生活憲章功能」。〔註2〕立足於此一定義，乃可把握神話作為理解人類之本源、本真存在的第一敘事之意義。質言之，對實證主義神話學問題的現象學式的解決，最終必然落實到對人性的理解問題上來，這個問題即人的本原、本真的存在方式問題。通過對人性的拷問，通過對人之本源存在方式的推究，就改變了對神話的理解方式和界定方式，而進入古典文教傳統也就成為理解神話與人性何以相關的不二之選。〔註3〕「古之哲士宗徒，無不目人為靈長，超邁群生，故縱疑官品之起源，亦彷徨於神話之歧途，詮釋率神閟而不可思議」。〔註4〕古典文教既是古典的、同時也是現代的，它通古今而猶效、貫千王而不弊。因為人類的存在是一靈明的存在、理性的存在、文化的存在，同時人類還必

〔註2〕呂微：《回到神話本身的神話學—神話學的民俗學現象學—先驗論革命》，第190頁。

〔註3〕李川：《神話作為人之本原、本真存在方式——〈回到神話本身的神話學—神話學的民俗學現象學—先驗論革命〉書後》，《中國非物質文化遺產》2024年第一期。

〔註4〕魯迅：《人之歷史》，載《魯迅全集》第一卷（《墳》），人民文學出版社，2005年，第9頁。

然居於文化洞穴之中。聖哲與凡庶、先知先覺與後知後覺的區分是人類存在狀態的根本區分，這一區分正是文教傳統形成的內驅力。無論前古典還是後現代社會，追求智慧僅屬於少數人的事業。這是人類面臨的基本現實。無論古人所謂教化也罷、還是今人所謂啟蒙也罷，都預設了少數哲人對大眾的教育。現代理性主義主張泛化了理性的使用畛域，對理性畛域的泛化壓縮了人類情感的空間，在某種程度上導致了刻薄而寡恩的法治社會流弊。這也是現代社會個人主義泛濫、人性自私（有時候假借自由之名）的根源。此一社會流弊唯有重返古典文教傳統，重返古典文教傳統意味著重回古典人性觀。古典人性觀從來不是抽離地界定人，而是視人為萬物之一物，視人為宇宙之一份子。唯其為萬物之一物，人類便不能以理性之名征服自然、改造自然甚或主宰自然；惟其為宇宙之一份子，人類便不能以自由之名各行其是。法令滋章盜賊多有，現代理性主義以小辯傷慧的方式破壞了古典文教的整全性，而古典傳統恰恰是關注整全的。

古典傳統是法天象地之學，是通神明之德、類萬物之情之學。人類本源的、本真的存在方式因此與天地之道相關，這個關係古人謂之神道設教（《周易·觀卦》）。「觀天之神道，而四時不忒；聖人以神道設教，而天下服矣」〔註5〕，「神道」即天地神明之道，「聖人」是溝通「神道」與「天下」的關鍵。「天設日月，列星辰……其生物也，莫見其所養而物長；其殺物也，莫見其所喪而物亡，此之謂神明。聖人象之。」〔註6〕「神明」即「神道」，「聖人象之」的含義也就是《周易》所謂「以神道設教」，表述不同、內涵不二。「象」因此是一個重要理念。「象」由兆象、卦象傳統逐漸衍化為古典政教傳統的核心觀念，其中一個關鍵環節就是「象物」。「鑄鼎象物」為後世古典敘事提供了本源性的思考，為華夏的地理認同、文化體認奠定了理論根基。象物之學，一言以蔽之，就是通天徹地的學問。《周易·繫詞》「立象以盡意」，「象」方始具有了華夏世界觀和方法論的思想深度。「立象以盡意」為聖人設教的根本原則。古代政治制度，皆本天道而治人，因「時變」而察「人文」，象教是華夏先人探宇宙之賾、究天人之際、通古今之變的根本文教。這個立場正是對現代神話學的哲學式回應。

〔註5〕（唐）孔穎達：《周易正義》，《十三經注疏》本，上海古籍出版社，1997年，第36頁中欄。

〔註6〕劉文典：《淮南鴻烈集解》，中華書局，1989年，第663頁。

　　理性是理解「神話」也是理解神話學之為現代之「學」的基礎和前提。經
典理論神話學將神話與「非理性」相聯繫，視其為「非理性信仰心理現象」或
具有一定的合理性，但視其為「非理性信仰」則「完全拒絕了神話原型可能是
人自身或人本身作為自由主體——道德本體的理性信仰情感的存在方式的合
法性甚至合理性」〔註7〕。神話學誕生的契機是神人關係的顛倒，神人關係的
顛倒孕育了對人性的核心規定、對人的存在方式的全新理解或現代闡釋。神話
學服務於「人造神的反」這一現代意識（「神民之辨」），是對古典生活方式的
瓦解（神話學說《創世紀》是神話，上帝信仰就被打倒了）。神靈被打倒之後，
神話不再作為信仰對象而是開始作為科學研究的敘事，神話學便應運而生。神
話從信仰蛻變為學科對象，人也就從神明的信仰的僕從轉化為自然的理性的
主人。這個歷程中分明看到古典神話觀「秘索思」和現代概念「神話」之間的
對立。〔註8〕神民之辯、實踐與理論之別，構成古今對人性、對神話理解的不
同分界。

　　現代神話學之所以逐漸淪為一門無用的、純粹的知識之學，就在於其價值
教化意義的蛻化，現代神話學視野下的「神話」不再和當下生活有本質性關聯。
也因此，神話學向前發展的自然邏輯步驟是，重新尋找它所失去的價值，站在
價值的角度看待神話學，有必要重新釐定其概念，進化論神話學的概念必須放
棄。職是之故，本書嘗試從古典政教傳統的視野對現代神話學進行理解，因而
需要秉持一種古今、中外平等對話的學術態度。從古今之爭的角度來理解現代
神話學，無論以魯迅、茅盾、袁珂為代表的文學派、以顧頡剛、楊寬為代表的
古史辨派、以凌純聲、蘇雪林為代表的跨文化比較派、以李濟、徐旭生、張光
直為代表的考古派，以及以葉舒憲、蕭兵為代表的綜合派等等；這些現代神話
研究者們就其共同點而言，其研究皆蘊含有建構現代性與反現代性的內在矛
盾問題，這種矛盾我將其概括為「語怪問題」，以及「語怪」與「不語怪」的
價值實踐論問題。現代神話研究基於信仰——理性或者巫史或者其他表達基
礎之上的二元論而來，以上無論哪種研究範式在理論預設上便天然地帶有西

〔註7〕　呂微：《回到神話本身的神話學—神話學的民俗學現象學—先驗論革命》，第69
　　　　頁。
〔註8〕　「秘索思」根據陳中梅的翻譯，是西方文化的基質之一，詳參其《秘索思》（載
　　　　《言詩》第十章，北京大學出版社，2008年）；關於「秘索思」和「神話」的
　　　　關係，參看拙文《「神話歷史化」假說的形成、問題及解決方案》，《民間文化
　　　　論壇》2011年第二期。

方中心論的色彩，即假定人類社會必然經歷一個史前神話的、宗教的或者巫術的時代。對於上古資料的解釋完全基於這一假定之上。但這種認識是基於西域社會的區域性知識，即便埃及、蘇美爾、瑪雅等文明的考古資料能夠自證其存在史前神話時代，對於中國的解釋卻仍然採用的是類推法，這就帶有極大的或然性。

本書則以為，中國是否存在史前的神話時代或史前時代的神話頗成其為問題，這源於如何看待傳統文教。古典經史傳統（「四書五經」、「二十六史」）等將中國文化的神聖性奠基於世俗生活之上。然而，存有神聖性的生活方式是否應當概括為「神話的」生活方式？這本身便是個問題。判定其世俗還是神聖並不能僅僅觀察其是否有這兩種因素，而是觀察兩種因素如何作用於該社會。也就是說，究竟是神聖性為世俗性奠基還是世俗性為神聖性奠基的問題。中國之所以被視為世俗社會，並不是因為其缺乏神聖因子，而是因為在文化實踐上神聖性為世俗價值服務。古今一揆也，三代已降與史前社會結構、風俗習慣容有變遷，文化底色當無大的更迭。至少存在三種可能性：一、中國史前為神話時代；二、中國史前為世俗時代；三、中國史前亦世俗亦神聖，因勢而動。至少，目前這種一邊倒的單向度解釋方式（即不假思索地假定史前為神話時代，而又據此假定來尋找證據）對史前社會的解釋是值得質疑的。

在世界古典文明史上，中國是一相當獨特的存在。軸心時代理論在解釋傳統中國時遇到困難；原因即在於此。〔註9〕中國的特殊歷史進程、特殊地理環境形成了其特殊的思想文化，如果說世界歷史需要「特殊論」之類的解釋的話，那麼它僅僅適用於中國。比如，就文字來說，儘管世界有數種文字體系，而漢字是唯一產生了記錄了思想經典的文字體系，其餘的思想經典都是通過字母系統記錄的。儘管有若干中國和域外交通的例子，然而中國文明的獨特性、延續性卻仍是其主要矛盾的主要方面。由於中國的獨特性，這也就注定了域外理論在解釋中國時何以往往削足適履、圓鑿方枘。

不過，這也並不意味著排外，文化復興恰恰需要一種世界主義的情懷，中華文明只有將全世界文化的優秀遺產鎔鑄為一爐，才能夠真正實現自我更新和重構。當然，在吸納域外文明時候，必須剔除某種原教旨主義的、唯我獨尊

〔註9〕比如，有學者指出雅斯貝爾斯理論之誤，中國本無軸心時代，而與三代之學一脈相承。參張京華：《中國何來軸心時代》（上、下），《學術研究》2007年第七、八期。

的文化態度。所幸的是，世俗性的而非宗教性的價值趨向為中華文化的兼容並包奠定了雄厚的思想基礎。由於中國文明的「六合之外聖人存而不論」「不語怪力亂神」「人道邇天道遠」，它在文化奠基之初便以世俗生活為其主要關懷，故而其「考信」「徵實」「實事求是」的觀念深入人心，而神話之以神聖性為皈依、以信仰為目的的立場恰恰與此背道而馳，在完成其重塑民族精神、重拾文化認同的歷史使命之後，神話學的衰微便不可避免，同時勢必會引發一輪對歷史研究的熱情。如何在新形勢下重新找到神話定位，是一個棘手而又迫切的理論問題。由進化論神話學轉向實踐論神話學是本書的一種方案。

二

從「前」實證主義神話學的、方法論革命的角度來重勘神話問題，神話便是一種基於人之「靈」的、基於文化共同體敘事制度的、基於絕對價值的第一敘事或神聖故事〔註10〕，它被賦予共同體文化憲章功能。作為神聖的、第一的神話敘事不關涉題材內容、不關涉敘事體裁形式，而是有關價值、意義和功能的。準此，神話是人類文化主體實踐的純粹形式，「神話」本身沒有任何實質性的、經驗的內容，通過民族文化實踐予以賦義之後才獲得敘事質料。因此，神話之所以是神話，不在於其是神的敘事，而在於其「通過『敘事』或『論理』諸『體裁』的純粹形式間關係，在任意約定的理性條件下，被賦予了共同體——神話的文化——生活憲章功能」〔註11〕。根據這一對神話的全新闡釋，神話可被視為人類文化主體實踐的純粹形式，它本身沒有任何實質性的、經驗的內容，通過民族文化實踐予以賦義之後才獲得敘事質料。它應當包含兩個層面，作為純粹形式的「神話」自身和作為具體文化經驗的敘事形態。泛泛地談及「神話」時，是在純粹形式的層面使用，指的是「神話」本身；而說到某文化的神話時（比如希臘神話、北歐神話等等），則從純粹形式的角度下降到質料層面，這時「神話」指的是被經驗化的、具體的表達樣式。由於各個文化實踐主體賦之以具體的經驗內容，在質料層面「神話」便呈現為豐富多彩的敘事樣式，而不必如進化論派所堅持的那樣一定是「神的故事」。神話只是個純粹的形式，排除了任何經驗的內容，只能通過思想予

〔註10〕呂微：《回到神話本身的神話學—神話學的民俗學現象學—先驗論革命》，第182、189頁。

〔註11〕呂微：《回到神話本身的神話學—神話學的民俗學現象學—先驗論革命》，第190頁。

以把握。這個形式性的定義預設神話的普遍性，一切文化共同體都有自己的神話，沒有例外。神話「形式」必然要運用到經驗層面。從形式層面進入質料層面，神話作為文化共同體的公認敘事，各文化共同體可以自由地採取不同的敘事質料。但神話又不是一般的敘事，而是帶有價值指向的神聖敘事。神話作為神聖敘事之敘事神聖性體現在，它不僅為文化共同體提供絕對價值的特殊敘事，不僅著眼於文化實踐主體的主觀賦義，還必然能夠闡釋當下鮮活的生活實踐（此處，當下並不是指現在，而是在神話被講述或被使用的那一時刻）。例如，《詩經》所載錄的玄鳥生商是個神話，因為它蘊含著天命這一絕對價值，它不受任何條件制約地對商族文化思想發揮作用。其次，還因為它是超驗視角的敘事，非理性所能把握。何以要採取天命玄鳥這樣的敘事？理性不能給出滿意的闡釋。如果要回答，那只能是因為商立國以來就這樣代代相傳，它因其古老而獲得信仰價值。

　　要之，神話是通過賦義獲得其功能和價值的第一敘事。這裡，有必要注意到賦義情況的多樣性。有些文化賦義於最古老的經典，因此其神話就是一個原生的、而非派生的（既是邏輯層面又是時間層面上的）敘事。比如，荷馬和赫西俄德講述諸神的傳聞，《金字塔銘》、《冥書》、《亡靈書》等描述亡魂在冥府追隨日神的旅程，《梨俱吠陀》在頌神行文中穿插神明的行事，《波波爾‧烏》講述兄弟神戰勝金剛鸚鵡的故事，這些異域的敘事都是其「神話」，因其既是文化奠基意義上的又對以後的敘事起著制約和示範作用。但中國是一個特殊的例外，中國的奠基性的神聖敘事就絕不是神的故事（如《西遊》《封神》），而只能是堯舜禹湯等聖賢的故事，只能是伏羲、皇帝（黃帝）等遠古帝王的故事，亦即是《詩經》《尚書》《逸周書》《左傳》《國語》等儒家經傳典籍中的敘事。中國是一個多民族國家，有些少數民族文化則受到了外來文化的影響，但通過吸收而賦予其本文化特色，也成為該文化的神話。這也說明，神話未必一定是本民族所固有、世代流傳的，而可以是「借用」的。比如，中國傣族的《蘭嘎西賀》，其整個故事取自於印度的《羅摩衍那》，但是敘述形式和基調卻完全是傣家風情，《蘭嘎西賀》也就成為了傣族的神話。故此對神話的理解不能偏執於敘事（包含口承和文本）是否古老、也不能偏執於是否本民族的原生態敘事，而應該依據該敘事是否被賦予了「第一敘事」的功能。判斷神話的標準就要看它是否第一敘事。它包括如下一些類型：它是關聯著政治格局變遷的宏大敘事（如族源神話），是承載了教化的實踐功能的道德敘事（所謂「高貴的謊

言」），或是塑造了基本的、普遍的民俗方式、風俗習慣的禮儀敘事（如門神信仰），或是解釋天地開闢、自然現象的超驗敘事（如風伯電母）。神話規定了人們的行為準則，模塑人們的價值觀和世界觀，為現實生活實踐提供基本信念。

從這一角度來理解中國神話學，可以得出一個結論。中國神話天然地與中國古典政教傳統有不解之緣。從古典政教傳統的立場、從價值——意義的角度來理解神話學，就打破了依據內容判定神話的機械性，這引導我們反省現代進化論神話學所採取的古史還原路徑——亦即，由內容的表層相似所採取的語怪——神的故事對應的研究策略，並且也順理成章地意識到，和西方《荷馬史詩》《聖經》有相應功能、模塑了民族價值和行為方式、陶鑄了華夏族思想情感的不是《山海經》《搜神記》等語怪典籍，恰恰就是《詩經》《尚書》以及「二十六史」為代表的經史敘事傳統。經史敘事傳統立足於三代以來的雅馴——語怪之爭，正是通過對語怪敘事的瓦解和淡化，它構建起以聖賢為核心人物的華夏主流價值。換言之，經史敘事傳統中的主人翁恰恰是聖賢而不是神靈（當然，這並不意味著完全排斥神明的存在，而有個成分配伍的主次問題），中國神話的主流恰恰是聖賢敘事而不是神的故事。這裡，自然引申出和進化論神話學相反的路徑，「雅馴」敘事是充當了社會實踐功能的第一敘事，而語怪（怪力亂神的內容）則是末流。進化論神話學恰恰顛倒了二者，將被主流價值排斥的語怪視為神話。進化論神話學通過還原「黃帝四面」（《尸子》）「黃帝三百年」（《大戴禮記·五帝德》）「夔一足」（《韓非子·外儲說左下》）的「本貌」，試圖說明在漢語古典敘事中存在著一個「神話歷史化」的過程。不錯，確實有過這樣一個過程，不過這個過程是主流價值的建設和確立過程，正是通過所謂的「神話歷史化」，使經史敘事成為華夏族的第一價值敘事。然這個術語中的「神話」「歷史」在現代進化論神話學意義上使用，而不是我們所上文重新界定過的作為主流價值「神話」。也因此，現代神話研究者們普遍忽略了此類敘事的語境，經傳（《大戴禮記》）和諸子有其不同的思想意圖，表達的是他們各自的主張，其意仍著眼於教化，著眼於這類故事對於人之日常行為的陶鑄功能。為此，《易經》講「天地之道」（《周易·繫辭上》並由天地而聖人而三才，《禮記》講「聖人作則」（《禮記·禮運》，聖人和天地、生民關係）以及儒家的「人副天數」（《春秋繁露》，天人感應）和道基三才（《新語》首篇，道與三才關係）統統都是神話為現實做規約的例證，神話敘事主要就在這個天人之際的框架中展開。

從政教──神話兩面一體的角度進入經典，就明白何以古人那麼排斥「語怪」，而現代進化論神話學恰恰是好怪的這一矛盾。古典思想家主張「子不語怪力亂神」（《論語》）、「萬物之怪，書不說」（《荀子・天論》）、「百家言黃帝，其言不雅馴」（《史記・五帝本紀》）。這些言論表明，基於價值論意義上的神話不是那些講究怪力亂神的蕪雜故事，而恰恰是這些確立基本價值的經傳敘事，這些敘事既可以有神，也可以只是歷史人物，神話不一定就是「以神格為中樞」（魯迅）或「神們的行事」（茅盾）。中國神話就是聖賢敘事，不需要通過還原的辦法將黃帝、堯舜禹湯等還原為各種天神或動物，他們本來就是神話敘事的主角；不需要通過將經傳還原為「神話本貌」，經傳本身就是典型的中國神話敘事。

站在政教傳統與文化賦義的角度，古典神話的文化實踐功能不是由怪力亂神的內容決定，而是由其整體的敘事形式決定。這些敘事形式往往包含著慎終追遠的意義。經史中有諸如小史「定世系」（《周禮・小史》）「志氏姓」（《潛夫論・志氏姓》）等記載，這一類著述不妨名之為「譜屬」（取自《天問》王逸序言）。譜屬的敘事形式，通常包含天地開闢、人類起源、萬物由來、當下禮儀的發端以及日常規範的形成等等內容。這一系列敘事告訴接收者，當下的生活有著非常古遠的根據，是祖祖輩輩傳下來的生活經驗，通過其古遠性確立其權威性，從而也就指導了目下的生活實踐。比如諸葛亮為南夷作「圖譜」（《華陽國志・南中志》），就取得了安定南夷、使其歸附中央的政治功能。

從譜屬的角度觀察中國經史敘事系統，無論《五經》中的《尚書》《詩經》、還是史傳中的《本紀》《列傳》等敘事結構，在其整體上，都是一個大的譜屬敘事。比如，《尚書》自堯舜開篇乃是天地四方的確立（儘管從內容上不同於神靈的開天闢地，然而卻完全充當了同樣的功能），而後依照三代的時間序列逐一敘事，這個結構和《天問》等典籍十分相似，《尚書》因而是一部大的「譜屬」，從而也就獲得了為當下生活作合法性說明的功能。歷代正是通過對《尚書》做新的闡釋賦予其當下指導性的意義。「賦義」是理解一個敘事是否神話文本的關鍵，神話不是僵死的、和生活沒有關聯的娛樂故事，而是和當下緊密聯繫的經典敘事。準此衡量，儘管進化論學派著眼於內容界定神話有相當缺陷，但其對神話的歸納與分類卻有助於對譜屬意義的把握。進化論學派所作的創世、造人、造萬物、族源等神話分類仍然可以看

成是神話的基本類型，只是這些分類並不是純粹的知識歸納，而是為了說明當下生活的合法性而設。

由此，也就能夠釐清實證主義神話學與實踐論神話學之間的差別。儘管實踐論神話學和實證主義神話學在神話材料的選取上沒有大的差別，但根本的問題在於對這些神話材料的不同闡釋和理解。進化論神話學之所以將《尚書》看成神話典籍，是因為通過還原其中的聖賢敘事，發現它們原來是從《山海經》《歸藏》等「語怪」典籍加以「歷史化」的結果，而後者才保留了神話的源始「本貌」。實踐論神話學同意《尚書》是神話典籍的判定，卻並不贊同《山海經》保存了「本貌」的說法，也不同意《尚書》和《山海經》有什麼敘事上的牽扯，這是兩套不同的敘事體系。神話只存在於敘事字面和筆法之中，《尚書》敘事和《山海經》敘事顯然不可同日而語，前者對中國古典的政治生活實踐起著意義深遠的指導作用，而後者只是依託於地理記述的風土志或者在古典傳統知識體系中相對靠後的形法典籍而已。實證主義神話學看重《山海經》《搜神記》《博物志》等志怪典籍，看重《淮南子》《楚辭》等文學、哲學經典，實踐論神話學雖然不否認這些典籍保留了一些神話敘事——且隨著考古學的發展亦實證了上述典籍的某些內容。但實證某些語怪故事的做法，並不足以改變華夏古典政教傳統的一貫性、整體性和延續性，實踐論神話學要強調的是《尚書》《詩經》《春秋》等政教文獻之於中國人生活方式、行為習慣和精神品格的模塑意義、主流意義，而《山海經》等僅僅是在後者基礎上的補充、延續，是支脈和末流。要言之，價值論神話學、或曰政教觀念下的神話學，其意圖是要將被進化論神話學顛倒了的認識重新撥正過來。

從新的神話定義出發，就獲得了關於中國神話的全新認識。上世紀以來的諸如「神話歷史化」「神話零散論」等等關於中國神話的判斷，而今應當重新審視。從古代政教傳統的立場重勘神話學問題，經史傳統恰恰是中國神話的主流，是體系整飭而內容豐富的敘事，堯舜等聖賢敘事完全可以和古希臘的宙斯等諸神敘事進行有效的文化對話。

三

本書緊扣神話與古典政教傳統這一核心論題，從實踐論的立場出發，以平視中西文化、古今對話的眼光，探討諸如「神話歷史化」、古典政教傳統、「語怪」及譜系敘事（以《天問》《山海經》為例）等理論問題，亦切入神話

與圖像、《山海經》中怪物、《天問》的敘事形式等具體問題。

中國神話包括境內的各文化共同體的神話敘事，除了漢語文獻的經史傳統之外，其他語種也有十分豐富的神話，比如納西族的東巴敘事、彝族的畢摩敘事以及藏族、蒙古和柯爾克孜族的巨型史詩，景頗、瑤、苗等南方民族的創世史詩，其數量之大、質量之精、構思之瑰奇、敘事之璀璨在世界上堪稱首屈一指。這些神話敘事冶鑄了中國境內各文化共同體的精神世界和族群性格，是華夏文化的珍貴遺產。不過，限於篇幅，本書難以面面俱到的討論中國神話的全貌，只是通過嘗鼎一臠的方式，通過對幾個具體個案（《山海經》、《天問》以及《焦氏易林》）帶出相關的理論探討。本書的學術意圖是，以神話學為切入點，重新思考古典政教傳統之於當下社會生活的價值──實踐意義。

如前所論，由於中國現代學科體系的參照樣本是西方學科體系，以西方文史哲三分法的思路理解中國古典傳統乃是一常見的路徑。此種構建途徑的背景是新文化運動，該運動以德先生與賽先生為口號，是華夏文明在技術手段、文化根基和社會結構被「現代化」的理想徹底擊潰的三千年未有之大變局下的一次更生，經歷白話文運動、漢字的存廢之爭、科玄論戰以及風起雲湧的革命洗禮之後，古典傳統和古典精神逐漸式微甚至可以說是淪喪殆盡。在古典傳統之廢墟上建構起來的全新的現代學術史譜系，乃是完全基於西方認識論──質言之，基於科學主義立場──的基礎上重構而成，這種科學主義立場以一種主客體的、現象本質二元論的理論模型從浩瀚的古典傳統中發掘客觀存在的、可供把握的文學史料作為研究對象，難免圓鑿方枘之弊。

在此背景下《天問》、《山海經》以「語怪」問題、《焦氏易林》則以「象教」、「神道設教」的特質被納入本書視野。王逸注《天問》以為「多奇怪之事」，而歷代更視《山海經》為「古今語怪之祖」。這兩部作品不惟有共同的「語怪」特徵，且還具有圖──文互為表裏的共同行事。通過考察其語怪問題、圖文問題，本書嘗試抉發一個為眾所忽略的傳統，即與語怪相匹配的畫怪傳統。而若從功能論出發，畫怪傳統又是古典政治教化的實踐手段之一，是傳統「象教」機制下之一脈，它承載了先公先王之道的化民功能。畫怪傳統既然是「象教」機制下的一脈，也自會（有意或無意地）承當其教化人心的社會功能。然《天問圖》又有所不同，即它本身的譜系敘事特徵決定了其圖像是「圖譜」，這個圖畫形式與零星的、散漫的繪畫不同。

對於《山海經》、《天問》的解讀當然也必須考慮古今學術之變的問題。

清人在整理文獻方面成就甚大，這兩部文獻亦有若干整理本，如戴震《屈原賦注》、郝懿行的《山海經箋疏》等，但清人學術仍屬於依附經義的傳統古典學術範圍，只有到了清末民初，隨著西學東漸浪潮，中國學術才與現代學術轉向這一時代趨勢結合，古典學術傳統與現代學術新傳統的差別在於：現代學人之研究更多的一某種「科學」理論為其學術背景，他們處在由經學為核心的注重心性培養的古典傳統向著理論化、專業化的現代學術變革之新傳統中。專業意識與現代理念滲透到現代學者們的《山海經》及《天問》研究中，現代神話—古史觀是其中一個重要思想工具。比如唐蘭「阻窮西征」的討論本來是古史辨的一部分；孫作雲亦立足歷史學的立場，將《天問》當作「史料的源泉」〔註12〕，這自然影響到其按照歷史順序對《天問》進行整理；郭沫若是經過嚴格現代學術訓練的歷史家、考古學家；蘇雪林則異常癡迷於西方學術之民俗—神話學，因此其整理更多地運用了現代學術手段。現代學術專業知識的積累、視野的擴大、加之西方「理性」對現代中國學人思維品格的重新模塑，也使現代人難以在理解古典作家們「語怪」（《天問》還有「文義不次」的問題）等表達策略，而以符合「邏輯」的、認識論的態度來非難古代經典。例如，就《天問》「不次序」的表達論，學者們在重新編次詩作上可謂嘔心瀝血，古典學者的「語怪」問題需要由「文義不次序」的形式問題來解決。現代學人既然將《天問》「奇怪之事」視作神話—古史研究的淵藪，自然也會按照歷史順序排列這「不次」的「奇怪之事」，將「不次」的排成「次序」的，恰是服務於神話—古史研究的前提手段。而這種觀念恰恰是認識論意義上，它也從側面折射出中西、古今政教之別。

東西政教觀的邏輯起點可追溯到先秦與古希臘，從其起源處探究華夏、希臘政教觀不同的文化取徑，對於廓清文化二元論立場、重新思考當下學術不無理論和實踐參考價值。華夏與希臘人的政教觀源始邏輯不同，此自不待言。華夏政教觀奠基於以「象教」為核心的人倫政治傳統之上，所謂「神道設教」特只是手段而已。希臘政教觀奠基於「神意」為核心基礎之上的自然神學傳統之上，對神與自然關係的重新釐定直接觸發了理性運動。這就是邏各斯中心主義，而邏各斯中心主義奠基於語音中心主義基礎之上。這兩個中心論恰似同一事物的一體兩面，也是西方二元論思想的根源。這正是本書重新審視現代理性主義和古典政教傳統的思想依託。

〔註12〕孫作雲：《天問研究》，河南大學出版社，2008年，第23頁。

通過考察「神話」觀念的建構和思想史的關係，並將其放置於中西文化的大勢對比中予以勘察，進而從上古文化構造的理解為為背景回溯古典政教傳統的開端。古典政教傳統是中國人生活方式的體現，具有鮮活的、現實的實踐論功能。這也正是本書理解「神話」問題的邏輯起點。

總之，由胡適、陳獨秀開創中國現代學術傳統，乃是在服務於啟蒙、使學術大眾化、民主化、平等化的時代使命的實踐過程逐步確立的，通過消解經學所建構的文史哲為主的現代學術體系、包括顯赫一時的民俗學、神話學、歷史學、考古學等等無不帶有「啟蒙」的痕跡。審視中國現代學術的起源，其伊始就有濃厚的疑經——革命色彩。將百年來的「神話」研究放在這樣思想背景下看，就會深刻理解現代學術史上的「神話」與古典政教傳統之間的巨大分野。如果說古人如司馬遷、劉向、郭璞、干寶、劉義慶、朱熹、胡應麟、紀曉嵐等對「語怪」傳統是在尊重經學主流價值的語境下所作的價值論的、也審慎的評價的話，現代學人之關注「神話」問題則是與「民主」「平等」等現代意識緊密相連，這個關注則對古典政教作了根本顛倒乃至消解。其結果便是在面對經典之時，缺失了古代讀書人具有的神聖和敬畏，古典經典不在是價值和意義的源泉，不在和現代生活方式有相關。因此在處理起經典來少了幾分約束，多了幾分「自由」。「神話」問題之所以成為中國現代學術的公共難題，有幾分原因可能在於現代學者過分強調了自己「平等」處置傳統載籍的專業研究權利。這個現象，實則包含了政治哲學家們所談的「知性的真誠」與「高貴的謊言」之爭，在這種爭端中，返回前哲學、前科學、前理論的世界是一最關鍵的問題。〔註13〕這個爭端的解決是現象學的思路，它也引發我們思考非道德的求知活動和道德化的求善（善也是一種「知」）活動孰為第一位的問題。現代神話學之所以蛻化為一門不在關心存在、不在和當下生活有關聯的理論之「學」，就在於對其價值教化意義的漠視，就在於其忘卻了神話對於「前哲學、前科學、前理論」世界的「憲章」功能。而少數人借助最高神聖意志為多數人立法，這也恰恰是《尚書》《詩經》《周易》等為道德神話的經典樣式的思想底色。中國神話的主流也正是聖賢敘事而不是神的故事。「雅馴」敘事是充當了社會實踐功能的第一敘事，而語怪（怪力亂神的內容）則是末流。

〔註13〕甘陽：「政治哲人施特勞斯：古典保守主義政治哲學的復興」，文載〔美〕列奧·施特勞斯著、彭剛譯：《自然權利與歷史》，生活·讀書·新知三聯書店，2003年，第69頁。

第一章 「神話歷史化」假說與古典政教

　　作為神話學基本問題的「神話歷史化」的路徑是,將傳統經史內部異端問題的「語怪」現象經驗對象化。但「語怪」在傳統文化中的地位和作用與希臘祕索思(μῦθος,muthos 或 myth)不可同日而語,儘管具有內容的經驗相似性。但從文化實踐的價值——意義角度審視,倒是本土文化的「經史」更接近古代希臘文化中「祕索思」的性質。因此,「神話」一詞的經驗性使用並沒有達成對本土文化的準確理解,反而通過割裂傳統(文本),遮蔽了對本土文化自身主體實踐(包括文化認同方式)的深入把握。因為,無論古代希臘的「祕索思」還是本土傳統的「經史」都是文化性的價值實踐,「神話歷史化」理論借助現代西方的知識論,對本土文化性實踐作了扭曲的理解和解釋。當然,通過對進化論實證主義神話學的清除,通過由理論神話學而實踐神話學的學術路徑轉向,意外地使「『中國神話歷史化』命題(主要是反題主張)給予世界神話學的劃時代貢獻」〔註1〕。

　　鑒於以上認識,本文以古今(本土古典政教傳統與中國現代神話學)對「象」「語怪」「圖譜」等現象進行案例剖析,討論古典政教傳統內部的價值問題如何被轉換為現代學術知識論體系。通過以價值——知識轉化的做法,現代學術藉由「神話」重構了中華民族文化的現代認同方式,儘管這一認同方式是外鑠而非內在的。從實踐論的角度對「神話」問題的反思,引導我們重新思考打破學科界限、從古今對話、中西交流的角度思考神話學未來的建構方向。

〔註1〕呂微:《回到神話本身的神話學—神話學的民俗學現象學—先驗論革命》,第615頁。

第一節　現代神話學對傳統「語怪」問題的接納與轉換

　　現代知識體系重新整合的背景下，中國學人接納了來自西方學統的「神話」概念並以之重審本文化載籍，而發展出「神話歷史化」的理論假設。在此假說觀照下，對應西方神話學範本（如荷馬史詩）的中國典籍是《山海經》《天問》等「語怪」之作。這一方面利用「神話」在西方文化史上崇高地位建構了中國神話學體系，並賦之以民族文化源泉的現代意義；另一方面，新學統的建構又意味著對政教傳統實踐——知識論的消解和顛覆。〔註2〕比如《天問》「語怪」「文義不次序」之類命題由古典注疏學向現代學術轉化進程中，便體現出價值——意義顛倒或重構的問題。王逸《天問》「序」和「後敘」提出「文義不次序」「多奇怪之事」〔註3〕的問題，該問題在古今闡釋中面臨不同境遇。從「子不語怪力亂神」到司馬遷拒斥「其言不雅馴」的黃帝傳說，從劉歆上表證《山海經》「質明有信」（《上山海經表》）到荀勗迴護「其言不典」（《穆天子傳序》）的《穆天子傳》，「奇怪之事」一直就是傳統實踐——知識論矚目的焦點之一。由此而言，「語怪」雖是《天問》本身的具體問題，卻也是傳統實踐——知識論背景下的一個核心問題。「神話歷史化」假說的發生條件是西方現代神話學的「神話—歷史」觀，其學術實踐主要表現為進化論神話學和古史辨派歷史學。在神話學那裏，神話主要被定義為「神們的行事」〔註4〕而以本土「語

〔註2〕附帶需要說明的是，「神話歷史化」假說有一個直觀的形成酵素，就是體系化問題。在和西方體系化的神話比較中，中國神話零散性的特徵成為上世紀學人揮之不去的一個「心結」。魯迅謂：「其故殆尤在神鬼之不別。天神地祇人鬼古者雖若有辨，而人鬼亦得為神祇，人神淆雜，則原始信仰無由褪盡，原始信仰存則類於傳說之言日出而不已，而舊有者於是僵死，新出者亦更無光焰也。」（《中國小說史略》，人民文學出版社，1973年，第12～13頁。）茅盾亦認為中國神話「僅存片斷」而力主「神話歷史化」以還原本土神話系統。（《中國神話研究ABC》，上海書店影世界書局，1929年，1990年，第7頁。）袁珂說：「中國的神話，原先雖然不能說不豐富，可惜中間經過散失，只剩下一些零散的片斷，東一處西一處地分散在古人的著作裏，毫無系統條理，不能和希臘各民族的神話媲美，是非常抱憾的。」（《中國神話傳說》，中國民間文藝出版社，1984年，第13頁）

〔註3〕蔣天樞（《楚辭論文集·論〈楚辭章句〉》，陝西人民出版社，1982年）、林維純（《試論〈楚辭章句〉「序文」的作者問題》，見《暨南學報》1986年第2期）均認為《楚辭章句》的序並非均王逸所作，然力之提出《楚辭章句》之序確為王逸所作（詳參力之《〈楚辭〉與中古文獻考說·關於〈楚辭章句〉「序文」的作者問題》），筆者認同其說。

〔註4〕茅盾：《中國神話研究初探》，《茅盾評論文集》（下），人民文學出版社，1978年，第242頁。

怪」敘事為其經驗對象；古史辨派的所謂歷史乃是「真實的史蹟」〔註5〕而承繼了古典中的「信史」傳統。

　　從建構中國神話學的學術立場出發，茅盾等人在「神話歷史化」理論觀照之下從傳統載籍中發掘神話材料，目的在於還原太古史重構中國的「神的系統」。這一學術理路為袁珂繼承，作為中國神話學的集大成者，後者建立起以《中國古代神話》《中國神話傳說詞典》《山海經校注》等一系列著述為代表的龐大的中國古典神話體系。其學術方法「把神話放在歷史的肩架上，又用由神話轉化的古代史，儘量恢復其本來面貌」，〔註6〕而依傍古典傳統建構以希臘神話為標準的中國古代神話，確是除了還原太古史以外「無他徑可尋」，但是袁氏承認所謂「中國古代神話」系統乃是今人之「締造」，「古代原應該有實際卻沒有」〔註7〕「原應該有」的標準便是西方（古希臘）既然有，中國文化並不輸於西方，也應該有。——西學理論觀照下的「再造中國神話」，學術目的只是為了和西方抗衡，中國典籍成為西方科學理論闡釋的內容對象；將本土資源對象化的經驗對應模式下，現代學人只在古典載籍中發掘出和西方「神話」內容相似的「片段」，而不得不採取「鑲嵌、拼湊」之文本重構的方法以建構完整的中國神話學體系。因此進入具體學術實踐中便陷入捉襟見肘的窘境。比如，出於試圖再造中國神譜的學術目的，茅盾抽取《天問》關於羿、禹的片段〔註8〕。出於尋找神話材料建構中國神話系統之需，在闡釋此段時，神話學者不得不採取將羿分成兩個形象的策略。茅盾既認為《天問》的羿是「神性的羿」，卻又將同一作者之《離騷》筆下的羿視作「人性的羿」，而「人性的羿卻就是歷史化了的神性的羿」〔註9〕。延續茅盾「神話歷史化」的闡釋路徑，袁珂將《天問》同一「羿」字拆成兩個人物解釋，一則以為是堯時羿，一則以為有窮后羿。〔註10〕雖與茅盾理解略異，但完全接受了茅盾「神話歷史化」的理論假設。在神話—歷史觀下，學者出於構建現代神話學的需要，接受了傳統學者的古典問題並賦予其理論性的闡

〔註5〕顧頡剛：《答李玄伯先生》，《古史辨》（一），上海古籍出版社，1982年，第274頁。
〔註6〕袁珂：《中國神話通論》，巴蜀書社，1993年，第45頁。
〔註7〕袁珂：《碎陶鑲嵌的古瓶》，《今晚報》，1988.9.13。
〔註8〕茅盾：《中國神話研究初探》，《茅盾評論文集》（下），北京：人民文學出版社，1978年，第七章。
〔註9〕《中國神話研究初探》，《茅盾評論文集》（下），第323頁。
〔註10〕袁珂：《中國神話通論》，巴蜀書社，1993年，第218頁。

釋，卻恰恰忽略了「神話歷史化」理論對中國文獻加以對象化這一立論前提和學術意圖的反省。

與神話學派異趣同歸的「古史辨」派則繼承劉知幾、鄭樵、崔述乃至胡適的疑古傳統，並在「神話歷史化」假說的背景下蓬勃發展。顧頡剛的「層累的古史說」為其綱領性理論。〔註11〕這些思想都是五四以來經科學、民主等現代「進步」觀念洗禮後的疑經──革命傳統之產物。將經典看作學科構建的史料而為我所用是那一代大師們的共同做法：這迥然有別於「考信於六藝，折衷於夫子」從而為「為天地立心、為生民立命、為往聖繼絕學、為萬世開太平」的古典儒家「尊德性」傳統。顧頡剛氏自述研究古史有兩項工作：用故事的眼光解釋古史，整理神話傳說為一貫。〔註12〕顧頡剛主張「對於古史的觀點不在於它的真相而在於它的變化」〔註13〕，其所謂「變化」主要就是神話如何變化為歷史或者神話人物如何變化為歷史人物而言，古史辨工作就是考證這「變化」的來龍去脈。依靠「層累古史觀」理論，此派將東周以上的歷史都看作是神話傳說，而歷史人物堯舜禹都是神話人物，關於「禹」的考辨又佔有重要地位。顧頡剛等人尤其注意以《天問》為代表的南方文獻傳統。比如他「假定」「禹是南方民族的神話中的人物」，其中第一條證據便是《楚辭·天問》對於鯀禹有很豐富的神話。〔註14〕另一位代表人物楊寬的古史學，「一言以蔽之，是一種民族神話史觀，他以為夏以前的古史傳說全出各民族的神話」〔註15〕，從而將戰國視作偽造古史的一個重要時期，《天問》被當作「史詩」，且「內容截至春秋末年止全面系統的敘述當時所有神話和古史傳說」。〔註16〕基於史詩即歷史之詩的漢語理解，考出神話且推翻偽古史系統是此派研究《天問》的學術目的──剔除偽古史、留下真古史。古史辨派矚意於「歷史觀念」，將《天問》看作史料〔註17〕，顧頡剛一方面接納了以古典注疏學傳統的經學衡量標準，認

〔註11〕顧頡剛：《與錢玄同先生論古史書》，《古史辨》（一），上海古籍出版社，1982年，第60頁。

〔註12〕顧頡剛：《答李玄伯先生》，《古史辨》（一），上海古籍出版社，1982年，第274頁。

〔註13〕顧頡剛：《答李玄伯先生》。

〔註14〕顧頡剛：《討論古史答胡劉二先生》，《古史辨》（一），上海古籍出版社，1982年，第121頁。

〔註15〕《古史辨》（七，上編），上海古籍出版社，1982年，「自序（二）」，第2頁。

〔註16〕劉起釪：《古史續辨》，中國社會科學出版社，1991年，第7頁。

〔註17〕劉起釪：《古史續辨》第11頁。

為《天問》稱謂「和《詩》《書》相同」，因此有別於受戰國「歷史觀念的薰染」的其他典籍；另一方面，又將這不受薰染的古史體系看作有別於《詩》《書》的神話傳說體系，而《詩》《書》體系只是偽古史。之所以將《天問》看作古史系統也只是因為「和《詩》《書》同」，最要緊的是這個「同」字的斷語：立足於這個「同」（「稱謂」和「古史系統」的「同」之外，古史辨立此論時就不再像其通常所做的那樣，注意時代之異、作者之異、地域之異、行文之異），既可以用《天問》的「奇怪之事」反推《詩》《書》原本只是神話傳說之古史，又反過來可以拿《詩》《書》的五經地位抬高《天問》的古史價值。

無論神話學派和古史辨派在方法與目的上有多少差異，就研究對象、闡釋理路、學術意圖而言，兩者之間非但並無不可逾越的鴻溝。就研究範圍與學術意圖言，兩派皆屬意於太古史或東周以上的歷史。就理論與方法而言，皆採取平視經子的態度作古史「還原」研究：神話派整合經史子集裏所記載的「志怪」「神鬼之談」「怪力亂神」「奇怪之事」等材料，以呈現其心目中的中國神話系統；古史辨則亦不外乎此法，只是在還原過程中更加注重古書的辨偽，以重現東周以上的「真古史」。這一方法呂微稱之為繼承古文經學傳統的「文本派」研究方法。〔註18〕這兩派展示現代學人重構知識結構的宏偉學術雄心同時，也留下了不少問題。

立足於古今之異的角度看待「語怪」的現代轉化問題，古典注疏學與現代神話學之間的對立十分清晰，甚至可說相當尖銳：對於古典儒學之經史傳統而言，是將「奇怪之事」的內容納入到經傳範疇並副翼經學，以便能夠更好的使儒家思想對主流價值發揮維繫作用；而現代學者主要是注重內容觀照的史料學方法，《天問》本身的價值──意義取向並不重要，重要的是《天問》能否為文學、歷史學、神話學、民俗學等等新興現代學科的建立提供佐證素材。荷載主體情感的《天問》被現在學者對象化了。細究其學術關懷、學術方法和問題意識，古今學者的差異在於依附於經義的注疏考據之學與依託於科學理念的現代學術尤其是專業化學術立場不同，從經學──注疏學向科學──現代學術的專業化演進，乃是以側重於主體的、內省的取向朝著側重於客觀的、外求的方向的轉型，其中基本問題意識、學術關懷發生了急劇轉換。一句話，就學術目的和學術關懷而言，經驗──實證的認識論取向代替了價值──意義的實踐論研究。

〔註18〕 呂微：《傳統經學與現代神話研究》，《廣西民族學院學報》（哲社版），2003（5）。

第二節 「神話歷史化」假說的現代背景及古典淵源

　　神話學派在談到「神話歷史化」時沒有明確的歷史定義，而古史辨派在將上古史看作神話傳說時亦未明言神話所指。古史辨派和進化論神話學將神話──歷史看作互相對立轉化的雙方，但卻忽略了對現代神話──歷史觀這一「神話歷史化」假說發生條件的反思。這種反思當以對現代中國歷史觀及神話觀的來源為其前提。

　　「神話歷史化」假說的發生前提是現代歷史觀和神話觀，尤其是將古史看作神話的現代神話──歷史觀。二十世紀史學理論依據主要是進化論和唯物史觀，我們這裡特別關心的是古史辨派之「層累古史說」歷史觀，對現代「歷史」的理解肇始於梁啟超等「新史學」觀念；梁氏「新史學」開風氣之先，甲骨、漢簡等大發現進一步刺激了史學研究，通過王國維、胡適、顧頡剛及傅斯年等努力，實證史學作為新史學之第一個學派逐漸形成，〔註19〕其時西方思想之影響中國史學的主要是杜威、羅素、孔德、伯格森、斯賓格勒等的實證思想。〔註20〕懷疑主義、相對主義盛行，契合了疑經──革命的時代主題。現代實證史學是本土實證（「信史」）傳統與西學史觀合謀的產物。不過，東西兩種文化傳統都從來沒有過一個恒古不變、古今如一的「歷史」概念。

　　就西方歷史觀而言，就有古典希臘羅馬歷史觀（希羅多德、修昔底德、婆盧比烏斯、塔西托等）和基督教歷史觀（聖·奧古斯丁、聖·托馬斯·阿奎那、維柯、休姆等），又有現代歷史觀（朗克、黑格爾、馬克思、科耶夫等）〔註21〕。而中國現代之所謂「歷史」是 history 翻譯並與中國「信史」概念合流的結果，history 源自古希臘的 ἱστορία。ἱστορία 進入羅馬世界後寫作拉丁詞 historia，繼承了希臘語原有之「過去事件之記載」這一意義。十二世紀法語借鑒了拉丁語的 historia，拼作 estorie，estoire。十三世紀這些英語又借鑒了法語之 estorie 而作 story，亦即「過去發生的事」「過去事情的記載」。到了十七世紀，逐漸用 history 表示這些意義；而 story 表示「故事」或「短篇小說」〔註22〕。這一意義與傳統「信史」觀是內在一致的。

〔註19〕林甘泉：《二十世紀的中國歷史學》，《歷史研究》，1996（2）。
〔註20〕於沛：《外國史學理論的輸入和影響》，《歷史研究》，1996（3）。
〔註21〕R.C.柯林吾：《歷史的見解》，（臺北）正文書局有限公司1977年；郭聖銘《西方史學史概要》，上海人民出版社，1983年。
〔註22〕莊和成：《英語詞源趣談》，上海教育出版社，1998年，「story」條。

從古今之爭的立場出發，所謂「史」可以歸納為古典時期和現代時期兩步，前者包含「史官」期和「四部」史期，這是我們探討「史」觀之本土實踐價值的著眼點。《漢書·藝文志》：「古之王者世有史官，君舉必書，所以慎言行，昭法式也」。〔註23〕「史」原本只是官職，故《說文·史部》：「史，記事者也；從又持中；中，正也。」〔註24〕故「史」乃持中之人，是以其守職者有良史之譽。《左傳·宣公三年》載晉靈公不君，趙穿攻靈公於桃園，大史書「趙盾弒其君」，孔子稱讚說「董狐，古之良史也，書法不隱。趙宣子，古之良大夫也，為法受惡。」〔註25〕古典之「史」觀即發源於這「史官」之學，史官在中國古人政治生活中佔據特殊地位，觀《周禮》所載諸史官系統之繁複、後世史記之發達可知一斑，乃至有「六經皆史」之論。不過該論與現代科學歷史觀似乎毫無瓜葛，「六經皆史也，古人不著書，古人未嘗離事而言理，六經皆先王之政典也。」〔註26〕其說倡自王守仁，以為「以事言謂之史，以道言謂之經，事即道，道即事，《春秋》亦經，《五經》亦史」，「經」「史」原本只是「道」「事」的一體兩面，與現代科學史官並無瓜葛。王氏之論，本出於糾正當時浮華空談學風而發，其主要意圖是將「道」落實到「事」上來，換句話說，就是將空談拉回到行動上。章學誠將這一思想推闡到極致，以為「盈天地間凡涉著作之林，皆是史學」，並且從其官師合一的理論出發，認為從學術源流而言，掌經者為史。從經史本質論，孔子刪述《六經》皆取先王政典，未嘗離事言理。〔註27〕表面看來，章氏顛倒了經——史的價值意義關係，實則卻是對撥正了時人對經的空談態度，迴護了《六經》作為主流價值在實際生活中的地位（所謂即事言理）。這與晚清以來通過西方科學歷史觀瓦解經學傳統進而解構本土文化主流價值意義的做法不可同日而語。

儘管現代中國「歷史」觀儘管只是西方近代科學實證史觀在中國延伸、并與本土固有之「史」觀合流的結果。但在徵實的角度上認同古典史觀（無論古希臘還是本土），不管其與西方歷史有怎樣千絲萬縷的瓜葛，也不管其在認識傳統方面對主體文化有怎樣的曲解，在最根本的問題上，即視「歷史」為「真實的史蹟」這一點上與中國傳統的「信史」觀本無二致：兩方的史觀

〔註23〕《前漢書》，中華書局影《四部備要》本，1998年，頁576下欄。
〔註24〕《說文解字》，中華書局，1963年，頁65上欄。
〔註25〕《春秋左傳正義》，《十三經注疏》本，上海古籍出版社，1997年，頁1867中欄。
〔註26〕葉瑛《文史通義校注》，中華書局，1985年，第1頁。
〔註27〕葉瑛《文史通義校注》，第3～4頁。

都認為「史」（歷史）應該是「真事」，這從司馬遷以降、以及劉知幾對司馬遷、班固的評論可見一斑。

可是，與歷史觀相伴的「神話「問題就不這麼簡單。不同於「歷史」概念的是，現代「歷史」觀有本土傳統思想資源的背景依託，「神話」觀念純係外來，其重要渠道之一就是日本。神話一詞與日本宗教傳統關係緊密。日語中，「神話（しんわ）」由兩個語彙構成，「神」和「話」；論者指出，神しん又讀作かみ，相當於西方的 deity 或 god、話わ相當於 tale 和 story；「神話（しんわ）」因此乃是關於かみ的行事，而這些かみ乃是深深根植於日本的神道傳統之中。〔註28〕這傳統以成書於八世紀的《日本書紀》（日本書紀にほうんしゅおき）和《古事記》（古事記こじき）為聖典，亦即所謂「記紀神話」傳統：其與日本民族起源和國家意識尤其皇統等重大民族問題上有著密切聯繫，如太安萬侶《古事記序言》載其天皇詔詞及撰旨：「……斯乃邦家之經緯，王化之鴻基焉。故惟撰錄帝記，討核舊詞，削偽定實，欲流後葉。」〔註29〕神統與皇統聯繫之緊密，於此可見一斑。此書儘管一度視為秘籍而未能廣泛閱讀，但其在日本政治思想史上卻享有崇高地位（比如，《古事記》的「天照神話」）。日本神話學發軔之時，久米邦武就因為神話研究觸犯神道與皇統之間關係的禁區而釀成筆禍。〔註30〕

對比日本「神話」在其文化傳統中的位置，中國文化與此差異較大，我國不存在類似於神道教之類的政治─宗教傳統，沒有類似於《古事記》《日本書紀》之類的政治─宗教聖典。所以當「神話」概念由日本傳入中國之初，與日本可以現成的將「記紀神話」直接拿來研究不同，中國傳統典籍沒有與現代神話概念相應的、可以直接研究的經典，故此中國神話材料的再造問題成為一代神話學者們的當務之急。在浩茫的傳統典籍中，他們發現了《山海經》和《天問》，被「不語怪力亂神」的儒家排斥的《山海經》〔註31〕、《天問》被定位為神話經典，儒家經傳的主導地位淪喪之後，傳統所忽視的「怪力亂神」內容在

〔註28〕 Reader, I: *Japanese religions, in Jean Holm: Myth and History,* Pinter publishers ltd, 1994, p.185.日語中，強力的或非常之物通常有かみ的名字，比如狼和蛇都稱おかみ，雷かみなり，而神かみ──這一語音聯繫可能有某種崇拜心理痕跡在焉。

〔註29〕 （日）倉野憲司校注：《古事記》，岩波書店 1958 年，第 46 頁。

〔註30〕 烏丙安：《21 世紀日本神話學的三個里程碑》，《東南大學學報》（哲社版），2003（4）。

〔註31〕 陳連山：《神怪內容對於山海經評價的影響》，《民族文學研究》，2004（1）。

現代學科建設中受到重視。

《日本歷史大辭典》〔註32〕《大日本百科事典》〔註33〕皆收有「しんわ」詞目，但其界定一則從其神聖原始意義而言，一則將 μῦθος（muthos）與 λόγος（lógos）對舉而釋，皆未簡單以「神們的行事」概括之。突出「神」與「行事」乃是中國學者立足本土理解的結果，「神話」是否必然與「神」有關？早期神話學者將之理解為「神們的行事」，與日本人所造的這個漢語新詞彙甚有關係，儘管單純從學統上看，中國神話學者更多繼承了英國人類學派的衣缽。日本神道——「記紀神話」傳統，在和西學接榫時，乃是非常「自然」——這當然源於日本民族獨特的、善於化他人之物為己有的文化品格，此處不論；而具有獨立於世界文化之林特徵的中國傳統在輸入源自西方的神話概念時，不考慮自身傳承悠久的特色，片面以西人之長，量己之短，削足適履地建構中國神話系統，勢必以消解民族文化主體特徵為代價。因此，神話—歷史問題主要是「神話歷史化」問題，其根本癥結主要是「神話」問題。

梳理神話觀念演化，並非本書主要任務，此處予以粗略交代。為突出古今之爭問題，我照例把西方神話觀劃為古典和現代兩大階段。古典期包含希臘和基督教時期兩階段。就詞源層面來談，西方「神話」一詞源出於古希臘，其最初的含義不過是「言辭」，柏拉圖方賦予其「故事」的含義，而與後世的「神話」概念相去甚遠。基督教將異教的故事（包括希臘、羅馬以及埃及等文化）統統呼之為「神話」，將其看作虛構的幻想的故事，從而賦予其消極虛假的內涵。現代神話學將維科視為該學問的開山祖，在這個意義上，我們姑且承認維科是現代神話觀的奠基者。他通過「詩性智慧」這一概念將神話—歷史、神話—哲學等看似對立概念連接在一起。維科在分析荷馬史詩時，將「神話」釐定為三階段，最初是真實的敘述，而後是虛構和歪曲，最後荷馬接受了這些虛構的故事。〔註34〕維科的「新科學」掀起了神話研究的現代浪潮，而後各派此起彼伏，格林兄弟的語言——神話學、馬克斯·繆勒的比較神話學、人類學派、文化傳播派、功能派、結構主義、女性主義、後現代……你方唱罷我登場，熙熙攘攘，眩人眼目。在現代科學理論視野下，「神話」成

〔註32〕河出書房新社，昭和五十四年。

〔註33〕小學館，昭和四十四年。

〔註34〕（意）維科著、朱光潛譯《新科學》，人民文學出版社，1986年，第423頁。

為一個五彩斑斕的學術概念，本書難以對其定義進行完全的概括，西方學者的理解是，在現代批評中，神話的用途看來從「幻想」經由「信念」直到「更高的真理」，這一連串含義的最後一環是，神話成了拯救人類的代名詞。〔註35〕這一觀點有其不夠全面之處，比如對「秘索思」問題缺乏觀照（古典視野下一開始就有「真理」的意涵，而非推演的結果），不過其站在現代立場，對於神話概念演變路徑的概括可以接受。反觀中國現代神話學，其建立之初主要便是接納進化論派的衣缽（也有功能派、結構主義等，但並未形成氣候），取得了極為豐厚的研究成果，但如上文所說，研究中也存在著一些問題。本書採取的方式是，懸置現代神話觀而返回到古典自由賦義語境中，對「神話」問題首先予以理解，而後再思考當下的問題，也就是從現代回溯到古典時期的反思路徑。葉舒憲指出，神話在今日學科體制中歸屬於文學是一個大錯誤。因為神話概念遠大於文學。神話作為初民智慧的表述，代表著文化的基因。後世出現的文、史、哲等學科劃分都不足以涵蓋整體性的神話。作為神聖敘事的神話與史前宗教信仰和儀式活動共生，是文史哲的共同源頭。文學人類學與歷史人類學的會通視角，是重新進入華夏文明傳統，重新理解中國神話歷史的門徑。從《尚書》《春秋》到《周禮》《說文解字》，古代經典體現著神話思維編碼的統一邏輯。參照玉神話與聖人神話的八千年傳承，呼籲學界從文學視野的「中國神話」，轉到文化整體視野的「神話中國」。〔註36〕這個提法站在宏通的角度，打破了神話附麗於文學的學科界限，而將神話還歸到文化大視野下。該說儘管仍然保留了文學人類學或歷史人類學等學科化的遺痕，但其重返「古人之全」的用心顯而易見，其所提出的「神話歷史」觀念，並不是神話學和歷史學相加，也並非是神話學或歷史學之外另建一門歷史神話學，而是尋找一個「整一」的原初母體，該「神話」觀已經不是現代意義上的學科概念，而與我們前文的「秘索思」之說有可通之處。站在古學的立場上，對「神話中國」的理解便是，重審實踐主體通過文獻賦義的神聖價值及其意義，異己重新思索乃至於激活古典政教傳統，並在此傳統下思考「神話」之於生活世界的價值意義。職是之故，有必要回溯古希臘傳統「神話」「歷

〔註35〕（英）華萊士‧W‧道格拉斯：《現代批評中「神話」的不同含義》，載（美）約翰‧維克雷編，潘國慶等譯《神話與文學》，上海文藝出版社，1995年，第35頁。

〔註36〕葉舒憲：《中國的神話歷史——從「中國神話」走向「神話中國」》，《百色學院學報》2009（1）。

史」的地位及「神話歷史化」問題。

從西方古典傳統看來，當荷馬、赫西俄德們按照繆斯之旨敘述口中的角色說出一段「神話（μῦθος，muthos）」時，他腦子裏並沒有現代意識上的神話觀念，也未認識自己處在「神話」時代。比如赫西俄德《工作與日子》第106 行向其弟講述了五個人類時代的故事：「如果你願意，我將簡要而又動聽為你再地說一個故事（λόγον，logon），請你記在心上：諸神和人類有同一個起源。」〔註37〕下文即是關於五個時代的陳述，從現代神話學者的眼光看來，這五個時代的「故事」當是所謂「神話」，但赫西俄德卻使用了 λόγος（logos）一詞。而從現代語言——詞彙學角度看，此詞恰恰是「神話」所源出的那一詞 μῦθος（muthos）的對立面。這不僅說明赫西俄德那裏沒有 μῦθος 和 λόγος 之區分；還表明，現代學人所謂「神話」，在古風詩人那裏只是作為一種具有教喻意義的故事。「神人」同源觀念在西方思想史尤其政治生活中地位至關重要，而赫西俄德對皮耳塞斯的教誨與其依字面義理解為兄長之關懷弟弟，毋寧說是皮裏陽秋地為當權者立法。赫西俄德的「λόγος」（「神話」）是教化之具，而非史料。

西方史學肇始於前六世紀愛奧尼亞的所謂「記事家」，「歷史」原本意思是「探索到的知識，打聽到的情況」，此為根據事實的報導，不同於神話傳說之類。默雷指出，就尋求知識而言，歷史與哲學本無本質區別，歷史旨在追根問題，探索真實情況，哲學則是尋求真理；在希臘世界裏，哲學是一學派的工作，而歷史則是旅行家或講故事者從事的工作。六世紀之希臘，除了哲學之外，餘下的散文之作都是歷史著述，稱為 λόγος，歷史家當時有「文章家」（λογοποιός，logopoiós）、「神學家」（θεολογός，theologós）、「哲人」、「聖人」等稱呼。〔註38〕R.C.柯林吾也同樣指出，希臘的歷史不是傳說，而是一種探求，它企圖得到「人所不知」的事之解釋，此事關注人事甚於關注神事，其所述並非遙不可及的「神聖起源」，而是一些確定的事情。〔註39〕希羅多德就是一個 λογοποιός，亦即文章的編寫者或講故事的人。〔註40〕

從古希臘傳統重審神話—歷史問題，希臘經典先是荷馬、赫西俄德、俄爾

〔註37〕 張竹明、蔣平：《工作與時日・神譜》，商務印書館，1991 年。
〔註38〕 （英）吉爾伯特・默雷：《古希臘文學史》，上海譯文出版社，1988 年，第 131 頁。
〔註39〕 R.C.柯林吾：《歷史的見解》，（臺北）正文書局有限公司，1977 年，第 20 頁。
〔註40〕 吉爾伯特・默雷：《希臘文學史》，第 144 頁。

甫斯的史詩、教喻詩及禱歌都是「神話」（μῦθος mutho），但與後來的學術概念不同。後來「儒分為八」，從古風時代經典著述分化出悲劇家、喜劇家、演說家、歷史家、智者和哲學家，「歷史」由此分化而出。而主要在荷馬與柏拉圖之間展開的、西方思想史上之詩與哲學之爭與其說是個純粹理論問題，毋寧說是個實際的政治生活問題：「荷馬是整個希臘的教育者」〔註41〕；如果按照現代神話學家將荷馬及其後學的悲劇家之作稱作「神話」的話，則其對立面似乎就是以哲學家、歷史家為代表的不「信仰」神話的人（哲學和歷史都有探尋真理的一面）。因此，站在古典立場上看待源自西學的神話—歷史對應關係，從某種程度上說，恰恰契合了詩與哲學之爭或逕自就是詩與哲學之爭。也就是說，其分野標準並不是知識內容論的而是價值意義論的。

明瞭王官之學尤其「史」在古典中國政治生活中的重要地位和荷馬一系列「神話」詩人在古希臘城邦中的地位，回頭審視神話—歷史問題，可知希臘政治生活中約略相當於中國「史」地位者者恰是其「神話」。〔註42〕現代神話—歷史問題根本上說只是一個各民族生活方式尤其是政治生活方式的問題。西方現代學人將「神話」視為民族文化的源泉和原型（其實並非如此），並不意味著遠隔重洋的漢民族也必須如此，漢民族完全可以有自己不同的抉擇。

明瞭此點，反觀「神話歷史化」假說，其不足便暴露出來。這作為中國神話學經典理論的「神話歷史化」，並非國人的發明，而是師法西洋。人們常將該理論追溯到希臘學者歐赫梅魯司（Euhemerus），茅盾認為他「曾經很簡單的把神話解釋成歷史」〔註43〕，也就是所謂歐赫梅爾化問題。茅盾那裏，「神話歷史化」和「歐赫梅爾化」具有等值的理論內涵。公元前四世紀一位西西里人歐赫梅爾作了一部《聖史》（Sacred History），此書謂一遊客到了印度洋的幻想之島潘克雅（Panchaea），在宙斯神廟見到銘文，稱宙斯乃克里特人，生前東遊自稱為神，後歸克里特而亡。但是這本《聖史》原文及恩努斯（Ennius）的拉丁譯本均已亡佚，紀元前一世紀蒂俄多魯司·思庫盧斯（Diodorus Siculus）的

〔註41〕郭斌和、張竹明譯《理想國》606E，商務印書館1986年。

〔註42〕應當強調，這種對應仍然只是一種經驗比較。由於中國和古希臘的知識系統劃分標準、結構形式之異，完全對應根本不可能的，對應理解只是為了更好地瞭解自身和異文化。

〔註43〕茅盾：《中國神話研究初探》，《茅盾評論文集》（下），人民文學出版社，1978年，第270頁。

轉述也已不存。今所見這掌故是由公元四世紀猶塞比烏斯（Eusebius）所作的
Historia Ecclesiastica 引述蒂俄多魯司引述歐赫梅爾的。這引發了一個問題：歐
赫梅爾究竟是在諷刺亞歷山大大帝呢？還是表達自己的無神論觀念？還是為
帝王張本，抬高領袖的地位？由於原文已佚，從清教徒開始到現代人類學家對
此各取所需做自己的解釋。〔註44〕將歐赫梅爾化視作「神話歷史化」理論原型
顯然追溯過遠，這一假說的理論根基並不堅實。

　　就學術實踐效果而言，「神話歷史化」假說用於本土經典有削足適履之
弊。比如以「神話歷史化」理論觀照下的「夔一足」〔註45〕和「黃帝四面」
〔註46〕說，便是典型例子。韓非列舉的這兩個答案，都與神話或者歷史問題
沒有太大關聯。一則孔子解釋說夔兇暴殘忍但講究「信」，這一「德」就足
矣，關注道德內涵；一則孔子解說曰夔精通音樂，一個就夠了，關注其才能。
儘管兩說中夔的形象相反，但不管哪種解釋，突出的皆是孔子對「夔一足」
這故事教化意義的關注。相應地，「黃帝四面」的故事也同樣關注教化意義。
回答者仍然是孔子，這裡強調的是黃帝的用人之能。返回古典生活情景，我
們必須注意孔子對現代神話學家所謂的「神話」的態度，孔子的興趣並不是
「歷史」，而是教化──對道德、才能等政治生活基本素質的關注才是古典
時代孔子等聖賢們的興趣所在。

　　古代史家「折衷於夫子，考信於六藝」為著史準則，而夫子乃是「祖述
堯舜，憲章文武」即以先王先聖作為師法之楷模，神話—歷史觀指導下的現
代神話—古史研究傳統所未明言的題中應有之意是：將儒家經傳所確立的師
法先王先聖傳統「還原」為諸神傳統，將先王先聖所確立的人間之道「還原」
為諸神所立之神法。因此，古人是將人的價值源泉回溯到祖宗之法，而如何
協調祖宗與神靈之間關係，並非其主要關懷所在；現代學人將先王聖賢都還
原為神話人物，他們所立之法自然都是神法，因此人類一切生活準則的最初
之源只能追溯到神。世間價值由誰而定，內省的自我立法還是外在的諸神立
法？這就是古今之爭華夷之辨的根本問題所在。現代理性審視之下，「不語怪
力亂神」傳統顯示出其強烈的人文—啟蒙色彩，而依賴於科學—民主的現代
啟蒙主義者們，在借鑒「神話歷史化」理論闡釋中國古代經典、並為民族文

〔註44〕K.K Ruthven: *Myth*, Methuen & Co Ltd 1976, p.5.

〔註45〕（清）王先慎：《韓非子集解》卷一二，中華書局，1998年，第297頁。

〔註46〕汪繼培輯：《尸子》，《叢書集成初編》本，中華書局，1991年，第32頁。

化尋找合法來源時，卻未能意識到其做法恰恰包含了與其啟蒙初衷背道而馳的特徵。

第三節　古典政教傳統的實踐論意義

　　反思「神話」與「奇怪之事」的糾葛或將有助於我們認清並確立自身的學術立場。基於西方現代學術觀念的神話學之「神話」概念並不能直接套用到中國典籍上，為了解決這個矛盾，中國學人遂接受「神話歷史化」的理論假說，通過各種闡釋途徑（比如借助傳統經學手段），現代學人發現中國古典諸如《山海經》《楚辭·天問》的材料原來契合西方的「神話」尤其「原始神話」標準，發掘這些典籍中的「原始神話遺存」構建了中國神話學體系。反過來，借助不同於本土文化的異文化概念（「神話」）也確實加深中國傳統文化中「怪力亂神」內容的理解。但是，依賴進化論神話學構建中國神話系統的做法是否能恰如其分地認識傳統文化經典？

　　我們已經指出，「神話歷史化」假說闡釋下，「語怪」的古典──現代立場之間存在尖銳衝突，現代科學概念遮蔽了本土經典的實踐價值，為此採取直觀的還原研究路徑是必要的。第一，將現代學術──學科概念還原為日常生活概念；第二，將空泛的普遍約定性概念還原到本土具體陳述語境中重審。一言以蔽之，就是將主客二元論的「研究」方式轉換為交互主體的對話（而非「研究」）。立足於平等對話──還原研究立場反觀中國學人的現代學術新傳統時，這一傳統之以西學為準的且消解中國固有文化傳統的特徵就清晰凸顯出來。

　　平視中西學術資源的話，可以發現在以西例中的學術範式下，西方現代學術對中國本土資源價值──意義系統之忽略。例如，folklore 通常譯作「民俗（學）」，從本土傳統來看，中國古典文獻資源中確實有豐富的民俗觀點，且「民俗「這個詞彙就是一個來自古典文獻的用語，《史記》的《周本紀》記載西伯時民風「耕者皆讓畔，民俗皆讓長」〔註47〕，《循吏列傳》云「楚民俗好庳車」〔註48〕；《漢書·地理志》論及各地之俗：隴西等「數郡民俗質木不恥寇盜」，「西南外夷……民俗略與巴蜀同。而武都近天水，俗頗似焉」，「鍾

〔註47〕《史記》，中華書局，1959 年，第 117 頁。
〔註48〕《史記》，第 3100 頁。

代石北迫近胡寇，民俗懷忕，好氣為奸」〔註49〕等等。上舉數例「民俗」一詞都指風俗民情，用以指稱和廟堂相對民間傳統，也有作「氓俗」（比如南朝齊王融《永明九年策秀才文》）及「甿俗」（比如劉知幾《史通·言語》）者，但其含義和現在民俗學使用的「民俗」概念本沒有什麼太大區別。現代民俗工作者所常用的采風手段，似乎也可以從傳統制度中找到其淵源，比如先秦兩漢存在的「陳詩」「采詩」「樂府夜誦」「觀風俗知得失」等等，——除技術手段差別外，這與現代田野調查的理念並沒有根本性的區別。

古典資源與西方理念的暗合為西方民俗學——民間文學進入本土創造了契機。但是問題在於，上述觀點就其隻言片語而言固然與現代民俗學理論有相同之處，而若考慮其賴以存在的政治——生活環境，我們卻並不能將其簡單等同於現代民俗學，更不能說中國本土資源已經蘊含了科學的民俗學的萌芽。因為古代中國的文獻記載即便有與現代民間學術理論相同相似之處，仍然出於不同的學術興趣和學術關懷。如果說西方現代民俗學以廓清民間傳統、發掘民間智慧為己任的話，古典民俗觀則是奠基在政教或王者之道的政治——哲學傳統之上。《毛詩序》：「先王以是經夫婦、成孝敬、厚人倫、美教化、移風俗」〔註50〕，《漢書·地理志》云：「凡民函五常之性，而其剛柔緩急，音聲不同，係水土之風氣，故謂之風；好惡取捨，動靜亡常，隨君上之情慾，故謂之俗。孔子曰：『移風易俗，莫善於樂。』言聖王在上，統理人倫，必移其本而易其末。」〔註51〕傳統民俗思想資源本是政教系統的一個組成部分，統治者關注民俗並非緣於學術本身，而是出於人倫教化的政治目的。

因此將現代民間文學學科視作古典「民俗」學術向現代西方民俗學水到渠成的轉化並不正確。民間文學——民俗學作為「學」而非「資料」與古典民俗——風俗觀念並沒有直接的淵源關係，其直接的學科來源正是西方的現代化、尤其現代學科建立或曰學科分化的學科設置理念。而傳統民俗——風俗觀只是現代民俗學觀照的對象之一，並無對象化的學科意識，所以不可能存在「對應」關係。「科學」意義上的民俗學起源於西學之「現代」而非本土古典傳統。

現代民俗學——民間文學一方面向西方尋求真理，用西方的新觀念、新方

〔註49〕《前漢書》卷二八下，中華書局，1999 年影印《四部備要》本，頁 555 下欄、558 下欄。

〔註50〕《毛詩正義》卷一，頁 6 右欄，《四部備要》本。

〔註51〕《前漢書》卷二八，頁 555 下欄。

法來消解本土「傳統學術的影響力；另一方面又發掘本土資源以契合外來傳統，表明「民間文學」古已有之。參照西方方法模式和理論樣板，發掘本土資源建構新學統，例如依據作為經學支流的「語怪」傳統構建中國神話學，依據史部支流的野史傳統構建中國傳說學，依據子部的小說傳統構建故事學，就成為新文化運動聲浪下建構民間文學系統的基本套路。上文說過，西學傳統並非與中國本土傳承完全合榫，西方民間文藝學的概念、術語、方法、理論進入中國傳統經典時，圓鑿方枘、削足適履的情形在所難免。這主要問題在於：兩者所在的整體知識體系本身多有差異，且與其在各自所依存的體系中的地位不同。「神話」這一概念進入中國本土之後，原本在「數術略・形法類」或「史部・地理類」或「子部・小說類」的《山海經》，其地位得到極大的提升。而在強調《山海經》的神話屬性時，不免高估了此書之於中國知識系統的作用。與此相類，《尚書・堯典》等經學內容被「還原」為人類學——民俗學材料而與小說家言等量齊觀的同時，其在中國傳統具有的文化功能意義就被消失殆盡了。從西方知識系統來說，神話既是隸屬於民間文學，也是基於文、史、哲的三分法學術系統的重新組合；並不能和隸屬於「諸子略」抑或「子部」的「小說」天衣無縫的對接。故此，從整體的知識體系角度看來，「民間文學」和「神話」在本土傳統中並沒有天然對應的研究對象。如果將神話視為一個跨文化的普通有效概念，發掘本土的基本相似的研究對象就成為神話學科構建的首要目標；立足於內容相似性加以比勘，中國本土資源的「語怪」「奇怪之事」當然是不二之選。

　　從這一意義看來，還原研究就是十分必要的方法，而其核心在於理解古典政教傳統。比如，將「民俗」從學科概念還原到生活世界之後，我們對於其與政治生活方式之間的聯繫認識得愈加深刻。而神話概念也不是放之四海而皆準的，它植根與古希臘的文化生活傳統。一般神話史家喜歡將神話學的起源追索到古希臘時期，實際古希臘和古典中國一樣，「神話」並不曾被作為學科予以觀照，現代神話學是現代學科的分化的直接產物。神話學所表現出學科分化問題是現代性的後果。而中國神話學的建立是以西方神話學為藍本，中國神話學的觀念、方法都來自西方，中國神話學作為中國現代學術的一部分，本來就是西方現代性問題在中國的衍射。所以，如果追究民間文學的學科起源的話，只能追索到西方並且是現代化的西方，而不宜從中國本土資源或古典西方尋找其學科萌芽或者學術淵源。

　　我們指出中西知識的不完全合榫，並不等於排斥借用西方思想、理論與方

法。一筆抹殺民間文學對於現代學科建構的重要意義，無異太過魯莽。本書想要說明，實現中西文化的平等對話而不是以西例中的交流是必要的。這意味著，必須打破以中國文化為觀照對象和研究材料的主客二元論研究範式，而應回溯到中國文化的純粹主體世界中去。民間文學不再是實證的認識對象，而是超越的自在對象。〔註52〕如何回溯到文化主體，對現代學術（比如，中國現代神話學）的來龍去脈有所把握？既然中國新傳統乃是參照現代西學傳統而來，中國現代問題在一定程度上就是現代西學問題之延伸，回溯路徑因此有必要反觀西方古典學術傳統，重新開審古今之爭，打破現代的學科專業界限，展開一種貫通研究。

將現代「神話」學問題放在現代西學傳統進而中國現代傳統這一語境下審視，不管現代神話學派之間關於「神話」的認識在局部或細節之間有多少分歧，其將「神話」所由來的那個母體（「秘索思」）原有之「非現代」意涵，亦即「權威、傳統、信仰、古老、神秘」等等予以現代性的理性觀照，進而改造為對象化「術語」這一學術關懷卻是一致的。其不同之處僅僅在於各自具體的方法操作和理論歸限。換言之，現代神話學只是現代化實踐的一個部分。它因此必然有一對立面：我們姑且名之曰「古典『神話』觀」。「古典『神話』觀」與現代神話學的分野在於，後者之闡釋端賴於某種「科學術語」亦即以「科學」為其前提，無論進化論的、精神分析的、功能論的、結構主義的、神話——原型的神話學闡釋，都是一種有「科學」研究對象的理論；古典神話觀則不以體系化的理論為先決條件，它拒斥那些以「科學」理論為背景依託的、體系完善的「術語」系統，而將語義放在具體文本乃至文句的注疏之中加以理解，這為實現交互主體的對話打開了可能性，從而有助於我們直觀地把握存在世界自身。〔註53〕

〔註52〕戶曉輝：《純粹民間文學關鍵詞引論》，《文學評論》2009（2）。

〔註53〕儘管現代神話學的「神話」概念並不合於古典神話志的「神話」觀念，但現代神話學仍然擁有對異文化進行闡釋的合法權利，不能說古典「神話」觀念的本義就具有唯一的正當性。指出了現代神話學對異文化進行闡釋的目的和功能時，並不需要特別強調西方古、今神話觀念的語義變化，強調變化只是為了指出我們為什麼要改變「神話」一詞的傳統語義以及想用改變了語義的「神話」概念做什麼事情。我強調古今語義之變，是想對以「神話學」為代表的現代學術——學科問題的高度分化格局作一回溯研究，從而有可能瞭解「神話」學形成的來龍去脈。回溯古希臘，得以瞭解西方神話學的形成原是「現代性」的產物——神話學的起源不在古希臘那裏，如一般神話學史所講——而在現代學

　　當現代學人以「神話」概念審視諸如《山海經》、《楚辭》、《列子》、《搜神記》等古代典籍中的「奇怪之事」時，也就是拿與「古典『神話』觀」斷裂的現代神話學概念來解讀中國古典傳統，從而將中國文化對象化；而如果我們不能深刻理解西方的學術傳統尤其西方古典學術傳統，也就不會對西方現代學術傳統進而中國現代學術傳統有透徹的理解。為此，就不能樂觀的以為，大量西方現代理論的輸入已足以使我們應付當前的問題。政教傳統中的「奇怪之事」問題並沒有因為西方神話學理論的輸入而得到徹底解決；從還原立場出發，應該不帶先入之見地回頭探討作為神話學母體的、古希臘的「秘索思」是什麼，同時也必須返回頭認識政教視野中的「怪力亂神」的傳統；亦即是，還原到主客二元觀之前的古人生活世界中。在進入「怪力亂神」傳統之前，我們應當對古典政教的源頭進行初步勘察。勘察古典政教的源起，需引入一對重要概念，即「物」與「象」。

術那裏（二元世界觀的確立是否可以看作現代學術的世界觀基礎？）；回溯中國「語怪」，則發現中國神話學的建立是通過對「語怪」西學化即將古典之「語怪」予以神話學闡釋完成的。那麼，神話—語怪問題就是古今之爭（古典「語怪」與現代「神話」）、華夷之辨（中國「語怪」與西方「神話」）問題，而古今之爭問題又是第一位的根本問題。神話—語怪的對比是承續了現代學人的固有傳統，提煉出這一問題意在反思現代的學術研究方式。

　　　　　　　　　　　　　　　−32−

第二章 「物」「象」論：古典政教的源起

　　現代性危機究其根本而言是現代理性主義的危機，現代理性主義是一種人類中心主義的世界觀。它宣稱人為自然萬物的主宰、並以科技手段改造自然、征服自然，而拒斥古典傳統關於人為整個宇宙秩序之一環的教誨，〔註1〕現代學術因而不再懷有「判天地之美，析萬物之理，察古人之全」的理想情懷。奠基於現代理性立場之上的問學方式由於缺乏對世界本身的理解，現代自然科學的純客觀立場也無法就價值和目的給於人類任何有益的啟迪。〔註2〕就根本意義上、終極層面上說，現代學術並沒有真正運用理性徹底駁倒古典傳統，因此古今之間仍有對話和爭辯的餘地。現代性問題不是簡單的西方問題，而是世界古典文化相摩相蕩的綜合結果。沃勒斯坦、布羅代爾等的世界體系視角，列奧・施特勞斯的古今之爭議題，都是我們重勘現代性問題、重新審視神話問題的理論資源。比如，新儒家從實質的平等與否來反思平等的文化根源問題，〔註3〕即較好地揭示了所謂現代文化的世界主義面相。中國

〔註1〕（美）列奧・施特勞斯：《現代性的三次浪潮》，丁耘譯，載劉小楓編：《蘇格拉底問題與現代性：施特勞斯講演與論文集卷二》，華夏出版社，2008年，第34～38頁。

〔註2〕（美）列奧・施特勞斯：《哲學與律法——論邁蒙尼德及其先驅》，黃瑞成譯，華夏出版社，2012年，第10～21頁。

〔註3〕徐復觀：《西方文化中的「平等」問題》、《中國文化中「平等」觀念的出現》二文，載《中國近代思想家文庫・徐復觀卷》，中國人民大學出版社，2014年。

古典文教傳統遭遇現代性，已有百年歷史。現代性往往被人為地與「西方」相聯繫，但是這種聯繫是機械的、也是不合乎歷史邏輯的。西方現代性和現代性是兩個不同的觀念。西方現代性以現代理性主義為其特徵，現代理性主義以普遍主義、理性主義等觀念論武器，短暫地滌蕩了西方古典傳統。環境惡化、資源危機、政治地緣動盪，尤其近年來席卷全球的新冠疫情、以及冷戰鐵幕的重啟，恰是現代社會生活陷入窘境的一個表徵。在這種語境下，如何重勘人與自然的關係、如何重新認識古典政教傳統，如何理解所謂現代，仍是有價值的議題。

現代性價值長期以來被西方專美，他們虛構了希臘→羅馬→基督教世紀→文藝復興→啟蒙運動→現代的思想迷思譜系，這種思想譜系顯然是單線歷史觀的，同時又是狹隘的、偏執的、違背歷史唯物主義的。這個譜系刻意淡化了埃及人、西亞人、波斯人、印度人、阿拉伯人的貢獻，並幾乎抹殺了中國文明對現代價值的貢獻。現代精神絕不僅僅是希臘精神、羅馬精神在西方的復活，而是世界文化相摩相蕩或者說是世界各個「地方性知識」文化互動的結果。僅僅立足於西式科學主義認識論，就會對中華文明、阿拉伯文明、印度文明等世界其他區域文明對文藝復興、對啟蒙運動的提點、教益性貢獻視而不見。實則，西方現代性這一概念的提法並不合理，儘管它基於哲人的自我認知模型而來。〔註4〕現代性是世界體系的產物，而非西方獨家發明的結果。西方現代性背後折射的是西方中心論的迷思，現代價值被偷偷置換為西方價值在現代的發揚，並且又通過進步等概念將西方價值視為人類的目標價值，從而賦予其普世的意義。因此，西方現代性的提法具有迷惑性和隱蔽性，它隱蔽了西方曾經只是世界文化邊緣的歷史事實。對此，我們必須保持足夠警醒：只有世界的現代性，只有現代性在世界不同的區域。或者說，人類現代生存困境的思想根源便在於所謂西方現代性這一觀念。而擺脫這一困境的途徑就是立足於世界文化一體的角度重審那些偉大的古典文明。數年來的國學熱、文化復興現象，反映出國人重新思考本土固有思想文化、以期找尋應對當下困境的答案的迫切。本文即從古典立場反思古人的「物」（對應於現代之「自然」）論，並由「物」及「象」，再過渡到「象物」「立象」，並擬從「立象」的角度重審華夏古典文教的源始邏輯。

〔註4〕江天驥：《關於西方「現代性」問題的論戰》，《江海學刊》1998年第5期。

第一節 釋「物」：從「大物」到「萬物」

如何界定「物」，是個相當棘手的問題。現代之「物」觀是現代科技主義的延展。從人——物對應的角度界定物，乃一基本立場；與人相對的物，是物最基本的定義。〔註5〕馬克思主張以人為本，以實現人的自由全面發展崇高價值理想，並從之出發批判當代資本主義社會物統治人現象。〔註6〕從古典立場出發，發掘有關物的思想，對於深入批判馬克思所說「物統治人」的現象不無裨益。古人如何界定「物」字？

《說文‧牛部》：「物，萬物也；牛為大物，天地之數起於牽牛，故從牛。」段注：「牛為物之大者，故物從牛，與半同意。」〔註7〕檢同部「半」字，云「物中分也，從八牛，牛為物大，可以分也」。要之二字「同意」源於牛之「為物大」。但許慎之論，實溯源於天地之整體。「戴先生《原象》曰：『周人以斗牽牛為紀首，命曰星紀。自周以上，日月之行，不起於牽牛也。按許說，物從牛之故，又廣其義如此。』」〔註8〕合許慎、戴震之言觀之，「起於牽牛」說的是日月之行，這就是「廣其義」來談論物。然近人王靜安據甲骨文字形，謂許說迂曲，取《詩經‧小雅》「三十維物」《傳》「異毛色也」為據，以為物謂雜色牛，「由雜色牛之名，因之以名雜帛，更因以名萬有不齊之庶物。」〔註9〕嗣後楊樹達又引《淮南子‧道應篇》證其說確不可易。〔註10〕《說文》但釋物從牛的理據，未及其所從之「勿」。甲骨文物字有上下、左右結構兩種寫法，字從「牛」「勿」，作 ⚥（《續》2.23.7、《合》37045 黃組）⚥（《戩》6.4、《合》23218 出組）等形。從右文說來看，凡從某聲，一般即有某義，物字所從之「勿」對字義有提示作用。〔註11〕王國維、楊樹達二先

〔註5〕對物的概念的界定主要是一個法學問題，現代以來逐步突破「物必有體」的觀念，蓋尤斯第一個在法學意義上提出了「無體物」的概念。這與他的《法學階梯》的三分結構——「人、物、訟」緊密相關，建構「無體物」的目的是通過它把所有與所有權不同的其他權利一併納入物法的討論範圍。參方新軍：《蓋尤斯無體物概念的建構與分解》，《法學研究》2006 年第四期。

〔註6〕陳剛：《馬克思的物的概念》，《社會科學》2006 年第三期。

〔註7〕（清）段玉裁：《說文解字注》，上海古籍出版社，1981 年，第 53 頁上欄。

〔註8〕《說文解字注》，上海古籍出版社，1981 年，第 53 頁上欄。

〔註9〕李圃、鄭明主編：《古文字釋要》，上海教育出版社，2010 年，第 118～119 頁。

〔註10〕楊樹達：《釋物》，載《積微居小學述林全編》，上海古籍出版社，2007 年，第 97～98 頁。

〔註11〕傳統小學有因聲求義的訓詁手段。此法漢劉熙《釋名》極其致，「以聲為書，

生之論更為暢達。勿字形眾說紛紜，朱芳圃曰：「字從刀從彡會意。說文彡部：『彡，毛飾畫文也。象形。』毛飾畫文，謂以毛為飾，畫質成文也。《易‧繫詞》『物相雜故曰文』，故引申有雜色之義。」〔註12〕甚是。物之訓雜色牛，正會牛、勿合體之意。物字由「牛為大物」引申而為萬物共名，謂「大物」？《說文‧牛部》釋「牛」為「大牲」，大物之「大」或可由「大牲」理解。這種觀念與古典祭祀傳統相關。牛羊豕乃是祀典中「三牲」之首，祭祀天地、山川等神明所必須。牛在三代政治舞臺和宗教生活中扮演重要角色，商周鼎彝所鑄幻想動物紋樣，牛角類、羊角類及豬耳類鼎足而三〔註13〕，正與牛羊豕三牲相應。牛在古典政教傳統中是後來居上的，新石器時代遺址雕塑、刻符等藝術形象中，牛的地位並不甚突出。三代之前的玉類雕塑中，寫實的生物中有豬、魚、鹿、鷹等飛禽走獸家畜，而牛卻難得一見。〔註14〕史前刻符情況類似，比如蚌埠雙墩刻畫符號中，有豬、鹿而無牛；〔註15〕良渚文化刻符中，有龜、鼉、犬而無牛。〔註16〕牛崛起為「大牲」、為「大物」，是農耕文明發展到一定社會階段的產物。

　　與其說萬物之「物」取義於牛之大，毋寧說其取義於庶類之雜。天地萬物，諸色不齊，故物有色義。《周禮‧春官‧保章氏》「以五雲之物辨吉凶」鄭玄注曰「物，色也，視日旁雲氣之色」疏謂「五色之雲」〔註17〕。佛教譯經常以「色」迻譯梵文 Rupa，該詞與心相對，〔註18〕此譯實則發皇先秦心、

遂為經說之歸墟，實亦儒門之奧鍵已」（（清）王先謙：《釋名疏證補》，中華書局，2008 年，第 2 頁）。至於五代，大小徐尚能據篆形推聲訓以解字義，此法不絕如線。二人之後，宋人王聖美、王觀國、王安石、陸佃據楷書字形闡揚右文說，多為後人詬病。然其說重視聲符和意義的關聯，實不可廢。清人戴震、王念孫、段玉裁、王引之、朱駿聲等闡揚其說，以迄沈兼士、章炳麟、黃侃、楊樹達等，將傳統小學手段和西方語源學研究合流，蔚為大觀。「一文之聲定，而眾字之所從得聲者悉定」（（清）朱駿聲：《說文通訓定聲》，中華書局，1984年，第 3 頁上欄），此種思想為國人深悉。

〔註12〕 于省吾主編：《甲骨文字詁林》，中華書局，1996 年，第 2459 頁。
〔註13〕 段勇：《商周青銅器幻象動物紋研究》，上海古籍出版社，2012 年，第 28 頁。
〔註14〕 楊伯達：《中國史前玉器史》，故宮出版社，2016 年，第 44 頁。
〔註15〕 安徽省文物考古研究所、蚌埠市博物館編：《蚌埠雙墩──新時期時代遺址發掘報告》，科學出版社，2008 年，第 184 頁。
〔註16〕 張炳火主編：《良渚文化刻畫符號》，上海人民出版社，2015 年，第 33、46 及76 頁。
〔註17〕 （唐）賈公彥：《周禮注疏》，上海古籍出版社，1997 年，第 819 頁下欄。
〔註18〕 （唐）法藏著、方立天注：《華嚴金師子章校注》，中華書局，1983 年，第 6 頁。

物相對的觀念。物雜則不齊，不齊則有分別，有分別則需辨識，故物字引申有辨識之義。《左傳・昭公三十二年》「物土方」，杜預注：「物，相也；相取土之方面遠近之宜。」〔註19〕物之訓相正是從雜而別之引申之。自然萬有雖雜，但並非無章，而能各安其位，《詩經・大雅・烝民》所謂「有物有則」，「蓋自百骸、九竅、五臟，而達之君臣、父子、夫婦、長幼、朋友，無非物也，莫不有法焉」〔註20〕物之「則」謂之「事」，故物可以訓事。鄭玄注《禮記・大學》「格物」之語：「格，來也。物、猶事也。其知於善深，則來善物。其知於惡深，則來惡物」。〔註21〕

　　「格物」正是傳統物論的基本方法，物需格方始能建立其與人類的關聯，故心物往往對待而言。《史記・樂書》「人心之動，物使之然也」張守節正義「物者，外境也」〔註22〕外境謂物，內境謂心，心物互感，人類認識世界才成為可能。質言之，「物」是通過人自身及其與外在世界的關聯，通過與內在之「心」的對待關係來獲得理解的。就外境這一含義來說，物統謂天地萬物。《荀子・正名》「萬物雖眾，有時而欲遍舉之，故謂之物。物也者，大共名也。推而共之，共而有共，至於無共然後止。」〔註23〕由「大物」而提升為「大共名」，「物」就具有了哲學意義。這個大共名，就是表示宇宙萬有的「萬物」。《莊子・則陽》：「今計物之數，不止於萬，而期曰萬物者，以數之多者號而讀之也。」〔註24〕萬物得名，正取雜多之義。萬物之雜、之多，卻並非散亂，而是統一。《達生》「凡有貌象聲色者，皆物也」〔註25〕，《知北遊》「萬物一也」注「萬物有成理而不說」「萬物理歸為一」〔註26〕，「凡……皆」的表達句式、「理歸於一」的思想內容，表明物具有樸素唯物論的內涵。《齊物論》莊周夢蝶，謂之物化，成疏：「新新變化，物物遷流……故知死生往來，物理之變化也」〔註27〕，所說物理變化，與《淮南子・覽冥》之「不

〔註19〕（唐）孔穎達：《春秋左傳正義》，上海古籍出版社，1997年，第2128頁上欄。

〔註20〕（宋）朱熹：《詩集傳》，中華書局，2011年，第284頁。

〔註21〕（唐）孔穎達：《禮記正義》，《十三經注疏》本，上海古籍出版社，1997年，1673頁上欄

〔註22〕（漢）司馬遷：《史記》，中華書局，1959年，第1180頁。

〔註23〕（清）王先謙：《荀子集解》，中華書局，1988年，第419頁。

〔註24〕（清）郭慶藩：《莊子集釋》中華書局，1964年，第913頁。

〔註25〕（清）郭慶藩：《莊子集釋》，第634頁。

〔註26〕（清）郭慶藩：《莊子集釋》，第733、735頁。

〔註27〕（清）郭慶藩：《莊子集釋》，第114頁。

足以分物理」〔註28〕含義上相當，是將生死現象還原為萬物之間的流轉，而破除人類對自身的執著，所謂「物化」也就是歸入萬有之外境之中。《韓非子·解老》「萬物各異理，萬物各異理而道盡稽萬物之理，故不得不化」〔註29〕，大旨不殊。道家、法家思想體系雖殊，而探其本源則無二致，要之皆以人物為一體共貫。此種哲學思想，若溯其本源，或可至於史前的宇宙觀，即萬物一體的有機宇宙論。萬物一體，其源或可追溯到上古創世神話。從北非的《金字塔銘文》、《棺槨文》、《冥書》、《門戶之書》、西亞的《埃努瑪·埃立什》、《阿維斯塔》到南歐的《神譜》、北歐的《埃達》以至南亞的《梨俱吠陀》、拉丁美洲的《波波爾·烏》，遍布世界的創世神話無不傳達出人、物一體的觀念。在這些創世神話中，天地三光、山川河流皆被視為有情感有思想的靈明之物，這種觀念自然影響到古典傳統對心─物（或曰人─物）的態度。

古人雖然心物對舉，卻並非是二元對立態度，心物對舉雖可與現代哲學意義上的精神─物質二元對照，卻並不能等量齊觀；精神─物質二元論有個何者第一性的問題，而傳統心物論卻並不慮及於此。心物之間沒有主宰─支配、主體─對象的二元關係。心之官則思，思之主為人，心物關係最終落腳於「感」或「格」，最直接地體現為人物關係。《尚書·泰誓》「惟天地，萬物父母；惟人，萬物之靈」，孔穎達疏：「《禮運》云：人者，天地之心，五行之端也。食味別聲被色而生者也。言人能兼此氣性，餘物在不能然。」〔註30〕人、物固有差別，卻並不割裂。人、物都是天地造化所生，《齊物論》曰：「天地與我並生，而萬物與我為一」，疏：「夫物之生也，形氣不同，有小有大，有夭有壽。若以性分言之，無不自足。」〔註31〕此處「物」與「性分」相對。性分，謂大道所賦予者，與外鑠者之為宇宙萬有外境對待。賀麟指出心有心理和邏輯二義，邏輯之心相當於宋儒之理，姑置不論。而心理之心則與物相通，「心與物是不可分的整體……靈明能思者為心，延擴有形者為物。據此界說，則心物永遠平行而為實體之兩面：心是主宰部分，物是工具部分。心為物之體，物為心之用；心為物的本質，物為心的表現。」〔註32〕其「主宰」「工具」、「本質」

〔註28〕劉文典：《淮南鴻烈集解》，中華書局，1989年，第199頁。

〔註29〕陳奇猷：《韓非子新校注》，上海古籍出版社，2000年，第411頁。

〔註30〕（唐）孔穎達疏：《尚書正義》，《十三經注疏》本，上海古籍出版社，1997年，第180頁中欄。

〔註31〕（清）郭慶藩：《莊子集釋》，中華書局，1964年，第81頁。

〔註32〕賀麟：《近代唯心論簡釋》，載《中國近代思想家文庫·賀麟卷》，中國人民大學出版社，2014年，270～271頁。

「表現」等論與前面所說平行關係云云不免齟齬。拋開此點，賀說大體可從。就體用說，心物乃一體兩面的平行關係，而非支配與被支配的關係。陳少明指出，中國雖然缺乏古希臘那樣的自然哲學傳統，卻並不缺乏對物的觀念。他以《易經·繫詞》和《莊子·天下》為例，表明物並非是純粹的自然對象，而是人的生命世界中不可分割的要素。〔註33〕物與人類精神氣息相通，此乃我們進入傳統物論觀的一個基本立場。而這個立場也正是對創世神話的哲學式回應。

總之，古人之所謂物，是從特殊的「大物」牛推論至於作為「大共名」的萬物。就其內涵而言，物是宇宙萬有等外境的統稱；它通過與心（人）對舉而得以界定，然心物又是宇宙整體的一體兩面。就其外延而言，物謂有貌象聲色的一切品類。物包含天地兩間一切可名、可象、可思之物。申言之，物有統稱和特指兩個層次。從統稱的角度而言，宇宙萬有統謂之物；從特指角度言之，物謂具體事物。其大者可指天地、日月、星辰，其細者可施之於屎溺微塵。物字其用極廣，卻也有章法可循。要之不出上述統稱、特指兩端。統稱之例已見於前，特指則包羅甚廣，如《列子·湯問》云「天地，亦物也」〔註34〕，是以物指稱天地。《說文解字敘》：「畫成其物，隨體詰曲，日月是也」，段玉裁注：「物莫大乎日月也。」〔註35〕是以物指稱日月。《莊子·人間世》「若與予也皆物」〔註36〕，是以物指稱人類。

物可視為表示宇宙整體的思想術語。《老子》二十一章：「道之為物，惟恍惟惚。恍兮惚兮，其中有象；恍兮惚兮，其中有物。」河上公注本以「萬物」釋「物」。〔註37〕其說恐未必然。萬物雜多不齊，道則圓滿。道之為物，實就形而上層次言之，此物此道，係「強名之」，即不可名而名之。它不可以被對象化，不能通過知識論的方式把握。《老子》二十五章云：「有物混成，先天地生。寂兮寥兮，獨立而不改，周行而不殆，可以為天地母。吾不知其名，強字之曰道，強為之名曰大。」〔註38〕「混成」言其不可分剖、言其整全性，「先天地」言其源始性、本初性，道是萬物之依據，故獨立不改，道無往而不有，

〔註33〕陳少明：《做中國哲學：一些方法論的思考》，生活·讀書·新知三聯書店，2015年，第130頁。

〔註34〕楊伯峻：《列子集釋》，中華書局，1979年，第150頁。

〔註35〕（清）段玉裁：《說文解字注》，上海古籍出版社，1981年，第755頁上欄。

〔註36〕（宋）呂惠卿：《莊子義集校》，中華書局，2009年，83頁。

〔註37〕《老子道德經河上公章句》，中華書局，1993年，第86頁。

〔註38〕《老子道德經河上公章句》，第101頁。

取之不盡用之不竭，故周行不殆。上文「道之為物」之「物」即此處「有物混成」之「物」，不能做它解，只能是大道。大道就統括「萬物」、天地、日月而言之，並包物的統稱、特指兩面。

第二節　說「象」：從「生象」到「文象」

古人言象，常與物字並談。比如，《老子》「惚兮恍兮，其中有象；恍兮惚兮，其中有物」？「象」與「物」語脈相關，故就物論物實不足把握華夏文脈的思想底色。古人於「象」「物」關係知之甚晰，只是在古今思想轉型中，將西方物論橫移到傳統文化的闡釋領域，本土固有的「象」「物」關係方始成為問題。職是之故，有必要從概念角度釐清「象」字的含義。就字源探求，「物」與牛有關，「象」則與大象有關。兩者作為抽象概念皆從現實生活中予以提煉。

甲骨文象字作 ꤵ（《前》3.31.3、《合》10222 賓組）ꤶ（《乙》1002、《合》21914 子組）諸形，羅振玉曰：「《說文解字》：『長鼻牙，南越大獸，三年一乳，象耳牙四足之形。』今觀篆文，但見長鼻及足尾，不見耳牙之狀，卜辭亦但象長鼻。蓋象之尤異於他畜者，其鼻矣」⋯⋯卜辭卜田獵有獲象之語，知古者中原有象，至殷時尚盛也。王氏國維曰：『《呂氏春秋·古樂篇》：「商人服象，為虐於東夷。周公遂以師逐之，至於江南。」此殷代有象之確證矣』。」〔註39〕羅王二氏據卜辭與典籍考據中原有象，其說甚是。商人服象，袁珂考證為馴服野生之象，〔註40〕說明商人與象的關係，不亞於「王亥作服牛」（《世本·作篇》）。象在殷周已降政治生活、社會心理中的重大影響，於象尊、象紋、象飾等名物頗多印證。〔註41〕桂馥《說文解字義證·象部》博考經傳有關象的記載，足見文化積澱之深之厚。〔註42〕象在藝術品上的出現，可追溯到石家河文化，〔註43〕見其淵源之早。從動物之象引申為物象之象，與從雜色牛之物引申為萬物共名，道理攸同。古代典籍中的象字，語義皆指向比擬、象徵、法則等等。《韓非子·解老》：「人希見生象也，而得死象

〔註39〕羅說參于省吾主編：《甲骨文字詁林》，中華書局，1996 年，第 1605 頁。

〔註40〕袁珂：《古神話選釋》，人民文學出版社，1996 年，第 251 頁。

〔註41〕梁彥民：《商人服象與商周青銅器皿中的象裝飾》，《文博》2001 年第四期。

〔註42〕（清）桂馥：《說文解字義證》，中華書局，1987 年，第 831 頁下欄。

〔註43〕楊曉能：《中國原始社會雕塑藝術概述》，《文物》1989 年第三期。

之骨，案其圖以想其生也，故諸人之所以意想者皆謂之象也。」〔註44〕韓子指出象含義衍生的兩個步驟，其一由「死象之骨」而「生象」，其二則「案其圖」之「想」而「意想」。前一個過程運用人類想像，後一過程運用推理。黃宗炎曰：「象之為物最巨，其性最狂，而甚易馴擾，善能想像人意，故諧其聲而為像，假借其字則竟用象，猶言測度其形狀也。古字不加偏旁，故直作象，非指其獸而稱之也。」〔註45〕象是否「善能想像人意」，尚有待生物學證明。不過指出「象」為假借，「像」為諧聲，則對象—像兩字的同源關係言之甚晰。要之其意為「測度其形狀」。黃說與韓子不同，他認為象字測度懸想之意源於大象「善能想像人意」，而韓子以為來於人對大象的「意想」。要之一以為來於動物之本能，一以為來於人類之心理。《說文‧心部》「想，冀也，從心相聲」。相者，林義光曰：「凡木為材，須相度而後可用。」〔註46〕想從相得聲，說明這一心理活動視覺基礎（「相」與「案其圖」都是眼睛的動作）相物而後是有意想，猶如象物而後始有意象。意念之「象」由想像推出，相—想—象（像）語音、語義皆有關聯。想字亦可假為像字，〔註47〕是就心理活動來說的。段玉裁謂，凡言象某形者，其字皆當作象。像字乃因聲取義，非得義於字形。〔註48〕這是指出本字和衍生字之別。由相而想而象，本義為自然界中的大象（所「相」之物）遂承擔了「意象」這一含義。執一象而推之於萬物萬象，凡意想皆可謂之象。

象也者，像此者也，即以宇宙萬有為模本的懸想之物。至此，就有了宇宙萬物和宇宙萬象兩個觀念，也就是「物」、「象」兩端。宇宙萬有與意象之間，即「象」「物」二者之間並不彼此對立，而是彼此依存。換言之，象—物關係，或可對應於西哲所謂現象界（「物」）和理念界（「象」），然二者之間並無難以逾越的鴻溝。唐君毅說，西洋哲學最初是離現象求本體逐漸有即現象求本體的趨向；而中國哲學最初是即現象見本體逐漸卻微有離現象求本體之趨向。〔註49〕本體、現象二分建構顯然是參照西學而來。此論對把握「最初」

〔註44〕（清）王先慎：《韓非子集解》，中華書局，1998 年，148 頁。

〔註45〕（清）黃宗炎：《周易尋門餘論》，附於黃宗羲《易學象數論》，中華書局，2010 年，第 366〜367 頁。

〔註46〕林義光：《文源》，上海古籍出版社，2017 年，第 117 頁。

〔註47〕（清）朱駿聲：《說文通訓定聲》，中華書局，1984 年，第 903 頁上欄。

〔註48〕（清）段玉裁：《說文解字注》「象部」，上海古籍出版社，1981 年，459 頁下欄。

〔註49〕唐君毅：《論中西哲學中本體觀念之一種變遷》，《中國近代思想家文庫‧唐君毅卷》，人民大學出版社，2015 年，第 3 頁。

的華夏思想極富啟發意義。「象」「物」氣脈相通。古籍凡用「象」字，皆聯及於「物」〔註50〕物生必有象，象乃是物之象，二者不可須臾離。物象交融，言象必及於物，說物必及於象。《易·繫辭上》：「天垂象，見吉凶，聖人象之；河出圖，洛出書，聖人則之。」〔註51〕所謂「天象」正是日月星辰等「大物」，而所謂「河圖」乃是山川江海等「大物」，古人觀念中，像是氣而無形質。《天問》曰：「馮翼惟像」，徐煥龍、王邦采皆以為「有像無形」，汪仲弘解云：「上言未形，此言惟像，像輕清而形重濁，氣與質之別也。」〔註52〕《論衡·訂鬼》曰：「天文垂象於上，其氣降而生物……本有象於天，則其降下，有形於地矣。故鬼之見也，象氣為之也」，鬼神是「陰陽浮遊之類」「徒能成象，不能為形」。〔註53〕這些引文說明，象乃物象，即沒有形質之物。《尚書·堯典》「曆象日月星辰」孫星衍疏引《漢書·李尋傳》尋云：「此言仰視天文，俯察地理，觀日月消息，候星辰行伍。」〔註54〕皮錫瑞引《後漢書·襄楷傳》「皇天不言，以文象設教」〔註55〕。「文象設教」云云，正是「象」的功用之極致。「象」指向天道，是把握天地終極奧賾的方法論。

在無文字、前文字的史前時代，把握「文象」、體悟宇宙奧賾的重要途徑之一就占卜。占卜傳統在將「象」哲學化的歷程中起了巨大的催化作用。《左傳·僖公十五年》：「龜，象也；筮，數也。物生而後有象，象而後有滋，滋而後有數。」孔疏：「凡是動植飛走之物，物既生訖有其形象，既為形象而後滋多，滋多而後始有頭數。其意言，龜以象而示人，筮以數而告人。」〔註56〕所以觀象者，不只是仰觀天象、俯察地理，辨識鳥獸蹄迒之跡，更重要的能夠解讀兆象。獲得兆象的途徑就是占卜。占卜體系是華夏先民體認萬物的最初方式。象屬於龜卜系統，而數屬於占筮系統，二者緊密相關。龜甲器在大汶

〔註50〕《淮南子·主術》「物至而觀其象，事來而應其化」，王念孫據《文子·上義》改「象」為「變」（《淮南鴻烈集解》，第 298 頁），變化意義相近，同義反覆，可謂改所不當改。《繆稱》曰「物來而名，事來而應」，名與象、應與化正相應，《山海經》郭璞敘錄：「原化以極變，象物以應怪」，物象聯文，載籍屢見。

〔註51〕（宋）朱熹：《周易本義》，中華書局，2009 年，第 241 頁。

〔註52〕游國恩主編：《天問纂義》，中華書局，1982 年，17～18 頁。

〔註53〕黃暉：《論衡校釋》卷二，中華書局，1990 年，934、936、946 頁。

〔註54〕（清）孫星衍：《尚書今古文注疏》，中華書局，1986 年，第 12 頁。

〔註55〕（清）皮錫瑞：《今文尚書考證》，中華書局，1989 年，第 17 頁。

〔註56〕（唐）孔穎達：《左傳正義》，《十三經注疏》本，上海古籍出版社，1997 年，第 1807 頁下欄。

口、賈湖、馬家窯、凌家灘、紅山、良渚等文化皆有出土。龜卜文化是史前三大宗教之一，其源頭或可遠溯於賈湖文化，影響及於凌家灘。〔註57〕龜卜、骨卜古人占卜的主要方式，至於安陽殷墟臻極盛。卜所以視兆象，溝通天地神明，知曉萬物情實。從占卜傳統逐漸衍生沿著兩條脈絡發展，其中一條線索是通過解讀兆象而形成三兆三《易》的象數系統，另一條則因解兆象而有所表述，逐漸形成華夏文字系統。這兩套系統皆由象孳乳而發達。職是之故，象遂成為理解華古典政教傳統的核心詞語。一方面因為中國古典政教體系主要以文字為載體，而中國文字的根基實在於取象。近年來，國內學術界對西方「語言學眼光」或「字母文字優越論」進行了深刻反思，〔註58〕而重新意識到華夏文字的取象根基和比類傳統。〔註59〕張東蓀將古典思維邏輯概括為「相關律邏輯」，謂與中國採納象形文字有關，〔註60〕此論正基於對「象」的深刻認識。法國漢學家汪德邁從骨占學和龜卜學出發，將華夏占卜學視為與西方神學相對的理論體系。此種理論體系所倚所恃者為占卜理性，占卜理性將現象世界無窮偶合化為幾種格式化、附諸計算的知性。華夏文字體系乃配合占卜的象徵體系而被創制。〔註61〕其說未為定論，然在溝通文字與兆象關係這一角度說，卻富於啟迪意義。實則，兆象傳統對中國古典政教傳統的影響被低估了，文字創制之後的《五經》之教皆與象相關。而文字創制之前，兆象——占卜傳統在模塑古人觀物方式、社會規範、宗教準則等方面，亦居功至偉。兆象系統最集中體現於《易經》，《易經》卦象的原初形式是數字卦。自張政烺通過對安陽殷墟四盤磨卜骨、小屯南地甲骨以及若干青銅器數字卦的分析，指出甲骨、金文的數字卦，將數字還原為陰陽二爻。他指出，一、六在殷周時已具有符號性質。〔註62〕殷商以前，和《易經》直接有關聯的各類「易卦」符號其數近百，其中甚或有新時代時期的。比如江蘇海安青墩遺

〔註57〕張忠培：《窺探凌家灘墓地》，《文物》2000 年第九期。

〔註58〕袁廣闊、馬保春、宋國定：《河南早起刻畫符號研究》，科學出版社，2012 年，第 150 頁。

〔註59〕李川：《二分與三合：從言——文角度看中西思維方式的分野》，《鄭州大學學報》2016 年第二期；《書法本源問題芻議》（上），《藝術學研究》2019 年第六期。

〔註60〕張東蓀：《思想言語與文化》，《中國近代思想家文庫·張東蓀卷》，中國人民大學出版社，2015 年，455～456 頁。

〔註61〕（法）汪德邁著、金絲燕譯：《中國思想的兩種理性：占卜與表意》，北京大學出版社，2017 年，第 21 頁、26 頁。

〔註62〕張政烺著、李零等整理：《張政烺論易叢稿》，中華書局，2015 年，第 56 頁。

址。〔註63〕張亞初、劉雨等據揚雄《太玄經》所見「首」象以及宋王黼《博古圖》,將殷周器上的一成橫三短橫釋為卦畫,並謂之為最早的「幾何形直線卦面符號」。〔註64〕儘管有學者指出,商周時期易卦的主要形式為筮數易卦〔註65〕,但筮數亦組合成象。廣義上的卦象起源於新石器時代,至商周而漸趨興盛,可為定讞。由此啟發,我聯想到良渚文化莊橋墳所出土石鉞,其上共計有六個符號,今人或以文字解釋。〔註66〕然詳細審視之,這六個符號實則僅有「日」、「上」兩種形式,且兩符交錯作三疊書寫,與六爻卦卦畫相似。〔註67〕若將其視為良渚文化的卦象之一,似亦可通。此乃最初之陰陽兩爻形式,也是最早的六爻卦卦象(可比擬為《周易》「既濟」或「未濟」兩卦),對於探究六爻卦之起源、陰陽兩爻爻畫之起源不無意義。卦象為兆象的總結和精華。兆象以卜骨、卜甲出之,故卜骨、卜甲的傳統也就是兆象的傳統,或謂之卦象的「大傳統」。卜骨傳統至晚到龍山文化時期已蔚然成風。有人指出,卜骨從龍山文化早期一直沿用到晚期,〔註68〕其起源則可追溯得更遠。仰韶時代的河南淅川下王崗遺址卜骨被視為龍山、夏商占卜信仰的先河之作〔註69〕,另甘肅武山傅家門、內蒙古富河溝門皆有卜骨出土。〔註70〕此外,齊家文化、四壩文化、辛店文化、寺窪文化、岳石文化等亦有大量考古卜骨材料。以上說的是龜卜、骨卜,而良渚文化玉琮則有玉卜痕跡。〔註71〕占卜是獲取兆象的手段,而「象」則是通神明之德、類萬物之情的根本途徑。「象」由兆象、卦象傳統逐漸衍化為古典政教傳統的核心觀念,其轉捩點就是「象物」觀念的成型。

〔註63〕 曹定雲:《新發現的殷周「易卦」及其意義》,《考古與文物》1994 年第一期。

〔註64〕 張亞初、劉雨:《從商周八卦數字符號談筮法的幾個問題》,《考古》1981 年第二期。

〔註65〕 蔡運章:《商周筮數易卦釋例》,《考古學報》2004 年第二期。

〔註66〕 武家璧:《試釋良渚文化石鉞上的圖語和文字》,《文化遺產與公眾考古》(2016 年)第二輯。

〔註67〕 張炳火主編:《良渚文化刻畫符號》,上海人民出版社,2015 年,第 674～675 頁。

〔註68〕 朴載福:《關於卜用甲骨起源之探討》,《文博》2009 年第二期。

〔註69〕 翬啟明:《從考古資料看仰韶文化的社會組織及社會發展階段》,《中原文物》2001 年第五期。

〔註70〕 趙信:《甘肅武山傅家門史前文化遺址發掘簡報》,《考古》1995 年第四期;徐光冀:《內蒙古巴林左旗富河溝門遺址發掘簡報》,《考古》1964 年第一期。

〔註71〕 楊伯達:《關於玉琮王「凹弧痕」的思考——試探早已泯滅無聞的玉卜兆與玉契符》,《東南文化》2004 年第三期。

第三節　「象物」：古典政教傳統確立的關鍵環節

　　體現象—物關係的常用詞語是「象物」（象，依段玉裁說，當作像。然象—像本同源），以《左傳》所見為最著，所謂「鑄鼎象物」。《左傳·宣公四年》：

　　昔夏之方有德也，遠方圖物，貢金九牧，鑄鼎象物，百物而為之備，使民知神奸。故民入川澤山林，不逢不若；螭魅罔兩，莫能逢之。用能協於上下，以承天休。〔註72〕

　　「象物」聯文構成一動賓短語，和前文「象」「物」對舉不同。然二者在義理方面並非毫無關係。「象物」是「象」「物」所指涉的世界觀的體悟手段和方式。與「象物」一詞相近的有「圖物」「感物」「百物」等，其所謂「物」字一脈相承。《左傳》注云：「圖畫山川奇異之物而獻之。」〔註73〕《路史·夏后紀》羅蘋注有「圖像萬物，鑄於鼎側」之說〔註74〕，亦為一證。是根據上下文語境，以「山川奇異之物」詁「物」字。《文選·班彪〈王命論〉》：「是以王武感物而折契，呂公覩形而進女。」李善注：「《漢書》曰：高祖常從王媼、武負貰酒，時飲醉臥，武負、王媼見其上常有怪。」〔註75〕「常有怪」所以釋「感物」。李善所引見《漢書·郊祀志（上）》載高祖大蛇，有物曰：「蛇，白帝子……」顏師古注：「物謂鬼神也」〔註76〕，「鬼神」是「物」之一義，這也是根據語境隨作注，非謂「物」必為鬼神。由物為鬼神這一訓詁，饒宗頤（1917～2018）徑以「物」為「畏獸」〔註77〕，《山海經》所載尤多，至敦煌卷子《白澤精怪圖》亦係此類。敏澤指出，《左傳》「象物」「包含著超現實物質存在的幻想之物在內的，例如上帝鬼神，以至夔龍饕餮等等」〔註78〕。其說皆本古注而發揮之。在「鑄鼎象物」語境下，「物」的含義從萬物縮小為「百物」，而又特指「鬼神」或「畏獸」。這表達了古人對「外境」的態度和方式，即對於不可把握的宇宙萬有所持有的神秘主義態度。

　　這種態度是人與自然關係的反映。人物基於「有靈」與否而分殊，人是天

〔註72〕　《春秋左傳正義》，《十三經注疏》本，上海古籍出版社，1997年，第1868頁中欄。

〔註73〕　《春秋左傳正義》，第1868頁中欄。

〔註74〕　王彥坤：《路史校注》，中華書局，2023年，第1397頁。

〔註75〕　（梁）昭明太子：《文選》，上海古籍出版社，1986年，第2268頁。

〔註76〕　（漢）班固《漢書》，北京：中華書局，1962年，第1210頁。

〔註77〕　饒宗頤：《澄心論萃》，上海文藝出版社，1996年，第266頁。

〔註78〕　敏澤：《中國美學思想史》（第一卷），齊魯書社，1987年，第32頁。

地的繼承者、模仿者，而非支配者、征服者。而宇宙萬有亦是一個生機勃勃的、和人互感互通的靈性存在。「協於上下」以「究天人之際」是和自然打交道的途徑，鬼神之學不僅在人類文明初期、即在人文昌明時代亦係顯學。鬼神之學逐漸銷聲匿跡係啟蒙運動的結果。「鑄鼎象物」是理解古語「象」「物」並舉或連稱的一把鎖鑰。理解了鑄鼎象物，就理解了古人關於鬼神的學問，也就理解了古人的宇宙觀和生活觀。

由於古人的宇宙觀奠定於人之「靈」而非現代理性主義基礎之上，因此宇宙萬有皆著「靈」之色彩。《說文·玉部》以「靈，巫也。」段注：「引申之義，如《諡法》曰『極知鬼神曰靈』、『好祭鬼神曰靈』」。〔註79〕人之所以為「萬物之靈」，正因其交通神明之道。人為「躶蟲」而與羽、介共同構成《大戴禮記·易本命》所稱「乾坤之美類」〔註80〕。人—物之間的緊張關係在現代相當突出，然傳統中人—物是相反相成的「對待」關係，而不是非此即彼的「對立」關係。人是萬物之「靈」，在遂古之初的世界裏與天地鬼神互存互倚。現代啟蒙運動已降，主客體的二元認識論改變了古典傳統將人視為宇宙之靈的教誨，從人、從意識出發將自然理解為人類意識的建構，〔註81〕自然遂成為人類認識、改造和征服的對象化客體。基於現代理性主義的認識論，哲學以對整體的知識取代了對於整體的意見，這套知識論系統預設了整體之可知性，將整體視為知識論的對象，整體就變成了客體而不復為真正之整體。〔註82〕現代知識論以損失「古人之全」為其代價，而「物」（鬼神）則是「古人之全」的一個核心內容。「鑄鼎象物」是體會「古人之全」的一個經典案例。

鑄鼎象物敘事中「夏之方有德」是「象物」的歷史情境，這種歷史情境恐無從得到實證考古學的證明（實證主義是現代知識論的獲取途徑），但經傳所記載雖無從證明，卻也難以斷然否定。鑄鼎的記載與四千年前經濟發展狀況是相適應的。中國本土青銅冶煉技術的成書不晚於石家河時代〔註83〕，此乃一基本事實。20 世紀 50 年代在中原一帶發現的冶煉遺址，足證早在公元

〔註79〕（清）段玉裁：《說文解字注》，上海古籍出版社，1981 年，第 19 頁下欄。

〔註80〕（清）孔廣森：《大戴禮記補注》，中華書局，2013 年，第 251 頁。

〔註81〕（美）列奧·施特勞斯著、黃瑞成譯：《哲學與律法：論邁蒙尼德及其先驅》，華夏出版社，2012 年，第 28 頁。

〔註82〕列奧·施特勞斯著、彭剛譯：《自然權利與歷史》，生活·讀書·新知三聯書店，2003 年，第 32 頁。

〔註83〕郭靜雲、邱詩螢、郭立新：《石家河文化：東亞自創的青銅文明》，《南方文物》2019 年第四期。

前 21 世紀華夏已熟練掌握青銅技術，到二里頭時期則飛躍發展。〔註84〕《左傳》「鑄鼎」的技術條件是成熟的。當然，夏之九鼎能否得到證實並不那麼重要。文獻所承載的觀念才是重要的。「有德」云云顯然指的是夏民族對四方政治力量的支配作用和影響力，為此才有「貢金九牧」的事，所謂「九牧」當即指《左傳‧哀公七年》「禹會諸侯於塗山，執玉帛者萬國」之「萬國」。「象物」意在「圖鬼神百物之形使民逆備之」〔註85〕，其說甚是。從近世出土的考古資料看來，儘管夏代鼎彝尚未發現類似後世寺廟中所塑造的鬼神之象，而二里頭殘存的陶片、或青銅器物上一首雙身的肥遺、龍紋或者饕餮紋等，和殷周青銅紋飾顯有淵源聯繫。況從更大的範圍來說，圖繪鬼神之制並非首創於夏代，仰韶、良渚、紅山、龍山、陶寺、石家河等多個史前文明亦有極豐厚的「象物」遺產，這些「物」且被冠以「中國古代諸神」的名號，有學者正是根據《左傳》「知神奸」的提示來理解它們的。〔註86〕石峁石雕亦屬於這一傳統，其神面與神像反應了當時的信仰內容與崇拜方式。〔註87〕上述文化遺址的「物」之起源皆較夏代為早，正可視為《左傳》「鑄鼎象物」的活水源頭。不過，此處需略作辯證的是，「象物」之「象」不必拘泥於「圖畫」或「圖……之形」，其含義遠較此為廣。《管子‧七法》：「義也，名也，時也，似也，類也，比也，狀也，謂之象。」注云：「義者，所以合宜也。名者，所以命事也。時者，名有所當也。似、類、比、狀，謂立法者必有所仿傚，不徒然也。」〔註88〕《管子》從立法方面著眼，然所列論對於理解「象」之一語不無裨益。據《國語‧楚語下》，在少昊之前有「天地神民類物之官」，而少昊德衰，導致「夫人作享，家為巫史」，〔註89〕「類物」猶言「象物」，即分別善惡，教導人民趨利避害，猶《左傳》之「知神奸」，而「家為巫史」則意味著「象物」之全的普遍化和民主化。由這則記載可以推知，在古國林立的時代，「象物」權力是相當隨意的，不僅「萬國」擁有此權力，而且甚至在

〔註84〕 金正耀：《二里頭青銅器的自然科學研究與夏文明探索》，《文物》，2000 年第一期。

〔註85〕 《春秋左傳正義》，《十三經注疏》本，上海古籍出版社，1997 年，1868 頁中欄。

〔註86〕 （日）林巳奈夫著，常耀華、王平、劉曉燕、李環譯：《神與獸的紋樣學：中國古代諸神》，生活‧讀書‧新知三聯書店，2016 年，第 3 頁。

〔註87〕 王仁湘：《石峁石雕：藝術傳統與歷史因緣》，《中華文化論壇》2019 年第六期。

〔註88〕 黎翔鳳：《管子校注》，中華書局，2004 年，第 106 頁。

〔註89〕 徐元誥：《國語集解》，中華書局，2002 年，第 514 頁。

「家」（民間）與「國」（官方）之間興替。「鑄鼎象物」則意味著一場全新的神權政治運動，何以言之？

俞偉超說：「就夏商周而言，最具文化特點的是大量青銅禮器，這是溝通神人的祭祀用物，上面鑄出的種種圖案，應該主要是崇拜的神靈的一種變形表現。」〔註90〕鼎作為禮器，象徵權力。此種權力，來源於對鼎彝上之「物」的壟斷。據《墨子·耕柱》所載「鼎成，三足而方……祭於昆吾之虛」〔註91〕、《漢書·郊祀志（上）》「聞昔泰帝興神鼎一……黃帝作寶鼎三，象天地人。禹收九牧之金，鑄九鼎，象九州。皆嘗鬺享上帝鬼神。」注「以享祀上帝也。」〔註92〕鼎所以為祭祀之器，鼎圖與權力相關。當「鑄鼎象物」的權力內涵不同於此前古國時代的「遠方」或「萬國」之「圖物」，此前的「物」僅僅表示部族的、方國的權力，而「鑄鼎象物」徹底改變了這一權力格局。它第一次實現了「九牧」的統一權柄，將「物」提升為「臨天下」的象徵。《漢書》注所謂「享祀上帝」，惟最高統治者才具有此等祭祀權力。這種力量正是通過鼎象（青銅器紋飾）來發揮作用的，體現了一種「超級神力」，楊曉能指出：「這種超級神力正是王朝統治者所精心設計的，宣揚了王朝的權威和通神能力，並為禮制網絡體系內的所有政治勢力所接受。」〔註93〕「鑄鼎象物」體現「方有德」的夏對「九牧」的主宰，其「物」是「超級神力」的象徵，而這種神力當歸因於其祭司對象，也就是所謂「上帝」或「天」。「鑄鼎象物」之所謂「協於上下」「以承天休」實則表達了兩個內容，其一是秩序，其二是天命。「天工，人其代之」（《尚書·皋陶謨》），所謂「文象設教」的具體表現是也。「鑄鼎象物」首要關懷是宗教的、政治的，它以「象」各個政治共同體的山川異物或神靈為表現形式，以通神、辨別吉凶和協和上下為宗教目的，而其根本訴求則是對政治共同體的統治。

「鑄鼎象物」反映的是華夏生產方式、生產工具的革命，由石器而青銅的進步帶動了先夏文明的政治變革，先前萬邦林立的各個古國文化逐漸匯聚到夏的旗下，文明匯流的結果是各方國的神明圖像逐漸被納入到統一的信仰體系之下，並重新賦予其價值—意義，這就是代表夏文明的「九鼎圖」。「象物」

〔註90〕俞偉超：《楚文化中的神與人》，《民族藝術》2000 年第 4 期。

〔註91〕王煥鑣：《墨子集詁》，上海古籍出版社，2005 年，998～999 頁。

〔註92〕漢班固《漢書》，中華書局，1962 年，1225 頁。

〔註93〕楊曉能：《另一種古史：青銅器紋飾、圖形文字與圖像銘文的解讀》，生活·讀書·新知三聯書店 2008 年，372 頁。

是一部鑄造在鼎彝上的《春秋》，是一套通過觀象來會意的「臨天下之辭」。「象物」與《禹貢》之「九州五服」互為表裏，前者是文教，後者是政治。嗣後一變而為《伊尹四方令》《王會圖》，再變而為「內中國而外諸夏、內諸夏而外夷狄」的史傳敘事（以《春秋》為藍本），並由此開出《山海經》《博物志》等「語怪」傳統。「鑄鼎象物」為後世古典敘事提供了本源性的思考，為華夏的地理認同、文化體認奠定了理論根基，不僅是華夏先民最初宗教觀、宇宙觀的反映，同時也是華夏政治—地理觀的反映。

鑄鼎象物雖僅是政治—文化方面的特殊現象，但此現象卻在很大程度上摺射出華夏先民體認外境、把握世界的思想方式和行為習慣。理解無文字、前文字時代的思想史，「象」居於核心位置。「鑄鼎象物」實現了「象」與政治的緊密結合，是「臨天下」的敘事表述。象物因此成為前文字、無文字時代的主要學問形態。唯此種學問不是知識論的，而是關乎人類自身存在方式的、關於治國平天下之道的存在論學問。這種存在論之學奠基於人之「靈」性設定之上，象物在「象」和「物」之間建立了活潑潑的聯繫，該聯繫以天道之大化流行、無往不在為其思想基礎，人類是天道的傚仿者、取則者、維護者和繼承者。象物之學，一言以蔽之，就是法天象地的學問。但這種學問從政治提升為哲學，卻經歷了漫長的歲月。經由古典思想家提升為「立象以盡意」的觀念，以八卦之象挫萬物於筆端，「象」方始具有了華夏世界觀和方法論的思想深度。

第四節　古典政教傳統之成形

「文象設教」為觀象、象物之本。《皋陶謨》云「方施象刑，惟明」，「象刑」有二說，一以畫像無肉刑，一以為象天道為刑。孫星衍以前者為古文說，後者為今文說。皮錫瑞駁之，以為後說出為荀子創論。〔註94〕從文象設教角度思考，孫說應當重視。凡言象，皆以天道為其底蘊。萬象、萬物莫不本於天道。《皋陶謨》「予欲觀古人之象」注云「欲觀示法象之服制」〔註95〕，「服制」，孫星衍引鄭康成：「天子以飾祭服」〔註96〕，然皮錫瑞引據《史記》，以為「日月星辰乃天象，似不宜畫於衣」〔註97〕，似所謂「服制」當包括輿

〔註94〕　（清）皮錫瑞：《今文尚書考證》，中華書局，1989 年，第 124 頁。
〔註95〕　（清）王先謙：《尚書孔傳參正》，中華書局，2011 年，第 194 頁。
〔註96〕　（清）孫星衍：《尚書今古文注疏》，中華書局，1986 年，第 97 頁。
〔註97〕　（清）皮錫瑞：《今文尚書考證》，第 108 頁。

服制度並言之。日月星辰是否為衣飾並非「古人之象」的根本,「法象」方為其關鍵內容。輿服制度要本天道而設,此不待言。「法象」其實就是法天象地,「古人之象」因此包含有許多表示品級的內容,而這個內容與「鑄鼎象物」一樣皆係權力和秩序的象徵。故「象物」一詞不必拘泥於《左傳》的特殊指謂,而應把握住其「文象設教」的思想內涵。《周禮・春官・大司樂》「象物」謂四靈,因其「有象在天」〔註98〕,《左傳・宣公十二年》「百官象物而動」疏謂「旌旗畫物類也,百官尊卑不同,所建各有其物,象其所建之物而行動」〔註99〕,與《國語・周語下》「象物天地,比類百則」〔註100〕含義相通。凡此等表述,皆《皋陶謨》「法象之服制」的具體展示。分別而論,四靈——四象的觀念是古代天文範疇,旗幟、服飾屬古代輿服範疇,鑄鼎象物屬於政治範疇。三者含義不同。而就其聯繫而言,四靈——四象也好,輿服、鑄鼎也罷,皆為中國古典禮制之分流,而中國古典禮制又都以「文象設教」「天工人代」為其理論背景。文象設教無妨簡稱象教,象教首先施行於信仰層面和政教層面,並由此而引申到倫常日用,「象服」「象刑」等黼黻文章類的服制文明,綿延數千年而不絕(清代官制以「補子」別品級,與《尚書・皋陶謨》「觀古人之象」一脈相貫),且更廣泛地體現為軍事制度(《左傳・宣公十二年》「百官象物而動」)、天文星象(如《周禮・春官・大司樂》「六變而致象物及天神」)、民俗生活(如《楚辭・招魂》曰「像設君室」、《山海經》「象物以應怪」)等領域。

要之,「象」為中國古典文教傳統之根本,此以《周易・繫辭上》表達最為切要:

> 子曰:「書不盡言,言不盡意。」然則聖人之意,其不可見乎?
> 子曰:「聖人立象以盡意,設卦以盡情偽,繫辭焉以盡其言,變而通之以盡利,鼓之舞之以盡神」。朱熹謂:「言之所傳者淺,象之所示者深。觀奇偶二畫,包含變化,無有窮盡,則可見矣。」〔註101〕

> 「聖人有以見天下之賾,而擬諸其形容,象其物宜,是故謂之象。」疏云:「賾謂幽深難見,聖人有其神妙以能見天下深賾之至

〔註98〕 (唐)賈公彥:《周禮注疏》,上海古籍出版社,1997年,第789頁下欄。
〔註99〕 (唐)孔穎達:《春秋左傳正義》,上海古籍出版社,1997年,第1879頁上欄。
〔註100〕 《國語》,上海古籍出版社,1978年,第103、104頁。
〔註101〕 朱熹:《周易本義》,中華書局,2009年,第242頁。

理也……見此剛理，則擬諸乾之形容；見此柔理，則擬諸坤之形容
也。」「象其物宜者，聖人又法象其物之所宜，若象陽物，宜於剛
也；若象陰物，宜於柔也。是各象其物之所宜。」〔註102〕

「立象以盡意」為聖人設教的根本原則。在言、意之間建了了一個「象」
的中間環節。上舉《尚書》、《周禮》、《左傳》、《國語》等文獻中的「象」各
局限於特殊領域，此處《易傳》的「立象以盡意」便由特殊推闡而至於一般，
從而具有世界觀、方法論意義。「深賾之理」為聖人「立象以盡意」方能見
及。而立象不外乎剛柔兩端，剛柔之理又本諸乾坤而立。易道以陰陽兩爻交
錯為用，錯綜為八卦，由八卦錯綜為六十四卦，宇宙萬物之「深賾」皆包含
於此六十四卦之中，是為擬諸形容。而萬物皆本於天地而有陰陽之分，因陰
陽而為之立「奇偶二畫」，以囊括無窮盡的萬物萬理，是為象其物宜。王弼
《周易略例・明象》以為「夫象者，出意者也；言者，明象者也。……言生
於象，故可尋言以觀象；象生於意，故可循象以觀意。」〔註103〕王弼建立
的是一個言→象→意三位一體的結構，「象」居於言、意的中間位置，這與
《易經》的構成肌理是符合的。不過，應當注意到，《易經》體系中，最原
初也最核心的是爻象系統，言辭系統是後來附著的產物。言易象最奧衍精微
者莫過於近代易學家尚秉和，尚氏運用大象、正像、反象、伏象、覆象、半
象、對象、逸象等，對《易經》進行了詳贍宏博的解說。謂「《易經》無一
字不根於象」〔註104〕。其說發人所未發。《易經》爻「象」以兆象基礎，而
兆象以天地之象為根本。卦象「包含變化，無有窮盡」，因其所取法為天地
萬物萬象。

「古者包犧氏之王天下也，仰則觀象於天，俯則觀法於地。觀
鳥獸之文與地之宜，近取諸身，遠取諸物，於是始作八卦，以通神
明之德，以類萬物之情。」疏云：「仰則觀象於天，俯則觀法於地者，
言取象大也。觀鳥獸之文與地之宜者，言取象細也。大之與細，則
無所不包也。」〔註105〕

《周易》設卦觀象、立象盡意是古人體察宇宙萬有、把握世態人情的基

〔註102〕（唐）孔穎達：《周易正義》，上海古籍出版社，1997 年，第 79 頁上欄。

〔註103〕（魏）王弼撰、樓宇烈校釋：《周易注》，中華書局，2011 年，第 414 頁。

〔註104〕尚秉和：《焦氏易詁》，《尚秉和易學全書》第三卷，中華書局，2020 年，第
375 頁。

〔註105〕（唐）孔穎達：《周易正義》，上海古籍出版社，1997 年，第 86 頁中欄。

本方式，「以通神明之德，以類萬物之情」。「象」「物」之間本來就是一體兩面的，而《周易》則將之整體化、系統化。觀象行為根植於「天行」，《周易・剝》之《彖辭》：「順而止之，觀象也；君子尚消息盈虛，天行也」。〔註106〕「天行」即天道，「萬物之情」所以可由觀象而類之，因「物」「象」不須臾離，體天道而運動。天道無非兩端，即「消息盈虛」而已，也就是陰陽推移之道。《周易・觀》「觀天之神道，而四時不忒；聖人以神道設教，而天下服矣」朱熹云：「四時不忒，天之所以為觀也。神道設教，聖人所以為觀也。」〔註107〕天道之所以謂之神道，正在其陰陽不測。「神道設教」猶如前文所言「文象設教」，「物」「象」雖千變萬化，要之不離四時盈虛、明晦交替等陰陽變化之理。故此「神道設教」以究天人之際為其宗旨。「觀乎天文，以察時變；關乎人文，以化成天下」〔註108〕，有自然之「文象」而通於人類之「文明」。章學誠云：

> 有天地自然之象，有人心營構之象。天地自然之象，《說卦》為天為圓諸條，約略足以盡之。人心營構之象，睽車之載鬼，翰音之登天，意之所致，無不可也。然而心虛用靈，人累於天地之間，不能不受陰陽之消息，心之營構，則情之變易為之也。情之變易，感於人世之接構，而乘於陰陽倚伏為之也。是則人心營構之象，亦出於天地自然之象也。〔註109〕

章氏「天地自然之象」相當於《易》之「天文」，「人心營構之象」相當於《易》之「人文」。人「心虛用靈」，因有「情偽」，人之情偽是本於天地天地陰陽消息同，是人文出於天文之徵。故此古代政治制度，皆本天道而治人，《書》之「天工人代」、《詩》之「天生烝民、有物有則」、《周禮》以天地四時統官制、《春秋》之係人事於天時，都是因「時變」而察「人文」的體現。但係人文於天道，並非意味著放棄人自身。《周易・履・上九》「視履考祥」朱熹云：「視履之終，以考其祥……占者禍福，視其所履而未定也。」〔註110〕人倫日用之常仍是「設教」的出發點和目的。

〔註106〕朱熹：《周易本義》，中華書局，2009年，第107頁。

〔註107〕（宋）朱熹：《周易本義》，中華書局，2009年，第98頁。

〔註108〕（宋）朱熹：《周易本義》，中華書局，2009年，第105頁。

〔註109〕（清）章學誠著、葉瑛校注：《文史通義校注》，中華書局，1985年，第18～19頁。

〔註110〕（宋）朱熹：《周易本義》，中華書局，2009年，第105頁，第73頁。

　　何為教？教與爻象何關？《說文‧教部》：「上所施，下所效也。從攴從爻，凡教之屬皆從教。」段玉裁曰：「上施故從攴。下效故從爻」。〔註111〕《說文‧子部》「爻，放也。從子爻。」段玉裁注：「放，各本訛作放，爻今依宋刻及《集韻》正，放、仿古通用。許曰：『放，逐也』，『仿，相似也』，爻訓放者，謂隨之依之也，今人則專用仿矣。教字、學字，皆以爻會意。教者，與人以可仿也。學者，仿而像之也。」〔註112〕教學皆有仿像的含義，所以林義光以為「古教學同字」〔註113〕，教學兩字的核心字形是「爻」字，《說文‧爻部》「爻，交也。象《易》六爻，頭交也。」段注：《繫辭》曰「爻也者，效天下之動者也。」〔註114〕其字見於甲骨文，朱芳圃曰：「重乂為爻，字之結構，與重火為炎、重木為林相同。蓋象織文之交錯。」李孝定曰：「《藏》一〇〇‧二言六爻不詳其義，當非《易》六爻之義也。」〔註115〕李指出其別構三乂相疊，然懷疑甲骨文爻字非《易》六爻之義，則可商。前引張政烺、張亞初等文已明確，殷商時代確有「六爻」無疑，李孝定之說未為允當。至其所說從三乂的爻之異構，其字宋人薛尚功《歷代鍾鼎彝器款識法帖》》收錄，以為「且三乂，又意其為五字，從二一而交之。象陰陽交午之義，天數窮於九，地數終於六。九六之數為十五，而天地之數備三乂者，十五也。古之聖人極其數，遂定天下之象，故以之製器，而天地之數寓焉。」〔註116〕薛說從爻字立論，指出了其與「天下之象」的關聯，可從。然此字當係乾卦的筮數卦象「五五五」，商周時期有十幾件青銅器銘有類似卦符。〔註117〕河南臨汝閻村所出仰韶時期的《鸛魚石斧圖》、淅川下王崗二里頭時期陶豆上所見的「×」形符號，〔註118〕或正是爻字，爻與象，相輔相成，亦垂象、設教之意。後世器皿上的「亞」形符號，蓋由此萌蘗，大略存天人交通、陰陽

〔註111〕（清）段玉裁：《說文解字注》，上海古籍出版社，1981 年，第 127 頁上欄。
〔註112〕（清）段玉裁：《說文解字注》，上海古籍出版社，1981 年，第 743 頁下欄。
〔註113〕林義光：《文源》，上海古籍出版社，2017 年，第 179 頁。
〔註114〕（清）段玉裁：說文解字注》，上海古籍出版社，1981 年，第 128 頁下欄。
〔註115〕于省吾主編：《甲骨文字詁林》，中華書局，1996 年，第 3257 頁。
〔註116〕（宋）薛尚功：《歷代鍾鼎彝器款識法帖》，浙江古籍出版社，2012 年，第 49 頁。
〔註117〕張金平：《考古發現與易學溯源研究》，中國社會科學出版社，2015 年，130 ～160 頁。
〔註118〕臨汝縣文化館：《臨蓐閻村新時期時代遺址調查》，《中原文物》1981 年第一期；河南省文物研究所、長江流域規劃辦公室考古隊河南分隊：《淅川下王崗》，文物出版社，1989 年，第 283 頁。

摩蕩之義。此古文爻字正是交叉之象，爻之交、之動，正是古人對天地之「賾」的體察，爻者物之運動法則，象者物之表現形式，爻象正一體不二的，這正是「立象」的功效所在。就人物二分的立場而說，教、學都是以「爻」或「象」為其內容的，也就是以物之動和物之表象為主要內容；就人物一體（人亦物也）的立場而言，教和學本身就是以「爻」或「象」的方式進行的。象教乃華夏文教的根本傳統。

> 象之所包廣矣，非徒《易》而已，六藝莫不兼之；蓋道體之將行而未顯者也。……《易》與天地準，故能彌綸天地之道。萬事萬物，當其自靜而動，形跡未彰而象見矣。故道不可見，人求道而恍若有見者，皆象也。〔註119〕

章學誠指出象為六藝所兼，《易經》之「設卦觀象」的思想可推闡到《詩》、《書》、《禮》、《春秋》等學，並且通會於諸子百家之學，因百家之學，源出於《周官》。〔註120〕他指出象為「道體將行而未顯」的狀態，洵為精闢之論。道不可見，所見者唯象而已。此發揮老子之學的精髓。這與巴門尼德強調「存在」的完整性、笛卡爾追求「我思」的明確性、康德為了論證理性的邊界而不惜將其與信仰折成兩截等西式明晰思維根本不同，章學誠秉承華夏固有思想傳統，指出道之「不可見」而「恍若有見」的虛靈特質。華夏思想的最高境界不是清晰明白、而是惟恍惟惚；華夏古典政教不追求標準化的、指標化的清晰，而是追求物、象相摩、綿綿不絕的生機。

職是之故，《易》與天地準的根由在於，象之彌綸宇宙的不可窮竭性。象在華夏文化中具有元觀念的地位。如章氏所言：「懸象設教，與治歷授時，天道也。《禮》《樂》《詩》《書》與行、政、教、令，人事也。天與人參，王者治世之大權也。」〔註121〕觀「象」是華夏先人探宇宙之賾、究天人之際、通古今之變的根本文教。明乎此，乃可進一步討論華夏政教與神話的關係，乃可進一步理解「神話」（具體而言，即「神話歷史化」理論）何以在中國成其為問題。釐清「立象以盡意」這一政教傳統的起源，釐清了「象」「物」之間的關係，就能進一步明確，何以要透徹闡明神話歷史化這一本屬於神話學的現代學科知識論問題必然需要深入對古典政教傳統的理解和把握。深入古典政教傳

〔註119〕（清）章學誠著、葉瑛校注：《文史通義校注》，中華書局，1985年，第18～19頁。
〔註120〕《文史通義校注》，第19頁。
〔註121〕《文史通義校注》，第2頁。

統、深入理解神話與政教之間的關係，就必須深切理解本章所提出的「神道設教」的觀念。為避徒託空言之弊，使本書所探討的神話—政教關係問題更為深切著明，下文我們即以《焦氏易林》為例來討論「神道」與「象」「教」之間的關係。

第三章 「觀象」與「神道設教」
——古典政教下的「文」「象」述思與神秘主義

　　中國學術建制中的文學學科是參照西方學科而來的，神話學不僅是民俗學學科中的一門學問，而且長期以來也被置於「文學」學科之下——在古典傳統的、前現代的「文學」之前，被視為文學之對象等價物的那批「史料」乃「言志」「載道」之具，經國之大業，不朽之盛事，它們關乎心性，與人之何以為人的存在需求息息相關；而在現代性語境之下，這些僅僅是有待整理的「國故」而已，它們是客觀的、與研究者不再相干的史料，和現在的生活習俗、倫理習慣、精神價值完全脫鉤。自其表面言之，西方「文學」觀念的引入、西方術語的使用，當然滿足了「現代的」文學學科建制的要求；從深層次看來，卻是植根於西方區域的、經驗的理論對本土文化的干預和僭越。五四先驅們在向西方尋求真理的恢弘運動中，由於救亡圖存的使命感，未能深刻反省東西文化之接榫的可行性問題。他們普遍接受了一個預設，即西方理論等同於真理，從而忽略了：根源於西方文化的「科學」理論是否具有解釋一切異文化的先天合法性，而不需經過任何批判和反思。因此，新文學運動的直接後果就是，將文學之關涉人的道德存在、政治生活方式的特質削弱為純粹的技術性存在，古典文學傳統可以通過史料的梳理而貫穿，創作可以通過兜售寫作技巧而獲得。「有機械者必有機事，有機事者必有機心」（《莊子・天地》），現代文學建制、現代神話學的出爐就是一個飽含「機心」的「機械」之事，與發乎天然、生機蓬勃的古典文教傳統迥然有別。明乎此，對文學進行徹底的而非浮泛的、全面的而非局

部的反思，正是當務之急。如前所論，中國現代的文學運動、神話學建設是西方二元論介入的產物，反思現代需要有一個更宏大的理論視野。這種視野就是我們一貫強調的東西一體、古今不二，本書即從古今平等對話的立場，以漢代易學著述《焦氏易林》為個案，分析「文學」在古典政教傳統與現代學科建制兩端之異，並分析其作為占驗素材的神話性質，以期探究《易》學在當下現代化語境中重新闡發可能性。

第一節 「觀象」「繫辭」的表達策略

　　《焦氏易林》在現代學術語境中是文學問題、哲學問題甚或宗教問題、神話問題。但在傳統經學內部，《易林》自然附屬易學，至其末流，則歸諸方技、數術。隨著傳統經學體系的解體，《易林》首先被視為「文學」作品，文學云云顯然就包含有跨文化交流的因子（現代學科建制下的文學觀念為域外輸入），也就自然地包含有現代性的因素。因此，從古今之分、現代性與前古典之變的角度分析《易林》觀念的變遷、闡釋其美學思想，就具有一定的現實理據。《易林》既然是一部古書，首先當放置於古典政教傳統的論域探究其表達形式。在進入《易林》本身的形式之後，進一步從現代語境下蠡測其可能的思想底蘊。本篇以什麼方法進入《易林》的傳統論域呢？

　　西學的「春秋筆法」派列奧‧施特勞斯窮其畢生之力反覆申述隱微述法。彼謂柏拉圖將至高真理留給通過蛛絲馬蹟來發現其嚴肅教誨的少數人，他並不清晰明確地表達其核心觀念，是故理解柏拉圖不惟要關注其表達內容，而且還要留意其表達的形式。〔註 1〕柏拉圖形式上多取對話體，而內容上喜用神話，這兩者皆密切關乎其真實意圖的表達。施特勞斯學派的「字裏行間閱讀法」對於中國當代讀者無疑是一個及時的、有益的提醒。重視「春秋筆法」、關注字詞的言外之意恰恰是中國文學的優良傳統。在遭遇西方現代學術觀念的洗禮之後，所謂高等考據學和學科體系架構的衝動使得我們忽略甚或遺忘了這一傳統。對於古人而言，並不需要刻意強調作者的「筆法」問題，中國古典注疏學的深厚傳統從未放棄對筆法問題的關注，得意忘言、以意逆志本來就是斯文道脈的看家本領。然經歷了百年西方現代文教的洗禮之後，士大

〔註 1〕（美）列奧‧施特勞斯著、彭磊、丁耘等譯：《蘇格拉底問題與現代性》，華夏出版社，2008 年，第 223～225 頁。

夫降格為知識人，尊德性與道問學斷為兩截，在這種背景下，重溫古聖賢的古老教誨、重新以聖賢傳心之法來閱讀古書，即具有其緊迫性和必要性。閱讀古籍，首先當以古人理解自身的方式理解古人，即所謂現象學同情之理解的方式。同情之理解的效果取決於現代人自身的德學才識之深淺，然無論如何，讀書先從識字起是代代相傳的教誨，這個教誨永不過時。施特勞斯學派政治哲學的輸入無疑是我們重啟古典之路的助推劑和契機。運用字裏行間閱讀法，對《焦氏易林》的理解也是完全合適的。

《焦氏易林》在傳統經學屬於「易學」範圍，在當下由易學而文學、而科學，傳統「易學」的土壤早已無可奈何花落去，今日《易林》研究庶幾為文學、史學、哲學等各個學科的研究素材，面對學科分割日益固化，道術將為天下裂之困境，開展東西對話、思考古今之變無疑是一條可行的學術取徑。就現代學術語境論，《易林》之為文學、為哲學素材本身就是一個現代學術現象；《易林》的古今之外又橫亙著東西文化，古今、中外是現代語境下解讀古書不得不面對的兩個維度。本篇尤其注重將平等對話原則與施特勞斯閱讀法結合起來，即回溯法和緊貼文本閱讀法的結合。

從古典政教傳統內部出發，釋讀《焦氏易林》自當參酌《周易》模式，而非當下的各種文學批評模式。所謂《周易》模式包含兩個層次，其一是《周易》本身的表達形式，其二是擬《易》、申《易》的形式，以及《周易》前賦的占卜形式。《周易》本身是一個傳統，其前有漫長的卜骨、卜甲以及卜辭等占卜傳統、有綿延的數字卦以及《連山》、《歸藏》等夏商易學傳統；其後世繼作則有揚雄《太玄》、司馬光《潛虛》以及蔡沈《洪範數》等。這說明《易》學乃一深厚的傳統，而《易林》亦為此深厚傳統之一脈。無論擬作還是前賦形式，占卜為其最根本、最直觀的形式，《周易》之所以免遭秦火，恰恰在其占卜書的形式。其所以淪為方技之書，也由於此。占卜在理性昌明的時代，被視為文化糟粕而招致抵制或廢棄。然在古典傳統內部，占卜卻事關重大。理解《周易》並進而理解《易林》，率先當理解占卜在古人生活中的地位。就占卜這一角度論，卜辭和《易》占完全可以視為同一系統。但是《易》學的傳統顯然是以蓍草為主要工具，這與卜辭主要依賴於卜骨是有區別的。《說文·卜部》：「卜，灼剝龜也，象炙龜之形。一曰：象龜兆之縱橫也。」王筠曰：「許君亦無灼見，故存兩說」。〔註2〕所謂兩說，即灼龜和兆文之說，其

〔註2〕徐復、宋文民：《說文五百四十部首正解》，江蘇古籍出版社，2003年，第76頁。

後吳夌雲、羅振玉、胡小石等皆主兆文之說，並驗之以甲骨卜辭，其說可信，然並不能由此廢灼龜之說，因灼龜乃占卜的主要手段，兩說可並存。筮則是另一套占卜方式，《說文·艸部》「蓍，蒿屬，《易》以為數。」〔註3〕所謂為數及計算之意，《繫詞》之揲蓍者即是。由此而論，卜筮實作為兩套不同的占驗方法，卜所以為象，蓍所以計數。卜乃直觀的方式，而蓍則是推衍的方式。《周易》所營構的占驗體系恰恰既是觀象的，又是推衍的，這個系統被稱為象數之學，它築基於綿長的史前占卜傳統之上。古代易學的《連山》、《歸藏》和《周易》在意象體系上一脈相承〔註4〕，儘管夏、殷兩部《易》書現在尚未能夠證實，但從史前占卜遺跡以及數字卦等考古證據推斷，意象體系淵源古老殆可定論。《左傳·僖公十五年》文：「龜，象也；筮，數也。物生而後有象，象而後有滋，滋而後有數。」所謂龜，說的正是龜卜。按照《左傳》的意見，數乃在象之衍生。古人言象、言數絕不是從美學意義和書學意義上談論，而是從宇宙論意義來說的，象數二字因此帶有世界觀的含義。理解了象數問題，乃能進一步理解《周易》的表達方式，並進而把握《易林》的結構形式。

《周易·繫辭上》：「聖人設卦觀象，繫辭焉以明吉凶」朱熹云：「象者，物之似也。此言聖人作《易》，觀卦爻之象，而繫以詞也。」〔註5〕所謂「物之似也」呼應《左傳》之「物生而後有象」，物自謂宇宙萬有，萬有皆有其「象」，言象必聯及於物，但古人之「物」包含「事」「物」兩端的，亦即除了天地山河動植礦產之外，尚包含上述諸物的性狀行為，故有所謂「失得之象」、「憂虞之象」、「進退之象」以及「晝夜之象」之類的象。要言之，所謂象絕非只是眼睛所能觀測到的形象，而且還包括思維能夠把握的意象。《繫辭上》又云：「子曰：『書不盡言，言不盡意。』然則聖人之意，其不可見乎？子曰：『聖人立象以盡意，設卦以盡情偽，繫辭焉以盡其言，變而通之以盡利，鼓之舞之以盡神』。」朱熹謂：「言之所傳者淺，象之所示者深。觀奇偶二畫，包含變化，無有窮盡，則可見矣。」〔註6〕言淺象深，這是《易》所以「立象以盡意」等五項表達原則。這五項基本原則道出了易學「廣大悉備」性質。《焦氏易林》的結構體系基本不出此五項原則之內。

〔註3〕臧克和、王平：《說文解字新訂》，中華書局，2002年，第40頁。

〔註4〕朱興國：《三易通義》，齊魯書社，第275、340頁。

〔註5〕朱熹：《周易本義》，中華書局，2009年，第224頁。

〔註6〕朱熹：《周易本義》，第242頁。

《易林》在易學體系中佔有重要地位，其作者為焦延壽還是崔篆，歷來聚訟紛紜。一般傾向於認為其為焦延壽。然焦氏在易學史上地位卻很微妙，正統易學史斥責其離經叛道，或列入五行家，或列入術數者流。這種評價限制了對漢代易學史原生態運動的認識。〔註7〕儘管如此，《易林》與《太玄》一樣，皆為漢代發揚《周易》的恢弘之作，其卷帙浩繁的篇幅本身就說明《易林》對《周易》體悟之深。從傳統文教內部反觀《焦氏易林》，它首先是傳統經學內部的問題，換言之首先是易學問題。至於現代人所激賞的文辭之美、其與《詩經》如何為四言矩矱云云，那是文學觀念重新欣賞《易林》之後的結果。《易林》的詩學路徑並不是「同情之理解」的研究路徑。這就如同將司馬遷視為史學家一樣，司馬遷「從孔安國問故」「聞之董生」，其著史的目的乃是「通古今之變，究天人之際」而不是為現代考據家保存史料。古人之所謂「史」非當下之所謂「歷史」，古人之所謂「文」亦非當下之所謂「文學」。

對於傳統意義上《焦氏易林》的理解，當然首選易學而非文學的角度。《易林》的「觀象」「繫詞」恰似文學和思想的一體兩面，其作者正是具有文史雙棲的詩哲型人物。《焦氏易林》的其易學特徵首先是「立象以盡意」的五項基本原則。所謂「聖人立象以盡意」是就「觀象」層面而言，「設卦以盡情偽」是就卦德層面而言，「繫辭焉以盡其言」是就其文辭立說，「變而通之以盡利，鼓之舞之以盡神」是說其功用和價值，即「天人之際」。這五者之間雖側重不同，卻不能判然劃分。它們之間是一種既有聯繫又有區別的關係。不過最基礎的、最直觀的仍是「立象」層面。

《焦氏易林》的「象」和《易經》並無二致，要之亦本《易經》而來。關於《易》象，歷來亦有不同觀點。王弼云：「義苟在健，何必馬乎？類苟在順，何必牛乎？爻苟合順，何必坤乃為牛？義苟應健，何必乾乃為馬？」〔註8〕其掃象主張實際針對濫用易象而言，黃宗羲云：「聖人以象示人，有八卦之象、六爻之象、象形之象、爻位之象、反對之象、方位之象、互體之象，七者備而象窮矣。後儒之為偽象者，納甲也，動爻也，卦變也，先天也。四者雜而七者晦矣。吾觀聖人之繫辭，六爻必有總象以為之綱紀，而後一爻有一爻之分象，以為之脈絡。學《易》者詳分象而略總象，則象先之旨亦晦矣。」〔註9〕黃氏

〔註7〕連鎮標：《焦延壽易學淵源考》，《周易研究》1996年第一期。
〔註8〕樓宇烈：《周易注校釋》，中華書局，2012年，第415頁。
〔註9〕（清）黃宗羲：《易學象數論》，中華書局，2010年，第117頁。

所謂八卦之象，為乾坤之屬；六爻之象，謂陰柔陽剛之屬；象形之象，謂離火、坎水之屬；爻位之象，謂九五為君之屬；反對之象，謂卦之陰陽爻相反；方位之象，為乾西北、巽東南之屬；互體之象，謂二三四、三四五所成之象。黃氏此段，對傳統象數學中納甲、納音、先天卦等提出批評，又明確了「立象」的具體規則，廓清了對傳統象數之學的理解。然黃氏的批評對於《周易》理解是有幫助的，卻不盡合《焦氏易林》的卦象系統。《易林》顯然使用了納甲，比如《臨之乾》有云「黃貙生子，以戌為母」尚秉和注：「坤為母，候卦據戌，戌狗，故曰『以戌為母』」〔註10〕它如《需之晉》、《蹇之謙》等亦多以先天、卦氣為釋。對於黃氏的批評，當持辯證的看法，不可一概而論。《易》道既然廣大悉備，若非機械的、僵化的立場，符合其思想的，當接受之。立象、設卦、繫辭本是三位一體的關係，這說的是卦象和爻辭之間的關聯，而變通、鼓舞說的是象詞之用。《焦氏易林》的卦象，不出黃宗羲所說之七種情況。

尚秉和注釋《易林》謂「所有卦爻辭皆從象生也。而《說卦》之象，特舉其綱領，使人類推，非謂象止於此也。」《易林》實為《易》象之淵藪」。「《易經》所有人名、地名，無不從象生。《易林》之注，凡人名、國名、鳥獸名、地名，隨手舉來，無不與象妙合。」「《易林》實集象學之大成。」〔註11〕《焦氏易林》的「象學大成」表現形式，突出地體現與其卦象與辭之間「妙合」的關係，比如卷九《晉》之《屯》：「龜蛇之怪，大人憂懼，梁君好城，失其安居。」注：「坤為魚，為蛇，坎為怪。震為大人，坎為憂懼。震為君，震木為梁，故曰梁君。艮為城，正覆艮，故曰好城。艮為安居，坎失，故曰失其安居。元本注：《春秋》：梁君好城而弗處，卒亡其國。」〔註12〕依據《說卦》，卦象代表的物象並不僅止於《易經·說卦》所舉幾種，而是由此類推至於無窮，然此類推之法，也是本於已有成象而衍生。故一象可以對應多卦，而一卦自可包蘊諸象。卦辭、卦象之間存在緊密的關係，辭由象生的判斷顯然無可非議。此處「覆艮」乃用覆象。《焦氏易林》由此乃植根於《周易》「立象以盡意」五項原則基礎之上，其林辭或引申、點化《周易》相關卦辭、爻辭，或據卦象而自造新語。由其自造新語，又可反推《易》所未明確之逸象，總有一百七十之多，足證其「象學之集大成」的價值。

〔註10〕尚秉和：《焦氏易林注》，九州出版社，2010 年，第 151 頁。

〔註11〕尚秉和：《焦氏易林注》，第 2～4 頁。

〔註12〕《焦氏易林注》，第 282 頁。

第二節　文象相參的述思方式

　　《焦氏易林》乃漢人著述中罕見的鴻篇巨製，其內容出入於《周易》和《詩經》之間，卻又帶有子學的性質，《易林》博大精深，思想兼容百家而又以儒為主。

　　在漢儒卦變基礎上，《易林》將每卦變卦為六十四卦，與《周易》以爻辭為占驗的格式不同。正是由於《易林》使用了卦變思想，因此受到後人的批評。如黃宗羲云「爻者，言乎變者也。《易》中何卦不言變？」〔註13〕至於言卦變者如虞翻、朱子等，皆不能圓照。如虞翻「以兩爻相易主變之卦，動者只一爻」然此法「不能不有重出之卦」，而李挺之以「兩爻皆動」說卦變，雖能避免虞翻重出之失，卻「又不如虞氏動以一爻之有定法」〔註14〕，故黃梨洲乃以「偽象」視卦變。《易林》除了在「觀象」「繫辭」直接推闡《易經》之外，在結構體例上亦本於《易經》六十四卦基礎，運用卦變原理而生出四千零九十六卦，每卦係一首詩歌。全書共十六卷，每卷四林，共計六十四林。每一林又分為六十四卦，共計四千零九十六卦。每卦以四言詩為其占卜辭（也包括小部分三言，比如《大有之需》、《剝之兌》、《震之革》）。這點與《周易》有所不同，《周易》六十四卦，每卦六爻，每爻各配爻辭，共得爻辭384條，另加乾坤兩卦「用六」「用九」兩條。正是由於其卷帙浩繁，所以卦之上別立「林」之目，《焦氏易林》號稱《易林》，「林」之名與《淮南子‧說林》含義相同，類似於今人之所謂淵藪。故卦變雖容可議論，而其四千零九十六首詞占全用《詩經》四言韻語，其意象奇穎、理識警悟。《易林》之「繫辭」，繼承的是《詩》的意象傳統。正是看到到其形式上和《詩經》的相似性，《易林》也就具有了詩的質素。《易林》繼承《詩經》卻又有所發展，「繫辭」不惟摒棄了《易經》佶屈聱牙的卜辭體，而且也摒棄了《詩經》古奧深雄的雅、頌體。《易林》中的四言更多地借鑒了《詩經‧國風》的風格，它沒有輝煌大篇，通常以四句或六句的短詩組成，此外亦有二句（如《坤之艮》、《坤之漸》、《未濟之否》、《鼎之需》）、三句（如《比之頤》、《泰之萃》、《同人之坤》等）、五句（《師之訟》《謙之隨》）、七句（如《大有之訟》、《咸之大畜》）、八句（《恒之觀》）、九句（《恒之比》）等形式。由此，占驗之詞就顯得平易流暢，清新可喜。四、六的偶數句形式正與「觀象」的內外卦、六爻互相呼應。就這些

〔註13〕《易學象數論》，第66頁。
〔註14〕《易學象數論》，第68～72頁。

詩歌的特點而言，其取象亦極為鮮明。然《易林》出入於《易學》《齊詩》之間，其所營構的文學空間亦絕不僅止於「詩」之一途，而是帶有更深刻的思想內蘊。

《易林》具有詩的質素，卻並不能徑直謂之為文學作品，這是古今對其認識的一個重大分歧。現代學人將其視為文學作品而加以考據、分析和研究，這個立場和古典立場是完全不同的。其中有一背景就是華夏本土知識體系的解體，傳統經學系統不復存在，現代學人遂引入西方學科建制，各種文學史在經學的廢墟上建構起來。「文學」觀念的建構是以犧牲傳統經學的價值——意義之代價的。在古典範疇之內，《詩經》等經學典籍是安身立命的依據，是道德修養的準繩，是價值軌範的源泉，而到現代以來則降格為辭章字句的欣賞，不再關涉性命。《焦氏易林》之際遇與經學瓦解、西方學科建制重構的現代化環境息息相關，其被視為文學而與「詩三百」並列，與《詩經》由經而文學、而民歌的沉浮如出一轍。這也與《山海經》由「語怪之祖」而史學、而「聖書」的經歷相似。古今價值觀念的更迭，深切影響著古代典籍的重新定位。近代以來，文學家聞一多承晚明以來重視賞會的風習，選編《易林瓊枝》，建國後錢鍾書《管錐編》立《焦氏易林》專題，論及三十林，涉及林辭數百篇。從「造境寓意」、「擬象變象」、「詞令之妙」等分剖之，《易林》的文學性屬才逐漸被建構出來。〔註 15〕錢鍾書極力駁斥馮班、章學誠等但歸於「經部韻言不入於詩」的見解，將其納入詩歌的範圍考察。〔註 16〕然錢氏的視角乃是「談藝」的視角，而非《易學》的視角，其論《易林》文辭之美固無可議，而對於《易林》之易學內蘊的掘發卻顯然不夠。

在傳統經學框架內，《易林》占驗本傳《齊詩》。「焦氏學於孟喜，喜父孟卿，家傳《齊詩》，故焦氏所說，皆《齊詩》。不惟於《毛詩》十九不同，於《魯》《韓》亦多異。如《凱風》毛謂『有母不安於室』，焦謂『母亡思母』。《蝃蝀》，《毛傳》謂『刺淫』，焦謂『傷讒』，如此者有百則之多。」〔註 17〕比如《謙之歸妹》「爪牙之士」云云，林詞即以《詩經·小雅·祈父》詩意為說。論其思想內容，《易林》融合易學和詩學兩個傳統，《易林》四千零九十六卦象與其詩作之間形成文象互相闡釋的關係，「本易理以詁易辭，如磁鐵之

〔註 15〕陳良運：《「《易林》幾與《三百篇》並為四言詩矩矱」——錢鍾書論《易林》述評》，《周易研究》2002 年第五期。

〔註 16〕徐傳武、胡真：《易林彙校集注》，中華書局，2012 年，第 1380～1385 頁。

〔註 17〕《焦氏易林注》，第 3 頁。

吸引；由易辭以準易象，如軌鑿之相投」〔註18〕，《詩》所以發易理，象所以助詩情。

《易林》的詩作首先是作為占驗之詞、為說明易象而存在的。如《損之噬嗑》「河伯娶婦，東山氏女。新婚三日，浮雲灑雨。露我菅茅，萬邦蒙祐。」尚秉和注：「坎為河，震為伯，離為坎婦，震為娶、為東，艮為山，故曰東山氏女。坎為婚，離日，震數三，故曰三日。坎為雲雨、為露，震為草莽，在坎下，故曰露我菅茅。艮為邦，震為萬。《史記》西門豹為鄴令，三老五更為河伯娶婦。然下云東山氏女，似別有故實。」〔註19〕從詩作看，貌似一首敘事短詩，但此詩是為了配合卦象而創制的，是出於占驗的目的。要言之，《焦氏易林》的核心在於其占驗體系，意即其對於吉凶災祥的推演和預測，它以《易學》之「觀象」為主要表達手段，以《詩經》四言為占詞形式，試圖通過卦變的形式更廣泛地容納宇宙、人生的各種事項，因此占驗內容極其豐富，其附繫的詩占也就包羅萬象，舉凡宇宙萬有、人生百態、成聖修仙、求醫問藥、飲食起居、械鬥爭吵可謂應有盡有。其內容雖深廣，卻不免有異端之譏。所謂「聖人之道本易簡而自無窮，小慧之術愈繁難而偏有盡。」〔註20〕

《易經》自古以來就不是一本針對所有人而寫的大眾普及讀物，而是「苟非其人，道不虛行」的經典之作。「《易》之為書也，廣大悉備，有天道焉，有地道焉，有人道焉」「能說諸心，能研諸侯之慮，定天下之吉凶，成天下之亹亹者」〔註21〕。《易經》是一部內蘊並未向所有人展示的聖賢書，觀象繫辭的結構形成了獨特的文學屬性。儒書教誨一貫主張「道不遠人」「道乃人倫日用所當行者」，批評「索隱行怪」，然儒家思想卻又是「極高明而道中庸」「仰之彌高」的。這種博大沉雄、浩瀚無涯的氣象也同時是《易經》的特點。《周易》之廣大悉備絕不僅僅只是一套話語，而確確實實是思致和文辭上極為深邃。欲深入《周易》需首先突破其卦象、繫詞所設置的重重障礙，探賾索隱、鉤深致遠絕非徒託空言。《易林》融合《周易》《齊詩》兩大傳統，在兩套架構之間形成巨大的闡釋空間。《易林》言、象之間的巨大闡釋空間，也需要通過認真研讀、思索方能真正理解。《易林》的觀象系統完全沿襲《周易》，這點與《太玄》《洞極真經》皆有所不同。《易林》的繫辭系統卻完全另起爐灶，它以四言詩

〔註18〕尚秉和：《周易尚氏學》，中華書局，2016年，第10～11頁。
〔註19〕《焦氏易林注》，第330頁。
〔註20〕黃宗炎：《周易尋門餘論》卷上，附載《周易象數學》，第381頁。
〔註21〕同上，第257～258頁。

的形式，使《易林》的占驗之詞朗朗上口。《易》本是觀象而訴諸視覺的，其四言詩的占詞則又能在聽覺上形成節奏鏗鏘、悅耳動聽的效果。其文學闡釋的空間不僅僅是詩學的，也不僅是易學的。《易林》「觀象」「繫詞」的表達結構，乃《易學》傳統之推衍，其四言占驗詞作的形式，乃是《詩學》傳統的繼承。是什麼促成了易學、詩學兩種傳統的有機調和？

理解這一問題，仍需回到觀象繫詞的《易林》現象表層。取象是《易林》的基本方法，也是傳統的「易學」的核心觀念。「觀象」原則包含五項基本內容，觀象、設卦、繫詞、通變、鼓舞，對應於宇宙人生等各個層次，因此這種手段是古人把握宇宙、體悟人事的手段，理解詩、易之調和，當以理解「觀象」的意義為之前提。「觀象」的原則是易學最基本的原則，也同樣是《詩》學的基本原則。這個原則在本源意義上模塑了中國文化傳統的思維方式。「象」乃是會通易學、詩學的核心方法，《焦氏易林》的經學表達手法正是基於此點而獲得理解的。《易經》之觀象顯然乃是體系化的、理論化，觀象更是上古中國人的日常生活和行為方式。從這一角度看，《易林》文象相孳的結構、內容就不單純是文學的，更是哲學的、宇宙論的。

> 上古樸直，如人名官名俱取類於物象，與以鳥記官之意，及夔龍稷契朱虎熊羆之屬是也。易者，取象於蟲，其色一時一變，一日十二時改換十二色，即今之析易也，亦名十二時；因其疏忽變更，借為移易、改易之用……《周易》卦次，俱一反一正，兩兩相對，每卦六爻，兩卦十二爻，如析易之十二時，一爻象其一時；在本卦者，象日之六時，在往來之卦者，象夜之六時。〔註22〕

文字從象而生，這對於中國文字來說不成問題，象形為文字之基礎，王筠曰：「字因事造，而事由物起……故班書《藝文志》曰：『象形、象事、象意、象聲、轉注、假借，其次第最允，《說文》及《周禮》鄭注皆不及也』」〔註23〕古人六書象形而外，別有指事、會意、形聲等名，獨班固前四書皆以象為名，王筠乃謂之「次第最允」，可謂別具隻眼。文象之間關係至深，中國文字起源本與觀象不可分割，這是與域外文化不同之處。如西人所主張的文字起源於陶籌論、抑或所謂字謎原則等等，皆與中國文字不甚貼合。文象關係對於中國文教傳統的形成非常重要，諸多普通名詞、對象、動植以的象形字，皆可溯源於

〔註22〕黃宗炎：《周易尋門餘論》卷上，附載《周易象數學》，第357頁。
〔註23〕（清）王筠：《文字蒙求》，中華書局，1962年，第7頁。

史前陶紋，文字的創制乃仰觀俯察的產物，這也就制約了中國人體悟世界方式，此種方式即所謂「究天人之際」。

古人之所謂文，本諸天文，所謂「觀乎天文，以察時變，觀乎人文，以化成天下」〔註24〕。人類之「文明」與天地「自然之象」的文乃是不可分割的整體，所謂「天地萬物之情」者即是。反映到文學傳統上，亦呈現出通天徹地的特徵，《詩經》傳統不僅止於「多識於草木鳥獸之名」的「小學」，而且還是以對人類「全體」價值的關注為其核心的「大學」。無論《易》教，還是《詩》教，以及其他經學之教，皆包含「與天地合其德，與日月合其明，與四時合其序，與鬼神合其吉凶」「人與天地鬼神，本無二理」〔註25〕的價值訴求。中國現代學術傳統、文學傳統就其本源論，與觀象繫詞當息息相關，正如吉本隆明道出詩歌的發生和律化以漢字為之契機，西方文學之整體上的形成和自白制度相關一樣。〔註26〕這是華夏文學肇始的源始邏輯。

理解了這一源始邏輯，則得以進一步發掘《易林》在當下語境中的價值和意義。就《易林》占驗體系而論，其「觀象」乃《易經》的傳統，其「繫詞」乃《詩經》的傳統，其表達特質是詩性的、直觀的而非邏輯的、理性的，而當代社會乃建築於理性基礎之上的社會，那麼，《易林》的觀象繫詞文學手段在當下是否還具有操作的可能性？這就不得不面對來自於理性主義立場的駁詰。

第三節 「神道設教」與理性主義

《易林》首先是個易學問題，其次方是詩學問題。這兩個問題都是傳統經學的內部問題。至於聞一多、錢鍾書等先生，則觀察《易林》的視角和立場皆與傳統有所不同。這一不同就是，他們具有了與前人不一樣的現代視角、乃至於更為寬廣的跨文化比較視野。牽涉到古今之辯、中外文化之辯的問題，《易林》就絕不單純是古典經學的問題，而是一個牽涉東西文化關係、關於古今精神變易的現代學術問題。如果說詩學、易學、經學等觀念在文化傳統中時東方的，那麼文學、哲學等就完全是西方文化傳統的產物，就東西文化二元對峙的

〔註24〕朱熹：《周易本義》，中華書局，2009年，第104頁。
〔註25〕朱熹：《周易本義》，第41頁。
〔註26〕（日本）柄谷行人著、趙京華譯：《日本現代文學的起源》，生活・讀書・新知三聯書店，1980年，第51頁，第75頁。

立場來說，以西方的文學觀念來處理東方的易學問題，難免圓鑿方枘。現代文化是一種全球化的文化，東西文化無論曾經多麼不同，在地球村的語境中已然你中有我、我中有你，難以截然劃分彼此。在整體文化的視域之下，東西文化皆當打破非此即彼的觀念壁壘，而在整全的理解之下從新審視自身，這種以整體觀念而重新賦義的態度，恰恰是我們理解《易林》之詩思與現代理性主義立場的起點。

立足於現代科學的、理性主義的立場，《易林》占驗體系會因其文學性的、神秘主義的特質而被之一，它闡揚的是「觀天之神道，聖人以神道設教」「視履考祥」的天人關係。這種主張預設了宇宙奧賾之不可掌控，儘管在某種意義上也是理性的，但是這種理性卻是建立在盡人事而聽天命的天道觀基礎之上，這與現代人作為宇宙萬有的主宰者、為宇宙立法的主張涇渭分明。從現代學術的立場上看，《易林》的占驗體系、天人關係觀念既與當下主流的人類觀念有僑動關係，又與異域的古典文化之間存在互易關係。《易林》因此在古今之爭、中外之辯這兩個層次上具有對話的可能性。就其與當下的思想關係來說，《易林》的天人關係和當下的理性思維之間關係如何，這是一個需要回答的問題。就其與域外古典傳統的關係論，《易林》體系和其他古典文化是何種關係，這也不能迴避。請先論後者。

對於天人秉持一種神秘主義態度絕非《易林》以及其所導源的《易經》傳統所特有，它是世界範圍內的普遍問題。在人類最早的幾大文明體系中，神話、神秘主義是體悟宇宙、把握世界的主要形式。比如，埃及人的《金字塔銘》《棺槨文》《亡靈書》系統，皆預設了神明世界意即神秘世界的存在，他們以瑪阿特作為世界運轉規則，而達到真理的手段則是通過繪畫、文字甚或建築金字塔。其對於文字所保持的神秘態度，與《易林》對於占驗系統秉持的態度如出一轍。神秘原則高於理性原則，這是前現代社會的普遍原則。儘管中國文化以人本為底色，古聖先賢價值之來源，然儒家「敬鬼神而遠之」卻並不廢鬼神之學、墨家雖口誦聖賢之道卻也設「天志」「明鬼」之教；陰陽家更是侈談神鬼；兵家亦多假鬼神為助；諸家之中，獨法家是最徹底的無鬼神論者。至於蘇美爾、巴比倫、埃及、赫梯、印度、希臘、希伯來、波斯等各個文明，泰半皆以鬼神設教，雅思貝爾斯的「軸心時代」論，所突破者主要就是鑽研關於鬼神的學問，域外諸文化對神明之重視，正與華夏文明分道揚鑣。要之，除了中國，其他各個文明率皆將社會組織奠基於神權之上，這

是包括西亞、北非、南亞、歐洲以及中美洲等域外文明在內的普遍現象。中國傳統更多地將文化築基於世俗社會之上,很早就奠定了人文主義的傳統,不過神秘主義從未歇息。占驗因此在古典傳統中長期存在,它與柏拉圖在諸多對話之後將問題引導到「秘索思」的做法,皆是神秘論宇宙觀的反映。從寬泛的角度看,這是一種神話式的思維方式。不過可能維爾南批評得也有其道理:神話乃是借鑒自西方精神傳統,而卻反普遍性意義,神話和任何一種特殊現實皆無關聯,並不存在一種既有宗教意義、又能在集團成員中激發信仰之神聖力量的敘述體裁。〔註27〕固然,神話或秘索思並非某種體裁,但卻是一種理解自身並進而理解社會和世界的方法論。就《易林》的占驗系統來說,它由「觀象」而「繫詞」的結構形式,類似於柏拉圖由對話而秘索思的情形,前者關聯的是中國文教傳統中的《易》與《詩》,後者關聯的是西方文教中的秘邏二元。然無論是《易林》還是柏拉圖背後的傳統,都是古典意義上、關涉全體的,這與啟蒙以來以理性為核心的世界觀截然不同。理解《易林》占驗體系,應當重視這種古今世界觀基礎之不同。理解《易林》的占驗體系,也應當重視其作為古典世界思想之一部分,而與域外文化之間的僑動關係。就神秘主義立場而論、就關注「判天地之美、析萬物之理、察古人之全」(《莊子·天下》)這一點而論,《易林》在古典思想中,並非孤立現象,而是古典思想的主流。

《易林》占驗之法正是神道設教式的、把握宇宙之整全的方式之一,《周易》以占驗而體察「天道」的方式、希臘人以對話「秘索思」而觀照真理的方式、埃及人和蘇美爾人以文字而窺測「瑪阿特」和「ME」的方式,皆係對宇宙真理之「全體」的掌握。無論是中國人的「究天人之際」、還是西方的「究神民之辯」,皆預設了超越的、神秘主義的存在。占驗手段是基於對「天地萬物之情」中之不可見世界感悟,尤其是對於生老病死等不可知之事的預測。就關涉不可知世界這一點而論,占卜從而具有了宇宙論的意義。法國漢學家汪德邁從卜辭入手,分析了中國文字以及思維的特色。他基於骨占學和龜卜學的占卜學理論,作為西方神學體系的對應。他指出占卜學是一種占卜理性,它把現象世界無窮偶合化為幾種格式化、附諸計算的知性。〔註28〕這個道理實係發揮

〔註27〕 維爾南著、余中先譯:《神話與政治之間》,生活·讀書·新知三聯書店 2001年,第 339 頁。

〔註28〕 (法)汪德邁著、金絲燕譯:《中國思想的兩種理性:占卜與表意》,北京大學出版社,2017 年,第 21 頁。

《周易》象數學的思想，在汪德邁的體系中，將《周易》視為核心經典。其說法容或可議（六經之首是《書》還是《易》，自漢代以來聚訟紛紜），然其提出占卜學以與西方神學傳統相區分，無疑極具啟發。占卜學能否成其為學，亦頗有問題（甲骨卜辭僅係商人用途之一種，其他用途因文獻不足徵，目前尚難確論，不過文字之用絕非占卜一途，當可定論）。但占卜在華夏文明肇基之初居於關鍵地位，這點是可以成立的。準此，汪說大體可從。

汪德邁進一步指出，中國文字體系的產生是為了作為占卜體系的象徵體系而被創制。〔註29〕這裡對中國文字起源研究提出了新說，實則從河南賈湖、甘肅秦安大地灣、安徽蚌埠雙墩、浙江杭州良渚以及山東鄒山丁公、江蘇高郵龍虬莊、河南偃師二里頭等地出現大量的前文字、準文字來看，殷墟文字形成之前符號在華夏大地已被廣泛使用，這些符號不能被確認為文字恰恰在於其不成篇章。王暉通過「酉」「鬲」等文字與仰韶文化的小口尖底瓶、陶鬲等器物的比較，指出甲骨文中有一批文字作為字符的出現應當在仰韶文化時期，中國文字的正式起源時代當在 5500～5300 年前。〔註30〕這種比擬開創了一條思路。何崝的研究則較為體系化，然巫師文字和通行文字的構架，亦不完全令人信服。〔註31〕汪德邁將文字視為占卜的象徵體系，這與何崝等人所主張的仿製說在思路上有相同性，即試圖解釋甲骨卜辭的突然出現問題。要之，這兩種說法較之「有待考古發掘進一步發現」之類的託詞來說，更具有解釋力。甲骨卜辭創制說，是可以接受的。本於作為象徵體系的觀念，汪德邁進一步論述了從甲骨文到文言文的過程，中國文字所遵循的表意原則，並以為中國文言並之理性化、標準化、印證了深入事物之宇宙意義的占卜力量。〔註32〕由於占卜之特有的超驗性維度是非本體的，而純粹是超越現象的，它是對形而上的超越，而非對物理現實的超越。這是一種非神學的文化，是左右萬物不同運動和變化之和諧布局的宇宙法則。中國思想與希臘不同，它不將世界看成本在的，而是視作本變的，即基本變動的。〔註33〕中國思想更重視動態而非靜態的一個顯著例子就是中醫，被視為一種宇宙——精神——

〔註29〕《中國思想的兩種理性：占卜與表意》，第 26 頁。
〔註30〕王暉：《從甲骨金文與考古資料的比較看漢字起源時代——並論良渚文化組此類陶文與漢字的起源》，《考古學報》2013 年第三期。
〔註31〕何崝：《中國文字的起源研究》，巴蜀書社，2011 年，第一章。
〔註32〕《中國思想的兩種理性：占卜與表意》，第 55 頁。
〔註33〕《中國思想的兩種理性：占卜與表意》，第 74 頁～77 頁。

身體的肌體哲學。歷史也融入宇宙學之中，此種宇宙學拒斥神意論，而是宇宙內在的陰陽力量之自然之運使然。〔註34〕汪德邁之論不乏啟迪，傳統文學、禮制皆可以從「宇宙內在的陰陽力量」這一層次來理解，以漢語表達即天人之際、陰陽相須。更為切要的是，汪德邁將占卜放置到宇宙論的角度予以闡釋，從而與當代主客體二元論的理性主義立場完全不同。占卜學的宇宙論思想是一種整體觀的視角，它有效地避免了主體——對象這種認識論的不足。

　　主客體的二元認識論違背了古典觀念將人視為宇宙之靈的教誨，而是從人、從意識出發見自然理解為人類意識的建構，〔註35〕自然乃是人類的認識對象、改造和征服對象。在認識論系統之下，哲學以對整體的知識取代了對於整體的意見，也就預設了整體之可知性，將整體視為知識論的對象，整體也就變成了客體，如是一來，整體則不成其為真正之整體。〔註36〕在這種主客體世界觀的觀照下，《易經》式的古典預測體系由日常生活蛻變為純粹的對象性知識，從而也就完全與體察天地之道、整全的關懷分道揚鑣。這個差別從根本上可視為「神道設教」和理性主義之間的差別。現代科學觀奠基於人類理性主義基礎之上。如果說，古典《易林》等體系是以「與天地合其德，與日月合其明」等整體關懷為其意識訴求，這種整全訴求的核心問題就是人為萬物之靈、意即人之為人的存在方式問題。而現代社會中，這種強調道德倫理的訴求就遭受到現代認識論的、科學主義的瓦解。在這種用意義上，就有必要重估《易林》等易學典籍占驗體系之於當下生活之合法性。關注整體的、為神秘主義保留了一席之地的古典思想傳統，在現代科學主義的理性之光燭照之下，是否無所遁形了呢？《易林》以及《周易》傳統皆預設了「君子以為文、百姓以為神」（《荀子·天論》）的人群劃分，這個劃分即少數人與多數人之間的區分。現代思想的興起，恰恰是以對多數人的理性啟蒙（「人人皆可為堯舜」不再是理想，而是現狀）為之鈐鍵的，正是這種變化，作為存在方式的古典思想遂成為與性靈無關的知識。

　　在現代社會中，《易林》作為文學知識被欣賞，而不再有預測的、價值論

〔註34〕　《中國思想的兩種理性：占卜與表意》，第92～101頁。
〔註35〕　（美）列奧·施特勞斯著、黃瑞成譯：《哲學與律法：論邁蒙尼德及其先驅》，華夏出版社，2012年，第28頁。
〔註36〕　列奧·施特勞斯著、彭剛譯：《自然權利與歷史》，生活·讀書·新知三聯書店，2003年，第32頁。

的意義。但從同情之理解、從重新調整我們的生活方式、重新思考現代人在宇宙中的位置以應對現代科學主義的危機來論，對《易林》的占驗系統予以重審也是必要的。就易學傳統內部而言，占卜從來就是支流和末途，而對德性的強調才是經學的核心思想，然《易經》系統對德性的強調乃是基於「視履考祥」「神道設教」的基礎之上，這種基礎帶有某種運命論色彩。所謂謀事在人、成事在天，人只是宇宙萬物之一，天地宇宙之奧賾非可以人力操縱，也就是說，宇宙奧賾乃是不可知的。自揚雄已降，易學史上不乏擬《易》、申《易》之作，前者如《太玄》《潛虛》《洞極真經》，後者如《易林》。《太玄》乃模擬之作，《四庫全書總目提要》云：「以家準卦，以首準象，以贊準爻，以測準象，以文準文言，以摛、瑩、倪、圖、告準繫辭，以數準說卦，以沖準序卦，以錯準雜卦。」而《洞極》「立生以象天，立育以象地，立資以象人……三象變而為九，以成二十七象，以準象。」〔註37〕要而言之，諸家擬作皆保留了天地的位置，人乃天地之中的生存者，而非主宰者。在易學所確立的占驗系統中，天地所代表的宇宙是「生生不息」從而也就「陰陽不測謂之神」者，即難以理性來認識、把握者，占驗系統並無主體、客體的區分，人並沒有改造自然、征服自然的野心。在這種情況下，就給天運、運命留下了位置。《衡運》之以十二運推明皇帝王霸之升降，「其有然不然者，將以不然者廢其然與？則曰：『何可廢也！留其不然以觀人事，留其然以觀天運。此天人之際也。』」〔註38〕從天人之際的角度，就理解了古人關於占驗的認識，從而也就理解了文學的特質。《易林》本諸《周易》「神道設教」的傳統，不過這並不意味著作者本人的思想，焦氏的情況可以比擬為哈列維之論哲人，哲人是蘇格拉底那樣的人，他們擁有「屬人的智慧」，而對「屬神的智慧」一無所知。〔註39〕正是這種保留著「無知」的人生態度，使我們時刻心懷敬畏、亦時常會有意外的心動和驚喜，從而得以過上一種「詩意的棲居」而非對未來、對人生一覽無餘的生活。

〔註37〕《周易象數學》，第 180 頁。

〔註38〕《易學象數論》，第 306 頁。

〔註39〕列奧·施特勞斯著、劉鋒譯：《迫害與寫作藝術》，華夏出版出社，2012 年，第 99 頁。

第四章 《論語》「子不語怪力亂神」義疏

　　在闡明「象」與神道設教基礎之上，可進一步討論神話問題。就古典傳統來說，神話問題實際是「語怪」問題，本書第一章已有詳論，茲不贅。「語怪」一詞源於古典經史傳統，《四庫全書總目》多用此詞作為權衡著述的標尺。如評清陸奎勳《今文尚書說》「自稱年將及艾……夢見孔子，心似別開一竅者，凡於書之真贗，一覽自明云云，其亦近於語怪矣」〔註1〕；評宋陳彭年《江南別錄》「其書頗好語怪，如……諸條皆體近稗官」〔註2〕；議清陸鳴鼇《會語支言》「又引沙門竺公與王坦之約，先死者當相報……亦涉語怪，不能盡衷於醇正也」〔註3〕；稱宋王銍《默記》記王朴引周世宗夜至五丈河，旁見火輪小兒一事，「涉於語怪，頗近小說家言，不可據為實錄耳」〔註4〕；《才鬼記》條有「小說家語怪之書汗牛充棟」〔註5〕之語，而同卷又謂《陸氏集異記》「陳振孫曰：『語怪之書』也」〔註6〕。以上可徵「語怪」乃古人恒語，如何理解「語怪」於古人本不成其為問題，唯有在現代學術語境下，「語怪」和「神話」觀念接榫，才引發了價值——意義的圓鑿方枘。職是之

〔註1〕　（清）永瑢《四庫全書總目提要》卷一四，上海古籍出版社影文淵閣《四庫全書》本，冊1頁314下欄。
〔註2〕　《四庫全書總目提要》卷六六，2冊頁430。
〔註3〕　《四庫全書總目提要》卷九七，3冊頁131上。
〔註4〕　《四庫全書總目提要》卷一四一，3冊頁947下。
〔註5〕　《四庫全書總目提要》卷一四四，3冊頁1053上。
〔註6〕　《四庫全書總目提要》卷一四四，3冊頁1043下。

故，本書選取兩部古典作品，即《天問》《山海經》為其案例，探討古典政教傳統在遭遇現代性問題之後所面臨的處境。欲明瞭「語怪」問題，當先對儒家經傳「不語怪力亂神」作一番梳理。

「子不語怪力亂神」見於《論語‧述而》，王肅注：

> 怪，怪異也；力，謂若奡盪舟、烏獲舉千鈞之屬也；亂，謂臣弒君、子弒父；神，謂鬼神之事。〔註7〕皇侃疏：云「怪，怪異也」者，舊云「如山啼鬼哭之類也」。云「力，謂若奡盪舟、烏獲舉千鈞之屬」者，奡多力，能陸地推舟也；盪，推也；烏獲，古時健兒也；三十斤曰鈞，烏獲能舉三萬斤重也。云「亂，謂臣弒君、子弒父」者，惡逆為亂甚者也。〔註8〕

依王肅之說，「怪力亂神」分指四事。「怪」是指怪異反常之事，「力」指勇力或是蠻力，「亂」指犯上作亂，「神」謂神鬼，其含義本甚明晰。但皇疏又引或說，視「怪力亂神」為二事，「或通云『怪力是一事，亂神是一事，都不言此二事也』。故李充曰『力不由理，斯怪力也；神不由正，斯亂神也。』」〔註9〕「或」則將之看作二事，將「怪」「亂」視為「力」「神」的限定詞。因此如何義界「怪力亂神」在經學家內部實有分歧，不過儒學主流基本採取了王肅、皇侃之論。

上引注「子不語怪力亂神」句，「此四事言之無益於教訓，故孔子語不及之也。」其解釋簡潔明快，因其無關教化，所以孔子不談及。但此義啟人疑竇之處在於，簡單的「語不及之」斷讞與文獻所載孔子實際言行並不相符。皇疏也意識到這點，故又引「或問曰」：

> 《易‧文言》孔子所作，云『『臣弒君，子弒父』，並亂事；而云『孔子不語之』，何也？」〔註10〕

疏所引「或問曰」之意是，《文言》有「臣弒其君，子弒其父」之語，而儒家以為《文言》為孔子之作，這豈非孔子語亂之證？《文言》之文，本「積善之家必有餘慶，積不善之家必有餘殃，臣弒其君，子弒其父，非一朝一夕之

〔註7〕程樹德：《論語集釋》，中華書局，1990年，頁481。

〔註8〕李方錄校：《敦煌〈論語集解〉校證》，江蘇古籍出版社，1998年，頁224。

〔註9〕程樹德：《論語集釋》，第481頁。

〔註10〕（魏）何晏集解、（梁）皇侃義疏：《論語集解義疏》卷四，《叢書集成初編》0482冊，第94頁。

故，其所由來者漸矣」〔註11〕而來。以《文言》「語亂」衡之，《論語》記孔子言行謂之「子不語怪力亂神」，何以自相矛盾？「或」舉此例，意在指出：孔子《文言》之「語亂」與《論語》之記載孔子「不語亂」兩者之間存在矛盾。實際，不僅「語亂」為然，《魯論》「子不語怪力亂神」的記載與經傳如《國語‧魯語》之記載孔子「語怪」之間，以及與孔子所編撰《六經》多涉「怪力亂神」之間存在顯而易見的衝突。我們將《魯論》「子不語怪力亂神」和經傳記載孔子「語怪力亂神」或孔子刪述《六經》涉及「怪力亂神」之間的矛盾稱作「語怪」問題。本文首先將從文字多義性、社會功能以及生活場景與思想分野關注其闡釋路徑，並進而估量其作為學術思想分野的標尺意義。

第一節　語言疏證：注重文字多義性的闡釋思路

如何解釋「語怪」問題呢？最直觀便捷的思路是從字面解釋入手，將「語怪」問題首先看作是一語言層面的文義疏證問題。

「不語」為「不答」不「論難」　如上引皇疏對其設問「答曰：『發端曰言，答述曰語，此云不語，謂不通（引者：《四庫》本《論語集解義疏》作「誦」）答耳，非云不言也。』」〔註12〕即通過闡發「語」「言」涵義之別試圖調和《文言》《論語》之說。皇疏謂：「不語」並非「不言」之意，而是「不答」之意，《魯論》的意思是孔子不「答述」怪力亂神，而不同於孔子《文言》談及亂事，後者乃是「言」之而已，因此二者之間並無矛盾。

皇疏的「不答」之議或本《論語‧憲問》記載南宮适問孔子說羿善射、奡盪舟而不得好死，為何禹稷躬稼而有天下，「夫子不答」〔註13〕。看來，南宮之問涉及羿、奡等儒家視作「怪力亂神」之事，孔子不對，後儒以「不語」為「不答」之意或受此啟發。實則孔子此處「不答」的原因，並非由於南宮所問涉及「怪力亂神」，若說「羿善射，奡盪舟」為「怪力亂神」而不答固然可以，但「禹稷躬稼」則並非「怪力亂神」，於理不可不答。之所以不答的原因恰如注所說：「适意欲以禹稷比孔子，孔子謙，故不答也。」〔註14〕

〔註11〕《周易正義》卷一，《十三經注疏》本，頁19上欄。
〔註12〕程樹德：《論語集釋》，中華書局，1990年，第481頁。
〔註13〕（清）劉寶楠：《論語正義》，中華書局，1990年，第556頁。
〔註14〕（魏）何晏集解、（梁）皇侃義疏：《論語集解義疏》卷四，《叢書集成初編》0482冊，第191頁。

　　此疏著眼「語」「言」涵義之別這一細節，暫時可以解決《魯論》「不語」與儒家經傳涉及「怪力亂神」的矛盾，故此後世學人多有承襲這一思路，如宋陳祥道解曰：

　　　　直言曰言，論難曰語。怪力亂神，非不言也，不語於人而已
……〔註15〕

「直言」「論難」何意？直言就是直說其事，清朱鶴齡《詩經通義》載朱熹駁《詩序》之論，「……如夫子不語亂，而《春秋》所書無非亂臣賊子之事也。此說亦有理，但《詩》與《春秋》不同，《春秋》之義，直而嚴；《詩》之義，微而婉。」〔註16〕以此方之，「《春秋》之義直而嚴」，孔子作《春秋》，多載悖逆之事，直說其事，以誡後來，可切陳說「直言曰言」之意。宋劉敞說此句曰：「『語』讀如『吾語女』之『語』……（怪力亂神）皆不語之。此聖人知言也。」〔註17〕《集釋》引黃氏《後案》：「《詩·公劉傳》『論難曰語』；《禮·雜記》『言而不語』注『言，言已時也，為人說曰語』，此不語謂不與人辯詰也。」〔註18〕《論語》本門人所記，述孔子與門弟子問答之語，以上所舉二例意思是，門人或問怪力亂神以難，孔子不對，亦不與辨，恰切「論難曰語」之旨。反觀陳祥道之意，其解「語」為「論難」於皇疏「答述」基礎上引申一步，包含有討論爭辯之意，按照此義，「子不語怪力亂神」可以解釋為孔子不與門人討論有關「怪力亂神」的問題。這與文獻中關於孔子談論「黃帝四面」等記載顯然不符。

　　「不語」為「罕言」「不書」「不正言」　循「言」「語」之義不同的思路，還有進一步聯繫《論語》上下文語義加以闡發的，如唐顏師古根據《論語》子貢之說劃分出「夫子之文章」與「夫子之言性與天道」兩個層次，「子不語怪力亂神」屬於「天道」，需要自悟，不可言傳，「不可得而聞」。顏師古據以為說，又舉出問鬼問死之例，孔子皆不正面回答。〔註19〕師古本意，旨在駁斥「近代學者，乃謂夫子之言語性情，並與天道合，所以不可得而聞」之「離文析句，違經背理」，但要說孔子言天道不可得而聞之，則未免過於絕對，《論語》「天厭之」「天何言哉」，非言天道而何（不管其正面言及還是

〔註15〕（宋）陳祥道，《論語全解》卷四，《四庫全書》本196冊，第120頁。
〔註16〕（清）朱鶴齡：《詩經通義》卷二，《四庫全書》本85冊，第50頁。
〔註17〕（宋）劉敞：《公是七經小傳》卷下，《四庫全書》本183冊，第35頁。
〔註18〕程樹德：《論語集釋》，中華書局，1990年，第480頁。
〔註19〕（唐）顏師古：《匡謬正俗》卷一，《四庫全書》本221冊，第477頁。

指天為誓）？元袁俊翁《四書疑節》卷一「夫子言仁多矣而記者謂夫子罕言何也」條曰：「門人記夫子之罕言仁者，罕自言也；其他答述之尚多者，不在《論》也。」〔註20〕

其本意在申「罕言」之旨，於「語」「言」細微之別，全用皇疏（引謂之《集注》，籠統言之）。釋「子罕言利與命與仁」之「罕言」為「罕自言」，蓋指孔子極少主動談及這一話題，而弟子問及則「答述」之亦即「語」之，且回答弟子問難甚多但沒有記載在《論語》罷了；若「答述」即「語」之義，則「語」的意思乃被動應對答問。固知「不語」之義，是說弟子問及孔子亦不答之。然而依照「言」「語」涵義不同的語言疏證思路，將「不語」理解為「不答」進而將「子不語怪力亂神」解作孔子不回答關於怪力亂神的問題，「語怪」問題的矛盾仍然存在，《國語》（《春秋》外傳）《大戴禮記》（漢代列學官）等關於孔子回答（「答述」）「防風神何守」「黃帝三百年」等記載，恰恰否定了這種「不語」即「不答」的解釋。因之，「言」「語」語義有別的疏證思路便並無太多的意義。

但從文字意義細微處加以調和的語言疏證路徑大有空間，有看到「語」「書」差別不同的，例如《賓退錄》引用洪邁《夷堅三志》之意，從「語」意為「話言」而不同於「書」的角度理解「語怪」涵義，「不語」不等於不「書」，「子不語怪力亂神」意思只是孔子口頭不說，「非置而弗問也」〔註21〕，而可以「書」於《五經》尤其《左傳》《國語》等典籍。這個新解在「不語」的語義解釋上與「不答」之解相去不遠，同樣不能調和「語怪」問題的矛盾。實際，檢經傳諸子，多記孔子與人對答神怪之事，如上文所舉例，非遺諸話言而何？因此我們難以認同「不語」為「不肯以神怪之事遺諸話言」之說。

又有認為「不語」意思是「不正言」的，如《尚書全解》將「不語」理解為「不正言」，「正言之則學者捨人事而求天命鬼神，於難知之際為巫覡瞽史之事矣。〔註22〕但「子」刪述的經傳，如《詩經》之《生民》《玄鳥》頗包含「怪力亂神」，非「不正言」，實乃「正言」太甚。此說也難令人首肯。

也有乾脆不理會「語怪」問題，對「不語」作極端化理解，以為「不語」意思是絕不說的。如明蔡清以為：「聖人所常言者《詩》《書》、執禮，所罕言

〔註20〕（元）袁俊翁：《四書疑節》卷一，《四庫全書》本203冊，第752頁。
〔註21〕（宋）趙與時：《賓退錄》卷八，上海古籍出版社，1983年，第100頁。
〔註22〕（宋）林之奇：《尚書全解》卷三〇，《四庫全書》本55冊，第617頁。

者利與命仁也；又有絕不道者，怪力亂神是也。」〔註23〕「常言」「罕言」「絕不道」之分，或本熊禾之說：「子所常言、罕言、不言，門人皆類記之，門人學於夫子者亦至矣（元胡炳文《論語通》卷四引）。」〔註24〕熊氏「不言」之意語氣較為緩和，而蔡說「絕不道」亦即一點都不說，其武斷自不待言。

總之，無論將「不語」理解為「不答述」、「論難」或「不肯遺諸話言」，還是理解為「不正言」或「絕不道」，皆不能圓滿解決「語怪」問題的內在矛盾。利用「語」這一詞彙的多義性彌合「語怪」問題矛盾的語言疏證思路應當放棄。實際上，古典學者在闡釋「子不語怪力亂神」句內涵時，大多數人突破了單純的語言層面，而切入到其內容實質。

第二節　言傳身教：注重社會功能的解說路徑

「怪力亂神」既是四事，意義各殊，從分析「怪力亂神」具體內容的角度出發，進而探索孔子何以「不語」是另一種可能的思路。但這一思路往往暗含如下預設：「不語」意思就是「不說」，只需在此前提下討論孔子何以不說「怪力亂神」即可。

無關教化與倫常則「不語」　王注「或無益於教化也，或所不忍言也」皇疏：

> 云神謂鬼神之事者，子路問事鬼神，孔子曰「未能事人，焉能事鬼」，是不言也。云或無益於教化者，解不言怪力神三事也。云或所不忍言者，解不言亂事也。〔註25〕

> 神怪之事，容或有之，存而不論也；力則不足言，亂則不忍言。〔註26〕

以上兩說，對「怪力亂神」四者區別而論，不無理致。王注視「怪力神」為一組，「亂」為另一組，而分別云：「或無益於教化也，或所不忍言也。」二「或」何所指涉，含混未明。皇為疏通其義，以為「怪力神」「無益於教化」，故不說；「亂」事又不忍說。這種劃分方式不無可商。實則所謂「不忍言」之「亂事」，亦頗關涉「教化」，孔子著《春秋》而亂臣賊子懼，正是以「亂」事

〔註23〕（明）蔡清：《四書蒙引》卷六，《四庫全書》本206冊，第229頁。
〔註24〕（元）胡炳文：《論語通》卷四，《四庫全書》本203冊，203頁。
〔註25〕《論語集解義疏》卷四，《叢書集成初編》本0482冊，第94頁。
〔註26〕（宋）鄭汝諧：《論語意原》卷二，《叢書集成初編》，第33頁。

喻「教化」，並非「不忍言」；而《春秋》之《左傳》多載含冤負屈之鬼——本作亂犯上的犧牲品，如夷吾、彭生等「神怪」並非對教化毫無意義。從經傳實際情況言之，可說是「怪力神」並非「無益於教化」，而「亂」事也並非「不忍說」。皇疏太過膠著。鄭氏以為怪神「存而不論」亦似是而非，《春秋》及《詩》等經傳多涉怪神，「存」則有之，「不論」則未必。力不足言之說或許正確，但「不忍言」云云，失誤和皇疏相同。因此這個解釋也不圓滿。

宋儒從常道人倫角度闡釋此句，《論語精義》引范祖禹以為君子「非正不言」，所言應以「常道」為標尺，「明庶物，察人倫」，所謂「正」就是「常道」即「中庸之道」，而「怪力亂神」不「正」或說「不可訓」，學者「語」了就會心術不正，入於邪說，所以不語。〔註27〕儘管此說偏於常道人倫範圍之內，未能深刻切入其思想內涵，但點明「語怪」與否關係到學者心術之「正」「邪」，卻道出了前人引而未發的題中之義，強調常道人倫的思路將「語怪」問題引向哲學——倫理的深入思考。朱熹還引呂希哲、呂大臨、謝良佐、游酢諸人之說，突出「語怪」與「道」「德」關係，從而深化「語怪」問題所包含的人文修養和政治教化內涵。如《集釋》引謝曰：「聖人語常而不語怪，語德而不語力，語治而不語亂，語人而不語神。」〔註28〕

上文所謂「素隱行怪」出於《禮記》，其《中庸》篇云：「子曰，素隱行怪，後世有述焉，吾弗為之矣。」注：「素讀為攻城攻其所傃之傃，傃猶鄉也，言方鄉辟害，隱身而行詭譎，以作後世名也。弗為之矣，恥之也。」孔疏：「素隱行怪後世有述焉者，謂無道之世，身鄉幽隱之處，應須靜默，若行怪異之事，求立功名使後世有所述焉——吾弗為之矣者，恥之也。如此之事，我不能為之，以其身雖隱遁，而名欲彰也。」〔註29〕本是著眼於言行之雅正，合於中庸之道。說得淺顯易懂的當是朱子。其《中庸章句》第十一章云：「素，案《漢書》當作索，蓋字之誤也。索隱行怪，言深求隱僻之理，而過為詭異之行也。」〔註30〕關於文字的辯證見於《藝文志》記載「神仙」類小序，「神仙」類小序云：「或者專以為務，則誕欺怪迂之文彌以益多，非聖王之所以教也。孔子曰：『索隱行怪，後世有述焉，吾不為之矣。』」師古曰：「誕，大言也；迂，遠也。」又曰：

〔註27〕（宋）朱熹：《論語精義》卷四，四庫全書》198 冊，第 171 頁。

〔註28〕程樹德：《論語集釋》卷一四，中華書局，1990 年，第 481 頁。

〔註29〕《禮記正義》卷五二，《十三經注疏》本，上海古籍出版社，1997 年，頁 1626 下欄。

〔註30〕（宋）朱熹《四書章句集注》，北京：中華書局，1983 年，第 21 頁。

「《禮記》載孔子之言。索隱，求索隱暗之事，而行怪迂之道，妄令後人有所祖述，非我本志」。〔註31〕其實意思主要是反對不經不典的言行。

從「怪力亂神」的反面「道德術（人）」或「常德治人」角度反思其政治教化意義，聖人教化重常理、道德、治安與人事，是以排斥邪怪，爭鬥、暴亂、鬼神之談。

但亦有截取「怪力亂神」之某一項立說的，如朱熹引游曰：

> 夫子語治而不語亂，何也？君子樂道人之善，惡言人之惡，則語治而不語亂者，聖人之仁也。且語治而已，則是非美惡較然明矣，何必語亂而後可以為戒。〔註32〕

不拘其理由是否「聖人之仁」，游氏之論仍是教化觀的，其似乎也沒有意識到「怪力亂神」四項核心在於「怪神」，不語力亂的理由易知，而不語怪神的原因難曉。

以上諸說立足於經典教化意義，深入發掘「怪力亂神」蘊含的政治思想，有其精當深刻一面，但是論述「子不語怪力亂神」涵義之時，都默認了這樣一個前提：「不語」意思就是不談論，或是不說。這等於迴避了「語怪」的矛盾。「語怪」問題應該追問的是：（一）《魯論》和經傳或諸子之孔子「怪力亂神」觀何以矛盾？——或者是：何以有孔子「語怪」和「不語」兩種矛盾的記載？而以上諸說解決的是：（二）何以孔子不談論「怪力亂神」？因此，問題（二）的解決當以問題（一）為其前提，在解決「語怪」問題之前，認定孔子「不語怪」即不談論怪神，只是使「語怪」問題的解決建立在不甚牢靠的假設基礎之上。

「不語怪力亂神」的理學視角　倫理教化觀基礎上，宋儒對「子不語怪力亂神」的一個重要發展是賦予其理學思想內涵。宋張栻撰《癸巳論語解》：

> 故聖人之言未嘗及此。雖然，就此四者之中，鬼神之情狀，聖人亦豈不言之乎？特明其理，使人求之於心而已。若其事則未嘗言之也，門人記聖人之所雅言與夫所不語者，而垂教焉。抑可謂察之精矣。〔註33〕

張說承故說重垂教之功的思路，以為聖人「一語一默」都含垂教後世之義，

〔註31〕《前漢書》卷三〇，中華書局，1998 年影《四部備要》本，頁 593 下欄。

〔註32〕《論語精義》卷四，《四庫全書》198 冊，第 172 頁。

〔註33〕（宋）張栻：《癸巳論語解》卷四，《叢書集成初編》本，第 54 頁。

「不語怪力亂神」自也是其「不言之教」的方式；但張氏剛剛說完「未嘗及此」之後，馬上話鋒一轉，設問到「鬼神之情狀，聖人亦豈不言之乎」，既「未嘗及此」又「豈不言之」，令人不知所云；又在聖人之「未嘗及」「神」中辨認出「豈不言」「鬼神之情狀」來，似乎「言」「鬼神之情狀」不是「語神」似的。他大概意識到沒有把道理說透，進一步解釋說儘管言「鬼神之情狀」，「其事則未嘗言之」，意思暗示所謂「不語神」就是不談論鬼神之「事」；而即便言了「鬼神之情狀」也只是為了明其「理」求諸「心」而已。張說雖據「理」力爭，仍給人閃爍其詞、模棱兩可之感。而且我們仍可站在「語怪」問題的立場質疑宋人的假說：所謂「情狀」應是「陰陽不測謂之神」等特性以及鬼神禍福人間等證驗，「事」指鬼神的行事。考諸文獻，儒家經傳不僅談過「情狀」還大量記載過鬼神之「事」。其例甚多，不贅。張說因此仍然是矛盾的。

但從思想闡釋角度言之，張說發掘「語怪」問題包含的「理」學內涵，對此命題無疑是一豐富。其後朱熹發揮張說，《朱子語類》卷三四將張說首鼠兩端的「鬼神之情狀」和「鬼神之事」加以綜合提煉出「鬼神之理」的觀念，明確其不外乎「人事」，從人事之「福善禍淫」即可悟見「鬼神道理」。搭建了這麼一座「怪力亂神」與「人事」之橋，既明人事，「鬼神道理」自可見得，所以聖人就無需再談「鬼神之理」，也即「不語怪力亂神」。〔註34〕朱熹之說於較諸張說圓通明白，其對「語怪」問題解釋路徑是：《論語》中孔子並不直接說「鬼神之理」，朱熹似乎將這理解為「不語怪」；而經傳雖然載有「怪神」之「事」但那歸根到底亦只不過是「人事」，且經傳目的是要在「人事」中見出「鬼神之理」，談「鬼神之理」即也是「不語怪」。觀其闡釋思路在於用「鬼神之理」的觀念偷偷取代《魯論》「怪神」觀念，「鬼神之理」的概念模糊了「語怪」與「語怪」式的「人事」（例如，朱熹可以認為「彭生」之事乃「人事」，而非「語怪」）之間的界限，好像可以緩解「語怪」問題的矛盾。

可是晦庵自己對「子不語怪力亂神」的解釋游移不定，《論語集注》曰：

怪異勇力悖亂之事，非理之正，固聖人所不語；鬼神造化之跡，

雖非不正，然非窮理之至，有未易明者，故亦不輕以語人也。〔註35〕

此說又以為「怪力亂」不是「理之正」而為聖人不語，「神」則因其「理」

〔註34〕《朱子語類》卷三四，《四庫全書》本700冊，第745頁。

〔註35〕（宋）朱熹：《四書章句集注·論語集注》，北京：中華書局，1983年，第98頁。

難明而不「輕語」。姑且無論其區別對待「怪力亂」與「神」的方式是否正確，但其「神」「不輕以語人」已與《語類》相左，《語類》談到「鬼神之理」明明說是「聖人不曾說此」。可見朱熹對此句的意見本來就是矛盾的。

但由於朱熹的儒學宗師地位，其說影響甚大，從之者不少。《四書大全》引慶源輔氏之說以申晦庵之旨，提出「能知所以為人，則知所以為鬼神」〔註36〕，正是《朱子語類》由人事悟見鬼神之理之說。但細思其意，是說洞徹人事即可悟得鬼神道理，「子」不需「語」；若不能悟到，需要「子」點播一二，是為「不輕語」也：則又贊同《集說》中朱子之義。故此說實際是混合《類說》與《集說》之論為一，終究扞格難通。

理學式的解釋路徑畢竟極大開拓了「語怪」問題的闡釋空間，學者以「理」為基點抒發胸臆者代不乏人。比如宋呂祖謙撰《左氏博議》之「齊侯見豕」諸條以為：孔子不語怪乃因「無怪可語」；左氏「語怪」是因相信世間有怪而載之，范甯辟之是因相信世間無怪而以左氏所載為怪——不論信「怪」也好，還是不信「怪」而以所記之「怪」為「怪」也罷，皆因心中有「怪」的觀念，是左氏與范甯共同的錯誤。〔註37〕

宋明理學——心學路數將「怪力亂神」的解釋揮發到極致，歸根到底只是說明「明理」之旨。闡釋到這一地步，「怪力亂神」皆化為烏有，「語怪」「不語」問題更何由談起？

我們若要繼續討論「語怪」問題，就不能沿襲呂、陸的思路，還必須返回「子不語怪力亂神」問題本身。循朱熹「理之正」「不輕語」的思路，有人還結合「子罕言」來解釋「語怪」問題。袁俊翁申之以為孔子不語「怪力亂」和其罕言「利」道理一致，因其非正理；而不語「神」和其罕言「命」、「仁」理由相同，因其微妙廣大，難以言說。但神理雖則難言，有時說說也無妨。〔註38〕其理由承襲朱子而略加發揮，到底語義含混難明，未能兩圓其說。

第三節　雅怪殊途：注重生活場景與思想分野的界說

「不語怪力亂神」不是一套成體系的思想或理論，而是一種生活態度、一種行為準則、一種處世規範。

〔註36〕　（明）胡廣撰、周士顯校：《四書大全》，明宣德三年留耕堂刊本十一冊，第78頁。
〔註37〕　（宋）呂祖謙：《左氏博議》卷六，《四庫全書》本152冊，第351～352頁。
〔註38〕　（元）袁俊翁：《四書疑節》卷一〇，《四庫全書》本203冊，第866頁。

有人問「孔子於《春秋》紀災異戰伐篡亂，於《易》《禮》論鬼神者，今曰不語何也？」朱子回答說：

> 聖人平日常言，蓋不及是，其不得已而及之，則於三者必有訓戒焉。於神則論其理，以曉當世之惑，非若世人之徒語，而反以惑人也；然其及之亦鮮矣〔註39〕

如所說，《春秋》所記，多怪力亂之事；《禮經》所載，詳於鬼神，這與《論語》「子不語怪力亂神」之意相左，如何解釋？朱熹的解釋包含三層意思：其一，聖人平時不談怪神之事；其二，不得已時才談及，但談「怪力亂」是為了教訓，談「神」是為驅惑明理，不同於俗人的空談。其三，儘管出於教訓與明理而談，但也說的很少。且不說徘徊於「語」與「不語」之間的混亂和理學痕跡，其「平常言語」（《論語》）與經書著述（《春秋》《禮》）乃兩種不同的思想交流形式的暗示則頗可啟發後人，實則前引《賓退錄》「話言」「書」之分已肇此義之端。宋陳埴《木鍾集》「問：『孔子所不語，而《春秋》所紀皆悖亂非常之事。』曰：『《春秋》經世之大法，所以懼亂臣賊子，當以實書；《論語》講學之格言，所以正天典民彝，所以不語。』」〔註40〕從「經世大法」和「講學格言」加以區分，著述形式和著述目的不同，前者為使「亂臣賊子」有所畏憚，故此據實而書，因此必然涉及「亂」等問題；後者意在教化民眾，故此沒有必要談論怪神。關注場合的說法比諸以前僅僅著眼於語言、義理來的具體細緻，此種分析確能為「語怪」開一新的闡釋思路。

明人則有綜合「不輕語」與「平常言語」之說，並生發出「不言之教」的觀點。如高拱《問辨錄》卷五繼承「不輕語」之說，而又有所補充，「不輕語」者，平時不及，「平生」亦只一二言而已。進而又從《魯論》何以記述「子不語怪力亂神」出發思考，援伊川遇見怪異之事必破其說的例子，證其「無證」，而又立足「不可知」立場，反啟人之惑——如此適得其反，不如存而不論為妙。〔註41〕《論語》記之，就在於強調孔子「能不語」，也就是說，門人記載孔子說過些什麼之外，還記載孔子不說哪些事，也就是所謂「不言之教」。

〔註39〕（明）胡廣撰、周士顯校，《四書大全》，明宣德三年留耕堂刊本，十一冊，第77頁。

〔註40〕程樹德：《論語集釋》，中華書局，1990年，第481～482頁。另參《四庫》本《木鍾集》「怪力亂神，夫子不語，而《春秋》一書，常事不紀，所紀皆非常，何耶？」條（《四庫全書》本703冊頁577上）。

〔註41〕（明）高拱：《問辨錄》卷五，《四庫全書》本207冊，第43頁。

所謂「不語亦教也，學者當得之言外」〔註42〕的意思。實際宋張杖《癸巳論語解》卷四「聖人一語一默之間，莫不有教存焉」之說已發此義之覆。

問題是，即使「平常言語」「經書教化」之分看來頗有理致，將「子不語」問題僅僅局限於屬於「日常言語」的《論語》之中，這也仍然是矛盾的，袁珂已經指出這點〔註43〕，——這也就使得諸家解釋「語怪」問題時，在「語」「不語」的問題上夾纏不清，以上數例時而「不輕語」時而「不言」的混亂就是證明。即便退一步講，採納「不語」就是「不輕語」的觀點，在《魯論》內部，「語怪」問題的矛盾可以暫時緩和；但儒家評價經傳時，並未就此達成一致並進而恪守這一意涵；實際情況是，儒生面對《春秋》等經傳時，往往採取「平時言語」之「不語怪力亂神」的標準，也就是說，他們並未一致認同「平日常言」之「不語」與「經傳」之「語怪」分屬不同場合這一意見。這說明在儒學內部，「子不語怪力亂神」不僅僅被視作《魯論》的問題，而是被視作包含《六經》在內的整個儒家經傳系統的問題，所以經傳——《魯論》的「語怪」之爭並未就此銷歇。「子不語怪力亂神」一旦突破《魯論》畛域而被視為衡量經傳的標尺，「語怪」問題便清晰的凸顯出來。維護經傳還是迴護《論語》？闡釋者必須有所抉擇。因此，儒生之以《魯論》否定經傳或執經傳非難《論語》的做法數見不鮮。

經學內部對「語怪」問題的矛盾與思想分流　討論儒家經傳對「怪」的矛盾態度，李少雍就以《詩經》為例做過分析。下文亦以《詩經》為例，但李先生著眼於《詩經》內部宗鄭、宗毛之爭〔註44〕，而筆者更關注《魯論》《詩經》的衝突問題。比如李樗解釋《生民》提問說「豈以六經垂訓於後世，而乃載神怪之事哉」，這恰恰切中「子不語怪力亂神」這一命題之矛盾，但李氏解決矛盾的方式是乾脆否認經傳可靠，以為此乃「疑似之言」「《詩》本無有」，其化有為無的方法是重新予以理性闡釋。〔註45〕《玄鳥》《生民》分別載「天命玄鳥，降而生商」與姜嫄「履帝武敏歆」之商契、后稷降生的「語怪」之事，而他們通過增字解經把玄鳥生商理解為玄鳥到時祈求高禖賜子，神怪傳說就變為現實（釋「履帝武敏歆」的情況亦然）。那麼，「語怪」之談如何流傳下來的呢？

〔註42〕（清）孫奇逢：《四書近指》卷七，《四庫全書》本208冊，第699頁。
〔註43〕袁珂：《孔子與神話及民間傳說塑造的孔子形象》，《文學遺產》，1995（1）。
〔註44〕李少雍：《經學家對「怪」的態度》，《文學評論》，1993（3）。
〔註45〕《毛詩李黃集解》卷三二，《四庫全書》本71冊，第586頁。

　　李氏既以為「契生於卵，稷生於巨跡」之屬為「疑似之言，附會之說」，當為孔子所不道，從而避免「惑世」之後果，又引諸說堅拒鄭箋，維護《毛詩》。如其所引歐陽的理由是，秦漢學者好異說，堯有盛德，商契、后稷王天下，因此學者神化其事而為說，何以認為此乃神化之說呢，反證是帝摯無所稱，故獨無其說；意思說，事本平常，「怪」乃秦漢儒生所為。洪說看似更加平實，堯舜與人一樣，都是父母生育，哪會有如此荒誕之說？〔註46〕這些學者振振有詞，通過理性證明「怪」之必無，既無怪何來經傳「語怪」。即此證明經傳「不語怪」以就和《論語》之說，從而以無怪可語的立論基點調和「語怪」問題的矛盾。

　　《詩經》此類「怪」與《國語‧鄭語》之褒姒出生的故事等，向被視作怪異之談，但清楊名時也「以為誕異」的而以「興亡自有天」〔註47〕解釋天降妖祥，不以為怪。可是祅祥非怪而何？但楊說的邏輯似乎是：你說是怪，我說不是。實際此說皆與上舉呂東萊、陸象山之說無二，乃是將「語怪」問題推到極端的一種闡釋。其立論的背景則是《魯論》絕對可信，籍以駁難經傳。

　　但維護《論語》無怪可語的立場受到其他學者的駁斥，宋儒即有維護經傳而駁難《魯論》「不語怪」之說的。宋楊簡《慈湖詩傳》認為怪神之事所在皆有，且見於載籍和現實之類似玄鳥、履跡之事等「天地間怪神之事，何所不有」；更何況「子不語怪力亂神」乃孔門弟子所記，孔子本人沒有否認過怪神，《生民》《玄鳥》所記怪神之事本孔子所記〔註48〕——言下之意，孔子若認為怪神無有，怎會「取焉」為詩？這裡區分出孔門弟子與孔子之別。其反駁「諸儒」的理由是所謂「道無所不通，故變化無所不有，惟知道者信之，特難於言」〔註49〕，天下執不化者眾，俗儒多疑，難以語道，所以孔子「不言」。總之，其觀點是孔子承認怪神實有，故取以入《詩經》，可是俗儒多疑，所以不言。這又是基於經傳否認《論語》的做法。

　　無論擁護《詩經》還是堅信《魯論》，兩派之間皆自有其理由。「語怪」矛盾除了表現為儒學內部之《論語》——經傳相互駁難外，還波及對諸子之「怪力亂神」的評價，以儒學標準權衡諸子尤其以《魯論》「不語怪」標準權衡諸子「怪力亂神」成為「語怪」問題自然而又必然的延伸。

〔註46〕《毛詩李黃集解》卷三二，《四庫全書》本71冊，第586頁。
〔註47〕（清）楊名時：《詩經札記》，《四庫全書》本87冊，第43頁。
〔註48〕（宋）楊簡：《慈湖詩傳》卷二〇，《四庫全書》本73冊，第315頁。
〔註49〕（宋）楊簡：《慈湖詩傳》卷二〇，《四庫全書》本73冊，第315頁。

第五章 「語怪」與古典政教之實踐

　　「子不語怪力亂神」的提法見於《魯論》，歷代不斷闡釋，逐漸累積成為內涵豐厚的思想命題。根據上一章所引王肅、皇侃之說，在經學家內部實有分歧，不過儒學主流基本採取了王肅、皇侃之論，無論視其為「四事」還是「二事」，「不語」是一定的，而「不語」的原因是基於價值論、實踐論的考量，即「怪力亂神」無關教化，所以孔子不談及。但此義亦啟人疑竇，如上所言，其與文獻所載孔子實際言行齟齬。皇疏引「或問曰」作為孔子語亂之證，實則對「子不語怪力亂神」有所疑惑。推究古人之意，不能僅矚目於其語言訓詁，尚需考慮述說之時代背景、思想意圖。嘗試論之：

第一節 「子不語怪力亂神」作為思想區分原則

　　在如何闡釋諸子「怪力亂神」問題上，思路最為開闊也最有衛道意味的當屬明人劉宗周，其所撰《論語學案》謂：

> 後世如鄒衍公孫龍之說，怪之屬也；管商申韓之說，力之屬也；
> 楊墨之說，亂之屬也；佛老之說，神之屬也。〔註1〕

　　劉說將「怪力亂神」的內涵大大拓展，以為鄒衍、公孫龍、管仲、商鞅、申不害、韓非、楊朱、墨家、佛家和道家之說，皆是「異端之學」；這樣，除了儒家及其經典之外，其他思想一概被視為怪力亂神：此論賦予「子不語怪力亂神」區分儒學與異端標準的意義。其說實際濫觴於宋儒，黃震《黃氏日抄》

〔註1〕 （明）劉宗周：《論語學案》卷四，《四庫全書》本 207 冊，第 579 頁。

「淮南子」條已發此論：

> 孔子不語怪力亂神，諸子之所語者，怪而已。古語有之，君子
> 道其常，小人道其變。諸子之所道者，變而已。〔註2〕

黃氏以「語怪」與否，劃分孔教諸子，以為常變之際，君子小人之分。謂諸子之說汩惑天下生民，非正道所在。按照黃氏之說，諸子皆是「小人」，諸子所語皆是「怪」也就是「變」。可見「語怪」問題至於宋世已為思想界門派分野的焦點所在。其所謂「常」就是劉氏所謂的「中庸」，但《學案》所論之拓展在於，黃震僅僅將「不語」視作經子之分的標準，而劉氏將之視為儒學與一切異端的分限。

劉、黃之說並非空穴來風，儒家學說和先秦其他諸子對待「怪力亂神」問題確實取向不同。實際，先秦諸家並不那麼忌諱「語怪」，談神論怪的例子俯拾皆是。比如莊子就是「語怪」的典型代表，其書原本「言多詭誕，或似《山海經》，或類占夢書」〔註3〕，《莊子》也自稱「以天下為沈濁，不可與莊語。」釋文引以為「莊，端正也」，〔註4〕那麼意思也就是「雅言」。這樣說來，他竟是有意選擇荒唐之言為說。眾所周知，「志怪」一語即出於莊子筆下。《逍遙遊》有「齊諧者，志怪者也」一語，《釋文》云：「齊諧……司馬及崔並云：人姓名；簡文云：書。志怪：志，記也；怪，異也。」〔註5〕「齊諧」是書名還是人物，古來爭議不斷，晉葛洪《抱朴子‧內篇‧論仙》云：「……雖有禹、益、齊諧之知，而所嘗識者未若所不識之眾也。」〔註6〕他將齊諧與禹、益並舉，似應指人物，俞樾說「若是書名，不得但稱諧」。〔註7〕但古書署名尚未成為慣例，後人裒集，往往以學派宗主為名，老莊荀孟皆是其例。可以推測，齊諧既指人而言，稱「齊諧（夫子）」；也可指齊諧所傳之學（著述），稱為《齊諧》。但推究字面意義，很可能「齊諧」也是莊生寓言，意猶「齊地詼諧者」。不過無論齊諧是人名還是書名，作為「語怪」代表無可懷疑。

列子亦用《逍遙遊》鯤鵬故事，稱夷堅所志，《湯問》所說「世豈知有此

〔註2〕　（宋）黃震：《黃氏日抄》卷五五，《四庫全書》本708冊，第415頁。
〔註3〕　（唐）陸德明：《經典釋文》，北京：中華書局，1983年，第17頁。
〔註4〕　（清）郭慶藩：《莊子集釋》卷一〇（下），北京：中華書局，1961年，第1100頁。
〔註5〕　《莊子》卷一，頁2左欄頁。《四部備要》本冊353頁。
〔註6〕　《抱朴子》卷一，《四庫全書》本1059冊，第5頁。
〔註7〕　《莊子集釋》卷一上，北京：中華書局，1961年，第1100頁。

物哉？大禹行而見之，伯益知而名之，夷堅聞而志之」注謂：「夷堅，未聞，亦古博物者也。」〔註8〕而博物者往往喜歡奇談。除儒家及莊子、列子之外，他如墨家強調「明鬼」；名家的惠施「遍為萬物說，說而不休，多而無已，猶以為寡，益之以怪」〔註9〕；陰陽家鄒衍之學「推而遠之，至天地未生，窈冥不可考而原也」的怪迂之談〔註10〕……劉勰謂：

> 若乃湯之問棘，云蚊睫有雷霆之聲；惠施對梁王，云蝸角有伏屍之戰；《列子》有移山跨海之談；《淮南》有傾天折地之說；此蜂駭之類也。是以世疾諸混同虛誕，按《歸藏》之經，大明迂怪，乃稱羿斃十日，姮娥奔月，殷湯如茲，況諸子乎〔註11〕。

但對先秦諸子而言，無論因世人以莊語「狂而不信」而採取悠謬荒唐之說，還是正襟危坐地「不語怪力亂神」，無非只是一種思想表達策略而已，並無高下的價值判斷之分，這情形如《韓非子·顯學》所議：

> 故孔墨之後，儒分為八，墨離為三，取捨相反不同，而皆自謂真孔墨。〔註12〕

這意味著，先秦時候「語怪」並沒有消極意義上的價值負荷，「不語怪力亂神」也並不代表積極的價值。諸子只是各取所需，不管「奇怪」與否，只是為了說明道理。只有儒家那裏，「不語怪」才被賦予積極的價值——意義內涵，而「怪力亂神」也就成為貶斥的消極術語，孟子和荀子對「不語怪」已有明確的自我意識，這應是劉、黃之說的思想來源。

《孟子·萬章上》很審慎地將「齊東野語」與「君子之言」〔註13〕區別開來，以為這一劃分，關係家國忠孝大倫。「齊東野語」指的是堯和瞽瞍北面事舜這一野史雜談；孟子因此覺得有必要引據《詩》《書》等「君子之言」加以澄清。按照《論語·述而》「子不語怪力亂神」，齊東野人之語既有別於「君子之言」，那便是「怪力亂神」的範圍。孟子顯然為「不語怪」的思想立場提供了滋養泉源，顯示出思想分化的跡象。《荀子·榮辱》說得更加明白：「君子道

〔註8〕《列子》卷五，頁6右欄～頁7左欄頁。《四部備要》本冊350頁。
〔註9〕《莊子集釋》卷一〇（下），北京：中華書局，1961年，第1113頁。
〔註10〕《史記》，北京：中華書局，1959年，第2344頁。
〔註11〕《文心雕龍輯注》卷四，頁10左欄～頁11右欄頁。《四部備要》本冊607頁。
〔註12〕《韓非子》卷一九，《四部備要》本349冊，第9頁。
〔註13〕《孟子》卷九，《四部備要》本，第7～8頁。

其常而小人道其怪。」〔註14〕《論衡・福虛篇》記載儒墨後學之間在「鬼神」問題上的直接交鋒：「纏子稱墨家佑鬼神，是引秦穆公有明德，上帝賜之九十年。董子難以堯舜不賜年，桀紂不夭死。」〔註15〕這是語怪——不語怪分流並且對立的表徵，反映出儒家確立「不語怪力亂神」為價值規範的嘗試，儒家和諸子可能取用相似的材料，但價值判斷、思想取向卻大相徑庭。結合孟子之論，可知儒家之徒對「不語怪」這一價值標尺有清晰的確認，而其他諸子對此並無自覺意識。

「不語怪力亂神」作為儒學和其他學派的權衡標尺，表面看來僅僅出於經學家衛道的學術立場，其實隨著中國政治文化的發展，怪神問題的政治色彩日漸突出，成為儒生不得不慎重對待的核心。清代文網甚密，朝廷籠絡漢族士人，以求永治，有一本《御定孝經衍義》，其「子不語怪力亂神」條按語用了「為聖人之所必斥」「在所必誅」〔註16〕等強烈措辭，不僅反映出經學家衛道心態，藉以打壓異端——諸子佛老之學，以維護自己道統；尚可窺見其時經學式微、而需要借助政權強力來維持特權等些些消息。著眼禮教大防之政治意圖，說得最為明白的是《日講四書解義》，其卷六《論語》上之三以為「防世之心」「首嚴異端之防，而明王必申左道之禁也」〔註17〕，這種說法論理雖與前人無大差別，然斤斤計較於「防世之心」，嚴異端，禁左道，避免「犯上作亂」，維護當朝統治之安定，已將屬於政治——哲學學理層面的討論變做政治鬥爭立論工具，思想偏狹，殊不足論。而回顧儒家關於「語怪」問題的論爭，或許會發現，這一問題呈現出「何為語怪」到「誰在語怪」的微妙變化，當「誰在語怪」的質問代替「何為語怪」的思索時，「語怪」便由政治——思想的學術問題降格為附麗權力、排斥異己的理論工具，儒家爭論不休的「語怪」問題已經漸漸走到死胡同。而西方神話學的輸入，又重新賦予「語怪」以全新的歷史任務，這便是「語怪」傳統與西方神話學的接榫。借助與西方神話學，儒學內部的「語怪」問題進入現代轉化為中國神話學的基本命題「神話歷史化」。我們上文已經指出這一命題的罅隙所在，因有便必要重新思索「語怪」在傳統經史框架中的實踐論意義。

〔註14〕（清）王先慎：《荀子集解》卷二，北京：中華書局，1988年，第63頁。

〔註15〕《論衡》卷六，《四部備要》本第359冊，第5頁。

〔註16〕《御定孝經衍義》卷八五，《四庫全書》本719冊，第98頁。

〔註17〕《日講四書解義》卷六，《四庫全書》本208冊，第155頁。

第二節 「語怪」傳統的古典淵源

在古典傳統經學內部，儒家關於「語怪」「不語」的爭論從沒真正平息過。就傳統學術而言，這一爭論是儒家對自身規範如何闡釋的問題；而對於我們而言，則是儒家通過何種途徑確立其規範，亦即作為儒家規範的「不語怪」來源何在的問題。

爭論激烈、矛盾歧出的儒家各說有一共同特徵：儘管各家多方修正「不語怪力亂神」的內涵，對這一命題前提的來龍去脈作發生學追溯者卻寥寥無幾；換句話說，大部分儒者忙於爭論其然卻未問其所以然，闡釋該命題時卻相對淡化了「語怪」何以成其為問題。因此，追究「子不語怪力亂神」之發生學淵源，或是一種不為無益的嘗試。啟發筆者思考這一問題的是宋儒鄭樵，《通志·五帝紀》採取《左傳》「以鳥名官」和《國語》「絕地天通」材料並按語曰：

> 上古之時，民淳俗熙，為君者惟以奉天事神為務，故其治略於人而詳於天，其行事　　見於方冊者，載在曆家及緯書為多；唐虞之後以民事為急，故其治詳於人而略於天。孔子不語怪力亂神，刪書斷自唐虞。〔註18〕

漁仲此議，劃分「上古之時」「唐虞之後」兩段，進而指出上古政治文化特點是「奉天事神」「略於人而詳於天」，唐虞之後則「民事為急」且「詳於人而略於天」。而古今之變、神民之分、天人之際正是中國古典政治思想的核心觀念所在。鄭云「孔子不語怪力亂神，刪書斷自唐虞」，將「語怪」問題與古今之變聯繫起來考慮，所說雖未盡周詳，但其見解足以啟發後學。鄭氏所採鳥官材料見《左傳》：

> 秋，郯子來朝，公與之宴，昭子問焉，曰：「少皞氏鳥名官，何故也？」郯子曰：「吾祖也，我知之。……自顓頊以來，不能紀遠，乃紀於近，為民師而命以民事，則不能故也。」仲尼聞之，見於郯子而學之，既而告人曰：「吾聞之，天子失官，學在四夷，猶信。」（昭公十七年）〔註19〕

「以鳥名官」之制，作為禮儀大邦的魯國亦不甚了然，而世遠國小郯子卻能詳悉。立足鄭樵的劃分思想，《左傳》此文可能道出中國早期政治思想史上

〔註18〕 （宋）鄭樵：《通志》卷二，中華書局，1987年，頁35中欄。
〔註19〕 《春秋左傳正義》，《十三經注疏》本，上海古籍出版社，1997年，頁2083上欄～2084頁上欄。

兩次變革，其一是顓頊之「紀遠」而「紀近」的變革，其二是孔子所在時代的「天子失官」。且先論顓頊「紀遠」「紀近」問題。

《左傳》謂「自顓頊以來，不能紀遠，乃紀於近，為民師而命以民事」，注：「顓頊氏，代少皞者，德不能致遠瑞，而以民事命官。」〔註20〕何謂命官？參照郯子論鳥官之制可以明瞭，「鳳鳥氏，歷正也；玄鳥氏，司分者也；伯趙氏，司至者也；青鳥氏，司啟者也。……」注：「鳳鳥知天時，故以名歷正之官」；「玄鳥，燕也，以春分來，秋分去。」「伯趙，伯勞也，以夏至鳴，冬至止」；「青鳥，鶬鴀也，以立春鳴，立夏止」。〔註21〕可知所謂「以鳥名官」，即依照候鳥遷徙習性確定官職制度——然此段是否關涉物候歷問題，與本文關係不大，從略。推知「民事命官」意思當是依據民事建立官制。「民事名官」的經典樣本當推《周禮》，三百六十官職皆關乎民事，顓頊官制雖於文獻無考，但據《周禮》民事命官之制反推，或亦可對鳥官制度想像彷彿。參諸上下文義，以民事名官就是「紀於近」之意。郯子以為顓頊之「紀近」乃是「不能紀遠」之故，注以為德不能致遠瑞，似乎「紀遠」「紀近」只是德與不德的問題。那麼，「德」之與否是否確係「紀遠」「紀近」這一事件核心思想所在呢？少昊之後郯子以為顓頊「德不能致」，顓頊之後對其先祖又做何評價呢？《國語·楚語下》記載觀射父對楚王之說：

> 少皞之衰也，九黎亂德，民神雜糅，不可方物，夫人作享，家為巫史，無有要質，民匱於祀……顓頊受之，乃命南正重司天以屬神，命火正黎司地以屬民，使復舊常，無相侵瀆，是謂絕地天通。〔註22〕

倘將此段和《左傳》對看，發現兩段記述文字之間呈現既劇烈衝突又相互補足的複雜關係。少昊之後郯子深情講述「我高祖少皞摯之立也」的「紀遠」之制，以為顓頊以來「紀近」乃「不能故也」也即注釋所說德不能致；而顓頊之後之楚人以為「少昊之衰，九黎亂德」，顓頊之功在於使神民各歸其位，「無相侵瀆」。二者皆在「德」字上大做文章，其間細節難以調和；但若我們抓住少昊、顓頊兩個主角，抓住《國語》「少昊之衰」「顓頊受之」與《左傳》「少昊摯之立也」「自顓頊以來」等關鍵詞彙，少昊、顓頊易代之際的大體事件則可以勾勒。郯子的回憶是，少昊「紀遠」即「以鳥紀」，而顓頊「紀近」

〔註20〕《春秋左傳正義》，《十三經注疏》本，頁2084上欄。
〔註21〕《春秋左傳正義》，《十三經注疏》本，頁2083上欄～2084上欄。
〔註22〕徐元誥：《國語集解》，中華書局，2002年，頁514～515。

即「以民事命官」；觀射父的回憶是，少昊之衰後「民神雜糅」，而顓頊「使復舊常」。合觀二事，由少昊而顓頊既是由「紀遠」而「紀近」的歷程（《左傳》），又是由「家為巫史」而「民神異業」的過程（《國語》），那麼這究竟是一件事情的兩種回憶呢還是同一時代的兩個事件？

解答這個問題，首先需要弄清「紀遠」的涵義，所謂「紀遠」即郯子所說五帝的「以雲紀」「以火紀」「以水紀」「以龍紀」「以鳥紀」，而其官制相應為「雲名」「火名」「水名」「龍名」「鳥名」。僅此似還不足以解決「紀遠」究竟何意，但若對看顓頊以來的「命以民事」，則其重「天」的特點便會凸顯出來——所謂「雲」「火」等等原只是取法於「天」（自然或神靈）而已，從這個意義上可以說少昊「紀遠」是「略於人而詳於天」；而顓頊的「紀近」也就可以說是「詳於人而略於天」。如此說來，由「紀遠」走向「紀近」的歷程就是由「略於人而詳於天」到「詳於人而略於天」。「絕地天通」的意思是實現由神民不分的狀態到神民分開，豈非也就是由奉天事神到務民為急的轉變？在此，我們有理由判定，「紀近」與「絕地天通」是同一事件的不同回憶，這恰是漁仲所說的古今之變的轉折點。這說明少昊、顓頊易代之際發生了一場由神事走向民事的思想革命。但《國語》又載「使復舊常」，好像顓頊所作所為只是恢復原來的秩序。那麼「舊常」表達了什麼意思？觀射父是描述史實還是另有意圖？參考「絕地天通」的另一版本《尚書・呂刑》：

> （皇帝）乃命重、黎，絕地天通，罔有降格。注以為「使人神不擾，各得其序，是謂絕地天通。言天神無有降地，地祇不至於天，明不相干。」〔註23〕

注語「人神不擾」與後文「天神」「地祇」之語相贅，實則僅以「人神不擾，各得其序」釋「絕地天通」語義已足夠明晰。《呂刑》乃穆王誥命之詞，其思想主張採自呂侯，而呂侯是「以火紀」的炎帝之後，其講述「絕地天通」之說又與郯、楚二國有異。郯、楚相傳的少昊、顓頊之事，《呂刑》說成是「皇帝」「蚩尤」所為，主角的轉換昭示：這段歷史被確立為王室之史，方國之典升格為王室之典：因呂侯畢竟是為周王制定法典，不是回憶祖先業績和回答掌故，故此《呂刑》與郯子、觀射父之間的出入是可以解釋的：在確立法律範本的目的下，更重要的是作為樣本的那個事件。但是，郯子、呂侯所講都沒有提到「舊常」的問題，那麼觀射父之「使復舊常」或許可以

〔註23〕《尚書正義》卷一九，《十三經注疏》本，上海古籍出版社，1997年，頁248。

理解為楚國祖述先王業績時，賦予其「託古改制」的一種讚美之詞，政治史上，維新遠不如復古更有鼓動性，將創建一種新制度解釋成該制度只是祖宗之法的新生、是招攬人心的慣用策略。退一步講，即便觀射父所說「使復舊常」確係實情，天人之分與神民雜糅本是兩種不同狀態，不會動搖我們上文關於曾經有過一場思想變革的判定——只是這變革發生在顓頊之前，顓頊使之恢復「舊常」而已。

反顧《左傳》「以鳥名官」和《國語》「絕地天通」的記載，它們反映出郯、楚兩國對少昊、顓頊易代之際政治思想變革之不同回憶與評價。回憶容有民族立場和個人情感因素，郯子乃少昊之後，世遠而國小，基於其本土文化立場視顓頊「紀近」之制為「德不能致遠瑞」屬自然情感。但從第三者冷眼旁觀的立場看來，則郯子之見未為得也，「紀遠」「紀近」之核心思想並不是德與不德的問題，而是應如漁仲所說乃是古今之變分野所在：紀遠—紀近和民神雜糅—民神異業當是同一思想革命事件的兩種說詞。從現代政治思想史角度闡釋，儘管「絕地天通」「紀近」關注的側重點各有不同——「紀遠」「紀近」側重關注的是宗教（「遠」＝神）與政治（「近」＝民）何者優先的問題，而「絕地天通」側重關注的是政治、宗教合一（「神民雜糅」）還是分離（「神民異業」）的問題，——但兩者都暗示了「民」脫離「神」或曰「人的發現」這一主題。

由紀遠而紀近的革命歷程正是由家為巫史走向神民異業的過程，紀遠—紀近與絕地天通原不過是神民之分的兩種不同表述。神民之分不僅可以理解為一場政治—社會的變革問題，還應理解為宗教—文化的制度革命，紀遠、紀近和絕地天通既是由巫史相雜走向巫史分離、由重點關注神事逐漸轉到關注民事、由民間自由話語（家為巫史）到確立官學話語權力的過程，同時還邁出由稽古—紀遠傳統轉向「不語怪力亂神」的一大步。此舉奠定了古典政治文化「詳於人而略於天」傳統之基石。後世爭論不休的「語怪」問題以及「敬鬼神而遠之」「不語怪力亂神」的政治文化立場，大概皆可從「絕地天通」這一變革找到思想源泉。

立足「絕地天通」這一事件，我們便可進一步思考「語怪」問題，若說鄭樵談及「語怪」問題時，對其與「絕地天通」關係問題尚且觀念模糊到話，戴仔則直接將「語怪」問題與「絕地天通」事件聯繫起來。朱彝尊《經義考》卷二百九引戴仔駁柳宗元《非國語》曰：

夫孔子不語怪力亂神，不語之則是矣，謂其盡無，固不可也。
上古之世，風氣初開，天地尚闇，民神之道，雜糅弗章；自顓帝分
命重黎，秩敘天地，然後幽明不相侵黷，《書》所謂絕地天通固有降
格者也。〔註24〕

有無怪力亂神觀念乃是一思想層面的問題，語不語乃是個人行為方式問
題，戴仔從「不語」和「有無」角度劃分出怪力亂神兩個層面的問題，甚是。
從「絕地天通」事件看出民神雜糅到幽明不相浸瀆和怪力亂神信仰趨向淡薄
的趨勢，乃是戴說高明之處，可是他仍然囿於成見，據此又引申說「不但古
為然也，今深山大藪之中，人跡鮮至之地，往往產異見怪，民人益繁，而後聽
聞邀焉。故近古之書，多言怪神，不足異也」〔註25〕，以論證怪神古今皆有，
「謂其盡無，固不可也」，將一文化思想史的發生學問題，又拉回傳統爭論的
窠臼，與解決「語怪」問題失之交臂。

立足「紀遠」「紀近」的天人之分轉折，或許可以感悟「為民師而命以民
事」與周代重民事、尚宗族的禮樂政治體系之間的血肉聯繫，而若從本土思
想資源尋找術語，稱之「紀近」的文化傳統亦屬無妨。那麼，「語怪」問題與
「紀近」傳統關係如何呢？這涉及本文討論的中心問題，即何以「語怪」會
成為一個問題？

第三節 「天子失官」與「非語怪」傳統

所謂「紀近」，上文已述之，是以民事為急而關心民事，故此以「紀近」
為特點的周代制度亦雜有神事，三代制度相因而有別，神人之官雖分而又不是
截然劃一，人事總摻雜神事，這便是周之經典「語怪」的來源。戴仔謂：

不特《國語》言之也，《書》六十篇往往有是焉：盤庚告其群臣，
諄諄乎乃祖乃父，告我高后之說；周公說於三王，金縢之冊至今存焉。
故《記》曰：夏道尊命，殷人尊神，率民以祀神，先鬼而後禮。彼誠
去之未遠也。《周官·宗伯》有巫祝禱祠之人掌詛盟禬禜之事，攻說
及乎毒蠱，厭禳施於夭鳥，牡橭以殺淵神，枉矢以射怪物。〔註26〕

確實，「詳於人而略於天」的周代王官之學傳統，不能絲毫不談「怪力亂

〔註24〕（清）朱彝尊：《經義考》卷二〇九頁5左欄，《四部備要》本96冊。
〔註25〕《經義考》卷二〇九頁5左欄～頁6右欄。
〔註26〕《經義考》卷二〇九頁6右欄。《四部備要》本。

神」。諸子包括孔子之學皆出自王官之學，如戴仔作為《春秋外傳》多含怪神之談的《國語》「一話一言皆文武之道」〔註27〕。故欲明白「語怪」問題的矛盾，可以從「天子失官」找到問題的突破口。關於「失官」的記載，仍以上舉《春秋》內外兩傳文為例。《國語·楚語下》：

> 堯復育重黎之後，不忘舊者，使復典之，以至於夏商，故重黎
> 氏世敘天地，而別其分主者也。其在周，程伯休父其後也，當宣王
> 時，失其官守而為司馬氏……（注：失官守，謂失天地之官，而以
> 諸侯為大司馬，《詩》曰「王謂尹氏，命程伯休父」是也。）〔註28〕

揆其意，所謂「失官」當是失其世業之職，《左傳》昭二九年晉太史蔡墨對魏獻子之詞曰：「夫物物有其官，官修其方。朝夕思之，一日失職，則死及之。失官不食，官宿其業，其物乃至，若泯棄之，物乃坻伏……」〔註29〕「官宿其業，其物乃至」句注謂「設水官修則龍至」，據此可以知曉，某官失守則意味其所官行業知識或技能失傳，則重黎氏官守之失意味著「敘天地」的職業後繼無人。《國語》注所引「詩曰」見《大雅·常武》，而「王謂尹氏，命程伯休父」後的「左右陳行，戒我師旅」〔註30〕正是司馬職司所在，程伯本重黎氏之後，世職當敘天地之次，如今不再繼承祖業「敘天地」之職，而是以諸侯出任司馬，故謂之「失其官守」。上引《左傳》：「仲尼……曰：『吾聞之，天子失官，學在四夷，猶信』」杜注：「失官，官不修其職也。」孔疏：「孔子稱學在四夷，疾時學廢也。郯，少皞之後，以其世則遠，以其國則小矣；魯，周公之後，以其世則近，以其國則大矣。然其禮不如郯，故孔子說此言也。」〔註31〕魯國本周禮傳習重鎮，但孔子之世，關於少昊「以鳥名官」之制卻亦不甚了然，而需請教於世遠國小的郯子，故此孔子感歎「天子失官，學在四夷」（天子之官與四夷的關係不妨比方為大傳統與小傳統），就是說建立在血緣宗法關係上的重視民事的周代王官制度解體，換言之就是禮崩樂壞。王官失守，其結果出現「道術將為天下裂」的諸子爭鳴的學術格局。如《莊子·天下》所云：

〔註27〕《經義考》卷二〇九頁6左欄。

〔註28〕《國語集解》，中華書局，2002年，頁515。

〔註29〕《春秋左傳正義》卷五三，上海古籍出版社，1997年，頁2123上欄～中欄。

〔註30〕《毛詩正義》卷一八（五），《十三經注疏》本，上海古籍出版社，1997年，頁576中欄。

〔註31〕《春秋左傳正義》卷五三，頁2084上欄。

其明而在數度者，舊法世傳之史尚多有之；其在於《詩》《書》《禮》《樂》者，鄒魯之士縉紳先生多能明之。《詩》以道志，《書》以道事，《禮》以道行，《樂》以道和，《易》以道陰陽，《春秋》以道名分。其數散於天下而設於中國者，百家之學時或稱而道之。……後世之學者，不幸不見天地之純，古人之大體，道術將為天下裂。〔註32〕

疏以為「儒墨名法，百家弛騖，各私所見，咸率己情，道術紛紜」〔註33〕，描繪了百家爭鳴的學術情景：「志」「事」「行」「和」「陰陽」「名分」等「道術」已散於天下而為「百家之學」，立足「天地之純，古人之大體」的整全立場，批評一偏一曲之士，不能周遍古人之道，不得見天地之大美。其「後世」「古人」之分當有「天子失官」的學術背景在焉。

從「語怪」問題的角度出發，何以諸子之學只有儒家特別強調「不語怪力亂神」？這一問題的答案，似乎可返歸王官之學問題上去，重宗法、民事的王官之學以顓頊以來「紀近」的政治文化模式為其原型。但是「紀近」傳統又絕非與「紀遠」毫不相關。如果前文關於「絕地天通」之議不謬的話，便可說明，「神民異業」的「紀近」模式脫胎自「神民雜糅」的「紀遠」模式，「紀近」並非完全地、徹底地消解「紀遠」傳統，「神民異業」的政治文化只是將「紀近」作為主流思潮而已。此所謂「紀近」完整的表達應是「紀近為主」。換言之，即「紀近」傳統奠基於對「紀遠」傳統壓抑鉗制基礎之上。這也是兩周既強調「民者，神之主也」又強調「國之大事，在祀與戎」原因。

依託「紀近」原型的王官之學瓦解，則被壓抑的「紀遠」傳統即有被重新激活的可能。《左傳》之載春秋以來神民之辨的思潮就是「紀遠」傳統之被激活的證明。比如桓六年隨季梁對隨侯曰：「夫民，神之主也。是以聖王先成民而後致力於神……」；〔註34〕僖五年宮之奇對虞公「吾享祀豐潔，神必據我」之詞：「鬼神非人實親，惟德是依……非德，民不和，神不享矣。神所馮依，將在德矣」；〔註35〕僖一九年夏，宋公欲用人牲，司馬子魚曰反對「民，神之主也。用人，其誰饗之？」〔註36〕

〔註32〕 《莊子集釋》卷一〇，中華書局，1961年，第1067～1069頁。
〔註33〕 《莊子集釋》卷一〇，第1072頁。
〔註34〕 《春秋左傳正義》卷六，頁1450上欄。
〔註35〕 《春秋左傳正義》卷一二，頁1795下欄。
〔註36〕 《春秋左傳正義》卷一四，頁1810中欄。

　　「天子失官」，自周代政治文化言之，反映奠基於宗法基礎之上的周代官守之學制度逐漸崩潰；然從思想角度言之，官守之學的瓦解必然會影響到對其所依託的「紀近」政治原型的反思。其結果重新考慮周代原本已經定型的「略於天而詳於人」的政治理念，開展神民之辨、天人之爭，晚周典籍之重啟神民之辨與《六經》之歸於雅正即是這一思潮變革的證據。

　　「天子失官，學在四夷」是神民之辨開展的契機，「天子失官」必然打破成形「紀近」格局，求諸人事的一統訴求必然被取代，而其組合不外三種，紀近、紀遠、紀近紀遠共存。但是「紀近」傳統形成既久，當有一定勢力，雖然瓦解亦不至於銷聲匿跡，而「紀遠」傳統作為「紀近」傳統所脫胎之母型，一旦「紀近」崩潰，則必為諸家汲取新觀念的思想資源。「絕地天通」的三種講述展現了「紀近」「紀遠」傳統存在的三種形式：《呂刑》作為周王室法典，是「紀近」抑制「紀遠」的形式；郯子作為少昊之後，國小世遠，是保存「紀遠」的形式；楚國作為顓頊之後且受中原教化，保存「紀近」傳統理所當然，但是作為蠻夷之邦，楚又受到周室及其宗親諸國的壓抑，因此又有向「紀遠」傳統尋找精神資源的需求。

　　而「紀遠」文化只是保存在受「紀近」壓抑的地方諸國尤其是「四夷」，故此神民之辨又必然交雜著地域文化之爭，郯、楚之爭即一顯例。從晚周學術看來，諸子包括儒家出自王官之學而又各有特點：儒家出自鄒魯，周禮盡在魯，故儒家對王官之學作了最全面也最深刻的繼承；墨家出自宋，道家出自楚，在繼承發揚王官基礎上又必然吸收宋楚等尚巫鬼的地域文化。附帶指出，我們不贊同將中原─南土簡單對立的巫史二元文化觀。此說之失在於，既未考慮「紀近」傳統的王官之學對周各個諸侯國的文化品格的模塑功能，而使諸國皆有重民事的因素；又未考慮「紀遠」的思想來源，而使諸國不免或多或少關注鬼神。

　　在此種視野下理解「語怪」問題，重人事的王官之學自然會生發「不語怪力亂神」的觀念，而王官之學瓦解、「紀遠」傳統復蘇的形式下，追溯遠祖鴻業並將之視為至德之世的理想模型當也是許多思想家的必然追求。欲構造「紀遠」的理想國，採納「語怪」方式正是他們順手牽羊之舉。檢《春秋》內外兩傳，諸國政要紛紛援引故實遺說，雖講解目的宗旨各異其趣，然卻是不約而同地將事件放置在遠古之世。明乎此，對「不語怪力亂神」問題因此就有新的理解：孔子及其後學的路徑是興復周代禮樂文明，也就是回歸於「紀近」重人事

的王官之學傳統，故此繼承《六經》而特別強調「不語怪」；而諸子雖亦承繼王官之學的遺緒，但既沒有孔子那樣深厚的宗周情結，又受各地壓抑已久的、復蘇的「紀遠」思潮影響，因此就沒有像孔子學派那樣強調人事神鬼之辨，而能更平和地對待鬼神與人事。對照而言，其他子家對此問題並不那麼敏感，沒有十分自覺的意識，而是介於「語怪」與「不語」之間。這也就是百家之學何以同樣是復古之學而又各有不同的原因。

這裡，我們將並非「不語怪力亂神」的傳統名之「非語怪」傳統。這裡意指與儒家「不語怪」觀念對立的傳統，因此，「非語怪」就是儒家「不語怪力亂神」標尺確立之前的、沒有「語怪」「不語怪」之分的傳統。從「非語怪」角度看待「語怪」，可知其由兩部分構成，一是儒家「不語怪力亂神」標準觀照下的「語怪」；一是儒家「不語怪」傳統確立之前的「非語怪」傳統下的「語怪」。但後一種「語怪」其實就是「非語怪」的。「語怪」「不語怪」（儒家立場）和「非語怪」（前儒家立場）是基於不同學術立場，對同一事物的不同劃分和稱呼。

綜上，對於「語怪」的矛盾可以從「非語怪」角度加以解釋，因為儒家「不語怪」的意識來源於「非語怪」傳統，儒家經傳自然會包含大量語怪敘事，這是那個古老傳統的遺跡，儒家的思想取向在於對「非語怪「進行「不語怪」式的闡釋，「務民之義，敬鬼神而遠之」。〔註37〕《荀子・天論》所謂：

> 傳曰：萬物之怪，書不說……故君子以為文，而百姓以為神。
>
> 以為文則吉，以為神則凶。（注：「《書》謂《六經》也，可為勸誡則
>
> 明之，不務廣說萬物之怪也。）〔註38〕

依照上述解釋，可以理解何以諸子之學中只有儒家在涉及到怪力亂神之時，總是試圖對此予以消解，《尸子》「黃帝四面」《大戴禮記・五帝德》之「黃帝三百年」以及《韓非子》「夔一足」，皆是「子不語」式的闡釋語怪敘事的顯例。比如，《五帝德》：

〔註37〕《論語注疏》卷六，《十三經注疏》本，上海古籍出版社，1997年，頁2479中欄。
〔註38〕（清）王先謙：《荀子集解》卷一一，中華書局，1988年，頁316。荀子「君子以為文，小人以為神」之意與《論語・泰伯》「民可使由之，不可使知之」可相互發明，《集釋》引《後漢書・方術傳》鄭注：「言王者設教，務使人從之，若皆知其本末，則愚者輕而不行。」（程樹德：《論語集釋》卷一五，中華書局，1990年，532頁。）鄭注區分了王者和百姓，也指明百姓「輕」的特點，對於「神道設教」這一內涵卻不曾提及，小有失之。

> 宰我問於孔子曰：「昔者予聞諸榮伊言，黃帝三百年。請問黃
> 帝者人邪？抑非人邪？何以至於三百年乎？」孔子曰：「予！禹湯
> 文武成王周公可勝觀邪？夫黃帝尚矣，女何以為？先生難言之。」
> 宰我曰：「上世之傳，隱微之說，卒業之辨，闇昏忽之意，非君子
> 之道也，則予之問也固矣。」〔註39〕

宰我因「黃帝三百年」之說，而產生「黃帝者人邪抑非人邪」的疑惑，而黃帝之事正是屬於「上世之傳，隱微之說」的「紀遠」文化，故其雜糅神鬼怪異敘事不足為奇。但是孔子如何作答呢？孔子反問說「禹湯文武成王周公可勝觀邪」——基於人事的、王官之學的先王之道看得過來嗎？「夫黃帝尚矣，女何以為？先生難言之。」這句話《史記・五帝本紀》轉述的更明白，「學者多稱五帝，尚矣。然《尚書》獨載堯以來，而百家言黃帝，其文不雅馴，薦紳先生難言之。」〔註40〕「尚」就是年代古遠而「其文不雅馴」，所以孔子才以「難言」為由推脫。無奈子予追問不已，孔子無法，才以「生而民得其利百年，死而民畏其神百年，亡而民用其教百年，故曰三百年」一語解釋之，這種理解完全符合常理，乃是一種基於「不語怪」立場的雅馴的解釋，而與「百家」之「不雅馴」之「言」相異。孔子以「不語怪」的闡釋方式為本學派奠定思想基調。

對照《國語・魯語》孔子語怪記載，儒家後學已經漸漸明確「不語怪力亂神」的觀念，即便談論神怪，亦只是以為政教文飾而已。這也表明「語怪」問題原是「應該如何」（著眼於向善）的文化奠基的思想問題，而非「本來如何」（著眼於求真）的歷史生活事件。《論語正義》謂之：

> 《書傳》言夫子辨木石水土諸怪，及防風氏骨節專車之屬，皆
> 是因人問答之非，自為語之也。至日食、地震、山崩之類，皆是災
> 變，與怪不同，故《春秋》紀之獨詳。欲以深戒人君，當修德力政，
> 不諱言之矣。〔註41〕

劉氏雖然沒有意識到「非語怪」傳統的存在，但在前人基礎上認識到孔子「語怪」是自己確立標準（因人問答之非，自為語之）訓誡後人，難能可貴。

要之，「語怪」是儒家「不語怪」的新傳統觀照下的表示思想區分的語彙，在這一區分之前，我們稱之「非語怪」傳統。現代神話學的古典源泉就在這個

〔註39〕方向東：《大戴禮記彙校集釋》，中華書局，2008 年，第 689 頁。
〔註40〕《史記》卷一，中華書局，1959 年，第 46 頁。
〔註41〕（清）劉寶楠：《論語正義》卷七，中華書局，1990 年，第 372 頁。

未曾劃分的「非語怪」傳統之中。「不語怪」乃儒家自我定位的實踐標尺，區分「語怪」與「不語怪」有相當突出的政治意義和文化貢獻。被現代學人視為神話寶典的古典著述，如《天問》、《山海經》，從古典政教傳統的主流來看，他們恰恰是「語怪」之作。而從這些「語怪」主體說，他們並沒有劃分「語怪」「不語怪」的自覺意識。如上所說，「語怪」的價值論區分不僅體現在儒家與其他學派之間，而且在儒家學者內部亦有所不同。關於後者，下文我們即以班固和王逸對屈原作品的評價為例分析之。

第六章　逸、固「語怪」之別與 《天問》「多奇怪之事」

　　《天問》後敘謂此篇「多奇怪之事」，所謂「奇怪之事」云云即上章之「語怪」，前敘「……楚有先王之廟及公卿祠堂，圖畫天地山川神靈，琦瑋僪佹，及古賢聖怪物行事」是其具體的內容。可知「奇怪」包含「天地山川神靈」和「古聖賢怪物行事」兩個層次的內容，那麼古人如何闡釋之，古人的闡釋具有怎樣的實踐論價值？下文即以班固、王逸的闡釋為例說明這個問題。

第一節　王逸、班固對「奇怪之事」的不同闡釋

　　王逸章句為《楚辭》重要注釋，《天問》兩敘雖未說明其闡釋路徑及宗旨，但王逸解騷思路卻可以通過《離騷》序得之。叔師《離騷》後敘：

> 夫離騷之文，依託《五經》以立義焉。「帝高陽之苗裔」，則「厥初生民，時惟姜嫄」也；「紉秋蘭以為佩」，則「將翱將翔，佩玉瓊琚」也；「夕攬洲之宿莽」，則《易》「潛龍勿用」也；「駟玉虯而乘鷖」，則「時乘六龍以御天」也；「就重華而陳詞」，則《尚書》咎繇之謀謨也；登崑崙而涉流沙，則《禹貢》之敷土也。[註1]

　　後敘所列，亦多指涉「奇怪」，王逸謂「依託《五經》以立義」，則其以經學立場闡釋《楚辭》的理路可見。對《離騷》的解釋應同樣適用於《天問》。若從屈子本意出發，上引王逸解說未必盡然，高陽、姜嫄皆始祖所出，加以比

〔註1〕（宋）洪興祖：《楚辭補注》，北京：中華書局，1983年，序。

附自無不可；然「駟玉虯而乘鷖」未必關乎「時乘六龍以御天」，《離騷》「駟玉虯以乘鷖兮，溘埃風余上徵」逸注以為：

> 言我設往行遊，將乘玉虯、駕鳳車，掩塵埃而上征，去離世俗，遠群小也。

而《周易・乾》彖辭：「時乘六龍以御天」注：

> 升降無常，隨時而用，處則乘潛龍，出則乘飛龍，故曰時乘六龍也，乘變化而御大器，靜專動直，不失太和，豈非正性命之情者邪？〔註2〕

逸注《離騷》以為憤激群小之詞，而《周易》所講則是行藏之道，大旨殊異。王逸之注可謂自相矛盾（但亦應注意，古人著述，自我矛盾、引據錯誤本非罕見，與後世強調學術規範大有不同。不過立足於今日規範立場，我們仍有理由對之加以批評。問題是，我們先須瞭解這一點）。可見這個「依託《五經》以立義」之說未必符合屈作實際。

但王逸之「依託《五經》」之說，實針對班固，「多稱崑崙、冥婚（湯炳正《楚辭類稿》校作「帝閽」，是）、宓妃虛無之語，皆非法度之政，經義所載」。班固「虛無之語」，恰是其徵信理念的對照，「非法度之政，經義所載」云云意猶不合於「雅馴」之言，乃基於「不語怪力亂神」的儒家正統立場。

叔師謂「依託五經」，而孟堅以為「非經義所載」，逸固「奇怪之事」之別看來似是水火不容，然實情何如呢？何以二人在此問題上發生如此大的分歧呢？班固之論因劉安而發，安敘《離騷傳》，以為《離騷》體兼《風》《雅》，屈子之志，光並日月；班固大以為非：

> 又說五子以失家巷，謂五子胥也；及至羿、澆、少康、二姚、有娀佚女，皆各以所識有所增損，然猶未得其正也。故博採經書傳記本文，以為之解。〔註3〕

劉安有誤說之事，「未得其正」當非僅是正確之義，尚包含有雅正之義。故此孟堅乃採擇經傳解之。

針對《騷》《問》「奇怪之事」的解釋，孟堅「博採經書傳記本文」與叔師之「稽之舊章，合之經傳，以相發明，為之符驗」皆係以經釋騷的方式，可謂

〔註2〕（唐）孔穎達：《周易正義》，《十三經注疏》本，上海古籍出版社，1997年，卷1頁14上欄。

〔註3〕（宋）洪興祖：《楚辭補注》，北京：中華書局，1983年，序。

本無二致。何以會有看似非常激烈的爭論呢？這應當歸因於二人對屈子不同的理解。孟堅倡導個人「明哲保身」：

> 且君子道窮，命矣……《大雅》曰：「既明且哲，以保其身。」斯為貴矣。今若屈原，露才揚己，競乎危國群小之間以離讒賊。然責數懷王，怨惡椒蘭，愁神苦思，強非其人，忿懟不容，沈江而死，亦貶絜狂狷景行之士。〔註4〕

班固評屈子乃從儒家「君子道窮」「明哲保身」的處世哲學出發，而以為屈子「非明哲」。其明哲之論與揚雄「以為君子得時則大行，不得時則龍蛇。遇不遇，命也，何必湛身哉」〔註5〕之說相彷彿。不過，儘管非議其行為，班固仍強調屈子之「忠」。《後漢書》本傳，班固「弱冠」時上東平王劉蒼奏記謂「昔卞和獻寶，以離斷趾；靈均納忠，終於沈身。而和氏之璧，千載垂光；屈子之篇，萬世歸善。」〔註6〕似其評價屈子不可謂不高，而側重點在於「靈均納忠」，忠君蓋班固肯定屈賦之邏輯起點。班固《離騷贊序》謂「是時周室已滅，七國並爭，屈原痛君不明，信用群小，國將危亡，忠誠之情，懷不能己，故作《離騷》。」〔註7〕亦以「忠誠」為旨歸。儘管肯定屈子之忠，班氏仍從君臣大義觀念出發，批評屈子「責數懷王，怨惡椒蘭」。故班氏評屈，肯定忠貞，而指斥怨君。其論多以儒家經傳規範屈子，王逸《離騷經章句後敘》所說「孝章即位，深弘道義，而班固、賈逵復以所見，改易前疑，各作《離騷經章句》」的「深弘道義」即指章帝即位後一系列敦儒行為，如建初四年於白虎觀講論《五經》同異，令班固作《白虎通義》撰集諸儒之說，弘揚「君臣之義」。孟堅《章句》雖佚，然據《離騷序》，可窺其大旨亦不外乎君剛臣柔之道。自武帝獨尊儒術以後，章帝又修漢武故事，君權加強，故正統儒生，皆強調「君為臣綱」以及「為君隱惡」之綱常倫理，此即班氏之論的出臺背景。故班固之「君臣大義」實以尊君為基點，無論君之對錯，臣子皆不當有所怨言。

以班固之論，屈子行事既非合於經傳，其文自亦不能歸於雅馴，針對劉安的《離騷》體兼《風》《雅》斷語，論曰：「謂之兼詩《風》《雅》而與日月爭光，過矣。然其文淵博麗雅，為辭賦宗，後世莫不斟酌其英華，則象其從

〔註4〕（宋）洪興祖：《楚辭補注》，北京：中華書局，1983年，序。

〔註5〕（漢）班固：《前漢書》，四部備要本，北京：中華書局，1998年，第1155頁下欄。

〔註6〕（南朝宋）范曄：《後漢書》，北京：中華書局，1965年，第1332頁。

〔註7〕（宋）洪興祖：《楚辭補注》，北京：中華書局，1983年，序。

容。……雖非明智之器，可謂妙才者也。」〔註8〕班氏以為屈子「妙才」，較諸劉安，可謂貶詞。自孟堅對屈子人格、文章評價，可以理解班固之排斥「奇怪之事」是立足於儒家正統立場，王逸之論正是針對班氏而發。

如前所述，班氏《離騷序》要旨有四：一則駁斥劉安之論，二則以明哲保身衡屈子，三則明君臣大義，四則以為《離騷》失於雅正。故論曰「雖非明智之器，可謂妙才者也。」從儒學正統角度來看，班固之論不為無理，而王逸本欲為屈子以及《楚辭》爭得一席之地，必然要將班固駁倒。但耐人尋味的是，叔師反駁班固，評騭屈子，亦以儒家經傳為權衡標準：

> 且人臣之義以忠正為高，以伏節為賢，故有危言以存國，殺身以成仁，是以伍子胥不恨於浮江，比干不悔於剖心，然后德立而行成，榮顯而名稱。若夫懷道以迷國，佯愚而不言，顛則不能扶，危則不能安，婉娩以順上，逡巡以避患，雖保黃耇終壽百年，蓋志士之所恥，愚夫之所賤也。〔註9〕

上述評語，隱括《論語》旨意，亦見當時儒生倫理標準。與班固講究「忠誠」「為君隱惡」不同，王逸從「忠正」「伏節」角度規範「人臣之義」，從而賦予屈子儒家「忠臣」的形象。在強調「忠誠」「忠貞」方面，逸固之間本無差別，但後者卻特別注重臣子忠貞而能「刺上」：

> 今若屈原膺忠貞之質，體清潔之性，直若砥矢，言若丹青，進不隱其謀，退不顧其命，此誠絕世之行，俊彥之英也；而班固……是虧其高明而損其清潔者也。昔伯夷叔齊讓國守志，不食周粟，遂餓而死。豈可復謂有求於世而恨怨哉？且詩人怨主刺上，曰：「嗚呼小子，未知臧否，匪面命之，言提其耳。」風諫之語，於斯為切。〔註10〕

王逸此論，從屈子「高明」「清潔」角度反對班固之說，似亦有維護劉安之義，然劉安隱括道家仙人之語，王逸則引用儒家伯夷叔齊之典，形同實異。玩其「君臣之義」與班固忠君不同，可謂憂君。在肯定屈子「忠貞」而又能「諷諫」基礎上，王逸闡釋屈子文章「依託五經以立義」乃是順利成章，對《離騷》比興之義的發掘就是明證。而對於《天問》的「奇怪之事」，他便可以「參之經傳」加以闡釋了，從而安心構建其《楚辭》進而《天問》的

〔註8〕（宋）洪興祖：《楚辭補注》，序。

〔註9〕（宋）洪興祖：《楚辭補注》，北京：中華書局，1983年，序。

〔註10〕（宋）洪興祖：《楚辭補注》，序。

儒學闡釋體系。

　　用儒學標準而非純粹學術的求真標準看待逸固之別，其學術的政治色彩便豁然凸顯出來，在忠貞之臣的君臣大義方面，逸固無別，但其微異在於，孟堅的「人臣之義」強調尊君而不主張「責數懷王，怨惡椒蘭」，而叔師「人臣之義」基於忠貞基礎上的怨主刺上。從以「人臣之義」規範屈子這一角度看來，王逸、班固原本是同路人，矛盾的焦點僅僅在應持何種「人臣之義」，並據此確定個人用舍行藏，其共同歸依乃儒家經傳，因此逸固之別只是儒家內部爭論。思想之差異反映到對《楚辭》尤其《天問》「多奇怪之事」的闡釋問題上，自然分為兩途：一是正統衛道的排斥立場，強調言歸於雅而以不合經傳之理由排斥「怪力亂神」；二是以經注騷的為我所用立場，強調義歸於正而使怪力亂神就範於儒學之詩教框架。王逸選擇後者。然則，《楚辭章句》如何闡釋屈子，使之就範於經學構架呢？

第二節　《章句》以經解騷的注疏理路

　　《章句》之採取經學式義例，論者甚眾，以下參諸家之說，略加剖析。

　　叔師將屈子視作詩人後嗣。《離騷》後敘曰：

> 昔者孔子……於是楊墨鄒孟孫韓之徒，各以所知，造著傳記；或以述古，或以明世；而屈原履忠被譖，憂悲愁思，獨依詩人之義而作《離騷》，上以諷諫，下以自慰，遭時暗亂，不見省納，不勝憤懣，遂復作《九歌》以下凡二十五篇。〔註11〕

　　《騷》《雅》異同，辯者甚多，而王逸之「依詩人之義」，類同於其「依託《五經》以立義」，正是以經解騷思路，但此處具體強調「詩人之義」的詩教問題而尤其突出「諷諫」之旨；「復作《九歌》以下凡二十五篇」，則《離騷》而外，王逸亦視《天問》諸作為《風》《雅》嗣響。《章句》大致仿《毛傳》體例。如仿《毛傳》大小《序》為《離騷》《天問》作前後兩敘。諸篇序言尤其突出屈子「忠貞」之情及其「諷諫」之旨。如：

> 屈原執履忠貞而被讒邪……猶依道徑，以風諫君也。（《離騷經敘》）

> 屈原履忠被讒，憂悲愁思，獨依詩人之義而作《離騷》，上以諷

〔註11〕　（宋）洪興祖：《楚辭補注》，北京：中華書局，1983 年，序。

諫，下以自慰。(《離騷經章句後敘》)

因為作《九歌》之曲，上陳事神之敬，下見己之冤結，託之以風諫。(《九歌敘》)

言己所陳忠信之道……(《九章敘》)

然猶懷念楚國，思慕舊故，忠信之篤，仁義之厚也。(《遠遊敘》)

屈原體忠貞之性……(《卜居敘》)

原懷忠貞之性……而作《九歌》《九章》之頌，以風諫懷王。(《九辯敘》)

外陳四方之惡，內崇楚國之美，以風諫懷王。(《招魂敘》)

(屈原)因以風諫，達己之志也。(《大招敘》)

諫者，正也，謂陳法度以諫正君也。……屈原與楚同姓，無相去之義，故加為《七諫》，殷勤之意，忠厚之節也。(《七諫敘》)

忌哀屈原受性忠貞……(《哀時命敘》)

屈原雖見放逐，猶思念其君，憂國傾危而不能忘也。(《九懷敘》)

向……追念屈原忠信之節，故作《九歎》。(《九歎敘》)

在詩教之忠貞而能怨主刺上理念觀照下，屈子及其代言體擬作皆被解作闡發屈子「忠貞」之情「諷諫」之意，王逸既將屈子塑造為忠貞之臣的典範，又構建其闡發微言大義的《楚辭》闡釋學體系。但在這一闡釋框架中，「多奇怪之事」的《天問》序言不明言「忠貞」「諷諫」之意，這也說明在王逸之闡釋體系中，《天問》就範存在困難。

為闡釋大義之便，王逸復採經學「章句」之體闡釋《楚辭》。漢儒章句本是經學派別論爭產物，經今文古文論爭，令章句體例日趨完備，而亦流於繁冗。《漢書・藝文志》謂之「而務碎義逃難，便辭巧說，破壞形體；說五字之文，至於而三萬言。後進彌以馳逐，故幼童而守一藝，白首而後能言；安其所習，毀所不見，終以自蔽」﹝註12﹞「說五字之文，至於而三萬言」下，師古注：「言其煩妄也。桓譚《新論》云：『秦近君能說《堯典》，篇目兩字之說

﹝註12﹞ (漢)班固：《前漢書》，四部備要本，北京：中華書局，1998，第579頁上欄。

至十餘萬言，但說「曰若稽古」三萬言。』」〔註13〕儒生或有主張抵制改革之意。據前、後《漢書》，揚雄、桓譚、班固、王充皆不好為章句，《文心雕龍‧論說》所謂「通人惡煩，羞學章句」〔註14〕。《後漢書‧章帝紀》載章帝建初四年詔，重申光武帝「中元元年詔書，《五經》章句煩多，議欲減省」。〔註15〕儉省之作，《毛詩》為之先鋒，《文心雕龍‧論說》篇中說：「若毛公之訓《詩》，安國之傳《書》，鄭君之釋《禮》，王弼之解《易》，要約明暢，可為式矣。」〔註16〕由此而出「小章句」一派，《漢書‧儒林傳》記載，「（丁）寬作《易說》三萬言，訓故舉大義而已。今『小章句』是也。」注：「故謂經之旨趣也。」〔註17〕因之小章句之體，得其大旨而已，而學者亦可秉承師說，自家潤色，《魯詩》學者王式謂褚少孫「聞之於師具是矣，自潤色之」注：「言所聞師說具盡於此，若嫌簡略，任更潤色。」〔註18〕由其潤色，儒生亦能稍稍突破師說藩籬，兼採眾說。《漢書‧夏侯勝傳》載：

> 勝從父子建，字長鳳，自師事勝及歐陽高，左右採獲，又從《五經》諸儒問與《尚書》相出入者，牽引以次章句，具文飾說。〔註19〕

所謂左右採獲，牽引相次之解經方法已與墨守師說之法異趣。但這受到夏侯勝之譏，以為「章句小儒，破碎大道」。《後漢書‧徐防傳》載徐防上疏指斥當時博士弟子「不修家法，私相容隱」，主張「若不依先師，義有相伐，皆正以為非。」〔註20〕墨守師說與博採眾家之爭，亦可視作東漢章句之學式微信號。然章句宜於闡發微言，趙岐採以說《孟子》，王逸援之釋《楚辭》。叔師章句之作，革「事不要括」之弊，主張「要約明暢」，所謂「雖未能究其微妙，大指之趣，略可見矣。」論者以為王逸《楚辭章句》是班固所謂的「小章句」一派。

王逸的《楚辭》闡釋框架，即從《離騷》著手建構。逸謂劉安、班固、賈逵所撰為《離騷經章句》，實亦可議，班固、賈逵皆不習章句，「經」亦似非三閭本題。故洪興祖說：「古人引《離騷》未有言『經』者，蓋後世之士祖述其詞，尊之為經耳，非屈原意也。」

〔註13〕（漢）班固：《前漢書》，四部備要本，北京：中華書局，1998，第 579 頁上欄。
〔註14〕（南朝宋）范曄：《後漢書》，北京：中華書局，1965 年，第 328 頁。
〔註15〕（南朝宋）范曄：《後漢書》，北京：中華書局，1965 年，第 138 頁。
〔註16〕范文瀾：《文心雕龍注》，北京：人民文學出版社，1958 年，第 328 頁。
〔註17〕（漢）班固：《前漢書》，四部備要本，北京：中華書局，1998，第 1181 頁上欄。
〔註18〕（漢）班固：《前漢書》，第 1185 頁下欄。
〔註19〕（漢）班固：《前漢書》，第 1185 頁下欄。
〔註20〕（南朝宋）范曄：《後漢書》，北京：中華書局，1965 年，第 1500 頁。

其說或是。然叔師既欲以經釋騷,先尊騷謂經,於理始為條暢。《離騷經章句》敘:

> 經,徑也。言己放逐離別,中心愁思,猶依道徑,以風諫君也。

所謂「經,徑也」,乃漢人常用聲訓之法,劉熙《釋名‧釋典藝》云:「經,徑也。如徑路無所不通,可常用也。」〔註21〕由路徑之義引申而有常道之義,故班固《白虎通義‧五經》:「經所以有五何?經,常也,有五常之道,故曰《五經》。」〔註22〕《離騷》之稱「經」於王逸闡釋體系構建可謂意義非常,尊《騷》為經,便含有頡頏「經典」的意思,王逸復謂屈子「獨依詩人之義而作《離騷》……復作《九歌》以下二十五篇。」則明白點出屈原全部作品包括《天問》,皆承《詩經》衣缽,以經學立場解讀《天問》諸作,乃順理成章,慶善謂「逸說非是」,自是不解王逸隱衷。

第三節 《楚辭章句》的文教意義

明晰王逸之闡釋思路,明瞭王逸注疏並不是分析文獻內容的單純學術問題,而是如何為現實政治樹立典範的實踐論問題。據此可進一步追索其《章句》與漢末政治的關係。劉知幾《史通》《論史官建置》云:「按劉曹二史,皆當代所撰,能成其事者,蓋唯劉珍、蔡邕、王沈、魚豢之徒耳。而舊史載其同作,非止一家,如王逸阮籍,亦預其列……」謂舊史記載王逸於與劉珍修《東觀漢紀》之事〔註23〕。「舊史記」今不得而見,學者鉤沉索隱,大致弄清王逸及其《楚辭章句》基本情況,茲具蔣天樞、李大明、王齊洲諸先生研究成果,略述如下〔註24〕。據蔣天樞諸位先生考證,其校書情形以及《楚辭章句》之作可得大概。《後漢書‧安帝記》永初四年「詔謁者劉珍及《五經》博士,校定東觀《五經》、諸子、傳記、百家藝術,整齊脫誤,是正文字。」〔註25〕是時安帝尚幼,鄧后臨朝,校書事當出自鄧后意旨。《和熹鄧皇后傳》載,鄧太后「太后自入宮掖,從曹大家受經書,兼天文、算數。晝省王政,夜則誦讀,

〔註21〕 (漢)劉熙:《釋名》,《四庫全書》本,頁413上欄。

〔註22〕 (清)陳立:《白虎通疏證》,北京:中華書局,1994年,第447頁。

〔註23〕 (清)浦起龍:《史通通釋》,《四部備要》本,第16頁。

〔註24〕 參蔣天樞:《楚辭論文集》之《〈後漢書‧王逸傳〉考釋》、李大明《漢楚辭學史》第五章第一節《王逸生平及其著述》、王齊洲《王逸和〈楚辭章句〉》(《文學遺產》1995年第2期)等文。

〔註25〕 (南朝宋)范曄:《後漢書》,北京:中華書局,1965年,第215頁。

而患其謬誤，懼乖典章，乃博選諸儒劉珍等及博士、議郎、四府掾吏五十餘人，詣東觀讎校傳記。」〔註26〕兩記詳略雖有不同，然明係一事，《後漢書‧文苑列傳》之《王逸傳》記「元初中，舉上計吏，為校書郎」〔註27〕。王逸之為「計吏」，或在「四府掾吏」之內。蔣天樞據推叔師以外郡計吏留拜校書郎當在博選之列，當是；又謂其留拜之由，或是楚人世傳屈賦。〔註28〕其推論亦不無理致。而論者進一步考定校書之舉，旨歸在於「定漢家禮儀」〔註29〕，《東漢會要》引《鄧后記》說元初五年，平望侯劉毅上書安帝曰：「皇太后正位內朝，化流四海，漢之舊典，世有注記，宜令史官著《長樂宮注》《聖德頌》以敷宣景耀。」〔註30〕王逸之獻《楚辭章句》，亦是宣揚忠信名節之舉。〔註31〕但歌功頌德或許只是表面問題，《章句》之作當有更為深刻的社會思潮投影。

西漢武帝興太學，實施州郡察舉制、博士弟子制，士人籍才學和道德就可得到官祿。又採納董仲舒的建議，更革先秦儒學，獨尊儒術，鼓吹三綱五常、君尊臣卑。東漢光武、明、章等帝雜用王霸之術，亦頗強調君臣綱紀，進一步維護皇帝權威。漸成「勢」盛「道」衰之局，士人品性亦趨柔順，唯唯諾諾。到了漢末，朝政晦暗，外戚宦官當權。《後漢書‧翟酺傳》載翟酺上疏諫寵外戚，「朝臣在位，莫肯正議。翕翕訾訾，更相佐附。」〔註32〕《左雄傳》載虞詡薦左雄疏：「方今公卿以下，類多拱默，以樹恩為賢，盡節為愚，至相戒曰：『白璧不可為，容容多後福。』」〔註33〕《後漢書‧荀韓鍾陳列傳》論曰：「漢自中世以下，閽豎擅恣，故俗遂以遁身矯潔放言為高，士有不談此者，則芸夫牧豎已叫呼之矣。故時政彌昏，而其風愈往。」〔註34〕由以上實例觀之，可知當時朝政之晦。當此昏晦濁世，士人多以隱逸相尚，不樂為官，樊英即其例。與隱居思潮相應，也有士人秉持「士見危致命」的道統精神，不畏彊禦，挺身而出，力求重振朝綱，恢復昔日炎漢氣象。此派自稱「清流」，比如安帝時楊

〔註26〕（南朝宋）范曄：《後漢書》，第 424 頁。

〔註27〕（南朝宋）范曄：《後漢書》，第 2618 頁。

〔註28〕蔣天樞：《後漢書王逸傳考釋》，載》楚辭論文集》，西安：陝西人民出版社，1982 年，第 198 頁。

〔註29〕（宋）徐天麟，《東漢會要》，上海古籍出版社，1978 年，第 168 頁。

〔註30〕（宋）徐天麟，《東漢會要》，1978 年，第 168 頁。

〔註31〕李大明：《王逸生平事蹟考略》，《楚辭研究》，濟南：齊魯書社，1988 年，第 421 頁。

〔註32〕（南朝宋）范曄：《後漢書》，第 1603 頁。

〔註33〕（南朝宋）范曄：《後漢書》，第 2105 頁。

〔註34〕（南朝宋）范曄：《後漢書》，第 2069 頁。

震、順帝時左雄、黃瓊、李固、杜喬等等，他們指斥外戚、宦官及其徒黨為「濁流」。而漢家基業賴「清流」維繫，得以延續百年之久。「清流」一派對隱逸風尚亦不乏批評，主張直面現實，效忠漢室，挽救頹局，如《後漢書・黃瓊傳》所載《李固遺黃瓊書》：「誠遂欲枕山棲谷，擬跡巢、由，斯則可矣；若當輔政濟民，今其時也。自生民以來，善政少而亂俗多，必待堯舜之君，此為志士終無時矣。」〔註35〕此乃李固勸黃瓊出山所述，可見清流之士的行事與心跡。《後漢書・方術列傳・樊英列傳》「及後應對又無奇謨深策，談者以為失望」句李賢等注：「《謝承書》曰『南郡王逸素與英善，因與其書，多引古譬喻，勸使就聘，英順逸議，談者失望』也。」〔註36〕知其用世之積極。與李固之勸黃瓊對看，或可明瞭王逸心跡。王逸雖未能如李固那樣「竭其股肱，不顧死亡，志欲扶持王室，比隆文、宣」〔註37〕，而是通過注疏《楚辭》，闡發其憂國憂民之心。明張溥《漢魏六朝百三名家集》中《王叔師集》所錄《折武論》殘句下注云：「《北堂書鈔》載王逸《臨豫州教》云：『舉遺逸於山蔽，黔姦邪於邦國。』」無論王逸為官「豫州」是否「豫章」之誤〔註38〕，此殘句亦可窺見王逸懷有極強之用世目的。王逸《章句》之作，實亦有聲援「清流」，挽救頹世的用世之意在焉。為此，王逸將屈子塑造為一忠貞敢諫之臣。這首先通過對《離騷》之解釋著手，將上舉樊英事件與王逸《楚辭章句》聯繫來看，英之孤高不仕到順逸議就聘，反映王逸與談者亦即積極用世思想和隱逸不仕思潮之爭，而亦有助於理解王逸章句強調屈子「忠貞」「諷諫」的人臣之義，王逸何以立足經學立場解釋屈子，其政治用心亦可窺見。

明此，便知王逸之辯駁班固之說本身，與其說是單純的學術問題，不如說更是一個文化──政治問題。儘管孟堅、叔師皆從「君臣大義」的政治理念和「子不語怪力亂神」的文化思想出發，但對於「多奇怪之事」的闡釋卻以各自的政治──文化意圖為前提。班固尊君，從言歸於雅的角度看出屈子之「語怪」內容不合經傳；而王逸憂君，從義歸於正的角度卻看到了「奇怪之事」依託《五經》之義。二者原是各取所需、殊途同歸的一路人。

在儒學標準下反觀《楚辭》尤其《天問》「多奇怪之事」問題，則逸固之

〔註35〕（南朝宋）范曄：《後漢書》，第 2032 頁。
〔註36〕（南朝宋）范曄：《後漢書》，第 2724 頁。
〔註37〕（南朝宋）范曄：《後漢書》，第 2087 頁。
〔註38〕蔣天樞：《後漢書王逸傳考釋》，載》楚辭論文集》，西安：陝西人民出版社，1982 年，第 203 頁。

間的「非法度之政，經義所載」與「依託《五經》以立義」便非水火不容的兩極，而是同出一源的兩個支派，其共同的思想依據便是儒家之「不語怪力亂神」思想。無論班固之指責三閭所作不合經傳，還是王逸之令屈子就範詩教，皆出於伸張儒家文教傳統的政治──文化目的。而王逸保存「奇怪之事」的注疏成績，不僅不足以說明其淡化儒家傳統，反而是其強化儒家「不語怪力亂神」立場的一個表徵，透露出其儒學闡釋框架足以容納「怪力亂神」的學術自信。這一立場自與屈子本意有相當差距。

　　故衡量王逸的《楚辭章句》，便不能簡單例以現代學術「求真」的二元認識論標準，王逸《章句》雖與屈子之「本意」尚有距離，然其曲說多存在於闡發微言大義之處，我們寧願以「求善」（《楚辭》的「用意」）的純粹實踐論標準取代純粹客觀的「求真」標準，王逸時代恐怕沒有後世意義上的「學者」，不會執著於作品「本意」如何？王逸之撰《楚辭章句》，致用才是其真正目的；這一點猶如先秦諸子引詩，斷章取義為我所用。換言之，在王逸那裏，注屈之「用意」意義遠遠大於「本意」。將屈子塑造成忠貞的榜樣才是王逸真正的意圖所在。因此，對於「多奇怪之事」的經學式闡釋，不宜用純粹學術的標準一概斷為錯誤，而應站在理解之同情的平等對話立場考察其注疏傳統，這便不能忽略其致用的政治面相。〔註39〕

　　總之，「莫能說《天問》」問題，王逸自己並未給予圓滿的解答：就王說兩個理由而言，「文義不次」僅僅是個表面形式問題，構不成《天問》難解的主要障礙，「多奇怪之事」才是王逸與屈子之志未達於一間的主要原因。儒家思想烙印甚深的王逸《章句》，在存古方面其功卓著；但立足於經學注疏的致用立場，未能（當然也不必）對「多奇怪之事」內容做透徹的解釋，故與三閭本

〔註39〕現代歷史學興起以後，「斷章取義」「微言大義」等古典注疏精髓逐漸被忽略，考究「史實」當然有其非常重要的認識意義，但是對於我們而言，認識古人最重要的意義還是在於找到自我。先聖先賢對此有非常清醒的洞察，比如先秦諸書大多都記載了齊桓晉文之事，何以只有《春秋》被歷代奉為經典，這只是因為「其義則丘竊取之矣」，焦循曰：「諸史無義，而《春秋》有義也。」（《孟子正義》卷一六，中華書局，1987年，574頁。）賦義才是問題的重心。方玉潤謂：「殊知古人說詩，多斷章取義，或於言外，別有會心，如夫子論貧富，而子貢悟及切磋；夫子言繪事，而子貢悟及禮後」；「總之，詩人之詩，言外別有會心，不可以跡相求。」又說「諸子引經，隨事取義」。（《詩經原始》卷一，中華書局，1986年，78、87頁）前賢有關斷章取義、微言大義的論說並不少見，但是卻鮮有人從方法論的角度予以統攝性歸納，這應當成為反思古典文獻傳統的一個必要節點。

第七章　先秦「語怪」之風與《天問》

　　「語怪」是《左傳》《國語》時代周人重要的政治生活方式，這兩部書記載大量外交辭令的經典之作。《左傳》《國語》記錄各國政要、士人都有語怪記錄，周有王孫滿（《左傳‧宣公三年》）、內史過（《左傳‧莊公三二年》、《國語‧周語上》）、單襄公（《國語‧周語下》），魯有展禽（《國語‧魯語上》），晉有魏絳（《左傳‧襄公四年》）、史趙（《左傳‧襄公三○年》）、蔡墨（史墨，《左傳‧昭公二九年》），鄭有史伯（《國語‧鄭語》）、子產（《左傳‧昭公元年》、《國語‧晉語八》），楚有觀射父（《國語‧楚語下》）、左史倚相（《左傳‧昭一二年》、《國語‧楚語下》）等，觀此可知所謂「怪力亂神」在當時是一多麼強大的傳統。外交場合中，使節「語怪」不僅展示個人知識之淵博，而且「怪」亦有輔助禮法之社會實踐功能。「語怪」內容構成外交「辭令」的重要組成部分，而通過陳述「奇怪之事」，使者就達到了自己出使的外交目的：或是維護了本邦權益，或是為父母之邦贏得榮譽。本書即以屈原為例，嘗試分析「博物君子」與「語怪」之間的關係。《史記‧屈原列傳》記錄屈子曾為「左徒」「三閭大夫」之職，又載其出使齊國，屈子政治生涯對其「多奇怪之事」詩風形成是否有所影響？下文就屈子外交和職司作一推考。

第一節　「辭令」與「怪力亂神」

　　屈子具有良好的外交素養，文獻可考。《史記》記載屈子為楚使齊，《說苑》謂結強黨，齊楚結盟關係戰國之世大勢所在，如此重任而委之屈子，可見其力能勝任外交之職。這與《天問》的關係有兩點可以注意：其一，外交

場合的「辭令」是否影響《天問》的風格？其二，屈原《天問》是否與稷下發生關聯？

　　《史記》記屈子「嫻於辭令」，所謂「辭令」與「多奇怪之事」關係如何？外交「辭令」有一種形式，便是「訓詞」。《國語・楚語下》記載，楚王孫圉聘於晉，定公饗之。趙簡子鳴玉以問楚國之寶，王孫圉對曰「楚之所寶者曰觀射父，能作訓辭，以行事於諸侯，使無以寡君為口實。」注謂：「言以訓辭交結諸侯」，「口實，毀弄也。」〔註1〕注未解「訓辭」為何，經典有「訓語」「遺訓」之說，或是先王之言，或是往古悠遠之事，往往寓有訓誡教誨之意。推究起來，「訓詞」當有與王孫滿「鑄鼎象物」相似的「語怪」敘述。

　　戰國外交辭令中「語怪」並不佔有春秋之世那樣重要的位置，從《戰國策》等文獻反映情況看來，「賦詩言志」和「語怪」作為外交辭令的方式業已式微。這一方面與禮崩樂壞、諸侯競相追求實用政治的社會環境有關，另一方面也與重積累的王官之學下降為重創造的諸子之學的學術風氣相連。外交場合代替「語怪」「賦詩」之風的是遊辭逞辨、縱橫捭闔，這使依傍「稽古」「遺訓」的「賦詩」「語怪」之風再無合適的政治土壤。戰國時「語怪」之風鮮有其跡，但並未絕跡，比如墨、道兩家交接諸侯時就多有「語怪」之辭。據此我們推測屈子「多奇怪之事」的文風形成與其「辭令」仍有一定關係，從《離騷》《天問》以及《九章》（比如《惜往日》）等篇章看，祖述前修、稽考故典乃是屈子常用的說理方式。以此逆推，「語怪」很可能也是屈子獨特的外交方式，其「嫻於辭令」當包含不少怪力亂神。這一判定，可從鄒衍學說與《天問》之關係加以蠡測。

　　湯炳正依從郭沫若《管子・內業》乃稷下學派道家黃老之說的觀點，指出屈原《遠遊》「於『道』之外，亦提出『精氣』之說，正與《管子・內業》相符，故說屈子受稷下影響。〔註2〕其說可參考。《史記・孟子荀卿列傳》記稷下鄒衍之說：

〔註1〕《國語集解》卷一八，中華書局，2002年，頁526。
〔註2〕湯炳正：《遠遊與稷下學派》，載《楚辭類稿》，巴蜀書社，1988年，頁383。又，自清中葉之胡濬源（《楚辭新注求確・凡例》）認為《遠遊》「明係漢所人作」後，學者多否定或懷疑王逸之《遠遊》者，屈原之所作」說。不過，筆者認為否定或懷疑屈原作《遠遊》的種種理由均難成立，然此前湯炳正（見《屈賦新探・論〈史記〉屈、賈合傳》及《楚辭類稿・〈遠遊〉與「四荒」「六漠」》）與力之（《〈楚辭〉與中古文獻考說・〈遠遊〉考辨》等）辨之甚明，故茲不贅。

乃深觀陰陽消息而作怪迂之變，《終始》、《大聖》之篇十餘萬言。
其語閎大不經，必先驗小物，推而大之，至於無垠。先序今以上至
黃帝，學者所共術，大並世盛衰，因載其禨祥度制，推而遠之，至
天地未生窈冥不可考而原也；先列中國名山大川，通谷禽獸，水土
所殖，物類所珍，因而推之，及海外人之所不能睹。稱引天地剖判
以來，五德轉移，治各有宜，而符應若茲。〔註3〕

　　鄒衍書已經亡佚，賴史遷之記可考其一二。所謂「怪迂之變」之「怪迂」，
意同《史記・孝武本紀》記載李少君死後漢武帝「求蓬萊安期生莫能得，而海
上燕齊怪迂之方士多相效，更言神事矣」〔註4〕。「怪迂」意思也就是「迂誕」
或「迂怪」：《孝武本紀》載公孫卿對天子之辭，謂仙者「言神事，事如迂誕」，
〔註5〕而「《歸藏》之經，大明迂怪，乃稱羿斃十日，姮娥奔月」〔註6〕。意思
就是荒誕不經之談，漫衍無根之說，當然包含語怪敘事。鄒衍其說雖以陰陽五
行、五德終始為旨歸，而雜有「怪力亂神」之談，以儒家眼光觀之，鄒子之書
乃是「語怪」之作。所以「折衷於夫子」的司馬遷稱論述陰陽五行變化推移的
鄒衍學術為「怪迂之變」，顯有貶斥之意。

　　鄒書的整體結構形式可依據文獻還原如下：史文記曰「先驗小物推而大
之，至於無垠」，就其總體方法言之，大概相當於《概說》之類；「先序今以上
至黃帝……推而遠之，至天地未生窈冥不可考而原也」，這是一部分內容，臚
列現在以至黃帝進而開天闢地的「譜屬」，相當於《歷史論》之類；「先列中國
名山大川通谷禽獸水土所殖物類所珍，因而推之及海外人之所不能睹」，此是
另一部分內容，臚列中國及海外風物，相當於《地理論》之類，古書《山海經》
整體結構與之相似；「稱引天地剖判以來，五德轉移治各有宜，而符應若
茲……」，此是《結論》。

　　屈原《天問》問自「邃古之初」到楚之先王逐一發問，而問題之中又「多
奇怪之事」，與鄒子「先序今以上至黃帝……推而遠之，至天地未生窈冥不可
考而原也」這一部分內容相似。但不同之處是，鄒子採取「先序今」「推而遠
之」的「逆推」之法，而屈子則從「天地未生窈冥不可考而原」的「邃古之初」
問到楚之先王，順序恰恰相反。但是整體形式卻並無本質上的差異，參照《管

〔註3〕《史記》卷七四，中華書局，1959年，第2344頁。
〔註4〕《史記》卷一二，第455頁。
〔註5〕《史記》，第472頁。
〔註6〕《文心雕龍輯注》卷四頁11右欄，《四部備要》冊607。

子・九守・主問》「一曰天之，二曰地之，三曰人之，四曰上下左右前後，熒惑其處安在」〔註7〕的問難方式，對比《天問》與鄒衍遺說，可確信管子後學與屈子《天問》相通之處。〔註8〕管子、鄒衍和屈原都按照天地人三才的大局來結構文章和問難的，至少可以猜測，「天地人」（或者「人地天」）是一種較為流行的問難形式，且這種形式最終要落腳於人事上。例如，鄒子意在推究五德轉移為人間政治服務；而上引《管子》之說「人之」房玄齡注「言三才之道，幽邃深遠，必問於賢者而後行之」，「左右前後」後夾註「凡此皆有逆順之宜，故須問之」，「安在」後注「又須知法星所在也」〔註9〕：說明管子問難也有深切的人情關懷。此處附帶指出，《天問》主題也自然歸因於人事。

問難形式上相似，固然可以用文化普遍特徵解釋，但是對「天地未生窈冥不可考而原」與「邃古之初」的關注，在先秦卻並非普遍；而系統的「譜屬」式著述則更屬罕見，屈子和鄒氏是其中最顯著的兩個例子。因此解釋這種相似似乎不宜採取文化普遍性之說，而應從文化交流角度闡發：即便屈子與鄒衍未曾相逢，獨一無二的「譜屬」《天問》的存在與鄒衍遺說相似，是否可以說明這是齊楚文化交流的結果？「語怪」正是交流的重合之點。至於究竟是《天問》影響鄒衍學說，還是鄒衍影響屈子，則難以考據。姜亮夫從文化背景角度評價說：

> 當屈子之世，稷下諸子彭蒙、田駢……鄒衍之學盛於齊；惠施、莊周之論盛於宋、楚，皆鑿空道古，驚為宏衍。屈子兩使於齊，身為楚人，則齊人迂怪之說，惠、莊漫衍之詞，林林總總，所聞必多。……蓋屈子所陳乃齊楚所習聞，與《老》《莊》《山經》相近，與三晉之《竹書》，韓非、《呂覽》等書，同為古史之一系，故不與

〔註7〕《管子校注》卷一八，中華書局，2004 年，第 1043 頁。

〔註8〕王長華、易衛華：《從天問看稷下學對屈原的影響》，《河北師範大學學報》（哲社版），2003（5）。

〔註9〕黎翔鳳校注引王念孫之說：「『熒惑』猶眩惑也」，他並據《鬼谷子・符言》校「四日」為「四方」，認為「『四方上下』承天地而言，『前後左右』承人事言。『熒惑』謂不明於天人之道也」，「非謂法星安在也」。俞樾注「熒惑」同於王說。檢《鬼谷子》，陶弘景注亦以「熒惑」為天之法星，與《管子》房注一致。陶注以為「夫四方上下，左右前後，有陰陽相背之宜。有國從事者，不可不知。又熒惑，天之法星，所居災眚吉凶尤著。故曰雖有明天子，必察熒惑之所在，故亦須知之。」（許富宏：《鬼谷子集校集注》，中華書局，2008 年，182〜183 頁）陶注之意，則熒惑實際不單單指星占，而是有天人合一的政治文化背景。故而以其為「法星」並不錯誤。諸家所校皆非。

儒墨之言應也。然觀其評騭之言，則多明善惡天道之義，於迂怪之
說，復（引按：原作『後』，據延海校改）多疑慮……（屈子）嗜
好與孔丘同，則此等亂神之說，迂怪之傳，所謂言不雅馴者，屈子
蓋有整齊百家、諟正雜說之意耳。〔註10〕

按照姜氏之說，似乎屈子《天問》是出於伸張孔子「雅馴」之旨，其說是。我
們已經說過，語怪敘事本來就充當著和雅馴之言相同的教化功能。姜氏指出屈
子使齊與其「語怪」詩風的關聯，值得關注。

綜上，推知屈子作品的「語怪」特色與其外交當有一定關係，「語怪」乃
是齊楚之間、進而也是列國之間交流的重要特徵之一。換言之，「語怪」是古
典政教傳統的有機組成。實則，「怪力亂神」作為兩周的普遍知識，是每個有
修養的士人需要掌握的硬知識。許多職司的設置自然地包含有「語怪」的內
容。那麼，屈原所擔任的職務是否與「多奇怪之事」有關呢？

第二節　屈子職司考說

屈原擔任過左徒和三閭大夫，但是這兩個職務究竟如何，楚辭學界也存在
爭議，下文即綜合諸家之說略作評析，並進而推究屈原職司對「奇怪之事」詩
風形成的關係。

左徒諸說評議　左徒之職，《屈原列傳》載之，《楚世家》亦載之：「考烈
王以左徒為令尹，封以吳，號春申君。」〔註11〕這兩條記錄，為研究左徒官職
第一手材料，關於此職多有爭議。

首先，《史記》所載是否可信？1983年3月，在山東莒南縣澇坡鎮小窯
村村北的耕地中，出土一件銅戈，其戈胡有「左徒戈」三陰文，為文獻之「左
徒」之存在提供實物證據。莒南乃戰國齊之故址，何以齊地出現楚官職？吳
瑞吉等先生引《資治通鑒》卷四周赧王三一年，樂毅將兵攻齊，「楚使淖齒
將兵救齊，因為齊相，淖齒欲與燕分齊地，乃執愍王而數之……遂弒王於鼓
裏」以及《綱目續麟》卷一載次年「齊人討殺淖齒，而立其君之子法章，保
莒城。」推測其為楚國遺物〔註12〕，說可從。故左徒一官為實有，乃是不爭
的事實。

〔註10〕《楚辭集校集釋》，湖北教育出版社，2003年，第1005頁。
〔註11〕《史記》卷四〇，中華書局，1959年，第1735頁。
〔註12〕吳峰、吳瑞吉《梁丘邑城蠡測》，《東南文化》，2002（9）。

其次，左徒之官相當於中原官制何職？今人趙逵夫歸納為六說，為：唐張守節「左右拾遺」說，王汝弼「左史」說，林庚「太子之傅」說，段熙仲「司徒之佐貳」說，姜亮夫「莫敖」說，趙皆駁之而另立「行人」說。〔註13〕那麼，左徒究竟相當哪種官職呢？

《史記‧屈原列傳》「為懷王左徒」張守節正義：「蓋今在左右拾遺之類」〔註14〕，張說乃推測之詞，人多駁之，不贅。

至謂左徒為左史，今人亦有從之者，如過常寶據《國語‧楚語下》「左史倚相能道訓典，以敘百物」諸語以為「左史即左徒乃是「教育宗族子弟之事。」〔註15〕然以為左史倚相乃博物者甚是，推論其主教育可進一步討論。《左傳》昭一二年記載左史倚相趨過，靈王稱之「是良史也，子善視之，是能讀《三墳》《五典》《八索》《九丘》」，而右尹子革對曰：「臣問其詩（《祈招之詩》）而不知也，若問遠焉，其焉能知之。」〔註16〕楚靈王稱之「良史」，則左史之職為史官甚明；且楚靈王語雖褒獎，似並未重任之，唯欲「善視」而已，其態度猶如漢武待史遷「倡優畜之，流俗之所輕也」〔註17〕；至子革則更無重視之意，語頗不屑。此與懷王「甚任」屈子相去遠矣。至《國語‧楚語上》記載左史倚相往見申公子亹，「子亹不出，左史謗之，舉伯以告」〔註18〕而遂見之之事，「司馬子期欲以其妾為內子，訪之左史倚相。」〔註19〕則左史似又兼有諫官之能，不見有「教育」諸子痕跡。左史雖多讀「語怪」之書，然其職既非左徒之比，故難以據論此職對屈子有何影響。

又有左徒為「太子之傅」之論〔註20〕，然如論者所說，此說於《左傳》《國語》無徵；參以《屈原列傳》關於左徒之說，並無「太傅」痕跡；而古語意義多端，此「太子之傅」未必就只能作「保傅」之「傅」解；況太傅之職多由他官兼任。〔註21〕

〔註13〕趙逵夫：《左徒‧徵尹‧行人‧辭賦》，載《屈原與他的時代》，人民文學出版社，1996年。

〔註14〕《史記》卷八四，中華書局，1959年，第2481頁。

〔註15〕過常寶：《天問作為一部巫史文獻》，《中華文化研究》，1997年春之卷。

〔註16〕《春秋左傳正義》卷四五，《十三經注疏》本，頁2064中欄。

〔註17〕《前漢書》卷六二，中華書局影《四部備要》本，1998年，頁900上欄。

〔註18〕《國語集解》卷一七，中華書局，2002年，第500頁。

〔註19〕《國語集解》卷一七，第506頁。

〔註20〕黃崇浩：《屈原曾任楚太子師傅》（《江漢論壇》1988.9），吳郁芳：《也說屈子為傅》（《江漢論壇》1989.4）。

〔註21〕王志：《屈原與巫文化關係研究》，吉林大學博士論文，2006年，第63頁。

也有從楚國尚左之俗推斷左徒乃中原「司徒」之官的〔註22〕，胡刻本《文選・報任少卿書》李善注引《史記》曰屈原「為懷王左司徒」〔註23〕，論者以為「司」字是衍文。

姜亮夫莫敖說舉五證，其要有三：一則莫敖與左徒居令尹之亞，二則莫敖乃屈氏世襲，屈子左徒似乎亦是世襲，三則與宗姓相關。趙逵夫駁議曰，戰國之世，莫敖已非屈氏世襲，再則職守未合，而楚官多由同姓充任。〔註24〕趙氏駁斥甚有理據，故莫敖之議難以信從。

趙逵夫在裘錫圭、湯炳正之說的基礎上，論證左徒即中原之行人，此說頗有影響。裘錫圭依據曾侯乙墓出土竹簡所載楚官職「𨙶（？）徒」「右𨙶徒（？）」，推測「左𨙶徒」即文獻之「左徒」，然𨙶字之隸定並不確定，而右之「徒」字模糊不清，乃據上文推測。湯炳正則提出「𨙶」即「升」，與「登」通假，故「左𨙶徒」即是「左登徒」，乃左徒簡稱。而趙逵夫進一步以為「𨙶」即「登」之異體，又據山東泰安銅缶「右徵君（尹）」，以為此「右徵尹」即「右登徒」，即「右徒」，反映戰國中期以前官制。〔註25〕

趙氏以此為起點，展開其「左徒」為行人之說，引《左傳》襄公三一年，記載子產任命官員行人子羽曰：「子產之從政也，擇能而使之……公孫揮能知四國之為，而辨於其大夫之族姓、班位、貴賤、能否，而又善為辭令……子產乃問四國之為於子羽，且使多為辭令……」認為這與《史記・屈原列傳》所載「明於治亂，博聞強志，嫻於辭令」一致。又引《史記・吳太伯世家》「王闔盧元年，舉伍子胥為行人而與謀國事」證明「入則與王圖議國事」。又將《周禮》「大行人」「小行人」比於「左徒」「右徒」〔註26〕，但春秋時期所謂行人，實則只是使者別稱而已，將左徒比於行人之官，可能不太妥當；況文獻並無「右徒」之說。其前提「左徒」「右徒」之說既難成立，以職司相同為說亦不為確。

其實趙氏行人之論或是受《屈原傳》載屈子「應對諸侯」以及使齊之啟

〔註22〕詹安泰《論屈原政治出身、階級地位及其在文學史上的地位》（《楚辭研究論文集》，作家出版社，1957 年），孫作雲《楚辭研究》上冊頁 3（河南大學出版社，2003 年），譚戒甫《屈賦新編》頁 40（中華書局，1978 年）。
〔註23〕（唐）李善注：《文選》，中華書局影印胡克家刻本，1977 年，第 580 頁。
〔註24〕趙逵夫：《屈原與他的時代》，人民文學出版社，1996 年，第 133、134 頁。
〔註25〕趙逵夫：《屈原與他的時代》，第 133 頁。
〔註26〕趙逵夫：《屈原與他的時代》，第 137 頁。

發，從兩種職司中找出幾處相似，遽指為「左徒」即某官的方法並非可取。實則，依據《左傳》等典籍，固可以找出「行人之官」與「左徒」相似之處，然其反證亦不在少。如據《史記》，左徒乃固定職務，行人職責之未必固定且往往由他官充任。《左傳》宣一二年載隨季對鄭之詞：

> 昔平王命我先君文侯曰：「與鄭夾輔周室，母廢王命。今鄭不率，寡君使群臣問諸鄭，豈敢辱候人，敢拜君命之辱？」巫子以為詔，使趙括從而更之曰：「行人失辭。寡君使群臣遷大國之跡於鄭……」〔註27〕

趙括稱隨季為行人，類推之，趙括本人也應是行人之屬。據此，行人未必一定是各國必設的固定職司。實際行人可以由別官充任，比如《左傳》經莊一七年：「春齊人執鄭詹」句注：「齊桓始伯，鄭既伐宋，又不朝齊；詹為鄭執政大臣詣齊，見執不稱行人，罪之也。」〔註28〕則「行人」乃「執政」兼之。而「左徒」似非如此。

再則，出使情況有級別之分，並非皆是行人之司。《左傳》成一三年「三月，公如京師，宣伯欲賜。請先使，王以行人之禮禮焉。」正義曰：「孔晁雲行人，使人也，以使人之禮禮之，不從聘者之賜禮也。」〔註29〕那麼就出使而言，所謂行人與聘者有別。「左徒」之出使，為行人為聘者並無可考，豈可遽定為一職？另外行人有世襲制度。《左傳》襄二九年說鄭伯有使公孫黑如楚，公孫黑辭以楚鄭方惡，害怕遇禍，伯有說公孫黑「世行也」，意思是「言女世為行人。」〔註30〕據此知行人有世襲之官，而《史記》並無左徒世襲之記載。

雖然《史記‧吳太伯世家》「王闔閭元年，舉伍子胥為行人而與謀國事」與《史記》之「左徒」「與王圖議國事」，黃歇「侍太子」相似，乃是親信之類官職。但所任官職與是否親信乃是兩個問題，此點未可為據。因為前者乃是政治能力問題，後者乃是私人關係問題。有能力的未必都值得君主重任〔註31〕，

〔註27〕《春秋左傳正義》卷二三，頁1881上欄。
〔註28〕《春秋左傳正義》卷九，頁1772中欄～下欄。
〔註29〕《春秋左傳正義》卷二七，頁1911中欄。
〔註30〕《春秋左傳正義》卷二，頁2009上欄。
〔註31〕相應地，臣子也不忠於君主。比如，申公巫臣通吳於晉「與其射御，教吳乘車，教之戰陳，教之叛楚，置其子狐庸焉，使為行人於吳。吳始伐楚、伐巢、伐徐，子重奔命。」（《春秋左傳正義》卷二六，頁1903下欄）申公巫臣乃屈氏，楚王及令尹多次採納其建議，後流於他國，其子留於吳國，有行人之能，然銜恨報仇，以至傾覆宗國，大有別於屈子忠貞之志。

忠臣也不一定就得到信任。因此著眼「行人」「與謀國事」、此「左徒」「與王圖議國事」的字面相似，而不考慮政治生活的實際，得出二者同屬一官的結論自難信從。

　　先秦文獻中，找出與《史記》所載左徒職責相對應的其他職官並非難事，在「相似為一官」的邏輯下，結論多難以信據。要之，楚國官制見於史傳者本極複雜，且多因時代地域變遷有所更革，將之與中原官職比擬，若無明確文獻證據而欲下定讞，實非易事。實則《史記》所記「左徒」職司本已明白，何須另取他官加以比附？

　　趙氏提出行人之說，可能是受屈子使齊的啟發，屈子左徒之職當非行人，但屈子確有行人之能，這便是說，屈原即以「左徒」的身份也可以作為「行人」交接諸侯。如果推定「語怪」是屈子外交方式之一，而「嫻於辭令」乃是史遷對「左徒」職司的要求，我們便找到「左徒」與「語怪」聯繫點之一。但若欲探求屈子作品「語怪」特色的成形，尤其《天問》「多奇怪之事」問題，不妨考慮屈原的另一稱謂「三閭大夫」與此有何相干。

　　三閭大夫與公族大夫　論者指出，錢穆《屈原居漢北為三閭大夫考》一文認為王逸注將左徒與三閭混為一談，稱「凡稱某某大夫者，率以邑名」，故「三閭亦邑名」之失，史傳之同姓大夫、公族大夫、五羖大夫，皆非邑名。且以《風俗通》《通志》的等文獻之說以難王逸，亦過於好奇。又以三閭為三戶，使錢穆所考三戶地望不誤，然屈子「入則與王圖議國事」，何由遠居三戶？〔註32〕

　　或又以三閭大夫所掌「王族三姓」為熊渠所封三王之後〔註33〕，據《史記・楚世家》「及周厲王之時，暴虐，熊渠畏其伐楚，亦去其王。」〔註34〕則三王為「三族的祖先」之說也有問題。

　　又以三閭大夫等同於屈氏世襲的莫敖。〔註35〕趙逵夫說，戰國之世莫敖之職已非屈氏襲任，此說也不能盲信。

　　諸說比較有參考價值的是以「三閭大夫」比擬「公族大夫」。近世學人多以三閭大夫為「公族大夫」，其說可從。「公族大夫」之名屢見於《左傳》。比

〔註32〕王志：《屈原與巫文化關係研究》，吉林大學博士論文，2006 年，第 58 頁。
〔註33〕趙逵夫：《屈原先世與句亶王熊伯庸》，載《屈原與他的時代》，人民文學出版社，1996 年，第五節。
〔註34〕《史記》卷四〇，中華書局，1959 年，第 1692 頁。
〔註35〕左言東：《楚國官職考》（《求索》，1982.1），劉先枚：《楚官源流考索》（《江漢論壇》1982.8）。

如宣二：「及成公即位，乃宦卿之適子，而為之田，以為公族。」注：「宦，仕也；為置田邑，以為公族大夫。」〔註36〕宣一二：「晉魏錡求公族，未得。」注「錡，魏犫子，欲為公族大夫。」〔註37〕則公族即公族大夫之省稱。

《左傳》之「公族大夫」權位不低，成一六「郤犫將新軍，且為公族大夫，以主東諸侯。」注：「主齊魯之屬。」〔註38〕但「主東諸侯」是否「公族大夫」職責難以考據，或許是兼職也未可知。公族大夫似多由老年人充任，如宣二「使屏季以其故族為公族大夫。」注：「盾以其故官屬與屏季，使為袞之嫡。」〔註39〕襄七：「庚戌，使宣子朝，遂老。晉侯謂韓無忌仁，使掌公族大夫。」注：「為之師長。」《正義》曰：「無忌先為公族大夫，今言使掌，是與諸公族大夫為師長也。」〔註40〕則公族大夫非止一人，且由退休的老年擔任師長。《左傳》襄一六：「張君臣為中軍司馬，祁奚、韓襄、欒盈、士鞅為公族大夫」，注：「祁奚去中軍尉為公族大夫，去劇職，就閒官。」〔註41〕據此看來公族大夫是從要職退下來之後的清閒差事。

有人懷疑「公族大夫」即「同姓大夫」，證據是《新序‧節士》記載則「屈原者，名平，楚之同姓大夫」〔註42〕和《史記》「楚之同姓」相應，引《國語‧晉語七》「厲公之亂，無忌備公族，不能死」韋昭注「公族，同姓也」為證。〔註43〕此證固然可以證明「同姓」就是「公族」也即「公族大夫」，但古語尚簡，一詞多義現象很多，說明同姓大夫並不一定就是官職。《小雅‧鹿鳴之什‧伐木》「既有肥羜，以速諸父」句毛《傳》：「天子謂同姓諸侯、諸侯謂同姓大夫皆曰父，異姓則稱舅，國君友其賢臣，大夫、士友其宗族之仁者。」《箋》云：「速，召也；有酒有羜，今以召族之飲酒。」〔註44〕此處所謂「同姓大夫」，原只是諸侯「族人」泛稱而已，並非官職。《史記‧三王世家》公戶滿意謂燕王旦：「古者天子必內有異姓大夫，所以正骨肉也；外有同姓大夫，所以正異姓也。」《索隱》：「內云有異姓大夫以正骨肉，蓋錯也。『內』合言『同

〔註36〕《春秋左傳正義》卷二一，頁1867下欄。
〔註37〕《春秋左傳正義》卷二三，頁1881中欄。
〔註38〕《春秋左傳正義》卷四二，頁2029中欄～下欄。
〔註39〕《春秋左傳正義》卷二一，頁1868上欄。
〔註40〕《春秋左傳正義》卷三〇，頁1938下欄。
〔註41〕《春秋左傳正義》卷三三，頁1963上欄。
〔註42〕《新序》卷七，上海古籍出版社《諸子百家叢書》本，1990年，頁42下欄。
〔註43〕王志：《屈原與巫文化關係研究》，吉林大學2006年博士學位論文，第56頁。
〔註44〕《毛詩正義》卷九（三），頁411上欄。

姓』，宗正是也；『外』合言『異姓』，太中大夫是也。」〔註45〕漢代稱天子族人「同姓大夫」，則《新序》「屈原者，名平，楚之同姓大夫」就和《史記》記載「楚之同姓」並無二致，很可能是首先交代宗族關係，再述官職。因此並不能據此斷定「同姓」「同姓大夫」就是官職，指「三閭大夫」。況王逸《離騷經》小序：「屈原與楚同姓，仕於懷王，為三閭大夫」〔註46〕，足徵《屈原傳》「同姓」並非官職。

第三節 「序其譜屬」與「多奇怪之事」

《離騷經》王逸序說：「三閭之職，掌王族三姓，曰昭屈景。屈原序其譜屬，率其賢良，以厲國士。入則與王圖議政事，決定嫌疑；出則監察群下，應對諸侯。」〔註47〕此是叔師對三閭大夫職掌的敘述。那麼，三閭大夫的職掌是否可以通過公族大夫加以檢驗呢？如果三閭大夫相當於中原諸國之公族大夫的比擬可以成立，則由公族大夫職掌也就可以大致推定三閭大夫的司掌。

一、「序其譜屬」與「辨昭穆」。《禮記·文王世子》：

> 庶子之正於公族者，教之以孝悌睦友子愛，明父子之義，長幼
> 之序（注：正者，政也。庶子，司馬之屬；掌國子之倅，為政於公族
> 者。）〔註48〕

此處公族指公之族屬而言，非官職之謂，而庶子「正於公族」，卻似後世公族大夫。《左傳》成一八年：「荀家、荀會、欒黶、韓無忌為公族大夫，使訓卿之子弟，共儉孝悌。」〔註49〕「共儉孝悌」也就類同於《文王世子》所說的「孝悌睦友子愛，明父子之義，長幼之序」，其實就是做好教育工作，此意《國語·晉語七》描述得最詳細：

> 欒伯請公族大夫，公曰：荀家惇惠，荀會文敏，黶也果敢，無
> 忌鎮靖，使茲四人者為之。夫膏粱之性難正也，故使惇惠者教之，
> 使文敏者道之，使果敢者諗之，使鎮靖者修之。惇惠者教之，則遍

〔註45〕《史記》卷六〇，中華書局，1959年，第2118頁。
〔註46〕《楚辭補注》，中華書局，1983年，第1頁。
〔註47〕《楚辭補注》卷一，第1～2頁。
〔註48〕《禮記正義》卷二〇，《十三經注疏》本，上海古籍出版社，1997年，頁1407
下欄。
〔註49〕《春秋左傳正義》卷二八，頁1923中欄。

而不倦；文敏者道之，則婉而入；果敢者諗之，則過不隱；鎮靖者修之，則壹。使茲四人者為公族大夫。〔註50〕

由於公族大夫重任在肩，關乎公室繼承人的素質，故此《國語・晉語八》載公族大夫祁奚之語才說：「公族之不恭，公室之有回，內事之邪，大夫之貪，是吾罪也。」〔註51〕

從以上的材料可以看出，公族大夫主要主掌庶子的教育，「公族大夫」與「庶子」之官職司相應，據公族大夫或庶子也可以推考三閭之職。《春秋》內外傳之義，王逸以「率其賢良，以厲國士」括之。王說可注意的是「序其譜屬」一語，或以為「序其譜屬」即「序昭穆」〔註52〕，說可參。

《詩經・魏風・汾沮洳》「殊異乎公族」《毛傳》：「公族，公屬。」《箋》：「公族，主君同姓昭穆也。」〔註53〕則傳箋義殊，傳意以為是公之族屬，而箋意以為公族大夫之官。《詩》本意如何與本題關係不大，不作申述。鄭箋道出公族「主昭穆」職司，關於「序昭穆」，《禮記・中庸》「宗廟之禮，所以序昭穆也」〔註54〕；《周禮》「小宗伯」之職「辨廟祧之昭穆……掌三族之別，以辨親疏」，注「祧，遷主所藏之廟，自始祖之後，父曰昭、子曰穆」，「三族，謂父子孫人屬之正名。」〔註55〕看來這個「譜屬」與三族父子孫的「正名」相關。

王說「譜屬」，自是「王族三姓曰昭景屈」之譜。至於「王族三姓」，洪興祖〔註56〕、王應麟〔註57〕說同，近人或疑王說，而以「三閭」即「三戶」，三閭大夫所掌「王族三姓」為熊渠所封三王之後。〔註58〕然三王早已湮沒，而

〔註50〕《國語集解》卷一三，中華書局，2002 年，第 407 頁。
〔註51〕《國語集解》卷一四，第 424 頁。
〔註52〕吳郁芳：《屈原職業考》，《江漢論壇》，1982（11）。
〔註53〕《毛詩正義》卷五（三），上海古籍出版社，1997 年，頁 357 下欄。
〔註54〕《禮記正義》卷五二，頁 1629 上欄。
〔註55〕《周禮注疏》卷一九，頁 766 中欄。
〔註56〕《楚辭補注》卷一，中華書局，1983 年，頁 1。
〔註57〕《困學紀聞》卷一一：「漢興，徙楚昭屈景於長陵，以強幹弱支，則三姓至漢初猶盛也。《莊子》曰昭景也……說云昭景甲三者，皆楚同宗也。甲氏其即屈氏歟？秦欲與楚懷王會武關，昭睢屈平皆諫王無行；襄王自齊歸，齊求東地五百里，昭常請守之，景鯉請西索救於秦，東地復全。三閭之賢者，忠於宗國，所以長久。」（《四庫全書》本 854 冊頁 365 下欄。）
〔註58〕趙逵夫：《屈原先世與句亶王熊伯庸》，載《屈原與他的時代》，人民文學出版社，1996 年，第五節。

《莊子‧庚桑楚》謂「是三者雖異，公族也。昭景也，著戴也；甲氏也，著封也——非一也。」陸德明《音義》：

> 一說云，昭景甲三者皆楚同宗也。著戴者，謂著冠世世處楚朝，為眾人所戴仰也；著封者，謂世世處封邑，而光著久也。昭景甲三姓雖異，論本則同也。崔云，昭景二姓，楚之所顯戴，皆甲姓顯封，雖非一姓，同出公族，喻死生同也。此兩說與注不同，聊出之耳。〔註59〕

則三姓之說不無依據，王說不宜輕易否定。至於「三閭大夫」之「閭」，湯炳正援引《戰國策‧齊策》（六）「齊負郭之民，有孤狐咺者，正議，閔王斮之，檀衢百姓不附，齊孫室子陳舉，直言，殺之，東閭宗族離心，司馬穰苴為政者也，殺之，大臣不親」，以為「考公族相聚而居，乃戰國時期各國之通例，不專為楚國所特有。蓋當時貴族與其他官吏平民，界限極嚴，不能同閭」。〔註60〕其說甚是。

如上所述，「序其譜屬」可與中原文獻「序昭穆」相互參擬，那麼，這兩者和《天問》「多奇怪之事」有什麼關聯？

三閭職掌即公族大夫——庶子之官具體職司雖無直接文獻證據，依據相關材料也可以作一推想。《國語‧楚語上》記載「申公九教」可考見楚國教育之一斑，莊王使士亹傅大子箴，辭而不得，王卒使傅之，所教的典籍有《春秋》《世》《詩》《禮》《樂》《令》《語》《故志》《訓典》等，注云：

> 「以天時紀人事謂之《春秋》」，「《世》，先王之世系也」，「《令》，先王之官法時令也」，「《語》，治之善語」，「《故志》，謂所記前世成敗之書」，「《訓典》，五帝之書也，族類謂若惇敘九族；比義，義之與比也」。〔註61〕

而中原教育與楚國不同，《禮記‧王制》《文王世子》記錄中原教育曰：

> 樂正崇四術，立四教，順先王詩書禮樂以造士。春秋教以禮樂，冬夏教以詩書。〔註62〕

> 春誦、夏弦，太師詔之；瞽宗秋學禮，執禮者詔之；冬讀書，典書者詔之。禮在瞽宗，書在上庠。〔註63〕

〔註59〕《莊子集釋》卷八上，中華書局，1961年，頁804。
〔註60〕湯炳正：《楚辭類稿‧三閭餘義》，巴蜀書社，1988年，頁53。
〔註61〕《國語集解》卷一七，中華書局，2002年，頁485～486。
〔註62〕《禮記正義》卷一三，頁1342上欄。
〔註63〕《禮記正義》卷二〇，頁1405上欄。

此即「樂正四術」，「術」「教」用詞雖微有區別，然所記當是反映周室太子教育內容。

將樂正四術與申公九教合而觀之，中原和南楚教育不外乎禮樂詩書等；但楚國教育極為重視包括《世》在內的歷史敘述，而《世》就是《世本》《帝繫》之類書籍。戰國之世楚國教育制度即有變更，亦不會脫離詩書禮樂以及世譜等主要方面，三閭大夫「序其譜屬」之司，似乎亦與申公九教重視世譜教育有淵源。

從以上楚國太子的教育看來，古史佔據了顯著位置，《春秋》（可能是《檮杌》之類）《訓典》《世》（《世本》？）等古史內容正是儒家視為多含「怪力亂神」之書，或者就是「多奇怪之事」的文化來源。這些典籍都是儒家確定「不語怪力亂神」觀念、刪定詩書之前「非語怪」傳統下的產物，因此說楚國教育中多有「語怪」敘事可能並無大誤。如果「三閭大夫」確是「公族大夫」一類職務的話，我們就找到了屈原的這個職司與《天問》「多奇怪之事」的聯繫。

問題在於如何理解「序其譜屬」，此點或可以比擬於中原之「序昭穆」，我們必須避免的問題是將掌管「譜屬」「世」歸於三閭獨有之職，實際先秦職司交叉，一官多職的情形文獻所載並非罕見，似乎應當破除某種職司一定歸於某官的膠柱鼓瑟之見。由於缺乏直接的文獻證據，本文只探求屈子政治生涯對其「多奇怪之事」特色形成的可能性。

二、「序昭穆」與「多奇怪之事」。關於「序昭穆」之事，漢儒已不得其詳，今不具說。然「序昭穆」意思應當理解為排列先公先王列祖列宗之次則屬無疑，故此事必與「譜屬」有關，屈子職掌為何雖不得其詳，然仍可依據其他類似職司推想大略。比如《周禮》「小史」「大史」也掌管昭穆之事：

> 小史掌邦國之《志》，奠《繫》《世》，辨昭穆，若有事則詔王之忌諱（注：「鄭司農云……《繫》《世》謂《帝繫》《世本》之屬是也。小史主定之，瞽矇諷誦之。」疏：「云辨昭穆者，《帝繫》《世本》之上皆有昭穆親疏，故須辨之」）。〔註64〕大祭祀讀禮法，史以書，敘昭穆之俎簋（注：「大祭祀，小史主敘其昭穆，以其主定《繫》《世》、祭祀；史主敘其昭穆，次其俎簋」）。〔註65〕

申公九教之《世》和此處所引之《繫》《世》，皆可用以解釋「譜屬」，乃是關

〔註64〕《周禮注疏》卷二六，頁818中欄。
〔註65〕《周禮注疏》卷二六，頁828中欄。

於帝王或者諸侯世系族譜等歷史著述。孔疏指出「序昭穆」實與《帝繫》《世本》等「譜屬」有密切關聯,那麼屈原「序其譜屬」就應當有機會接觸大量《帝繫》《世本》一類的經典。而「奠繫世」又與「志」密切相關。《周禮訂義》「小史中士八人……掌邦國之志,奠繫世,辨昭穆」句引用鄭鍔之說以為:

> 若夫邦國之《志》非雜記邦國之事,乃志諸侯所出之世系與其廟祧,昭穆之《志》如魯出於周公、鄭出於桓公、晉出於叔虞,世系綿遠,傳序寖多,昭穆久而或亂,王朝亦有《志》以記之,小史掌其志、奠其本繫之所出與世數之遠近。〔註66〕

鄭鍔之義,小史所掌邦國之《志》乃記「世系」「廟祧」之書,則此《志》亦《世》也。而《周禮》有所謂外史之官,「外史……掌三皇五帝之書」疏:

> 彼《三墳》三皇時書,《五典》五帝之常典,《八索》三王之法,《九丘》九州亡國之戒。〔註67〕

依據上疏,如果三皇五帝之書是所謂《三墳》《五典》《八索》《九丘》的話,外史所掌,與誦訓有關〔註68〕,與其說是更近於儒家常道〔註69〕,毋寧說因其甚古而更近於「非語怪」的傳統。站在儒家「不語怪力亂神」傳統上看來,沒有「語怪」「不語怪」之分的「非語怪」傳統就是「語怪」,換言之,不合於儒家經傳標準的傳統就是「語怪」。如果「譜屬」與「繫世」的對應關係可以成立,即可推斷,屈子之「序其譜屬」當有許多王族之所出的神怪敘事。

屈子「序其譜屬」自不能簡單等同於小宗伯或小史之「辨昭穆」或是外史之掌「三皇五帝之書」,但相同點是,掌管昭穆《帝繫》《世本》一類有關「譜屬」的書籍當可確定。而這些書籍當然「多奇怪之事」,屈子作品「多奇怪之事」特色成形,與其擔任三閭大夫之職當不無關係。因此可以說屈子三閭職司的職業特徵是其《天問》「多奇怪之事」的「譜屬」詩形成誘因之一。

<hr>

〔註66〕 （宋）王與之:《周禮訂義》卷四四,《四庫全書》本93冊頁751上欄。

〔註67〕 《周禮注疏》卷二六,頁820下欄。

〔註68〕 孫詒讓以為:誦訓所掌「方志」即外史四方之志,所以識記久遠掌故,外史掌其書,誦訓為王說之,「告王使博觀古事,二官為聯事也。」(《周禮正義》卷三〇,中華書局,1987年,頁1196。) 從這一角度也可以理解「非語怪」傳統與王官之學的深刻關係。

〔註69〕 《左傳》昭一二年在楚靈王贊左史倚相之語,「是能讀《三墳》《五典》《八索》《九丘》」,關於這幾樣書,《正義》曰:「孔安國《尚書序》云,伏犧神農黃帝之書謂之《三墳》,言大道也;少昊顓頊高辛唐虞之書謂之《五典》,言常道也……」(《春秋左傳正義》卷四五,頁2064中欄) 所說「大道」「常道」,其實就是所謂的雅馴之道,本身屬於「非語怪」的傳統分化的產物。

第八章　古代政教傳統與《天問》「文義不次序」

　　王逸提出「文義不次序」問題，其後明汪瑗、清蔣驥、夏大霖、屈復提出《天問》有「錯簡」的問題，[註1]屈復則對《天問》「錯簡」進行過專門整理（《楚辭新注》），牟庭亦就此作過正簡（《楚辭述芳》），而後清代似無人再關注此一問題。但進入民國，隨著現代學術新傳統的逐步確立，《天問》「文義不次序」問題又引起學界普遍之關注，提倡「錯簡」並加以整理乃復成為一時學術之時尚。游國恩較早開始整理《天問》「錯簡」（《楚辭概論》），其後唐蘭發表《〈天問〉「阻窮西征」新解》，將這一問題引向新的思考。繼之郭沫若（《屈原賦今譯》）、孫作雲（《天問研究》）、林庚（《天問論箋》）、郭世謙（《屈原天問今譯考辨》）以及臺灣蘇雪林（《天問正簡》）、臺靜農（《楚辭天問新箋》）、日本赤塚忠（《楚辭研究》）等關於《天問》「錯簡」出版專著或專題研究，此外主張《天問》「錯簡」且發表論著者則甚眾，難以悉舉。儘管對於《天問》是否「文義不次序」各有不同解釋，然而上述現代學者卻無一例外地認為《天問》有「錯簡」，所不同的只是錯簡程度輕重以及哪些詩句係錯簡。「錯簡」論者及其支持者在「文義不次序」問題之解釋上佔據主流位置，然則「錯

〔註1〕關於《天問》錯簡歷史的研究，周建忠歸納甚詳。他歸納主張錯簡說有三種類型：認為有錯簡但未擅移其次者，有汪瑗、蔣驥、劉堯民、楊胤宗、彭毅、劉文英、姜亮夫、褚斌傑、楊義等；指出局部不次，或就文理結構、或就詞意協韻以移易錯簡的，有夏大霖、胡文英、唐蘭、游國恩、湯炳正、郭世謙、金開城、周秉高等；大幅移動錯簡的，有屈復、郭沫若、孫作雲、蘇雪林。（《楚辭講演錄》頁494，桂林：廣西師範大學出版社，2007年。）

簡論」者是否成功解決「文義不次序」問題？筆者以為，儘管主張「錯簡」者諸位前賢在這一問題上做出傑出的成就，然而卻忽略了對其立論依據的自我反思，在沒有切實申述立論前提的情況下，對其結果之可信性我們就有質疑的理由。本文即從分析現代學術史上之「錯簡」論者的立論根據入手，就此問題發表管見。

第一節 「文義不次序」即時代失次——錯簡論者的 理據

錯簡論者立論的最大理由，是《天問》所問「史實」時代不次。從上世紀初葉游國恩、唐蘭開始到林庚、金開誠，都將《天問》「文義不次」問題主要理解為所敘內容未按照歷史順序排列。——自然，錯簡論者也會提及諸如文氣不貫、文義不連屬等問題，但他們將主要關注放在時代順序上，故本為即以此為討論重點。論者解決「文義不次」即時代不次的辦法是將順序重新調過，大量「正簡」之作主要就是調整時代次序。我們說，「次序」問題和神話—歷史觀是有聯繫的，只有理解了西方神話—歷史觀，《天問》「錯簡」備受關注這一現象才會有合理的解釋。主張整理《天問》「錯簡」就有好幾位是史學家。

早期主張整理「錯簡」者如唐蘭，在《〈天問〉「阻窮西征」新解》〔註2〕將插在羿澆之間的六章提到了鯀禹之事之後，其結果「此六章一經改次，通篇史事，秩然不紊矣」，就是說時代順序井然。唐氏此舉由於理直了從鯀到少康之間的歷史脈絡，所以童書業答書云「先生重分《天問》章次，條理清晰，頗有七八分之可能性」〔註3〕，所謂「條例清晰」，仍然就是指歷史順序而言，童氏之不完全贊成唐蘭之分，並非反對整理《天問》，其保留二三分之不可能性的理由是由於「惟『鼇戴山抃』四句，疑指澆事……此四句仍當在『惟澆在戶』章之上矣」，唐、童的分歧主要還是如何理解詩句，唐氏認為「『浞娶純狐』章下抽去『阻窮西征』六章，正與『惟澆在戶』一章相銜接」，童氏則認為這是澆事，所以不應抽去，而應據「指澆事」這個理由留在原位置，以與下文相接。總之在整理錯簡而非如何整理這一問題上，童氏贊成且默認了在整理過程中應當按照歷史時代順序這一前提。

〔註2〕載《古史辨》第七冊下，上海古籍出版社，1982年，第319頁。
〔註3〕同上，童書業答書。

　　後來學人基本循著時代不次這一思路處理「文義不次」問題，解放後整理「錯簡」較早且亦較多者如孫作雲以為：「《天問》的錯簡，主要是在今本《天問》時代錯亂，不但大時代有錯亂，而且在一個時代之中，又有小錯亂，這就是《天問》最難讀的原因」〔註4〕。他之所稱的「今本」是什麼意思呢？他說「屈原的作品，原先是單獨流傳的，到了西漢末期，劉向校書中秘皇家圖書館，才把屈原的作品，以及發揮屈原思想，模仿《離騷》體裁的後代人的作品，彙集在一起，總名曰《楚辭》。因此說，我們所讀的《楚辭》是經過漢代人整理過的《楚辭》，而不是屈原的原本」〔註5〕，接著又據王逸「章決句斷」認為王逸對《天問》章次「曾經有所移動」（按：此解失誤）。從孫先生的論述可知其所謂「今本」乃至經過劉向「整理」和王逸「移動」過之後所流傳至今的。由於漢人整理移動《天問》，今本「錯亂之外，更增加了一些錯亂」，而這個「錯亂」據孫先生之意，就主要是時代錯亂：「從常理上說起來，《天問》既然問歷史，歷史事件本來就有時代先後順序，能頭上一句腳上一句地亂發問麼？這是不可能的，不合乎常理的。」〔註6〕孫先生的理由是，《天問》問的是歷史，當然得有時代順序，「今本」《天問》既然不是按照歷史順序來的，「頭上一句腳上一句地亂問」，因此是「不可能」又「不合常理」（按：以合乎「常理」為說，失察），言外之意顯然就是「今本」《天問》存在「錯簡」。孫先生更進一步指出《天問》是根據楚宗廟壁畫而作的，而壁畫畫天地歷史故事，是根據時代順序畫的（按：古壁畫或按時代排列，或不按時代排列，孫氏作此文時，已出土有相當多的考古證據可明古壁畫不以時代為序，此不贅。孫說失考），《天問》所根據的壁畫既是按時代順序排列，怎麼根據壁畫而作的《天問》，就不按照時代順序發問了呢？這也是不可能的，不合乎常理的」〔註7〕。這似乎又是擁護王逸「呵壁說」（其解詳後），因為壁畫按照歷史順序而作，《天問》又是「呵壁」之作，於「理」當然要有歷史順序。

　　二十世紀八十年代關於《天問》專書除孫氏此書外，楚辭學界影響甚巨、成就最高的是林庚之《天問論箋》，就「文義不次序」問題而言，林氏儘管主

〔註4〕孫作雲遺著、孫心一整理：《天問研究》，北京：中華書局，1989年，第47頁。下引同書。

〔註5〕《天問研究》，第47頁。

〔註6〕《天問研究》，第47頁。

〔註7〕《天問研究》，第48頁。

張整理《天問》「錯簡」應審慎，但亦認為錯簡主要是「時代錯亂」，錯簡「最集中的一處是發生在原一六六句與一六九句之間，一六六句以上問到文王、武王、成王的故事，而一六七、一六八兩句卻忽然出現了成湯和伊尹的故事，而成湯和伊尹的故事又遠在周民族故事出現之前早就大段地出現了。」〔註8〕林先生的意思是：按照「歷史順序」，成湯伊尹的故事應該出現在文武成王之前，但是現在文武成王故事卻出現在成湯伊尹故事之間，因此不符合「歷史順序」，因此是錯簡。

以上諸家只是據「理」分析，而郭世謙則進一步為《天問》錯簡找到了「科學證據」。他以《天問》問史的內容與《離騷》「就重華而陳詞」一段相比較，以為《天問》自「啟棘賓商」至「而交吞揆之」，自「惟澆在戶」至「湯何殛焉」這八條與《離騷》「啟《九辨》與《九歌》兮」至「乃遂焉而逢殃」這十四句「取材相同，立意遣詞也極其相似（按：「取材」「立意」「遣詞」相同與否，本因人而異，難以取得共識，此實模稜兩可之說）」，而《天問》在夏史的兩組之間卻插入了「阻窮西征」到「何以遷之」這麼一段，當然「屈賦他篇論及前賢之事並不都是按照歷史的時間順序。如《惜往日》『聞百里之為虜』十二句，就沒有按照歷史的順序，但前六句論賢臣之得明君，後六句論忠臣之被讒死節，以對比自己被讒之冤情，仍有十分嚴密的內在邏輯」〔註9〕，而《天問》卻「無法找到一種合理的解釋，能夠說明這位偉大的詩人何以割斷夏史之文，而插入其間不相關的六條（按：此說失考，明黃文煥、清高秋月等皆對段有所申說，且未必不是「一種合理的解釋」），何況這部分內容在他的另一篇作品中本來是完整而系統的一個段落」，因此他很興奮的宣布說，如果在此前《天問》「錯簡說」是科學假說的話，那麼現在找到了「第一個確實的證據」。經他此番論證，《天問》「錯簡」或說「歷史順序錯亂」之說似乎鐵案如山。後來者只需沿著「正簡」即重新調整回其「原來」歷史順序的路徑尋找屈原《天問》「原貌」就是了。

若回顧近百年《天問》研究史，可說對其「歷史順序」的關注已無聲無息的取代了「錯簡」而成為《天問》的首要問題，似乎「歷史順序錯亂」問題就是「錯簡」問題，「錯簡」問題就是「文義不次序」問題。換言之，王逸所謂的「文義不次序」問題近百年來就被主要作為《天問》敘述怎樣才符合

〔註8〕林庚：《天問論箋》，北京：人民文學出版社，1983年，第9頁。
〔註9〕郭世謙《屈原天問今譯考辨》，天津：天津古籍出版社，2006年。

「時代順序」來進行研究。

　　但是，《天問》「錯簡說」即「歷史順序錯亂說」是否關於「文義不次序」問題的最合理解釋呢？實際上，自屈復整理《天問》「錯簡」開始，就有人提出批評，近年來隨著對現代學術反思的深入，楊義〔註10〕、毛慶〔註11〕、力之〔註12〕等明確反對《天問》「錯簡」之說。而反觀錯簡說的理由，最重要的是歷史順序，這裡默認了一個不證自明的假設是：古人作文，皆以時代為序，而實際上這一隱含前提並不能成立（詳下）。況且《天問》「錯簡」整理雖然取得豐碩的業績，但卻並無多少共識性的成就，可謂聚訟紛紜，莫衷一是。下文即舉插在湯滅夏桀故事之間的一段為例，此段乃「錯簡論」及其支持者所關注的重點問題之一：

> 舜閔在家，父何以鰥？堯不姚告，二女何親？厥萌在初，何所億焉？璜臺十成，誰所極焉？登立為帝，孰道尚之？女媧有體，孰制匠之？舜服厥弟，終然為害。何肆犬體，而厥身不危敗？吳獲迄古，南嶽是止。孰期去斯，得兩男子？

　　郭沫若、孫作雲、林庚、赤冢忠諸家整理結果各異其說。郭沫若分全篇為四七節，以為「登立」句與「干協時舞，何以懷之？平脅曼膚，何以肥之」因為「句法相類」，又「同屬傳說」（按，這一理由不能服人），所以一起移次於問天地之後，作為第一三節；又他主張帝俊、帝舜帝嚳同是一人，因此將「舜閔」句接於「簡狄在臺」句之後，作為二七節，又接上「舜服」句和「眩弟」句，作為二八節；「厥萌」從王注以為紂事，接「彼王紂」句，作為三三節；又將「吳獲」與「勳闔」句相接，使「與吳事相連」，作為四五節。〔註13〕

　　孫作雲整理的辦法是，將「舜閔」句與下文「舜服」句合為一處，因其「被問女媧的兩章岔開」，而將「厥萌」句認作關於女媧的問題，從聞一多之說讀「萌」為「氓」，認為是關於人類開始的。既然堅持歷史順序，所以將這兩章排列於「問天地開闢以後，問歷史故事堯舜之前」，次於「羿焉彈日？烏焉解羽」句之後。而按照歷史順序，舜先於禹，因此問舜的那兩章也要前移至「禹之力獻功」之前，次於「厥萌」組之後。又從王闓運之說，以吳獲為吳太伯之名（按：此取王闓運之不必是，棄王逸之未必非，失之），乃是關於吳國建立

〔註10〕楊義《楚辭詩學》，北京：人民出版社，1998年，第三章。
〔註11〕毛慶《天問研究四百年綜論》，《文藝研究》，2004（3）。
〔註12〕先生為我之業師，其觀點係與筆者電話談及。
〔註13〕郭沫若：《屈原賦今譯》，北京：人民文學出版社，1953年。

之事，排在關於吳王闔閭的「勳闔」句上，又將關於子文的「何環穿」句提前置於「吳獲」句上，其整理的結果是，將這一段理解為三個故事，而「厥萌在初，何所億焉！璜臺十成，誰所極焉？登立為帝，孰道尚之？女媧有體，孰制匠之」問人類起源；「舜閔在家，父何以鰥？堯不姚告，二女何親」和「舜服厥弟，終然為害。何肆犬體，而厥身不危敗」為一組，因為很顯然這一組「問舜事，而兼及於堯」；「吳獲迄古，南嶽是止。孰期去斯，得兩男子」為太伯、仲雍「逃奔吳地，建立吳國事」。所以這一段乃被分在三處。

赤冢忠《楚辭研究・楚辭天問新釋》將全詩依次劃分為七部分：宇宙創城、人類出現、孝子舜、夏、商、周及吳楚。而將以上五組分散在人類出現、孝子舜、商王朝和吳楚四部分內。「舜閔」「舜服」兩句由於同有一個「舜」字作為標記，因此很自然的將之合到一處，這也是諸多錯簡論者採取的辦法；又認為「厥萌」句是關於商王朝起源的傳說，「萌」依聞一多之訓為「氓」，此節嘗被解作女媧造人，但既然女媧「沒有在璜臺上造人的傳說」〔註14〕，因此這個解釋赤冢忠予以否定。又以為王注以為紂事亦未切，因《古本竹書紀年》夏桀事亦與「臺」有關，因此王注亦不能成立。赤冢氏據《呂氏春秋・音初》解為有娀女之事。故此節乃指商契誕生的傳說為問，因此其下文便接上「簡狄在臺，嚳何宜？」至於女媧則被認為是「獨身神（ひとり神）」、媧是「窩（あな，意即孔、洞等）意」〔註15〕，乃聯繫於女性之生殖崇拜；但他又以為女歧也是「獨身神」（按：「ひとり神」觀念或受日本神道教傳統尤其日本古典《古事記》所記開闢神話之影響），因此將「登立」句放在「女歧」句後，作為人類出現的開端。「吳獲」句則據王注訂正，將「獲」解作「奴」，表示「輕蔑吳人之語」〔註16〕，乃次於吳楚故事的開始。

以上諸家整理，原文順序完全被打亂，可謂各行其是；即便楚辭學界認為對《天問》「文義不次序」這一問題貢獻甚大的林庚先生，也仍然在沒有十分確鑿證據的情況下，將「舜閔」句移後，以與「舜服」句相銜接。何以僅僅五問，或分為三事，或分為四事，或分為五事，或前置，或後措，排列組合，變化萬千。即如偶然有些整理「意見一致」，比如將商紂調換在齊桓前，將分在兩處的合為一起，然此乃人所共知之史實，不得因其「一致」而謂為整理有共

〔註14〕（日）赤冢忠《楚辭研究》，研文社，昭和 61 年（1987 年），第 272 頁。
〔註15〕（日）赤冢忠《楚辭研究》，第 214 頁。
〔註16〕（日）赤冢忠《楚辭研究》，第 341 頁。

同標準可尋。問題更在於，何以王逸既指出「文義不次序」——或疑《天問》序非出王逸之手，非也，力之說之甚辨〔註17〕，此不贅——卻仍依「彼王紂之躬」在「齊桓九會」句後之舊，而不加以「正簡」呢？王逸之《楚辭》水平，未必遠在今人之下，其中情由，不可不三思而後行。

當然，平心而論，從現代學人的立場看，《天問》確有意思不連貫（如《天問》文末）、事類分散（如鯀事散在兩處）之「特徵」，加上「歷史順序錯亂」，疑心錯簡並擬整理自無可非議。然而問題在於，如果研究者們在未找到任何確鑿證據情況下，而僅僅自出胸臆大肆正簡，恐怕就會難免率爾操觚、南轅北轍之失。

第二節　論王逸《天問》序不必然包含「錯簡」之說

既然「錯簡」乃是針對《天問》「文義不次序」而發，我們就需重新閱讀王逸「文義不次序」之說，弄清王逸所謂「文義不次序」是否必然包含「錯簡」之說對於理解現代學人的觀點至為重要。

> 《天問》者，屈原之所作也。何不言問天？天尊不可問，故曰
> 天問也。屈原放逐，憂心愁悴。彷徨山澤，經歷陵陸。嗟號旻旻，
> 仰天歎息。見楚有先王之廟及公卿祠堂，圖畫天地山川神靈，琦瑋
> 僑佹，及古賢聖怪物行事。周流罷倦，休息其下，仰見圖畫，因書
> 其壁，何而問之，以渫憤懣，舒瀉愁思。楚人哀惜屈原，因共論述。
> 故其文義不次序云爾。

末句論者多斷為「楚人哀惜屈原，因共論述，（按：此逗號）故其文義不次序云爾。」但筆者以為此種讀法實不必然，今試重讀如次：「楚人哀惜屈原，因共論述。（按：此句號）故其文義不次序云爾。」此斷包含五層：一，交待作者；二，交待題意；三，交待創作過程；四，交待流傳情況；五，交待詩篇特點。

細味其意，依據其側重點之不同，此段文字至少應有三種可能的理解：

> 甲：《天問》者，屈原之所作也⋯⋯屈原放逐，憂心愁悴⋯⋯嗟
> 號旻旻，仰天歎息⋯⋯周流罷倦，休息其下⋯⋯因書其壁，何而問

〔註17〕力之：《關於〈楚辭章句〉序文的作者問題》，載《楚辭與中古文獻考說》，巴蜀書社，2005年。

之，以洩憤懣，舒瀉愁思……故其文義不次序云爾。

乙：《天問》者，屈原之所作也……屈原放逐……見楚有先王之廟及公卿祠堂，圖畫天地山川神靈，琦瑋僑佹，及古賢聖怪物行事……仰見圖畫……故其文義不次序云爾。

丙：《天問》者，屈原之所作也。……楚人哀惜屈原，因共論述，故其文義不次序云爾。

第一種理解側重於作者創作主體情感，第二種偏重於創作觸媒的客觀特徵，第三種偏重於文本的傳播途徑。下文即分情況討論這三種理解是否必然包含「錯簡」之說。

按照第一種理解，若屈原確實憂愁憤懣而題壁，則不論壁畫是否有次序，都可能會寫出「文義不次序」的文字，此第一種可能。故此是否承認「呵壁說」實無關宏旨。這種情況下，王逸「文義不次序」不一定要做「錯簡」理解。

而依第二種理解，側重壁畫本身。則有如下兩種可能的解釋：

其一強調壁畫之順序，以為壁畫有序，故《天問》也當有序。此說亦不然。就壁畫而言（至於壁畫是祠堂還是墓葬，與此關係不大），既有按歷史順序排列的（如《魯靈光殿賦》所記魯靈光殿之壁畫），也有不依歷史順序排列的（如武梁祠畫像石）。因此，（一）若壁畫有序，則作者心情煩亂的情況下可能寫出「文義不次序」之作；（二）若壁畫無序，而作者又是「呵壁」之作（依壁畫順序而發問），應是「不次序」之作。正是立足於「呵壁」說且注重壁畫作為創作觸媒客觀特徵，有論者從詩畫相同的角度入手探尋「時空錯亂」的詩學創作軌跡以拒斥「錯簡」說，如楊義的解釋〔註18〕。此解之能否成立姑不論，但足以說明不管壁畫是否有序，都不能排除屈原創作出「文義不次序」的《天問》之可能——進一步說，《天問》作為「呵壁」之作，反倒促使我們思考：此詩「原本」可能就是「文義不次序」的。因此，從壁畫之有順序的角度證明不了《天問》當以時代順序為次，也因此就不能以此為據進行「正簡」。

其二則是注意到牆壁作為特殊的書寫空間，如清牟庭《楚辭述芳》云「蓋列圖秀發，間不容書投隙點筆，雜出於冕旒旌旆之間，如棋散佈，橫縱為文，

〔註18〕楊義《楚辭詩學》，北京：人民出版社，1998年，第三章。

時不得景差宋玉身至繕寫，廟史顛亂，詎可究詰」〔註19〕，但即便有此種可能，這也是《天問》「第一次」被傳抄，算是「祖本」，除非屈原復生，我們也無由推翻「廟史」之記，自出胸臆進行整理。

因此如果論者注重壁畫作為創作媒介的特徵，也不能證明《天問》必然有「錯簡」，更不能輕易進行正簡。

如果側重第三種理解，將「楚人因共論述」理解為「輯錄」，解釋為楚人輯錄屈原作品之時未理清屈原原作次序，比如藤野岩友指出，王逸序文之意是後人所編，所以沒有次序，許多學者支持此說；而他自己儘管另創「卜問說」，對許多學者對王逸之序的理解卻並無異議。〔註20〕但這個說法實際亦不能成立，因「論述」並非「輯錄」，一則可從《楚辭》文獻體例證明：如《九章》說「楚人惜而哀之，世論其詞，以相傳焉」〔註21〕，《漁父》序云「楚人思念屈原，因敘其詞，以相傳焉」〔註22〕。這與「楚人哀惜屈原，因共論述」，都是一個意思，即交待屈原作品流傳情況，應理解為述說屈原原作。〔註23〕再則《天問》後敘「昔屈原所作，凡二十五篇，世相教傳，而莫能說《天問》，以其文義不次，又多奇怪之事」，「楚人因共論述」，不就是「世相傳教」之意嗎？為便於說明問題，不妨代換之，「昔屈原所作，凡二十五篇，楚人因共論述（原文：世相傳教），而莫能說《天問》，以其文義不次，又多奇怪之事」，則意思顯然是說，楚人所「論述」的二十五篇屈原作品中，已經「莫能說《天問》」，原因之一是因「文義不次序」。也就是說，楚人所「論述」的《天問》已經是「不次序」的了。因此從這種理解出發也不足以證明王逸之敘必然包含《天問》乃「輯錄」從而發生「錯簡」的觀點。

即使退一步而承認「輯錄」之說，其立足於「輯錄說」之論亦難成立。主「輯錄說」特例之一是從文獻傳承角度申「錯簡」之意，如孫作雲，以為劉向等整理《楚辭》，不是屈原「原本」，而王逸「章決句斷」顯然移動過簡次。〔註24〕此說亦不然。蓋劉向整理《楚辭》前，屈原之作品並無原「本」

〔註19〕中國社科院善本書庫藏。

〔註20〕（日）藤野岩友：《楚辭》，東京：集英社，1996 年。

〔註21〕《楚辭補注》，北京：中華書局，1983 年。

〔註22〕《楚辭補注》，北京：中華書局，1983 年。

〔註23〕相關論點，參力之《〈卜居〉、〈漁父〉作者考辯》，載《楚辭與中古文獻考說》，巴蜀書社，2005 年。

〔註24〕孫作雲遺著、孫心一整理：《天問研究》，北京：中華書局，1989 年。

可言，也就不能越過劉向去找靈均的原作，況王逸後敘云：

> 昔屈原所作，凡二十五篇，世相教傳，而莫能說《天問》，以
> 其文義不次，又多奇怪之事，自太史公口論道之，多所不逮。至於
> 劉向、揚雄，援引傳記以解說之，亦不能詳悉。所闕者眾，日無聞
> 焉。……靡不苦之，而不能照也。

按王逸文義，是說他見到的劉向等本子，已經存在「文義不次序」的問題，所以才會「亦不能詳悉。所闕者眾，日無聞焉」「不能照」。而以為王逸「章決句斷」是移動簡次則尤屬誤解，王云「今則稽之舊章，合之經傳，以相發明，為之符驗，章決句斷，事事可曉，俾後學者永無疑焉」，可見，所謂「章決句斷」只不過是疏通文義，考證故實而已。即就文本而言，今本之問齊桓在王紂之前，王逸若是移動，豈不知齊桓當在商紂之後？

以上三種情況是基於王逸《天問》前後序（敘）的各種「錯簡論」，至於有的乾脆否認王逸「呵壁說」，認為屈原是寫好後，後人整理其遺留簡牘，編簡失次，如蘇雪林之說〔註25〕：這一說法推倒文獻另創新說，實為治絲益棼，毫無必要。因「文義不次序」問題爭論核心在於屈原《天問》「原本」是什麼樣子，換言之即這個「文義不次序」的今本是否保留了原樣？問題不在於屈原的「原作」寫在壁上還是簡上，而在於第一次將《天問》整理為「文本」的那個人（包括屈原自己）是否按照屈原「原作」的次序。

因之，通過王逸序文，我們認為王逸「文義不次序」包含有「錯簡」意涵的可能性極渺，基於或否認王逸序言的各種「錯簡說」實皆乃蹈虛之談，當然，否認各種「錯簡說」並不等於堅持《天問》千餘年流傳過程中決不可能錯簡，而是認為：對於《天問》「文義不次序」問題，我們應考慮這首先是一文獻整理的錯簡問題，還是是一屬於文學範圍的詩學闡釋問題。這才應是這一問題的關鍵。

第三節 論古籍行文多不以時代為次

實際上，如果留意古代文獻典籍，會發現在羅列古人事蹟為證明時（可稱「錄鬼簿」手法），往往並非按照歷史順序，其例不勝枚舉。

如《逸周書・史記解第六十一》記載：「維正月王在成周，昧爽，召三

〔註25〕蘇雪林《天問正簡》，臺灣：文津出版社，1992年，錯簡觀點參「自序」。

公、左史戎夫，曰：『今夕朕寤，遂事驚予。』乃取遂事之要戒，俾戎夫主之，朔望以聞。」這是周穆王要求三公左史搜錄古代王國滅君古史，以為鑒戒，而史臣搜求事例如下：

> ……賞罰無位，隨財而行，夏后氏以亡。……刑始於親，遠者寒心，殷商以亡。……君娛於樂，臣爭於權，民盡於刑，有虞氏以亡……外內外內相間，下撓其民，民無所附，三苗以亡。……有夏之方興也，扈失弱而不恭，身死國亡……

> 昔者昔者有巢氏，有亂臣而貴任之，以國假之，以權擅國而主斷，君已而奪之，臣怒而生變，有巢以亡……昔有共工，自賢，自以無臣，久空大官，下官交亂，民無所附，唐氏伐之，共工以亡……昔阪泉氏用兵無已，誅戰不休，併兼無親，文無所立，智士寒心，徙居至於獨鹿，諸侯畔之，阪泉以亡……〔註26〕

史臣舉例有三十餘古國，多涉古史，不能盡悉，但有巢阪泉氏共工有虞三苗夏有扈商周的歷史順序大致是清楚的，而夏商本繼虞而興，而排在後；或以為此「虞」未必即唐虞，而且其亡在夏商之後也未可知；「有夏之方興也」云云，則顯在「夏后氏以亡」之後；唐虞之亡在夏后之前，而後文云「唐氏伐之」。此文雖則古史湮沒難考，然史官進獻之時，所列古史顯係並不考慮其時代次序。

又如《墨子·明鬼下》舉數例以證「鬼神之有，豈可疑哉」，亦屬時序錯亂之作：

> 子墨子言曰：若以眾之所同見，與眾之所同聞，則若昔者杜伯是也。……以若書之說觀之，則鬼神之有，豈可疑哉！

> 非惟若書之說為然也，昔者鄭穆公當晝日中處乎廟……若以鄭穆公之所身見為儀，則鬼神之有豈可疑哉！

> 非惟若書之說為然也，昔者燕簡公殺其臣莊子儀而不辜……以若書之說觀之，則鬼神之有，豈可疑哉！

> 非惟若書之說為然也，昔者宋文君鮑之時……以若書之說觀之，鬼神之有豈可疑哉！

> 非惟若書之說為然也，昔者齊莊君之臣……以若書之說觀之，

〔註26〕章寧：《逸周書疏證》，三秦出版社，2023年，第617～633頁。

鬼神之有，豈可疑哉！〔註27〕

又如《鶡冠子‧世賢》載謀臣對卓襄王之語：

> 王其忘乎？昔伊尹醫殷，太公醫周武王，百里醫秦，申麃醫郢，原季醫晉，范蠡醫越，管仲醫齊，而五國霸。其善一也，然道不同數。〔註28〕

又《荀子‧非相》記諸先人相貌：

> 且徐偃王之狀，目可瞻馬。仲尼之狀，面如蒙倛。周公之狀，身如斷菑。皋陶之狀，色如削瓜。閎夭之狀，面無見膚。傅說之狀，身如植鰭。伊尹之狀，面無須麋。禹跳湯偏。堯舜參牟子。從者將論志意，比類文學邪？直將差長短，辨美惡，而相欺傲邪？〔註29〕

又如上書《解蔽》篇：

> 故好書者眾矣，而倉頡獨傳者，壹也；好稼者眾矣，而后稷獨傳者，壹也。好樂者眾矣，而夔獨傳者，壹也；好義者眾矣，而舜獨傳者，壹也。倕作弓，浮遊作矢，而羿精於射；奚仲作車，乘杜作乘馬，而造父精於御：自古及今，未嘗有兩而能精者也。〔註30〕

又《堯問》：

> 天地不知，善桀紂，殺賢良，比干剖心，孔子拘匡，接輿避世，箕子佯狂，田常為亂，闔閭擅強。為惡得福，善者有殃。〔註31〕

又如《韓非子‧難言》：

> ……以至智說至聖，未必至而見受，伊尹說湯是也；以智說愚必不聽，文王說紂是也。故文王說紂，而紂囚之；翼侯炙；鬼侯臘；比干剖心；梅伯醢；夷吾束縛；而曹羈奔陳；伯里子道乞；傅說轉鬻；孫子臏腳於魏；吳起收泣於岸門，痛西河之為秦，卒枝解於楚；公叔痤言國器反為悖，公孫鞅奔秦；關龍逢斬；萇弘分胣；尹子阱於棘；司馬子期死而浮於江；田明辜射；宓子賤、西門豹不鬥而死人手；董安子死而陳於市；宰予不免於田常；范雎折脅於魏。此十

〔註27〕 《墨子》，《諸子百家叢書》本，上海：上海古籍出版社，1989 年。

〔註28〕 《鶡冠子》，《四部備要》本，卷下 11 頁。

〔註29〕 《荀子》，《叢書集成初編》本，北京：中華書局，1985 年，第 70、71 頁。

〔註30〕 《荀子》，《叢書集成初編》本，第 467、468 頁。

〔註31〕 《荀子》，《叢書集成初編》本，第 654 頁。

數人者……〔註32〕

又《說疑》：

> 故周威公身殺，國分為二；鄭子陽身殺，國分為三；陳靈公身
> 死於夏徵舒氏；荊靈王死於乾溪之上；隨亡於荊；吳並於越；知伯
> 滅於晉陽之下；桓公身死七日不收。故曰：諂諛之臣，唯聖王知之，
> 而亂主近之，故至身死國亡。〔註33〕

又《顯學》載「儒分為八，墨離為三」，敘孔子死後儒家傳承派別云：

> 自孔子之死也，有子張之儒，有子思之儒，有顏氏之儒，有孟
> 氏之儒，有漆雕氏之儒，有仲良氏之儒，有孫氏之儒，有樂正氏之
> 儒。〔註34〕

又如《戰國策・魏策四》之《八年謂魏王曰章》：

> 昔曹恃齊而輕晉，齊伐釐、莒而晉人亡曹；繒恃齊以悍越，齊
> 和子亂而越人亡繒；鄭恃魏以輕韓，魏伐榆關而韓氏亡鄭；原恃秦
> 翟以輕晉，秦、翟年穀大凶而晉人亡原；中山恃齊、魏以輕趙，齊
> 魏伐曹、楚而趙亡中山。此五國所以亡者，皆有所恃也。〔註35〕

此段文字指涉史實，雖有所不可考，然曹滅在魯哀公八年，繒滅在哀六
年，原滅在魯僖公二五年，中山之滅在周赧王二十年，則原滅早於繒，繒早
於曹，曹早於中山，而原文就時代言，並無順序（地理順序亦無之）。

又如《呂氏春秋・慎大・貴因》：

> 夫審天者，察列星而知四時，因也；推歷者，視月行而知晦朔，
> 因也；禹之裸國，裸入衣出，因也；墨子見荊王，錦衣吹笙，因也；
> 孔子道彌子瑕見釐夫人，因也；湯、武遭亂世，臨苦民，揚其義，
> 成其功，因也。〔註36〕

又《不二》：

> 老聃貴柔，孔子貴仁，墨翟貴廉，關尹貴清，子列子貴虛，陳
> 駢貴齊，陽生貴己，孫臏貴勢，王廖貴先，倪良貴後。〔註37〕

〔註32〕《韓非子》，《四部備要》本，卷一，第9頁。
〔註33〕《韓非子》，《四部備要》本，卷十七，第9頁。
〔註34〕《韓非子》，《四部備要》本，卷19，第9頁。
〔註35〕繆文遠《戰國策新校注》，成都：巴蜀書社，1987年，第891頁。
〔註36〕《呂氏春秋》，《叢書集成初編》本，北京：中華書局，1991年，第412、413頁。
〔註37〕《呂氏春秋》，《叢書集成初編》本，第491頁。

又汪繼培輯本《尸子》：

> 墨子貴兼，孔子貴公，皇子貴衷，田子貴均，列子貴虛，料子貴別，囿其學之相非也。〔註38〕

又如《淮南子·精神》：

> 夫仇由貪大鐘之賂而亡其國，虞君利垂棘之璧而擒其身，獻公豔驪姬之美而亂四世，桓公甘易牙之和而不以時葬，胡王淫女樂之娛而亡上地。〔註39〕

而《主術》用相似幾例：

> ⋯⋯昔者齊桓公好味，而易牙烹其首子而餌之；虞君好寶，而晉獻以璧馬鈞之；胡王好音，而秦穆公以女樂誘之。〔註40〕

又《齊俗》：

> 故當舜之時，有苗不服，於是舜修政偃兵，執干（按：當是「干」之誤）戚而舞之。禹之時，天下大雨，禹令民聚土積薪，擇丘陵而處之。武王伐紂，載尸而行，海內未定，故不為三年之喪。禹遭洪水之患，陂塘之事，故朝死而暮葬。〔註41〕

又如《史記·太史公自序》：

> 退而深惟曰：「夫詩書隱約者，欲遂其志之思也。昔西伯拘羑里，演周易；孔子尼陳蔡，作春秋；屈原放逐，著離騷；左丘失明，厥有國語；孫子臏腳，而論兵法；不韋遷蜀，世傳呂覽；韓非囚秦，說難、孤憤；詩三百篇，大抵賢聖發憤之所為作也。此人皆意有所鬱結，不得通其道也，故述往事，思來者⋯⋯」〔註42〕

又如《漢書·蒯伍江息夫傳》：

> ⋯⋯春秋以來禍敗多矣，昔子鼂謀桓而魯隱危，欒書構郤而晉厲弒，豎牛奔仲叔孫卒，郈伯毀季昭公逐，費忌納女楚建走，宰噽譖胥夫差喪，李園進妹春申斃，上官訴屈懷王執，趙高敗斯二世縊，伊戾坎盟宋痤死，江充造蠱太子殺，息夫作奸東平誅，皆自小覆大，

〔註38〕汪繼培輯《尸子》，《叢書集成初編》本，北京：中華書局，1991 年，第 19 頁。
〔註39〕《淮南子》，《叢書集成初編》本，北京：中華書局，1985 年，第 237、238 頁。
〔註40〕《淮南子》，《叢書集成初編》本，第 307、308 頁。
〔註41〕《淮南子》，《叢書集成初編》本，第 385 頁。
〔註42〕《史記》，百衲本，杭州：浙江古籍出版社影印，1998 年，第 296 頁上欄。

綵疎陷親，可不懼哉！可不懼哉！〔註43〕

此段雖大致有時間順序，然「上官訴屈」明在「李園進妹」之前，則亦可視作時間「不次」。

而《楚辭・九章・惜往日》：

> 聞百里之為虜兮，伊尹烹於庖廚。
> 呂望屠於朝歌兮，寧戚歌而飯牛。
> 不逢湯武與桓繆兮，世孰云而知之！
> 吳信讒而弗味兮，子胥死而後憂。
> 介子忠而立枯兮，文君寤而追求；
> 封介山而為之禁兮，報大德之優游。〔註44〕

又《楚辭・七諫・沉江》：

> 舜堯聖而慈仁兮，後世稱而弗忘；
> 齊桓失於專任兮，夷吾忠而名彰；
> 晉獻惑於驪姬兮，申生孝而被殃；
> 偃王行其仁義兮，荊文寤而徐亡；
> 紂暴虐以失位兮，周得佐乎呂望；
> 修往古以行恩兮，封比干之丘壟。〔註45〕

又《楚辭・九歎・惜賢》：

> 驅子僑之奔走兮，申徒狄之赴淵；
> 若由夷之純美兮，介子推之隱山；
> 晉申生之離殃兮，荊和氏之泣血；
> 吳申胥之抉眼兮，王子比干之橫廢。〔註46〕

以上數例，列舉歷史故實皆不以時代順序為次，若類以「歷史順序」之標準衡量《天問》「文義不次序」之例，則以上書經諸子，難道都需要重新編排其順序，進行錯簡整理不可嗎？顯然，當我們將《天問》還給那個時代，就只能去理解，而不能依照今人的歷史思維編年史邏輯來整理。由此，即使反對「錯簡說」極力，但卻認為屈原獨創了「時空錯亂」的詩學表達方式之

〔註43〕班固《前漢書》，《四部備要》本，北京：中華書局，1998 年，頁 729 下欄。
〔註44〕（宋）洪興祖：《楚辭補注》，北京：中華書局，1983 年，第 151 頁。
〔註45〕（宋）洪興祖：《楚辭補注》，第 239 頁。
〔註46〕（宋）洪興祖：《楚辭補注》，第 297 頁。

說〔註47〕，也應該重新審視，若將這一發明權歸於屈原，則何以解釋早於屈子的那個更古老的書經諸子「時代不次」傳統。

實際，古人敘述事件其時間安排往往是很靈活的，講究寫作的手法和技巧。如《左傳·宣公四年》在敘「子良辭鄭人之立」這一敘事之後插敘子良之事：

> 初，楚司馬子良生子越椒，子文曰：「必殺之……「子良不可。子文以為大戚，及將死，聚其族，曰：「椒也知政，乃速行矣，無及於難。」且泣曰：「鬼猶求食，若敖氏之鬼，不其餒而？」及令尹子文卒……子越為令尹……乃以若敖氏之族。圉伯嬴於轑陽而殺之，遂處烝野，將攻王。王以三王之子為質焉，弗受，師於漳澨。秋七月戊戌，楚子與若敖氏戰於皋滸……遂滅若敖氏。

> 初，若敖……生鬥伯比。若敖卒，從其母畜於䢵，淫於䢵子之女，生子文焉。䢵夫人使棄諸夢中，虎乳之。䢵子田，見之，懼而歸，以告，遂使收之。楚人謂乳穀，謂虎於菟，故命之曰鬥穀於菟。以其女妻伯比，實為令尹子文。

> 其孫箴尹克黃使於齊，還，及宋，聞亂。其人曰，「不可以入矣。」箴尹曰：「棄君之命，獨誰受之？君，天也，天可逃乎？」遂歸，覆命而自拘於司敗。王思子文之治楚國也，曰：「子文無後，何以勸善？」使復其所，改命曰生。〔註48〕

《左傳》此段先述子良辭鄭人故事；在此段故事之後又插敘子文建議子良除掉子椒，以免其為若敖氏招來滅門之禍；而後敘子文之死，子椒以若敖氏與楚王戰而滅族；但在敘述若敖氏滅族之後又回頭敘述子文的神異出生。而在敘述完子文出生故事後又接敘楚王對子文後裔的安置。這樣，子文的神異出生將歷史敘述脈絡從中隔斷，而且只有一個「初」作為敘述的標誌。若將其並置，對於並不瞭解這段歷史的人，是否也會有「文義不次序」之感呢？

再比如《國語·晉語三》載惠公即位，背秦賂。使丕鄭聘於秦謝緩賂，而冀芮諫殺之：

> ……是故殺丕鄭及七輿大夫：共華、賈華、叔堅、騅歂、累虎、特宮、山祁，皆里、丕之黨也。丕豹出奔秦。丕鄭之自秦反也，聞

〔註47〕楊義《楚辭詩學》，北京：人民出版社，1998年，第三章。

〔註48〕（唐）孔穎達《春秋左傳正義》，《十三經注疏》本，第1869～1870頁。

里克死，見共華曰：「可以入乎？」共華曰：「二三子皆在而不及，子使於秦，可哉！」丕鄭入，君殺之。共賜謂共華曰：「子行乎？其及也！」共華曰：「夫子之入，吾謀也，將待也。」賜曰：「孰知之？」共華曰：「不可。知而背之不信，謀而困人不智，困而不死無勇。任大惡三，行將安入？子其行矣，我姑待死。」丕鄭之子曰豹，出奔秦……〔註49〕

以上這段文字，先敘述「殺丕鄭」這一結果，再於後文補敘殺丕鄭之經過；而這經過又插於丕鄭之子「出奔秦」之間，中間沒有任何連接之詞。故如不細讀，就會懷疑前文既云「是故殺丕鄭及七輿大夫」，何以下文又突然出現「丕鄭之自秦反也，聞里克死」的記敘。如果一定按照事件發生的歷史順序要求古典作者，恐怕今天就不會讀到這樣搖曳多姿、繚繞映帶的出彩文字了。

凡此足以說明《天問》「文義不次序」絕非個別事例，而是經書諸子共有的現象，故而就不應該首先將其視為一文獻整理問題，而應該嘗試從價值論、實踐論方面進行解釋。

第四節　「文義不次序」的文教功能

前人關於此一問題有許多值得思考的見解。例如明陳深批《楚辭》：

《天問》發難至千五百言，書契以來未有此體原創為之，先儒謂其文義不次，乃原雜書其壁而楚人輯之。（按：此誤解）今讀其文，章句之短長，聲勢之詰崛，皆有法度，似作也，非輯也。屈子以文自聖，且在無聊，何之焉而不為作也？深嘗愛曾子問五十餘難，亦至奇之文。說者乃謂非曾不能問，非孔不能答。非也，禮家託於曾孔以盡禮之變耳。抑獨出於曾氏之門乎？何文之辨而理也？〔註50〕

其說駁斥輯錄說，以為屈原「以文自聖」，《天問》「非輯也」都是可以採納的觀點。

古人說《天問》者甚多，但由於古代「不語怪」傳統的支配地位，《天問》

〔註49〕徐元誥《國語集解》，北京：中華書局，2002年，第306～307頁。
〔註50〕中國社科院善本書庫藏書，卷三《天問》文末，此書卷首有萬曆庚子九月既望王穉登序。

的文教功能並沒有受到應有的重視。從文教——政教傳統立論，尤有參考價值的是黃文煥《楚辭聽直》〔註51〕。其「合論」論及《天問》「文義不次序」問題，提出「穿插之奧」的見解。云：

> 「《天問》同於曾子之禮問。作也，非輯也」（按：此本陳深之說）「乃插白蜺嬰茀至何以遷之十六句，於忽衰之後中興再衰之先作義比興」「興亡難料，猶之乎仙人倏死倏生雨之倏起，鹿之殊形，鼇之戴與釣耳，雖言仙人物類，仍比興夫興亡也」。

意思是《天問》並非像有些人理解的那樣，是楚人所輯（「輯」的觀點，非王逸《天問》敘必蘊意涵，乃後人臆解王敘，見前），而是作者特殊的手法，有所比興寄意。故於「白蜺嬰茀」至「何以遷之」十六句下品曰：「前後敘次夏事，以及於湯，忽插此數行錯綜其中，是章法變幻破直處，錯綜之中，仍復連貫，此國統不可嘗（？），神仙不可憑，物理不可定，為忽莊論忽旁及。」意思是說，插敘手法，一是章法需要，目的是為了「破直」；二是主題需要，忽莊論忽旁及。這比認為「錯簡」且一味「正簡」的見解似乎來的深切透闢得多。

《聽直》之《合論》：

> 承上妹喜何肆，故言舜之二女，不告而娶，高辛簡狄之築臺，床席之愛，亦人之常情耳，使桀不拒諫信讒，即有妹喜為妃，與舜之二女，高辛簡狄何異？豈妹喜婦流，而責其能治天下如女媧，方云無放肆哉？

其「舜閔」句箋：

> 「舜閔在家與閔妃匹相映，澆桀之敗由寵婦人，舜之不告而娶，高辛之築瑤臺，豈不似昵其室家，然仍不妨為聖帝也。國事之日，非君實聽讒失德，非盡屬婦人之罪。」清人《飲騷》申其意曰：「不直接湯伐桀之事，而先言二妃等者，以上妹喜而連及之也，桀以妹喜亡，舜何嘗無二妃，瞍不為娶，而堯竟下降於溈汭，不害其為重華也。帝嚳為有娀女築臺，以至十成，不害其為高辛也。至於女媧，則又以女子治天下矣，豈獨女寵能亡國耶？懷王之不聰，罪不獨在鄭袖矣。此係黃說」〔註52〕。

〔註51〕日及堂版，卷首有崇禎癸未自序，中國社會科學院善本書庫藏，下引同。
〔註52〕中國社科院善本書庫藏。

今人大都從歷史順序著眼予以重編，將此段分得七零八落，黃氏著眼於作者意圖，認為屈原此段針對「女寵亡國」論而發，男女之歡，乃是「人之常情」，如果桀紂不拒諫飾非，不是同樣可以成為聖君麼？此解此論當否姑且不論，但這種思考問題方式卻是發人深思，不妨看作是對何以在夏商兩代交替之間會會突然對舜、女媧發問的一種解釋，而這種解釋尊重原作之完整渾成，且極有理致。

依照黃文煥的觀點，王逸所謂「文義不次序」問題乃是由於屈子運用「穿插」之意造成的結果，所以《天問》本身本來是有「次序」的，他論全文次序云：

> 蓋首末共三大段焉，首溯天地之開闢，一也；中臚夏商周之治亂，二也；末乃歸於楚國之事，由勳闔以顯言荊勳，結之以何以（當作以何）試上自予，而忠名彌章，顯言己罪，三也。佈陣至大，佈勢至順，然使句句皆順，則文字板直，意緒不慘，於是乎錯綜出之。忽此忽彼，以破板直之病。

這樣，對「文義不次序」的解釋就轉換成何以王逸會認為「不次序」，便將王逸之說的內涵揭示出來。黃氏著眼於《天問》全篇的布局，而將全文分為三大段，無疑是眼光獨具的，後人重視申述黃說。

他又特別從命題角度提到了「次序」問題：

> 余於次序之外又深咀之於命題，《離騷》《遠遊》皆言登天，務寫其厭世之懷，借幻志快。此篇從言天中又換題目，創拈文字以寫其不敢咎人，但當咎天之意。由實抒憤，不曰問天，但曰天問。立題甚奧，王逸以為天尊不可問，非也。蓋原曰天當自問耳，猶之乎詔西皇使涉余，倚閶闔使（當作而）望予之旨也。世間一切治亂倚伏顛倒及諸怪誕之事物，皆天所為，非天自問，其何故人之識豈能解之，人之力能尸之哉？人無由問，天不肯自問，一時千古，只共昏迷，憤極亦啞極矣……無可答之故有四：曰問所不必問，問所不肯問。問所不宜問，問所不敢問。

黃氏雖云「於次序之外又深咀之於命題」，但細味其意，命題頗與文章何以「不次序」相關，恰是「咎天之意」「憤極啞極」之情，才會令屈大夫不能自己，連珠炮似的發問吧？「隱指頃襄子蘭」之說可能太實，但卻似乎可以起發後人從「命題」角度闡發「文義不次序」的問題。他提出「合三大段四

無可答與隱指之兩端以讀《天問》，而後《天問》之憤情始出，始末之錯綜始
直」，則是繼承司馬遷「悲其志」之說和王逸之論，無疑是正確的。

　　黃氏從命題立意角度分析《天問》，實際為我們理解「文義不次序」問
題找到了一種可能性的解釋。既然《天問》與此前經書諸子一樣都存在不以
歷史順序為次的問題，我們當然有理由對「錯簡說」以及站在「錯簡說」對
立面的「首創時空錯亂說」等等說法持保留態度，同樣也不能同意竹治貞夫
試圖從「史序與類序」角度切入錯簡問題的解決思路〔註53〕。而必須從「點
鬼簿」這一特殊表達方式及作者之「志」方面理解。這樣，庶幾能略深入古
典文教傳統，與古人實現有效溝通和對話。《天問》通篇問難之詞（《管子‧
問》、《莊子‧天運》亦有此「連珠問」手法，但各有特點），就是「憤情」的
特殊表達策略吧？憤懣之極的情形下，發問比平鋪直敘來得更酣暢淋漓。至
於如何進一步理解「文義不次序」的表達手法，試比較《列子‧力命》節文：

　　　　彭祖之智不出堯舜之上，而壽八百；顏淵之才不出眾人之下，
　　而壽十八。仲尼之德不出諸侯之下，而困於陳、蔡；殷、紂之行，
　　不出三仁之上，而居君位。季札無爵於吳，田恒專有齊國。夷齊餓
　　於首陽，季氏富於展禽。〔註54〕

　　這段忽而彭祖，忽而顏回，忽而季札，忽而夷齊，大概許多讀者可能會因
其敘事的時代錯亂不知所謂，但若給出全篇：

　　　　力謂命曰：「若之功奚若我哉？」命曰：「汝奚功於物而欲比
　　朕？」力曰：「壽夭、窮達、貴賤、貧富，我力之所能也。」命曰：
　　「彭祖之智不出堯舜之上，而壽八百；顏淵之才不出眾人之下，而
　　壽十八。仲尼之德不出諸侯之下，而困於陳、蔡；殷、紂之行，不
　　出三仁之上，而居君位。季札無爵於吳，田恒專有齊國。夷齊餓於
　　首陽，季氏富於展禽。若是汝力之所能，奈何壽彼而夭此，窮聖而
　　達逆，賤賢而貴愚，貧善而富惡邪？」……〔註55〕

　　補上原文，即知道上述例子只是「命」詰問「力」所舉的例子而已，這
些例子共同寓有「若是汝力之所能，奈何壽彼而夭此，窮聖而達逆，賤賢而
貴愚，貧善而富惡邪」的意思在內。而《列子》意思說的明白易曉，若仿《天

〔註53〕（日）竹冶貞夫《楚辭の文學—その詩の形態の考察》，《楚辭研究》，風間書
　　　　房，昭和53年，上篇第三章第四節。
〔註54〕《列子》，《叢書集成初編》本，北京：中華書局，1985年，第75頁。
〔註55〕《列子》，《叢書集成初編》本，第75頁。

問》之法，只列出例子，是否也會有「文義不次序」之感呢？

又如《韓非子·內儲說內儲說上·七術》：

> 愛多者則法不立，威寡者則下侵上。是以刑罰不必，則禁令不
> 行。其說在董子之行石邑，與子產之教游吉也。故仲尼說隕霜，而
> 殷法刑棄灰；將行去樂池，而公孫鞅重輕罪。是以麗水之金不守，
> 而積澤之火不救。成歡以太仁弱齊國，卜皮以慈惠亡魏王。管仲知
> 之，故斷死人；嗣公知之，故買胥靡。〔註56〕

如果我們將「愛多者則法不立，威寡者則下侵上。是以刑罰不必，則禁令
不行」這句話隱去，作者的意思還能如此明白豁朗嗎？或者我們只讀韓子「說」
的故事而不讀其「經」，是否也會以為「文義不次」而難明作者之意？

筆者以為，《天問》「文義不次序」的問題主要應該歸於作者特殊的表現
手段，而這又與作者的著述意圖緊密相關。恰如孔子之「春秋筆法」、莊生之
「不可與莊語」、荀卿「佹詩」、韓非「儲說」，都是「將真事隱去」，讀者豈
可只瞄準歷史事件，不察著者隱衷？恰如黃文煥所說：

> 凡原之所問者，皆無一可答焉，無一可答，而後為難了之情，
> 難平之憤，使可以答，何疑何憤之有？子厚《天對》，大失其旨，即
> 各家解注，亦愈解愈失，不解其無可答之隱懷，而欲詳於其句其事，
> 何能不失也？惟從句事求詳內，仍務闡其無可答者，則得之矣。

此說對於今日之研究，可謂針砭良藥。若一味求其「次序」而忽略作者情
感，恰是緣木求魚，實際黃氏道出了《天問》寫作藝術的奧秘。《飲騷》謂《天
問》「譬如謎語，原使人思，一經說破，便同蠟味矣。」〔註57〕這也許就是「文
義不次序」的原因〔註58〕。

〔註56〕《韓非子》，《四部備要》本，卷9，第2頁。
〔註57〕中國社科院善本書庫藏。
〔註58〕《九歌》「宗鬼神之無序」（昭穆失次）與「文義不次」是否有關？問天地之初
萬有之生乃至三代興廢是否就是「懇靈懷之鬼神」的擴展，《天問》「文義不次
序」是否蘊含宗廟被毀、昭穆失次之悲？「文義不次」是否是屈子寄託破國之
痛——「抒其憤懣」的一種表達策略？

第九章 教象與圖譜:「畫怪」的政教意義

　　與「語怪」傳統對應的圖畫傳統,不妨謂之「畫怪」傳統。在古典文教傳統中,「畫怪」稱得上源遠流長。西方考古學手段的傳入,在一定程度上也刺激了現代學者對諸如《天問圖》、《山海經圖》的探尋,這些圖皆為基於「語怪」傳統的怪力亂神之圖。

第一節 畫怪傳統發微

　　王逸《天問》序所說楚先王之廟及公卿祠堂「圖畫天地山川神靈」「及古聖賢怪物行事」,點出了圖畫的內容多為怪力亂神。《天問》是「語怪」的,而《天問圖》不妨稱之為「畫怪」。陶淵明《讀山海經》有「流觀山海圖」之句,而郭璞《山海經注》亦多引「畏獸畫」如何如何,則東晉以前,「山海圖」或為專門之圖冊。屈原之呵壁絕不僅止於是一個臨時的、偶發的「事件」,而是根植於深厚的文學──藝術傳統。這個傳統的關鍵在於明瞭「語怪」與「壁畫」之間是個什麼關係;由此可類推「山海圖」的問題。下文即著眼於文學──文獻的角度,對圖畫──怪物關係做一初步探究。

一、鑄鼎象物──早期文學載體芻議

　　早期繪畫多取材於神怪,古書中有畫工好圖鬼魅之說〔註1〕,這一風尚可

〔註1〕王先慎《韓非子集解》卷一一,中華書局,1998年,270~271頁。《淮南子·

以追溯到地畫、岩畫等史前繪畫〔註2〕。除了岩石、壁龕之外，神怪圖畫多以鼎彝為載體。鼎彝物象，文物所見至繁，考諸《周禮》亦多有記載，如《春官·宗伯·司尊彝》列有六彝之名，鄭氏注稱「雞彝，鳥彝，謂刻而畫之，為雞、鳳凰之形」〔註3〕；《禮記·明堂位》在季夏太廟祀周公之禮「尊用犧象、山罍，郁尊用黃目」注「犧尊以沙羽為畫飾」，疏引《鄭志》謂「犧讀如沙，沙鳳凰也。……刻畫鳳凰之象於尊，其形婆娑然」〔註4〕；又如「疏屏」注：「……刻之為雲氣、蟲獸，如今闕上為之矣」〔註5〕。但無論鼎彝刻畫物象還是壁畫圖摹神怪，都不是出於藝術用途，而是主要作為禮器、昭示政治權力或宗教特權的象徵。最值得注意的是《左傳》所記的「鑄鼎象物」〔註6〕：

> 昔夏之方有德也，遠方圖物（注：圖畫山川奇異之物而獻之），貢金九牧，鑄鼎象物（注：象所圖物，鑄之於鼎），百物而為之備，使民知神奸（注：圖鬼神百物之形使民逆備之）。故民入川澤山林，不逢不若；螭魅罔兩，莫能逢之。用能協於上下，以承天休。（《左傳·宣公三年》）〔註7〕

《左傳》記載意圖在於突出王孫滿退楚莊王之師，強調的是德行與權柄之間的辯證關係。如果從文學角度做點引申，雖不盡合經傳字面意思，卻也是題中應有的蘊含。解讀這段文字，應注意之處有三：其一是物的含義，「圖

氾論》襲用韓子之文，不過由此亦可見戰國到漢初畫工圖摹鬼神係一時風尚。除了認同韓非鬼魅不世出而狗馬可日見這一理由之外，後者還從政治思想的角度點明這是「道先稱古」。（何寧《淮南子集釋》卷一三，中華書局，1998年，933頁。）從而暗示了畫鬼之風本是作為傳統被繼承下來的。

〔註2〕 這方面的專著可參考王仁湘：《凡世與神界——中國早期信仰的考古學觀察》，上海古籍出版社，2018年；林巳奈夫：《神與獸的紋樣學——中國古代諸神》，常耀華、王平、劉曉燕、李環等譯，生活·讀書·新知三聯書店，2016年。

〔註3〕 《周禮注疏》卷二〇，頁773中欄。

〔註4〕 《禮記正義》卷三一，頁1489上欄～中欄。

〔註5〕 《禮記正義》卷三一，頁1490上欄

〔註6〕 「象物」一語，屢見於先秦典籍。《周禮·春官·宗伯》「大司樂」條：「六變而致象物及天神」（《周禮注疏》，頁789中欄。）《左傳·宣公十二年》「百官象物而動」（《春秋左傳正義》，頁1879上欄。）《國語·周語下》：「象物天地，比類百則。」（《國語》，上海古籍出版社，1978年，頁103、104。）以上所舉諸例雖然側重點有所不同，卻都與取象比類的古典思考方式息息相關。

〔註7〕 《春秋左傳正義》，頁1868中欄。

物」「象物」「百物」的「物」顯是一義,《漢書·郊祀志(上)》載高祖斬大
蛇,有物曰:「蛇,白帝子」,師古注「物謂鬼神也」〔註8〕,俞偉超引此釋
《左傳》「物」字含義〔註9〕,甚確。敏澤以為「象物」「包含著超現實物質
存在的幻想之物在內的,例如上帝鬼神,以至夔龍饕餮等等」〔註10〕,饒宗
頤則逕以「物」為「畏獸」〔註11〕。二家之說都和俞說相表裏,可以統歸到
山靈海神人鬼物魅這一大系統中。「圖物」謂圖畫鬼神之象,「象物」是把鬼
神之象鑄之於鼎,《漢書·郊祀志(上)》謂之「象神」〔註12〕。所謂「百物
而為之備」者,如《禮記·祭統》所說:「外則盡物,內則盡志,此祭之心也。」
〔註13〕總之,「物」的含義指的是超現實的、幻想的、和某種神秘因素相關的
超自然力量,不是平常的品物。其二是如何理解「鼎」,鼎之所以並非一般的
器物,就在於它上面鑄有圖像。俞偉超說:「就夏商周而言,最具文化特點的
是大量青銅禮器,這是溝通神人的祭祀用物,上面鑄出的種種圖案,應該主
要是崇拜的神靈的一種變形表現。」〔註14〕俞先生之說給人以啟迪,儘管其
「崇拜的神靈的一種變形表現」難以徵實,但此說揭示了鼎作為禮器而與鬼
神相關的實質。九鼎的神奇更在於其上面鑄有各種奇異的圖像〔註15〕,而且
「象物」的「象」字與宗教密切聯繫。〔註16〕因此「鼎」意味著一種具有神

〔註8〕 《漢書》,中華書局,1962年,頁1210。《史記·留侯世家》太史公評語:「學
者多言無鬼神,而言有物。」《索隱》:「物謂精怪及藥物也。」(《史記》卷五
五,中華書局,1959年,2049頁)按照《留侯世家》之說,則「物」有別於
「鬼神」,不過我以為這並非與顏注矛盾,古語含義隨境而釋,有渾言、析言
之別。渾言之則鬼神與物不別,析言之則鬼神指天神地祇人鬼,而物則獨指物
魅,《索隱》所謂藥物殆非平常醫藥,而指的是山精物怪可助修煉之物。

〔註9〕 俞偉超:《神面卣上的人格化天帝形象》,載《保利藏金》,嶺南美術出版社,
1999年。

〔註10〕 敏澤:《中國美學思想史》(第一卷),齊魯書社,1987年,頁32。

〔註11〕 饒宗頤:《澄心論萃》,上海文藝出版社,1996年,頁266。

〔註12〕 《漢書》,頁1219。

〔註13〕 《禮記正義》卷四九,頁1603中欄。

〔註14〕 俞偉超:《楚文化中的神與人》,《民族藝術》,2000(4)。

〔註15〕 趙世超:《鑄鼎象物說》,《社會科學戰線》,2004年(4)。

〔註16〕 參臧克和:《尚書文字校詁》(「三、祭政合一———釋『象』」),上海教育出版
社,1996年。段玉裁認為凡言象某形者,其字皆當作像。像字乃因聲取義,
非得義於字形。(《說文解字注》「象部」,上海古籍出版社,1988年,459頁下
欄。)揆其初,象字之象形象徵等義項或許與天人合一的思想背景有關,所謂
「天垂象」「兆象」等都基於取類比象的思維方法。「象物」只是彷彿其形,並

聖性儀式的禮器，而並非日常宴飲所用。其三應該解釋的是「象物」的目的和意圖，可引《漢書‧郊祀志（上）》：

> 聞昔泰帝興神鼎一……黃帝作寶鼎三，象天地人。禹收九牧之金，鑄九鼎，象九州。皆嘗鬺享上帝鬼神（注：以享祀上帝也）。〔註17〕

這裡有一些文字上的不同，《漢志》說的是「象九州」，而《左傳》說的是圖畫「百物」。實際並無本質上不同，所謂「象九州」者，以方賄職貢象之耳，前者側重的是地理概念，後者側重的是方物概念而已。〔註18〕參照兩段文字，「象物」目的有二，即「知神奸」和「協於上下」「鬺享上帝鬼神」。二者雖與巫事活動有關〔註19〕，但表達的卻是現實政治訴求，即「神道設教」之意。〔註20〕

非真有是物。古人觀念中，象是氣，而不能成形。王充《訂鬼》曰：「天文垂象於上，其氣降而生物……本有象於天，則其降下，有形於地矣。故鬼之見也，象氣為之也」，鬼神是「陰陽浮遊之類」「徒能成象，不能為形」。（黃暉：《論衡校釋》卷二二，中華書局，1990年，頁934、936、946。）

〔註17〕《漢書》，中華書局，1962年，頁1225。

〔註18〕「鑄鼎象物」本質上是華夷之辨問題，它反映了四方夷狄和中央統治權力之間的朝貢關係。商周也秉承了這一傳統，類似文獻便是《伊尹四方令》和《王會篇》。到漢代《淮南子》做《地形篇》，也不只是一篇純粹地理學文獻，而是政典。《要略》：「《地形》者……明萬物之主，知生類之眾……不可動以物，不可驚以怪者也。」（《淮南子集釋》卷二一，中華書局，1998年，1442頁。）。其旨意還略顯隱晦，但從該書「紀綱道德，經緯人事」的主旨則其治世的功用意圖亦不難揣測。對勘《周禮‧夏官‧職方氏》，其動機便豁然開朗。「職方氏掌天下之圖，以掌天下之地，辨其邦國、都鄙、四夷、八蠻、七閩、九貉、五戎、六狄之人民與其財用，九穀、六畜之數要，周知利害。」（《周禮正義》卷六三，中華書局，1987年，2636頁。）這與「知神奸」正是殊途同歸的表達。

〔註19〕袁珂：《〈山海經〉「蓋古之巫書」試探》，載《袁珂神話論集》，四川大學出版社，1996年。

〔註20〕《琅邪石刻》出於頌秦德的需要，批評五帝三王「假威鬼神，以欺遠方」（《史記‧秦始皇本紀》，中華書局，1959年，246頁。）這是秦朝尚法制、重武功的實用主義思想的反應。《淮南子‧氾論》：「為愚者之不知其害，乃借鬼神之威以聲其教，所由來者遠矣。」（《淮南子集釋》卷一三，中華書局，1998年，984頁。）所謂「遠矣」，至晚可以追溯到《左傳》所記載的「鑄鼎象物」。《易‧觀卦》象辭：「觀天之神道，而四時不忒。聖人以神道設教而天下服矣。」正義：「神道者，微妙無方，理不可知，目不可見，不知所以然而然謂之神道。」（《周易正義》卷三，36頁中欄）將「鑄鼎象物」問題解釋為神道設教，可能會引出一個更本質的問題，就是「神道」與「人事」之間的關係，這也是古典思想史上的核心問題：「究天人之際」，而與西方信仰與理性之爭的問題遙相呼應。

在此,不妨做個總結,「鑄鼎象物」是華夏思想史和文學史上的一大事件。從政治力量角逐的視角觀察:說明隨著生產方式上由石器時代進入到銅石並用時代所引起的政治巨變,原本力量相當的諸多力量開始屈從於潁水流域的華夏族。從文學發展的視角分析,四方夷狄的臣服也帶來了他們的文學,佔據中心的、握有話語權力華夏文學以強勢姿態吸收融合著其他四方的文學,從而使神話傳說被集中記錄成為可能。「鑄鼎象物」標誌著,文學中心的形成和傳承方式的變革,由原來零散的四方文學彙集為華夏文學,並且開啟了一個職貢──王會的政治(或文學)傳統,這一傳統深刻地影響了後繼者。就本文主題而言,與之關係最為密切的便是圖畫的功用,上文的分析得以明瞭,九鼎圖恰恰荷載了昭示權力的政治功能。換言之,鬼神物怪圖像是主流價值和權力的象徵,而鼎作為鬼神圖畫的載體也被視為最高權力的標誌,成為最早的文學載體。

二、五世之廟,可以觀怪──畫怪產生語境論

《天問》「多奇怪之事」,《天問》圖因而也相應的可以稱之為畫怪。上文說明鼎作為圖畫鬼神的重要載體,下文即繼續考察宗廟場合與神怪之間的關係,探究《天問》這一類文學產生的具體語境和場合。

《呂氏春秋·喻大》引《商書》:「五世之廟,可以觀怪;萬夫之長,可以生謀。」〔註21〕此段文字《書·咸有一德》作:「七世之廟,可以觀德;萬夫之長,可以觀政。」〔註22〕宋洪邁《容齋四筆》以為不韋作書時,秦未禁《詩》《書》,高誘注文怪異不典之甚。〔註23〕然清朱彝尊、閻若璩並以為《咸有一德》係用《呂氏春秋》引《商書》之句,而易五為七,易怪為德。〔註24〕實則古書斷章取義、刪改增飾的情形甚夥,因個別字句相似而遽下判斷,恐未可信。高誘既言《商書》為「逸書」,則不以《呂覽》所引為《咸有一德》文字可知。

依據誘注,廟之「久遠」似是「觀怪」的一個條件,「觀怪」究竟是什麼

〔註21〕 許維遹:《呂氏春秋集釋》卷一三,中華書局,2009年,第304頁。

〔註22〕 《尚書正義》卷八,《十三經注疏》本,上海古籍出版社,1997年,頁166中欄。

〔註23〕 (宋)洪邁:《容齋隨筆》卷五「《呂覽》引《詩》《書》條」,《四庫全書》本851冊頁703下欄。

〔註24〕 自洪氏以來此句爭議不斷,參(清)朱彝尊《經義考》卷八八「尚書考翼」條、閻若璩《古文尚書疏證》卷一第三;毛奇齡《尚書古文冤詞》卷五也認為「《呂覽》……襲《尚書》舊文而別為言,其雲五世,指諸侯耳,豈指天子耶?」。

含義，近人江紹原據高注立說，對「觀」提出新解，以為「觀」通「館」，「五世之廟，大而且多，故怪館之。」〔註25〕此說雖依託古注，然破字為訓，終覺迂曲。稽諸漢世禮俗，祠廟、墓室壁上多畫神怪之象，比如《漢樊毅修西嶽廟記》記載「……設中外館，圖珍奇，畫怪獸」〔註26〕，漢代去古未遠，可能是某種古老傳統的傳承，其壁畫上的內容也是「珍奇怪獸」之類，和廟怪之說完全吻合。又《水經注》「湘水」注：「（南嶽）山下有舜廟，南有祝融冢。楚靈王之世，山崩，毀其墳，得《營邱九頭圖》。」〔註27〕祝融係楚先，其冢雖不必於祝融死後即立，卻也由來古遠，此處「九頭圖」的名稱顯然屬於「天地山川神靈」之類。如果依據冢制可以反推廟制的話，則依據冢內圖畫亦可反推廟內之圖；楚地應有廟畫傳統可以相信。是否可以論斷，觀怪之意就是觀看廟中的神怪圖畫？這或許是個較為平易的解釋。

更根本問題還是宗廟壁畫的文學功能。《說苑·反質》載墨子與禽滑釐對問，說紂「宮牆文畫，雕琢刻鏤」〔註28〕，也未說明所圖內容為何，但殷人尚鬼，推之可能不出「怪力亂神」範圍，不過這段記載除了說明紂王的昏庸奢靡之外，對於壁畫的功能認識沒有多少參考意義。《淮南子·主術》：「文王周觀得失，遍覽是非，堯舜所以倡，桀紂所以亡者，皆著於明堂」句高誘注曰：「著猶圖也」〔註29〕，明堂制度如何姑且不必討論，依據此條記載，則畫壁係「主術」之一，乃是為知得失覽是非從而明興亡的政治意圖而設。〔註30〕

〔註25〕 江紹原：《中國古代旅行之研究》，商務印書館1934年，第72頁。《喻大》篇高誘注曰：「逸書。喻山大水大生大物，廟者鬼神之所在，五世久遠，故於其所觀魅物之怪異也。」注語點明「怪」與「久遠」之間的關聯，參照上文「鑄鼎象物」一節，可以看出，「怪」需要時空兩方面的因素，一則是「遠方圖物」，一則是「五世之廟」，時空的間隔造成心理距離，從而更有助於保持「怪」的神秘特徵，以確保神道設教的實現。

〔註26〕 （宋）章樵注：《古文苑》卷一八，《四庫全書》本1332冊頁709上欄。《說苑》曰：「齊王起九重之臺，募國中能畫者……敬君工畫臺」（《藝文類聚》卷三二，《四庫全書》本887冊頁654上欄）齊王徵募畫工，也應當是畫壁，但是其內容卻不好推測，不過從繪畫傳統來看，恐怕也不出怪力亂神的範圍。

〔註27〕 陳橋驛：《水經注校證》卷三八，中華書局，2007年，第894頁。

〔註28〕 向宗魯：《說苑校證》卷二〇，中華書局，1987年，第515頁。

〔註29〕 《淮南子集釋》卷九，中華書局，1998年，第695頁。

〔註30〕 《家語》記載「孔子觀乎明堂，覩四門，墉有堯舜與桀紂之象，而各有善惡之狀，興廢之誡焉。又有周公相成王，抱之負斧扆，南面以朝諸侯之圖焉。孔子徘徊而望之，謂從者曰：『此周公所以盛。』」（《孔子家語》卷三，上海古籍出版社影印明覆宋刊本，1990年，頁29上欄。）「善惡之狀興廢之誡」正和文

雖然文王所圖畫的是堯舜桀紂等聖君庸主，然而結合《天問》的發問來看，這些內容也可能與「奇怪之事」有關。退一步說，無論其是否「奇怪」，其政治教化的功能卻是一定的。

　　根據上述材料是否可以據此確認「觀怪」就是觀看廟中壁畫上的神怪之象，並且這些神怪圖畫也和「鼎象」一樣，暗含有政治教化的文學實踐功能？這一推測似可以成立。不過，無論「觀怪」作哪一種理解，「怪」作為教化功能的實踐內容與「廟」這一場合的聯繫倒是顯而易見的，古代「國之大事，在祀與戎」，祭祀場合多在宗廟，是謀劃大事的地方，宗廟與政治生活緊密相關，是「竟內之象」〔註31〕。據此可知，宗廟與鬼神之間發生關聯的心理動機，原是人主現實政治生活的需要。這也就提示我們，對於《天問》「多奇怪之事」問題，除了考慮其「語怪」的內容之外，更不應忽視其與政治生活或隱或顯的關聯。站在現代學術立場上，「呵壁」是個壁畫——詩歌的圖像學——文學闡釋問題；而站在古人的生活世界來看，「呵壁」所展現出的這一詩——畫雙重面相，卻關聯著政治實踐方式這一深層生活背景。

三、猶鬼神示之居——畫怪的制度根基

　　一種文學現象，背後有其賴以產生的思想基礎、文化傳統和制度根基。表層現象背後可能反映著某些實質性的因素，為此，對於圖畫鬼神之風的理解不宜僅僅停留在現象的解讀這一層次上，有必要在明確其文學載體、展陳場合等因素之外，進一步追索這一風尚可能的制度依據。關於此，記載最明白的是《周禮·春官宗伯》中的「神仕」：

　　　　凡以神仕者，掌三辰之法，以猶鬼神示之居，辨其名物。〔註32〕

　　依據上文所考圖神畫鬼之風，是否與壁畫有關？宋朱申以為「猶謂為之圖，以象天神、地示、人鬼之所居」〔註33〕，將「圖」理解為「象」，就是圖畫鬼神，並以此作為他們的「象」（象徵、形象）。這個理解關鍵是「猶」字義的訓詁，按《周禮·秋官·小行人》「猶犯令者為一書」注曰「猶，圖也」，疏以為小行人到四方採「所采風俗善惡之事，各各條錄，別為一書，

　　　　王「知得失」一脈相承。《家語》不僅補足了《淮南子》的記載，而且更通過孔子的理解，將一個「圖畫的政治」問題點出來，參下文的論述。
〔註31〕　《禮記正義》卷四九，頁 1604 中欄。
〔註32〕　《周禮注疏》卷二七，頁 827 下欄。
〔註33〕　（宋）朱申：《周禮句解》卷六，《四庫全書》本 95 冊頁 186 上欄。

以報上也。」〔註34〕據此疏,「猶,圖也」明是圖畫之意,「條錄」不止是文字,應包含有圖畫的因素。「猶鬼神示之居」注謂:

> 猶,圖也;居,謂坐也。……以此圖天神人鬼地祇之坐者,謂布祭眾寡與其居句。〔註35〕

據注,祭祀神靈「皆有明法」,「猶,圖也」之意是「謂布祭眾寡與其居句」,並非「畫壁」的意思,而是根據所祭祀對象,布置祭位的方圓,例如以圓丘象徵北極這一類。但也有理解為標識鬼神的居處的,如王昭禹以為:

> 猶如《詩》所謂『允猶翕河』之猶,猶所以圖之也。猶鬼神示之居,謂以圖天神地示之所居也。蓋鬼神示雖幽無形聲可測,然皆麗於陰陽,則不能無所居也。〔註36〕

其說並不太難理解,檢《毛詩》「於皇時周,陟其高山,墮山喬嶽,允猶翕河」:

> 傳:「小山及高嶽皆信案《山川之圖》而次序祭之。」疏:「允猶之文承山嶽之下,可案《山圖》耳。而並云川者,山之與川共為一圖,言望秩山川,則亦案圖耳。」〔註37〕

這說的不是山川之神的形象,而是山川之神的祭祀之所。

綜上幾說,「以猶鬼神示之居」解為標識鬼神居所之意,按圖索驥可得鬼神所居而祭祀之,雖不能證明其一定是圖畫鬼神的形象,卻可以明確其為標識鬼神的居所所在(如《山海經》)之俗由來久遠。但是,標識位次也得通過圖畫形象,孫詒讓以為「謂圖畫其形象位次」〔註38〕,其說可取。標識神祇居所,往往卻正是依賴神靈本身形象或其象徵物。《史記·孝武本紀》載齊人少翁言之於武帝曰:

> 上即欲與神通,宮室被服不像神,神物不至,乃作畫雲氣車,及各以勝日駕車辟惡鬼。又作甘泉宮,中為臺室,畫天地泰一諸神,

〔註34〕 《周禮注疏》卷三七,頁894中欄。
〔註35〕 《周禮注疏》卷二七,頁827下欄。孫詒讓「居句」「謂祭位或方或圓也」(《周禮正義》卷五三,中華書局,1987年,2230頁)。
〔註36〕 (宋)王昭禹:《周禮詳解》卷二四,《四庫全書》本91冊頁457下欄。
〔註37〕 《毛詩正義》卷二八,《十三經注疏》本,頁605中欄。
〔註38〕 (清)孫詒讓:《周禮正義》卷五三,中華書局,1987年,頁2230。他並據《詩經·周頌·般》推論,「此經亦謂案日月星辰之圖,《詩》《禮》義可互證也」,所說可採。

　　而置祭具以致天神。〔註39〕

此段反映了漢代方士心目中的通神之法，少翁齊人，齊俗尚神怪之談，武帝依五行相生剋之理作車，駕以辟鬼，又建甘泉宮，圖畫天地太一諸神，欲以通神。「象神」之俗，則似可溯於《周禮》「猶鬼神示之居」，依少翁之意，神隨「象」居止，「象」在則神來。《史記》「象」即《周官》「猶」之意，不獨可圖畫其形，且亦涵設具致祭以象徵之意。

　　故此「猶鬼神示之居」的「猶」，可能包含多種情況：或是標示神鬼之所在，如《山海經》某所某神居之之類；或是圖畫神像以識之，如王逸注所說《天問》圖；或僅列象徵物以別之；或依禮法祀典以參差之。其細別非一而足，而大端則不出乎取象比類之旨。圖畫鬼神也許是其中常用的形式之一。「神仕」所掌，是否類似於祠堂之類？這點我們不是很清楚，但是有一點是明確的，就是「猶鬼神示」（包含天神、地祇和人鬼）作為周代官方規定的禮儀制度存在著，畫工在公卿祠堂繪製圖畫，可能與「猶鬼神示之居」這一制度相近，這與《天問》「呵壁」之說，《呂覽》「觀怪」之論（如果解「觀」為觀看）恰恰可以互相參證。《周禮》時代「猶鬼神示之居」這一制度，到漢代「象神」還與此一脈相承。很顯然的一個因素是，這種制度與政治權威（祭祀、取悅人主）密切關聯。

　　總之，從以上三個方面論證看來，「畫怪」顯然構成古典政教的重要組成，其背後有深厚的政治思想因素，古人的生活方式和今天的學者不同，他們無意作純粹的學術論文（「學術」的生活方式是近現代的產物），而是圍繞著政治問題這個生活重心發表意見，〔註40〕注意到這個古今之間的差別，對於畫怪問題才可能有理解之同情。上文分析過，鑄鼎象物昭示圖神畫鬼之風

〔註39〕　《史記》卷一二，中華書局，1959 年，頁 458。《索隱》解「勝日」之意引樂產云：「畫以勝日者，謂畫青車甲乙，畫赤車丙丁，畫元車壬癸，畫白車庚辛，畫黃車戊巳。將有水事則乘黃車，故云「駕車辟惡鬼」也。」（《史記》卷二八，頁 1388。）考古出土漢畫尚多見雲氣連蜷繚繞於輪的車象，可據以推測「雲氣車」形制。亦見《封禪書》。

〔註40〕　除了和政治關係比較緊密的儒墨法諸家之外，莊子雖然優游方外，《內篇》中也有《人間世》這樣不忘世事的「寄慨」之作，公孫龍子「疾名實之散亂」（王琯《公孫龍子懸解》卷一，中華書局，1992 年，33 頁），而與儒家同旨。《漢書·藝文志》所評甚當：諸子「皆起於王道既微，諸侯力政……崇其所善，以此馳說，取合諸侯。」（《漢書》卷三〇，中華書局，1962 年，1746 頁。）後世視之為學術資源，在當時人卻是經世致用、濟蒼生安社稷的韜略。古今之爭是個政治——哲學的中心問題。

與政治權力之間存在隱微的關聯，是華夷之辨（華夏——遠方）政治關係的一個縮影；而「觀怪」表明了宗廟與神怪的密切關係，與鬼神交通的場合是久遠的宗廟（應該還有祠堂），從而製造了神秘的、崇高的場景氛圍；「猶鬼神示之居」作為《周禮》中的一個關目，為理解畫怪問題提供了一個禮儀制度的理解視角。從功能的角度說，這些被儒家視為「怪力亂神」的圖畫其實恰恰充當勸善懲惡的社會——政治功能。也就是說，「呵壁」等圖神畫鬼之作雖然不符合儒家「不語怪力亂神」的政治思想傳統，但卻和儒家經傳發揮著同樣的政治功能，問題的核心不在於內容是鬼神還是非鬼神，而在於這些圖畫內容是否有效地達到了政治教化目的。從古人的角度而非現代學術分科的角度理解畫怪問題，可說其創作媒介（壁畫載體）、創作場景（宗廟）、創作內容（廟怪）都有深厚的政治背景因素，而為周代宗法制度所保障。實則，畫怪是古典政教之組成，它從屬於一個更大的傳統，就是「教象」的傳統。

第二節　教象：圖像的政治

畫怪的形式與「鑄鼎象物」「王會圖」等一脈相承，其內容雖容有小異，大概也不出四夷和中央地形物產之類。質言之，畫怪實與政教息息相關，可謂之「教象」，即「圖像的政治」。如何理解「圖像的政治」問題與或「教象」問題，下文從先秦諸子的思想著述中進一步抉發其內涵。

一、周鼎著象的倫理內涵

古人對圖像相當重視，比如道家的《鶡冠子‧環流》：「有一而有氣，有氣而有意，有意而有圖，有圖而有名，有名而有形，有形而有事……」注以為「一者元氣之始，意者沖氣所生」而圖「可以象矣」名「可以言矣」〔註41〕。將圖歸因到「一」，並與「名」「形」「事」等聯合起來考慮，從而將圖像問題提高到哲學思想的高度。確實，圖像問題不應當僅僅被理解為文學——藝術問題，同時還是社會——文化問題，是政治——哲學問題，立足於圖像的社會實踐，古籍中明確地提出圖像的教化功能。代表性的觀點如雜家的《呂氏春秋》，云：

> 周鼎著饕餮，有首無身，食人未咽，害及其身，以言報更也。

〔註41〕黃懷信：《鶡冠子彙校集注》卷上，中華書局，2004 年，頁 71～72。

為不善亦然（《先識‧先識》）。〔註42〕周鼎著象，為其理之通也。理通，君道也。（《審分‧慎勢》）〔註43〕周鼎著垂而齕其指，先王有以見大巧之不可為也（《審應‧離謂》）。〔註44〕周鼎有竊，曲狀甚長，上下皆曲，以見極之敗也（《離俗‧適威》）。〔註45〕周鼎著鼠，令馬履之，為其不陽也。不陽者，亡國之俗也（《恃君‧達鬱》）。〔註46〕

　　饕餮也見於《山海經‧北次二經》：「有獸焉……名曰狍鴞，是食人。」郭注：「為物貪惏，食人未盡，還害其身，象在夏鼎，《左傳》所謂饕餮是也。」〔註47〕與現代學人立足於神話學角度採取原型追溯策略進行闡發不同的是，古人並不強調此物辟邪與通神這一神秘面，而注重其倫理教化內涵；同樣，周鼎所鑄之倕本多發明，謂之巧垂；但晚周的理解卻側重在「大巧不可為」的訓誡之語上。此外，還提到諸如「君道」「敗」「亡國」等等都是著眼於政治教化功能，這足以說明周鼎鑄象，教化意義大於審美意義。不獨鼎彝上的圖像如此，兩漢壁畫、畫像磚石發現較多，而其側重點也在於訓誡，恰如王文考所賦「賢愚成敗，靡不載敘。惡以誡世，善以示後」，無論鼎彝象物還是宗祠壁畫，教化意圖才是圖像的重點表達，懲惡揚善是貫穿「圖像的政治」的一個中心原理。這也適用於壁畫，晉崔豹《古今注》記載：「闕，觀也。……人臣將至此則思其所闕，故謂之闕。其上皆丹堊，其下皆畫雲氣仙靈奇禽怪獸，以昭示四方焉。」〔註48〕據崔豹之意，闕上畫有神怪之形，乃是出於「昭示四方」的實用目的。昭示四方，字面意思理解為標示東南西北；做些引申理解的話，似乎也含有教誡四方官民之意，人臣「思其所闕」的說法恰恰說

〔註42〕許維遹：《呂氏春秋集釋》卷一六，中華書局，2009年，頁398。
〔註43〕《呂氏春秋集釋》卷一七，466頁。《集釋》引孫鏘鳴之說以為：《史記‧秦本紀》昭襄王五十二年，周九鼎入秦，故不韋目驗而詳言之。此「著象」下亦必有言其所著之狀而脫之矣。或曰：「著象者，象物而著之於鼎，與它文專指一物言者不同，非有脫文」，亦通。
〔註44〕《呂氏春秋集釋》卷一八，頁489。
〔註45〕《呂氏春秋集釋》卷一九，中華書局，2009年，頁532。孫鏘鳴以為「有」必是「著」之誤。甚是。
〔註46〕《呂氏春秋集釋》卷二〇，頁564。許維遹據《論衡‧物勢》，認為鼠屬陰，馬屬陽，馬履鼠，即以陽制陰，故曰「為其不陽也」。又引《（有始）應同》以為周以火德王，而水剋火，故亡周者為水德，因而有「不陽者，亡國之俗也」之說。
〔註47〕袁珂：《山海經校注》，上海古籍出版社，1980年，頁82。
〔註48〕（晉）崔豹：《古今注》卷上，《四庫全書》本850冊頁103上欄。

的是圖神畫鬼風尚的政治教化目的。

二、圖書與教象

　　古文獻「圖」「書」連文，每每與政治生活有關，可以說，圖書是政治教化的一種手段。在此，應當注意的是，所謂圖書應當包含了文字和圖畫兩種互相依存的表達方式（當然，具體語境中也有可能只有圖或書），如《韓非子》論說：

　　　　圖不載宰予，不舉六卿；書不著子胥，不明夫差（《守道》）〔註49〕；
　　　昔者介之推無爵祿而義隨文公，不忍口腹而仁割其肌，故人主結其德，
　　　書圖著其名（《用人》）〔註50〕；豪傑不著名於圖書，不錄功於盤盂，
　　　記年之牒空虛（《大體》）〔註51〕

　　陳奇猷按語說：「此蓋謂天下太平，內無怨治，外無攻伐，故民得全壽，豪傑不用」，〔註52〕能被「圖書」著錄代表榮譽，韓非賦予「圖書」政治功用的內涵。然而圖書的政治傾向不始自《韓非子》，周代制度有所謂「教象」「政象」等已發其端，《周禮》《國語》等文獻記載：

　　　　正歲則帥其屬而觀教法之象（《地官・司徒・小司徒》）〔註53〕；
　　　懸教象之法於象魏（《地官・司徒》）〔註54〕；乃縣刑象之法於象魏，
　　　使萬民觀刑象（《秋官・司寇・大司寇》）〔註55〕；乃縣政象之法於
　　　象魏，使萬民觀政象（《夏官・司馬・大司馬》）〔註56〕；「昔吾先王
　　　昭王穆王世法文武……設象以為民紀」注：「設象，設教象之法於象
　　　魏也。」（《國語・齊語》）〔註57〕

　　「象」究竟是圖像、畫像還是象徵，難以明確。不過依據《大司寇》和《大司馬》的注解，「懸刑象」似乎就是「又懸其書」，則「象」與「書」是一非二；但此論實可細辯。大概正月先頒布刑法，以後刑法成文或成圖之後懸在象魏，公示百姓。我們推測，象刑得名可能與其有圖畫內容相關，《尚

〔註49〕（清）王先慎：《韓非子集解》卷八，中華書局，1998年，頁203。
〔註50〕《韓非子集解》卷八，頁206。
〔註51〕《韓非子集解》卷八，頁210。
〔註52〕陳奇猷：《韓非子集釋》，上海人民出版社，1974年，第514頁注10。
〔註53〕《周禮注疏》卷一一，頁713中欄。
〔註54〕《周禮注疏》卷一〇，頁706下欄。
〔註55〕《周禮注疏》卷三四，頁871上欄。
〔註56〕《周禮注疏》卷二九，頁835中欄。
〔註57〕《國語集解》，中華書局，2002年，頁218。

書‧舜典》「象以典刑」〔註58〕、《益稷》「方施象刑」〔註59〕注家也都理解為「法」，但也有聯繫鑄鼎象物予以理解的，認為是「刻畫常用的刑罰」。〔註60〕這個理解有道理，可用《周禮‧秋官‧司約》「丹圖」比擬：

> 凡大約劑，書於宗彝；小約劑，書於丹圖（注：大約劑，邦國約也。書於宗廟之六彝，欲神監焉。小約劑，萬民約也。丹圖未聞，或有雕器簠簋之屬，有圖像者與？《春秋傳》曰斐豹，隸也，著於丹書。今俗語有鐵券、丹書，豈此舊典之遺言）。〔註61〕

《左傳‧襄公二三年》「著於丹書」杜注：「蓋犯罪沒為官奴，以丹書其罪」；孔疏引「近世魏律」「用赤紙為籍」以比方之。〔註62〕按照這種理解，《左傳》「丹書」似乎並不是《周禮》「丹圖」，而只是用紅色紙張，或者是用紅色顏料書寫。如果從這一角度理解「丹圖」的話，與「象刑」就可能有相當的差別。但《秋官‧小行人》述曰「猶犯令者為一書」，注以為「猶，圖也」〔註63〕，則似是圖畫之意，頗似後世的「畫影圖形」，似乎這個理解更為通達。用「丹圖」類推「象刑」的話，丹圖是將罪犯圖形，象刑就可能是將各種犯罪加以形象化，使百姓一望而知，從而行事謹慎，避免犯法。這是圖書直接參與到政治運作中的顯著例子。

除了上述幾家之外，道家對圖像的政治教化功能也有其獨特思考，如《鶡冠子‧泰錄》「象說名物，成功遂事，隱彰不相離，神聖之教也」注：「擬之者象也，議之者說也。」〔註64〕所謂「擬之」包括比擬和象形兩個方面，就是用比喻或者模仿說事，這是「神聖之教」的重要手段，比較上述幾家而言，道家的說法比較抽象，這似乎是「取象立意」之意，既然言不盡意，思想難以通過語言表達，可以通過「象」（比如動作比擬、圖像）來傳達。經典的例證便是「鑄鼎象物」以溝通人神從而達到上下和諧，故此「神聖之教」主要

〔註58〕《尚書正義》卷三，第128頁下欄。
〔註59〕《尚書正義》卷五，第144頁上欄。
〔註60〕錢宗武、杜純梓著：《尚書新箋與上古文明》，北京大學出版社，2004年，第37頁注3。
〔註61〕《周禮注疏》卷三六，頁881上欄。關於丹圖，孫詒讓有兩種理解：一以為祭器刻畫圖像後圖丹，引《禮器》「丹漆彫几之美」為證。一則以為是「丹書」，引《北堂書鈔》及丁晏之說，合於漢法。（《周禮正義》卷六八，中華書局，1987年，頁2848～9）
〔註62〕《春秋左傳正義》卷三六，頁1976中欄。
〔註63〕《周禮注疏》卷三七，頁894中欄。
〔註64〕黃懷信：《鶡冠子彙校集注》卷中，中華書局，2004年，頁258。

還是著眼於現實政治。〔註65〕

上述是雜家、法家、儒家以及道家對圖書（或圖畫）政治功能的思考，這些思考依據「教象」「刑象」「政象」而設立矩度，不妨統稱之為「教象」制度。它們一起說明圖像的教化功能是各派的共識，之所以產生這種殊途同歸的現象，最合理的解釋當然是將其視作周代王官之學沾溉的結果。

總之，理解圖像的政治實踐功能，應當結合文學傳統。周代王官之學除了文教手段之外（諸如《詩》教、《春秋》教、《禮》教等等），還應考慮一個「圖像的政治」因素，除了文教傳統之外，還應補充一個象教即「教象」之制作為輔助手段。「不語怪力亂神」的文教傳統下，究其內容而言「教象」恰恰有「語怪」的傾向性，但其依歸卻和「不語怪」的文教傳統完全一致，服務於先王先聖的化民傳統。〔註66〕文教的主要傳承者是儒生，象教的主要傳承者卻是民間畫工（刻工）。不同的是，儒生是有意「修身齊家治國平天下」，而強調「不語怪力亂神」的教化標準；畫工（刻工）只是被動地繼承傳統程序，消極的實踐著王者的教化意圖，他們並沒有有意識接受「不語怪」傳統的薰陶。因此，「象教」傳統下的畫工（刻工）觀念上都沒有「語怪」與否之分，不會將神怪畫看作「怪力亂神」而加以排斥，這也就是圖畫何以有那麼多不被後世理解的怪力亂神內容的原由。一個令我們感到難解的特殊現象是，考古資料出現大量「不語怪」傳統下（比如漢代）怪力亂神的圖畫（或雕塑），卻難以在典籍中找到印證。從「文教」──「教象」雙重教化機制這一立場出發，似乎可以解釋，由於儒生負載起傳播文化、整理典籍的任務，所以典籍的趨向是雅馴；而民間畫工不等大雅之堂，並未接受「不語怪力亂神」觀念的洗禮，畫風便更多地因襲了喜好「畫鬼」的傳統。要而言之，畫怪傳統是「教象」機制下的一大支流之一。從「教象」的理念出發，對於「天問圖」「山海圖」為代表的畫怪問題便會獲得全新的理解。

〔註65〕不過，《鶡冠子·近迭》對圖畫卻又另外的看法：「然非蒼頡，文墨不起，縱法之載於圖者，其於以喻心達意，揚道之所謂，乃纔居曼之十分一耳」，宋陸佃注以為：「此言使無文墨，而欲以其法畫之於圖，豈能盡其意之詳哉？蓋自後世觀之，書以趣便，篆不如隸，隸不如草，則圖之鈍於應務可知矣。」（《鶡冠子彙校集注》卷上，前引，131 頁。）這種說法並未質疑圖畫本身，而是質疑圖畫的效率，相對於文字而言，圖畫確實更耗費時間，因此陸注才說「鈍於應務」。

〔註66〕關於此，請參拙文《「神話歷史化」假說之省察：以〈天問〉「多奇怪之事」為個案》，中國社科院研究生院 2009 屆博士論文。

第三節 圖譜:有意味的形式

古人稱成組的繪畫形式為圖譜。晉常璩《華陽國志》「南中志」:

> 諸葛亮乃為夷作圖譜,先畫天地、日月、君長、城府;次畫神龍,龍生夷、及牛、馬、羊;後畫部主吏乘馬幡蓋,巡行安恤;又畫(夷)牽牛負酒、齎金寶詣之之象,以賜夷,夷甚重之。」[註67]

這個「圖譜」的繪畫次序很有意思,其類次以「先畫」「後畫」「又畫」標識得很明白:「先畫」的內容是天地日月(很可能是神靈之像)和統治者;「次畫」的是夷人所由來的傳聞故事和牛馬羊等牲畜,「牛馬羊」三字可能順承「龍生」,應當理解為「龍生夷」及「龍生牛馬羊」,表達夷人部族及其牲畜來源的傳說;「後畫」的「部主吏」,代表朝廷對地方官員進行監察;而「又畫」的內容則「簡直是一副職貢圖」;其核心的思想是政治意義的,即表明南中與蜀漢之間關係是郡縣與中央的關係[註68]。值得注意的是,這個圖畫順序和《天問》大致是一樣的,即先天地星辰、次祖先方物、後人間政事。當然其中有若干今人看來「不次序」的成分,比如「君長城府」在「龍生夷」之前。但這並無礙於其中心思想和教化功能的表達:這一組圖共同傳遞一個意義,即通過教化,使夷人歸屬於中央管轄獲得合法性。

至於上述諸葛亮事蹟的真實與否,本文不作涉及。[註69]《傳》名此類作品曰圖譜,無論是否史實,「圖譜」在常璩那裏已經作為一個真實觀念記錄下來,倘若沒有確切反證,我們無由越過常璩而對此記錄加以質疑。「圖譜」所承載的政治理念也因而就得以成立,這恰證明了上文提出的「圖像的政治」這一觀點。

先秦典籍有「圖畫」「圖像」「圖書」,似乎未有「圖譜」一名,「圖譜」作為專名可考者,除上引例外,《隋書·經籍志》所記也值得重視,謂「(王)儉又別撰《七志》……七曰圖譜志,紀地域及圖書」[註70]。按其所收書籍推論,所謂「圖譜」之「圖」,當並地圖與圖像、圖表而言,此志搜羅地圖及圖(包

〔註67〕劉琳:《華陽國志校注》卷四,巴蜀書社,1984年,第364頁。

〔註68〕楊偉立《諸葛亮為夷人作圖譜略說》,《中華文化論壇》1995(1)。

〔註69〕何永福、薛祖軍《諸葛亮為夷人作圖譜質疑》(《大理學院學報》,2004年3卷4期)懷疑此說的真實性,但是立足於「史實」觀念為說,從而混淆了經典真實與事蹟真實;而無論經典記載是否合於「史實」,就記載者本身立場來說,都認為他所記載的是「真」的(包含思想之真和事實之真)。

〔註70〕《隋書》卷三二頁3右欄,《四部備要》本第153冊。

含圖形與圖表）文合書等載籍，與上文諸葛亮所作的「圖譜」似有一定距離。同書《牛弘列傳》載弘上表諫開獻書之路：「至於陰陽河洛之篇，醫方圖譜之說，彌復為少。」〔註71〕似乎就是使用王《志》「圖譜」之義。

上文諸葛亮的圖譜實際是故事畫，與圖表、地圖之間關聯不大。不過故事型的圖譜典籍記載並不少見，宋洪适撰《隸釋》卷一六「武梁祠堂畫像」條：

> 所畫者古帝王忠臣義士孝子賢婦，各以小字識其旁，有為之贊文者，其事則《史記》兩《漢史》《列女傳》諸書，合百六十有二人，有標題者八十七人，其十一人磨滅不可辨；又有鳥獸草木車蓋器皿屋宇之屬甚眾。《水經》云金鄉有司隸校尉魯恭冢，冢前有石祠自書契以來忠臣孝子貞婦孔子及七十二弟子形象皆刻之四壁，今此碑無闕，裏聖賢知其非魯君石祠中物也。〔註72〕

這裡列舉武梁祠堂畫像的內容是：古帝王，類似《天問》伏羲堯舜禹之類；忠臣義士，類似《天問》比干、箕子之屬；孝子賢婦，類似《天問》堯二女之類，總共達 162 人之多。另外，還有鳥獸、草木、車蓋、器皿、屋宇之屬甚眾。就內容而言，這一組畫多取材於兩漢典籍，具有濃烈的漢文化氣息，而與諸葛亮的圖譜有所不同。但除了內容差別之外，其整體形式特徵與西南夷圖譜有共同之處，呈現出完整而非零散的序列形式，核心主題顯然是忠孝等倫理大節，因此現實政治訴求是這一組圖的靈魂所在，洪适也稱其為名為圖譜：

> 世之言相者有犀形鶴形之比也，俗儒作圖譜，遂有真為異類之狀者。此碑所畫伏戲，自要以下若蛇然，亦非也。〔註73〕

武氏祠漢畫是曆象先聖古帝的經典之作，洪适論諸帝王之相，其辯誣雖失之迂；但是將這類圖畫稱為「圖譜」，命意與《華陽國志》「諸葛亮乃為夷作圖譜」似乎別無二致。從形式上說，二者都是具有某種順序的一系列圖畫；從功能上說，都是出於教化意圖而作。

一、鄭樵的圖譜學說

上文已經指出，圖譜是作為有意義的整體形式而存在，這便是說圖譜的

〔註71〕《隋書》卷四九頁 3 左欄，《四部備要》本第 154 冊。
〔註72〕（宋）洪适：《隸釋》卷一六，《四庫全書》本 681 冊頁 621 上欄。
〔註73〕《隸釋》卷一六，頁 622 上欄。

意義不單單存在於每個構成單元中，而是存在於單元與單元構成的整體形式中。「圖像的政治」是理解圖譜意義的一個依據，而關於圖譜的政治功能，宋鄭樵申之最詳，亦最為深切，今不憚詞費，撮其大旨如下。《通志》「總序」謂：

> 河出圖，天地有自然之象，圖譜之學由此而興；洛出書，天地有自然之文，書籍之學由此而出；圖成經，書成緯，一經一緯錯綜而成文。古之學者左圖右書，不可偏廢，劉氏作《七略》，收書不收圖；班固即其書為《藝文志》，自此以還，圖譜日亡，書籍日冗。所以困後學而墜良材者，皆由於此。何哉？即圖而求易，即書而求難，捨易從難，成功者少。〔註74〕

所以其作《通志》專立《圖譜》一略。河圖洛書經緯之說姑且存而不論，此處提出「圖譜之學」的概念，並且作為「書籍之學」的對應，表明鄭樵對於圖譜有明確的理論意識，他將圖譜和書籍並提，可謂獨具隻眼。鄭樵批評向歆父子校書「不收圖」所造成的「圖譜日亡，書籍日冗」困境〔註75〕，也是很正確的。為此鄭樵感慨曰：

> 所以學術不及三代又不及漢者，抑有由也，以圖譜之學不傳則實學盡化為虛文矣。其間有屹然特立風雨不移者，一代得一二人，實一代典章文物法度紀綱之盟主也。然物希則價難平，人希則人罕識，世無圖譜，人亦不識圖譜之學。〔註76〕

鄭氏以為學術不及三代，又不及漢，是因為沒有圖譜之學，書籍之學就化為「虛文」，典章文物法度紀綱就不能得到真正的整理和傳承。何以漁仲如此看重圖譜呢？《圖譜略》謂「天下之事不務行而務說，不用圖譜可也；若欲成天下之事業，未有無圖譜而可行於世者」，〔註77〕所以說「圖譜之學，學術之大者」〔註78〕。這裡明確的將圖譜之學和「為天下」聯繫起來，將圖譜提到這樣的政治高度，和先秦諸子的圖像觀念正是一脈相承。

〔註74〕（宋）鄭樵：《通志》「總序」，中華書局，1987年，頁3上欄。
〔註75〕《通志》卷七一《校讎略》「編書不明分類論三篇」條引申其意：「惟劉向父子所校經籍諸子詩賦，冗雜不明，盡採語言，不存圖譜，緣劉氏章句之儒，胸中元無倫類。班固不知其失，是致後世亡書多，而學者不知源……」
〔註76〕《通志》卷七一，頁835中欄～下欄。
〔註77〕《通志》卷七二，頁837中欄。
〔註78〕《通志》卷七二，頁837下欄。

關於鄭氏設「圖譜略」一目，四庫館臣評價以為「然證與器服乃禮之子目，校讎圖譜金石乃藝文之子目，析為別類，不亦冗且碎乎？」〔註79〕四庫館臣以為「圖譜」乃「藝文」的子目，而鄭樵另立一類，過於瑣碎了。這個評價是否恰如其分？檢漁仲《圖譜略》，謂圖譜之用者十有六：「一曰天文，二曰地理，……十六曰書。凡此十六類，有書無圖，不可用也。」〔註80〕例如「天文」一項，鄭氏《通志》卷三八《天文略》曰：「臣舊作《圖譜志》，謂天下之大，學術者十有六皆在圖譜，無圖有書不可用者，天文是其一也；而歷世《天文志》，徒有其書，無載象之義，故學者但識星名，不可以仰觀，雖有其書不如無也。」〔註81〕天文則關乎戰事耕作，古今一致，但歷代《天文志》僅僅記錄星名，而不載錄星象，學者記住星名卻難以運用於觀測星象的實踐中，成為不切實際之學。鄭氏十六項關係經世致用大端，豈可盡數歸於「藝文」之目，館臣之語，未切肯綮。

漁仲對「圖」「譜」各自功用予以清晰的界定，提出「圖載象，譜載系」之說，其卷二一《年譜序》曰：

> 為天下者不可以無書，為書者不可以無圖譜。圖載象，譜載系，為圖所以周知遠近，為譜所以洞察古今。故古者記年謂之譜，桓君山曰：「太史公三代世表旁行邪上，並效周譜。」則知成周紀年之籍，謂之譜也。太史公改譜為表，何法盛改表為注，皆遠於義，不若遵周典也。〔註82〕

「圖載象，譜載系，為圖所以周知遠近，為譜所以洞察古今」道出了「圖譜」意義的真諦。「載象」之意，可以《晉書‧郭璞列傳》載郭璞「注釋《爾雅》別為《音義》《圖譜》」〔註83〕明之，這相當於《圖譜略》「名物」目：「別名物者，不可以不識蟲魚草木，而蟲魚之形，草木之狀，非圖無以別要。」〔註84〕要認識蟲魚草木，沒有圖像就難以把握其根本特徵：偏重「載象」。而「載系」之意，可以「皇室圖譜」「皇家圖譜」之「圖譜」比擬，皇室圖譜對世系進行追索：偏重載系。據鄭樵的圖譜學思想，典型的「圖譜」形式應是

〔註79〕《四庫全書總目提要》卷五〇，《四庫全書》本2冊頁118下欄。

〔註80〕《通志》卷七二，頁837下欄～838上欄。

〔註81〕《通志》卷三八，頁525上欄～中欄。

〔註82〕《通志》卷二一，中華書局，1987年，頁405上欄。

〔註83〕《晉書》卷七二頁8左欄，《四部備要》本第131冊。

〔註84〕《通志》卷二一，頁838中欄。

「載象」「載系」並重。

　　從楚宗廟圖譜到魯靈光殿圖到漢代文翁學堂圖到諸葛亮圖，形成一個綿延不斷的圖譜傳承。由此似乎可以推測，這種羅列天地開闢到古帝聖賢的繪畫形制，顯非畫工臨時的獨創，而是源於形成定制的、模式化的繪畫傳統。這個傳統就是著眼於教化（象教）的圖譜傳統。圖譜不僅僅只是一組圖畫的組合，圖譜的意義也不僅存在於圖畫單元之中；和上文所討論的「序其譜屬」一樣，圖譜深切關注世系問題（世系多含「怪力亂神」的敘事），本系之所出與世數之遠近正是圖譜的關懷之一。〔註85〕而另一方面，圖譜也強調了華夷之辨的政治問題，換言之，就是四夷和中央的關係這個核心問題，這既是政治上的同時又是文學上的。如此，圖譜問題應放在古典政治生活方式——亦即，文教—象教的政治機制——的語境下予以理解，圖畫、文字與其說是文學藝術記錄手段，毋寧說更多地負載著政治內涵。「圖像的政治」這一教象視野下，「圖譜」也是政治的，鄭樵「載象—載系」的圖譜學思想對此作了極為深刻的概括。

〔註85〕《揚雄傳》載其《反離騷》：「圖累承彼洪族兮」，師古注曰：「圖，按其本系之圖書也。」（《漢書》卷八七上，中華書局，1962年，3517頁。）

第十章　三代「職貢圖」考略

　　「圖書」在現代是一日常生活用語，是現代人獲取知識的手段。但在早期政教傳統中，圖書卻充當著教化之具的功能，其知識載體的功能遠遠弱於其政治教化功能。

第一節　「圖法」與職貢制度

　　「圖」「象」「畫」等皆有後世圖畫、圖像、圖表等涵義，它們有時混用無別，有時又相對各有所指，是具體語境不同而隨文賦義，這和現在側重視覺形象的用法不同。先秦載籍所見有「圖法」「圖書」「圖像」「圖籍」之語。

　　《史記‧蕭相國世家》「何具得秦圖書」，張舜徽以為「指當時天下地圖與戶口冊也，自非經傳子史之類」，〔註1〕此說隨文而解，將「圖書」理解為「地圖與戶口冊」，說雖可通，但可能未必符合實際。〔註2〕圖書得名，或許如《圖譜略‧索象》所說「置圖於左，置書於右；索象於圖，索理於書」〔註3〕，「古六經皆有圖，蓋左圖右史，所以按驗而便稽考也」〔註4〕，大概經史有圖有文，

〔註1〕張舜徽：《漢書藝文志通釋》，湖北教育出版社，1990年，頁4。

〔註2〕今檢《蕭相國世家》謂何至咸陽，「獨先入收秦丞相御史律令圖書藏之。」（《史記》卷五三，中華書局，1959年，2014頁。）看來，蕭何所入藏的典籍中為丞相御史府藏書，必多安邦定國的謀略。據《秦始皇本紀》李斯建議焚書，「非秦記」以及「非博士所職」「皆燒之」，說明所燒的書籍是一定的，並非逢書輒焚。同時還有一條諫言，「若欲有學法令，以吏為師。」（《史記》卷六，255頁。）《集解》引徐廣：「一無『法令』二字」。當從一本。則依據秦制度，當時官吏有傳承知識的職能，所以不能將官府僅僅看作是政治機構。

〔註3〕（宋）鄭樵：《通志》，上海古籍出版社，1990年，頁729。

〔註4〕《禮記義疏》「凡例」，《四庫全書》本，124冊頁4下欄。

或者圖文相配，所以名之圖書。圖書當是泛稱，不必專指。「圖書」而外，典籍還記有「圖法」的名稱。《漢志》「六藝略」之「《論語》類」記「《孔子徒人圖法》二卷」〔註5〕，圖法是否即配有圖畫之書？不得而知。「兵書」「數術」兩略兵法多附有圖（地圖或繪畫），據此推測不無可能。說明圖書合一的書籍形式在當時已普遍流行。〔註6〕。」《呂氏春秋‧先識覽》記夏太史終古、商內史摯載圖法奔敵國〔註7〕，從上文蕭何收秦圖書的情形看來，「太史」或「內史」專掌圖書，從而和「秦丞相御史」具有同樣的職能，他們周知天下形勢，能夠為君王統治諫言獻策。因此，從古典政教傳統來理解圖──書，無疑是一條進入古人思想世界的可取途徑。比如，《禹貢》《王會》皆有圖，《漢書‧循吏列傳‧王景傳》光武帝賜王景《山海經》《河渠書》及《禹貢圖》，《禹貢圖》注家無解，推測地圖的可能性極大（天水放馬灘出土秦代地圖已頗精準）。不過，即便為地圖，其上很可能標出了各地的方物。其與《禹貢》的關係如何難以明言，但若畫出《禹貢》所記載範圍，則非動用政府的力量莫辦。由此看來，早期所謂圖實際包含兩個內容：其一，是地理的內容，也就是各地的山川形勢，比如《管子》一書即有「地圖篇」；其二是方物的內容，也就是各地的物產、風土人情。然後來方物的內容分流，蛻變為單純的地圖，乃至以後的地理書專有圖經。如果追溯其早期形式，則上文所分析的「九鼎圖」顯然居於中樞位置，是後世圖──書傳統的政治理念原型。何以言之？「鑄鼎象物」（「九鼎圖」）是天下統一的象徵，「九鼎圖」充當了當時的憲法功能。古書中有一詞，叫做「圖法」，《呂氏春秋》（唐劉知幾《史通》卷一一《外篇》「史官建置第一」引）曰：

夏太史終古見桀惑亂，載其圖法出奔商；商太史向摯見紂迷亂，
載其圖法出奔周；晉太史屠黍見晉之亂，亦以其圖法歸周。〔註8〕

所謂太史，乃掌管書寫的史官，正是上文所引的「羲和史卜」之「史」，劉知幾引文見於《呂氏春秋‧先識覽》，其所說「商太史」《呂覽》作「商內史」〔註9〕，無論太史還是內史，其職能並無本質差別，無非是充任君舉必書

〔註5〕《漢書》，中華書局影 1962 年，1717 頁。

〔註6〕如「兵權謀」家「《吳孫子兵法》八十二篇」注曰「圖九卷」，「兵形勢」家「《楚兵法》七篇」注曰「圖四卷」，「兵陰陽」家「《黃帝》十六篇」注曰「圖三卷」，「天文」類有「《圖書祕記》十七篇」等等，都可以看出圖書合一的書籍形式。

〔註7〕《呂氏春秋集釋》卷一六，中華書局，2009 年，頁 395～396。

〔註8〕（唐）劉知幾：《史通》卷一一頁 3 左欄，《四部備要》本。

〔註9〕（戰國）呂不韋：《呂氏春秋》，《諸子集成》本，中華書局，1954 年，179 頁。

一類的記錄工作，重要的是「圖法」與《漢志》所記載「明堂羲和史卜」的關聯。何為圖法？結合《左傳》所云「鼎遷於商」「鼎遷於周」的記載，可推測此圖法和「鼎象」其實功能相似，或者徑直就是一物。圖者，表示的是其統治畛域；法者，表示的是統治的權威。理解了圖法，也就明乎周代政制有所謂「教象」「政象」之類的觀念，關於這些詞語，在上文我們已有專門討論，其源頭皆可推溯到「鑄鼎象物」。關於這類記載，廣泛見諸《周禮》（地官·小司徒）、《夏官·大司馬》、《秋官·大司寇》)、《國語》(《齊語》)等，這些記載可歸納為三種：一是《小司徒》所謂的教法之象、和教象之法。一種是刑象，再有一種就是政象。「教象」「刑象」「政象」三者既相同又互區別。相同處是皆有象和法兩個層次，不同者當是功能。何為象？《周官》此處的萬民並不是百姓，不是貴族，而是一般意義上平民。孔子招收平民弟子之前，一般平民難以接受較好的教育，恐怕大多數人還是文盲，因此萬民聚集而觀的象一定不會是文字。這是可以肯定的。依據《大司寇》和《大司馬》的注解，「懸刑象」即「又懸其書」，「象」「書」在古典政教語境中是一非二。但象、書所指應當為二物，書是文字書寫，這個毫無疑義，而象一定不是文字。然文字卻可以被理解為象（六書有象形一說，可證）。《周禮》的「象」有刑象、教象和政象之別，又分掌於不同的官員手中，這些象應當具有不同的政治功能。但其大要皆可推本於圖法。如果附會以下的話，圖法為國家憲法，那這些象則是各諸侯國的聯邦法，或者說各地方的法則、法規。

　　我們首先說「刑象」，其得名可能與圖畫內容相關，上文對此有過分析，此正是《尚書·舜典》、《益稷》等所記載的「象刑」，也即《周禮·秋官·司約》所謂「丹圖」、《左傳·襄公二三年》之「丹書」相似。由此說，刑象乃與刑罰有關。教象就是教化之象，而政象就是施政綱領之象。大概正月先頒布法令，法令成文或成圖之後懸在象魏，公示萬民。教象、政象針對者是不識字的萬民，採取的是圖——象形式（當然不絕對，有可能示意圖或簡圖即可），其意圖則是通過圖像達到政治目的，有效地維護統治階級的統治，這與現代以新媒體為政治宣傳手段有相似之處，儘管精神氣質、傳播形式、表達方式和政治背景皆有根本不同。教象大概是《呂氏春秋》(《先識》、《慎勢》、《離謂》、《適威》、《達鬱》等篇）所記載的教化之象。教象者，以教化為內容，歸本於禮樂之治。《左傳·宣公十二年》「百官象物而動」，其實是以此象作為教化的手段。政象則立足於施政者而言，道理相通。

從圖法演化為圖書只是一步之遙，《韓非子》（《守道》、《用人》、《大體》）等用幾個例子引出了「圖書」政治功用，並且也可以據此窺見：左圖右史的含義不一定是圖在左、書在右，而是圖與書互相補足。〔註10〕圖書之制本自為一固有傳統，只是圖繪難以保存，逐漸散落，現在僅存文字而已。

而回溯其淵源，先秦文獻所頻繁出現的「圖法」、「觀象」「教象」「圖書」都是以此為制度設計的邏輯源點，從而形成古典政教視野下的圖——書傳統。

古典政教中，「鑄鼎象物」是一個重要轉折，上文已有論及。此處則考慮其與職貢傳統的關係。若說職貢傳統是政治層面的，那麼職貢圖則是反映實現政治目的的手段或方式，早期中國尤其是三代圖——文傳統乃是服務於職貢制度的，職貢制度也是「協和萬邦」、「變雍黎民」的核心制度。從這一角度，可重新思考「九鼎圖」、「山海圖」等在古典政教語境中的價值和意義。

關於「九鼎圖」，最源始的文獻見於《左傳》「鑄鼎象物」，此段文字可參考本書前文論述。這一段文字「圖物」「象物」「百物」的「物」顯是一義，但理解各異。一派主山川奇異之物說，比如杜預的注釋。另一派主鬼神說，比如顏師古（《漢書·郊祀志（上）》注）、俞偉超、敏澤、饒宗頤等。鬼神說在理據上應當更通達。「圖物」謂圖畫鬼神之象，「象物」是把鬼神之象鑄之於鼎。這就說，九州是通過圖物的方式，而中央是象物的方式。遠方貢獻當然取其輕便，結合《尚書·堯典》「觀古人之象」等記載，至晚在堯舜時代可在布帛上作畫。從陶寺的彩繪、神木的壁畫等考古看，夏禹時代遠方圖物在技術上是完全沒問題的。關鍵在於理解「鑄鼎」，鼎因其鑄造有圖像而顯得非常貴重，而這些圖像反映的是古典政教文化的信仰體系。「象物」的「象」正是從「象教」推本而來的。這種禮器的功能是即「知神奸」和「協於上下」（《左傳·宣公四年》）「饗享上帝鬼神」（《漢書·郊祀志》）。職是之故，鑄鼎象物本來是古典政教語境下的宗教活動。其產生背景與巫術活動的怪力亂神密切相關；其表現形式是富於怪力亂神內容的圖像；其心理動機是通過圖像的形式達到通神和辟邪的目的；其物質載體是具有宗教意義的祭祀用物。然而，其最根本的目的確實政治權力的宣示。

自 20 世紀 50 年代以來在鄭州、汝州煤山、登封王城崗、淮陽平糧臺、杞

〔註10〕有些學者從中國文化的圖像傳統介入「左圖右史」問題，並將其與讀圖時代勾連。這似乎並未注意到「象」「像」這二者之間的差別。參劉躍進、周忠強：《「左圖右史」的傳統及圖像在古代社會生活中的運用》，《蘇州大學學報》2015年第三期。

縣鹿臺崗發現的一系列冶煉遺址，而登封王城崗正是禹都陽城，說明大禹時代已掌握冶煉技術，大致相當於考古上的龍山時代。略往後，二里頭所見的鼎缺少《左傳》「象物」這麼精彩的內容，然我們不能因為沒有見到，便否認其可能性。早於夏初的凌家灘、紅山、良渚、石家河等，大量雕鏤於玉器之上的神面紋，說明早期政治以「象物」作為認同手段，而「鑄鼎象物」是華夏文化史上的大事件，它一方面可能暗示生產方式上由崇玉帛到尚青銅的轉型，另一方面也說明地緣政治格局的調整。原本力量相當的諸多部族乃屈從於潁水流域的夏部族；同時也便帶來了他們的文化，夏文化（主要是神話）則據有話語權力，以強勢文化吸收融合著其他各族文化。「鑄鼎象物」乃因此完成文化方式的革命——即由分散的部落傳承向中央集權的轉化。九鼎之圖很可能正是早期華夏文化的總匯。這也就意味著，「九鼎圖」和《禹貢》都是同一歷史背景下的產物，反映的是夏初政治格局的大概。

第二節　三代職貢之書

「九鼎圖」在某種意義上可視為華夏職貢圖的開山，當然也是華夏取象思維方式的最早結果。之所以採取象物為政治手段，技術層面的因素也應當考慮進去。就同族而言，語言手段和視覺手段參互為用，《春官・司常》所謂「九旗」「皆畫其象焉，官府各象其事，州里各象其名，家各象其號」，說明象乃是相當可行的手段。至於遠人，則更需要以象來溝通，故《周禮・秋官》有一官職稱象胥，「掌蠻夷、閩貊、戎狄之國使，掌傳王之言而諭說焉」，相當於今天的翻譯，其所以有此名，其實是與遠人交流通過「象物」或比擬而實現，正是此觀念的遺留。

考慮到這一層，那麼不妨打個伏筆，即《山海經》禹益作的說法、關於《山海經》九鼎遺象說的看法就不是空穴來風。就大禹作《山海經》說而論，儘管《山海經》中商周兩代的素材很多，但此「作」字恐怕只是「肇作」的意思。《說文・人部》「作，起也」，作乃是開始為之，始作者，與終成者不同。而九鼎之象、《畏獸畫》、《山海經圖》也有內在的血脈關聯，它們是早期政治威權的見證，《山海經》「九鼎圖」《禹貢》之間的瓜葛雖不能言之甚晰，其政治文化的象徵意義卻是巨大的。在此，我們不妨對文獻記載的三代「職貢圖」作一粗略考證。

1.《逸周書・王會篇》

　　《逸周書》中有一篇《王會篇》，為周成王時諸侯朝會的史料。此書的真偽眾說紛紜，比如唐大沛以為「所列旦、望無倫次，殆因所繪者任意臚舉耳」。《逸周書》文本中成王南面立於堂上，唐叔、荀叔、周公在左，太公望在右。左為同姓諸侯，右為異姓諸侯，本自秩序井然。至謂荀叔必列在唐前，周公亦當次序於前。實則，下文將提到，《王會篇》據圖而為之。按照圖像的位次，周公、太公望當緊鄰成王，若成王居中，左側依次為周公、荀叔、唐叔。觀圖者應當首先看到的是成王，其次才注意兩側，而記錄時則由作而右，因此這個順序並無失當。可謂疑所不當疑。另外的質疑諸如，成王的冕旒上「無」繁露，而堂下諸侯反而「有」繁露。唐、虞、夏、殷四公也是南面，這樣就是背對成王的情形，不合情理。「此篇所記服飾、採章及人名、國名，皆非成王時實錄，不足憑信者也。」（唐大沛）是否成王實錄，姑置之不論，僅因其偶有未合，便否定其可靠性，實則並無道理。有無二字，孫詒讓以為皆假借字，為玉石之名，可備一說。至於四公南面的問題，雖是疑案，卻也並非沒有解釋。《左傳・襄公二十五年》有所謂「備三恪」之制，杜預注以為舜、夏、殷之後，與此大略相當。而孔穎達以為三恪為陳、薊、祝，夏殷為二王。無論哪種看法，此處四公的地位相當特殊，無有否定其南面的可能。況乎按照《史記・周本紀》之說，「成周之會」當在洛邑建成之時，周公作《召誥》《洛告》；而《周官》之作於此後伐淮夷、居豐之時。這也就是說，王會之時，《周官》尚未成形，此次大會，很可能是周公作《周官》的素材。〔註11〕這就好像《中華人民共和國憲法》的制定是在第一屆人大召開之後，你不能用後出臺的《憲法》的條文去規範當時的行為，古今雖時間懸隔，而道理相同。通過《周官》抑或《禮記》《儀禮》等其他後出典籍來評判《逸周書》的做法皆不可取。反過來說，《逸周書》的記載與三禮有出入才是正常的，如果一一吻合，反倒有晚出的可能。從這些不合來看，《王會篇》極可能是早期文獻，保留了相當重要的史料。

　　傳世版本只有《王會篇》的文字，然僅僅讀王會篇的文字，其實並不能真正弄懂其中的含義，不過《宣和畫譜》則記載了《王會圖》一名，文云：「昔周武時遠國歸欵，乃集其事為《王會圖》」〔註12〕。宋徽宗時，內府所藏書畫

〔註11〕司馬遷《史記》，中華書局，1959 年，133 頁。
〔註12〕（宋）《宣和畫譜》卷一，《畫史叢書》本，上海人民美術出版社，1982 年，第 7 頁。

相當豐富，徽宗本人書畫造詣相當之高，他在位時所編撰的《書譜》《畫譜》
當有所本，不可能憑空臆造。既然入之《畫譜》，顯然也應排出字誤的可能。
因此，所謂《王會圖》的存在，當無疑義。今本《逸周書》有《王會篇》而無
《王會圖》，乃是因為圖畫的流傳難於文字，在傳承過程中亡佚了。至於圖文
孰先孰後，唐大沛解《王會篇》云：「此篇非作於成王之世，蓋後人追想盛事，
繪為《王會》之圖。今則圖已泯滅久矣，幸此篇未泯，正如「山海圖」失傳而
《山海經》尚在」。〔註13〕按照唐氏的理解，圖文乃互相補足，此說有道理，
若只有圖而無文，則此篇難以卒讀。

　　《王會圖》雖已亡佚，尚可從其文字推斷其圖繪內容。其主要的內容是
「八方會同，各以職來獻」，故依照方位和爵秩記載四方所供奉的珍奇怪物。
然《王會》所記載的四方貢物相當詭異，以至於後人懷疑其為偽作，更有人
將其內容視為《山海經》之所本。〔註14〕如何理解《王會篇》的怪物？怪物
是現代最難理解的內容，姑且不論。《王會篇》所記載的禮制雖偶有與它經傳
未合處，然如何秋濤所指出的其公侯伯子男及四夷朝位，皆可與《禮記·明
堂位》合觀互證。〔註15〕可知《王會篇》必有根據，絕非虛文。對於其中的
怪物，只是今人不能真正理解，而絕不能據此否定全篇的真實性。

　　2.《伊尹朝獻》

　　《王會篇》後附有一篇《伊尹朝獻》，文云「錄中以事類來附」。孫詒讓云
「秦漢人錄附《周書》，而劉向校訂，遂因而存之」〔註16〕。書名是否秦漢人
所加，已不可考。孔晁注云「朝獻者，言諸侯來朝貢獻也。」〔註17〕然朝獻一
名和王會實互為表裏，從諸侯角度言，謂之朝獻，從天子角度言，謂之王會，
實際皆為古典政教傳統下的制度。《伊尹朝獻》為《商書》內容，開篇以湯和
伊尹的對話：

　　　　湯問伊尹曰：諸侯來獻，或無馬牛之所生而獻遠方之物，事實
　　　　相反，不利。今吾欲因其地勢所有獻之，必易得而不貴，其為四方

〔註13〕黃懷信、張懋鎔、田旭東等：《逸周書彙校集注》卷七，中華書局，2007年，
　　　　第795頁。
〔註14〕安京：《〈山海經〉與〈王會篇〉比較研究》，《中國邊疆實史地研究》2004年
　　　　第四期。
〔註15〕《逸周書彙校集注》，第795頁。
〔註16〕《逸周書彙校集注》，第909頁。
〔註17〕《逸周書彙校集注》，第909頁。

獻令。

馬牛為軍國所需要的，若貢獻一律，則沒有馬牛的諸侯勢必求之於他國，從而勞民傷財，因此湯王乃令伊尹根據各地土物所宜，制定貢獻。伊尹受命，按照東南西北的順序規定了四方諸侯國的貢賦，因此也被稱作《伊尹四方令》（郝懿行注《山海經·大荒南經》之伯慮國）。此篇較之《王會篇》更為簡古，總字數不過二百餘字，正是教令的格式。是否配有古圖，今已不可詳考。

此文因出現長沙、月氏等地名，因此被懷疑為戰國秦漢之際的作品。不過，歷史現實遠較史料記載複雜的多，正如史料記載漢武帝初置樂府，而實際陝西秦代文物證明，至晚在秦代已經有樂府機構的存在。判斷人名、地名等名號，文獻資料提供的是歷史事件的時間下限。至於說是否商代實錄，當然也不能作過於絕對的判斷。但其作為思想史資料，卻是完全可以利用的。它的存在說明商周之間在制度上的思想關聯。《伊尹朝獻》乃是一篇教令，約略相當於現在外交政策的新聞發布，尚未落實到具體行動中。這是其與《王會篇》不同的地方。《伊尹朝獻》所記載的方國共計39國，少於《王會篇》的62國。其國名大多可以找到具體的對應位置，此點與《王會篇》一致。然其貢物較之《王會篇》平實得多，諸如鯊魚皮的刀鞘、珍珠戴帽、弓箭之屬，與《王會篇》鋪陳珍怪奇物大相徑庭。這點更接近《尚書·禹貢》。如何理解這些同異呢？

我以為，首先應該拋棄疑古派的種種質疑，這些質疑或者以他書強行牽合，或者動輒說某某名號只有戰國秦漢才可能有，泰半皆此論調，實際對於認識此文並無裨益。即便文風是戰國的，也並不能斷定其晚出，就像司馬遷《五帝本紀》，若《尚書》等典籍亡佚，你能斷然將其所記視為漢代才出現的情形嗎？承認其保存有商代的史料，則由《四方令》的39國變為《王會》的62國，一方面表明周朝經營範圍的擴大，另一方面也說明周邊政治形勢的變遷，這恰恰符合歷史規律。《伊尹朝獻》平實，而《王會篇》的瑰麗，並不能以此斷定《王會》乃虛構之篇，而恰恰是因為朝貢觀念發生了變化。周人重視「德」，而職貢制度上體現德的便是所謂能致遠方珍怪，職貢包括職和貢兩個層面，大致相當於現在的服役和稅收。這種體系下的核心最初是宗教政治意義的，而後周人因精神革命將物與德掛鉤，能否來遠物乃是王朝德行大小的表現。裘錫圭（1935～）指出：古人認為有一批生而知之的聖賢，他們與通常的人不同，具有天生的知識，能夠治理百物並教會人們正確使用這些物。裘

先生博引《尚書》《國語》《呂氏春秋》等文獻，指出德能致物，而失德則物不
至。而古代流行的瑞應說就是建立在德—物的互動基礎之上。〔註18〕而明瞭
這種關係，則對於《王會篇》四方所獻之物就不難理解，這些怪物無非只是
周天子德行的象徵，這恰恰是貫穿中國政治主軸的一種思想，在這裡我們就
將「九州四海」觀念—天子之德—遠方圖物這三者聯繫起來。從其內容看，
遠方諸國貢物，要麼是極其罕見的怪獸怪鳥，要麼則是奇珍異寶，在這種制
度初期，該制度尚能顯示一定程度的積極意義，對於華夏開疆拓土、鞏固政
權和維護文化統產生過極強的影響。然發展到後來，這種思想其象徵意義恐
怕大於實際意義。

由此而言，「怪物」的出現實際乃是政治理念發生變化的產物，從殷商
的事功到周初的明德，這也就自然影響到職貢文獻的風格。從此角度，也就
自然能夠理解《王會篇》和《伊尹朝獻》之間的同異。儘管《伊尹朝獻》是
施政綱領，而《王會》為朝貢盛會，然皆可據此考訂商周之間的嬗變和繼承
關係，周的朝貢制度顯然是以商的朝貢制度為原型和模板的，它們之間淵源
甚明。但《伊尹朝獻》還不是職貢制度的奠基之作，真正的奠基之作乃是《尚
書·禹貢》。

3.《尚書·禹貢》

《尚書·禹貢》是中國古典政治地理和貢賦制度的奠基作品，禹治理洪
水之害，水害既除，遂依據山川之勢，將天下劃分為九州，並進而確定山川
次秩和五服制度。全篇四部分：開頭是總序。第二部分說山川情況。自「冀
州既載」逐條敘述九州山川風物、土壤及道路等等。自「導弱水」至「導洛」
逐條說所治之水，從其發源到注入大海。第三部分自「九州攸同」至「二百
里流」，言水土既平，貢賦和五服制度。最後「東漸於海」以下，總結禹功
成受錫。〔註19〕

「禹敷土，隨山刊木，奠高山大川。」鄭玄曰：「敷，布也。布治九州
之水土。」關於大禹布土，古今有不同的認識。古典注疏一般認為是劃分九
州，但進化論神話學則理解為大禹創造大地的行為。實則，古人的說法較今

〔註18〕裘錫圭：《說「格物」：以先秦認識論的發展過程為背景》，載《文史叢稿：上
　　　古思想、民俗與古文字學史》，上海遠東出版社，2012年，4～7頁。
〔註19〕祁連休、呂微主編：《中國歷代民間文學作品選》（神話卷），河北教育出版社，
　　　2013年。

人更接近實情。大禹隨山勢走向斫木為標記，以辨識道路，從而確定如何治理洪水。並且定下名山大川的祭祀制度。洪水泛濫，從而祭祀之禮荒廢，今洪水既平，可祭祀山川。馬融云：「定其差秩，祀禮所視也」。因此九州和同如一，四方土地可以居住，九列名山可以依據列樹表記進行旅祭，九澤都修築了堤防。四方的方國都來朝見，六種要職都很修明，各地的土壤都確立了合適的品級。都依據壤田上中下三品，制定了九州的貢賦制度，對治理九州有功績的賜予土地和姓氏。《禹貢》指出，「東漸於海，西被於流沙，朔、南暨聲教，訖於四海，禹錫玄圭，告厥成功。」德行政教東到大海，西至於流沙。皮錫瑞云：「經言漸、被，其德廣所及耳。」北方和南方都蒙受王化之澤。孔疏：「其北與南雖在服外，皆與聞天子威聲文教。」這種格局，正是《伊尹朝獻》《王會篇》之所本。

《禹貢》的主要思想就就體現在篇名上，就是貢，而具體操作上則是九州五服。然《禹貢》的職貢思想具有鮮明的特點。第一，職貢不是奠定在戰爭的基礎之上，而是肇基於「奠高山大川」而「成功」的思想之上，大禹乃是「勤民而水死」的英雄，它和以征服為基礎的貢獻制度有根本差別。第二，《禹貢》的貢賦制度相當樸素真切，與《伊尹朝獻》相較，後者簡略而粗疏；與《王會篇》相較，後者略顯誇誕。這說明其很可能反映了當時實際的政治情勢。第三，重要的一點，為「九州」和鯀禹治水聯繫在一起，是一個典型的創世神話。創世神話不一定要有離奇的故事，也不一定有神靈參與，而是在於其敘事為後世提供本源性的思考。在古典敘事中，「九州」就意味著整個世界，它是華夏族政治活動的舞臺。「九州」凝聚著華夏對土地認同的情感，而「五服」則將華、夷分辨開來，這為華夏族文化自豪感的體認奠定了理論根基。從三代以來到晚晴，華夷之辨一直是個最為核心的政治問題，是否認同「禹跡」為代表的華夏神話敘事系統是問題的關鍵。史傳敘事中通常在最後一部分有「四夷」列傳，即便邊裔民族在入主中原之後，他們所修撰的史書也同樣遵循了這一模式（比如脫脫等所編撰的《金史》《遼史》）。

由此而言，通過《禹貢》的「九州五服」敘事奠基的，乃是一個政治地理觀念。

將《禹貢》《伊尹朝獻》《王會篇》合而觀之，問題就凸顯了。三代政教傳統本自一脈相貫，其間雖有禮制上的損益，而大體格局不便。《逸周書·王會篇》，依照各個諸侯所在的朝位，依次敘寫。首先為天子之臣、其次為

畿內諸侯、而後依次為比服、要服、荒服等等序列，雖與《禹貢》不同，然觀念卻一脈相承。這就是所謂的三代朝貢體系。將「山海圖」放到三代朝貢背景下，此書的政治功能也就顯得更其醒豁。本著這一思路，或許也就能夠理解「山海圖」與「九鼎圖」的淵源。

第十一章 「山海圖」與「天問圖」探賾

　　從「畫怪」傳統來說，「天問圖」而外最神秘的莫過於「山海圖」，即《山海經》之圖。此乃聚訟紛紜的謎題。持有圖說的論者主要依據《山海經》文本的解釋（內證）和古人的相關記載（外證）。但現代學界奉行所謂實證主義，目前並沒有發掘出「山海圖」，也就沒有誰能夠言之鑿鑿地說《山海經》必有古圖。所有這些證據都是建立在合理推論基礎之上。有學者批評後人將圖文關係與成書問題混在一起談，成書與有無圖這兩者之間不存在邏輯上的必然聯繫。〔註1〕此說信然。不過，也不能由此否定朱熹、胡應麟等所謂「依圖畫而為之」「因而紀之」的觀點。《山海經》所據以為文之圖不必與其文字嚴絲合縫地一一對應，「依」「因」可以表示一種誘因、一種憑藉、一個條件，完全不排除文字記載可以超出圖繪內容。上文王逸注以為《天問》乃「呵壁」之作，屈原所問豈能一一與壁畫應對（當然也有人否定王逸之說，不過如果沒有確鑿的證據駁倒呵壁說，我們寧肯相信王逸）？就書寫和繪畫而言，由於繪畫較書寫更為耗時費力，在文獻傳承中，不能完全排除只抄寫文字，而不繪圖的情況；也不能排除圖文不一致的地方（這是因為畫工和書寫者分工不同所致，比如古埃及《門戶之書》、《冥書》、《阿尼紙草卷〈亡靈書〉》等喪葬文獻也有圖文不合的例子）。既然郭璞、陶淵明等皆提及「山海圖」（二人所謂「山海圖」是古圖與否，難以斷定），前人未見而後人得睹者甚多，安能斷其必出於《山海經》文字之後？正如《穆天子傳》《竹書》乃至甲骨、金文

〔註1〕吳曉東：《山海經語境重建與神話解讀》，中國社會科學出版社，2013年，第四章。

皆為劉向所不見，又豈能斷其必無、必偽、必後人所為？今檢《漢志》「兵權謀」載「吳孫子」「齊孫子」，並附有「圖」（無論其為地圖抑或畫圖），而今圖卷已亡，書篇尚存。以此參照，古人圖畫多繪於絹帛，文字多書於竹簡，《山海經》既是一部分量不小的書，其圖、文分開可能性較大，劉向校書之時，《山海經》圖卷「逸」在外府而後出，這種可能性也是存在的。不能因劉向不曾著錄，而否認《山海經》古圖存在的可能性。嘗試申論之如下。

第一節 「流觀山海圖」：「山海圖」是否存在？

「山海圖」為《山海經》一大公案，古人多以為《山海經》與圖畫有關。主要觀點認為，《山海經》乃是根據圖畫所作，比如朱熹認為《山海經》是「畫本」[註2]或者述圖之文[註3]，胡應麟以為「古先有斯圖，撰者因而紀之」[註4]，持此看法的大有人在，甚至於影響到現代學者，如唐蘭認為《山海經》本身並不完全是文字而是圖畫，因為有圖畫流傳下來，戰國時期依據圖畫記錄成文字[註5]。林庚以為《山海經》「有圖畫的影子」但「所據圖的性質又是一個地理圖」[註6]馬昌儀、沈海波則致力於「山海圖」的研究[註7]。畢沅以為「《山海經》有古圖，有漢所傳圖……」[註8]，而關於「山海圖」的所謂古圖，主要認為其依據「九鼎圖」。如楊慎以為本於《禹鼎圖》[註9]，阮元以

〔註2〕《朱子語類》，《朱子全書》本，上海古籍、安徽教育出版社，2002年，第4265頁。

〔註3〕《少室山房筆叢》《四部正訛下》引王應麟《王會補注》之說，北京：中華書局，1959年，第413頁。

〔註4〕胡應麟：《少室山房筆叢》，北京：中華書局，1959年，第413頁。

〔註5〕賀次君：《〈山海經圖〉與〈職貢圖〉的討論》，《禹貢》1934年第6期。

〔註6〕林庚：《中國文學簡史》，北京大學出版社，1995年。

〔註7〕馬先生發表了《從戰國圖畫中尋找失落了的〈山海經古圖〉》（《藝術探索》，2003年第四期）等一系列文章論證《山海經古圖》的存在，又有關於《山海經圖》的專著出版；沈先生亦有《略論〈山海經圖〉的流傳情況》（《上海大學學報》，2000年第五期）和《論〈山海圖〉的產生年代》（《上海大學學報》，2002年第一期）兩文。關於《山海經古圖》到底是何圖，馬先生概括為禹鼎說、地圖說、壁畫說、巫圖說四種說法（《古本山海經圖說》序言，山東畫報出版社，2001年），馬先生主巫圖說。但筆者以為上述幾說恐怕都有一定合理成分，《山海經古圖》可能存在非常複雜的情形，不能簡單歸結為某一種圖，這一問題可留待將來探討。

〔註8〕畢沅：《山海經新校正》，掃葉山房石印本。

〔註9〕《楊升庵全集》卷二《山海經後序》。

為是「九鼎圖」的「遺像」〔註10〕，余嘉錫也以為「本因「九鼎圖」而作」
〔註11〕，袁珂先生則較為詳盡地論證《山海經》與「九鼎圖」的關係〔註12〕。
不過，反對者亦有之〔註13〕。那麼，到底《山海經》有無古圖呢，關於此，袁
珂先生指出，《山海經》的文字多為圖畫的描寫，其言甚是。在袁先生的基礎
上，我再補充兩個證據：

　　一、《海外西經》云「刑天與帝至此爭神」〔註14〕，又云「軒轅之國在
此窮山之際」〔註15〕：校者以為「至此」「在此」係衍文。以後世文獻證之，
敦煌講唱文學常標明「處」字字樣，如《漢將王陵變》「二將斫營處，謹為
陳說」，《李陵變文》「李陵共兵士別處，若為陳說」，等等；宋（元？）刊《大
唐三藏取經詩話》標題往往云至某某處，如「行程遇猴行者處」「入鬼子母國
處」「經過女人國處」〔註16〕等等，與此情況相同。唐人吉師老《看蜀女轉昭
君變》云「畫卷開時塞外云」〔註17〕，論者據此推斷變文有圖畫相配〔註18〕。
從巴黎藏伯4524號《降魔變文》配有圖卷、《大目乾連冥間救母變文》注明
並圖一卷等情況觀之，其說可為定讞。斯2144被定名為《韓擒虎話本》的
一篇，末云「畫本既終，並無抄略」，或以為「畫本」為「話本」之誤，但從
圖文相配的文學形式考慮，名之「畫本」亦無不可〔註19〕。這些「處」字功
用是「以便聽眾按圖索驥」〔註20〕。類推之，《山海經》之「此」，《取經詩

〔註10〕《山海經箋疏》序，儀徵阮氏瑯嬛仙館刻本。
〔註11〕《四庫提要辯證》（卷18「小說家類」三），北京：中華書局，1980年，第1121
　　　　頁。
〔註12〕《〈山海經〉「蓋古之巫書」試探》，《山海經新探》，四川社社會科學院出版社，
　　　　1986年。
〔註13〕汪俊：《〈山海經〉無古圖說》（《徐州師範大學學報》，2002年第3期）一文，
　　　　認為《山海經》沒有古圖，汪先生立論依據是《漢書‧藝文志》不載《山海經
　　　　圖》，但諸史志皆有不載之書，余嘉錫先生言之甚明（參看余嘉錫《古書通例》
　　　　卷一，載《余嘉錫說文獻學》，上海：上海古籍出版社，2001年），汪先生之
　　　　說有待進一步商榷。
〔註14〕袁珂：《山海經校注》，上海：上海古籍出版社，1980年，第214頁。
〔註15〕袁珂：《山海經校注》，第221頁。
〔註16〕《大唐三藏取經詩話》（一名《大唐三藏取經記》），文學古籍刊行社影印宋刻
　　　　本，1955年。
〔註17〕《唐人選唐詩》（十種），北京：中華書局，1958年，第629頁。
〔註18〕王重民等：《敦煌變文集》，北京：人民文學出版社，1957年，引言。
〔註19〕王昆吾：《敦煌文學與唐代講唱文學》，載《中國早期藝術與宗教》，上海：東
　　　　方出版中心，1998年，注13。
〔註20〕程毅中：《關於變文的幾點探索》，《文學遺產增刊》第10輯。

話》之「處」，也是文字配有圖畫的表現。所謂「此」「處」是講述者講唱（講解）之時指圖為說、場面轉換的遺痕，由此亦可推想《山海經》當與某種演說、表述語境相關。

二、郭注屢舉《畏獸畫》，我認為《畏獸畫》當是所謂「山海圖」的古圖。姚寬（1102～1162）《西溪叢語》「《大荒北經》有神銜蛇，其狀虎首人身，四蹄長肘，名曰強良，亦在《畏獸書》中，此書今亡矣」〔註21〕。而檢宋尤袤池陽郡齋刻本〔註22〕、明楊慎《山海經補注》本〔註23〕、清吳志伊《山海經詳注》本〔註24〕、阮元《山海經新校正》本〔註25〕、郝懿行《山海經箋疏》本〔註26〕以及《古今逸史》本，「畏獸書」皆作「畏獸畫」。古書畫二字（書畫）字形相似，是否二者產生混淆呢？查姚寬卒於1162年，而現知《山海經》最早刻本刻於淳熙七年即1180年，故姚寬所見《山海經》與今傳本或許有所不同。因此，可能確有《畏獸書》一書，即《畏獸畫》之書。按照姚寬的說法，《大荒西經》的強良亦見於《畏獸書》，而郭璞注又屢屢引用《畏獸畫》。《書》《畫》乃是搭配使用的，從節文看，此書與《山海經》不乏互相參證之處。那麼，這到底是一部這樣的典籍呢？如今書畫俱亡，也只能據零星片段稍作推證。

書既以「畏獸」為名，我姑且先釋此名。饒宗頤解「畏」為「威」，認為「畏獸」是祓除邪祟的神獸，此說有一定道理，然檢郭注，列於《畏獸畫》中者䰡、猩猩、仙人、氐人等，並不盡為驅邪神獸。這說明「畏獸」別有所指。《歷代名畫記》卷四引《郭氏異聞記》「昔建州浦城縣山有獸名駭神，豕首人身，狀貌醜惡，百鬼惡之，好出水邊石上。平子（張衡）往水邊寫之，獸入潭中不出。或云：『此獸畏人畫，故不出也，可去紙筆』。獸果出，平子拱手不動，潛以足指畫獸，今號為巴獸潭。」〔註27〕類似的記載尚有多處，比如《百家》的魯班畫蠡：「公輸班之水見蠡，曰『見女形』，蠡適出頭，般以足圖畫之，蠡引閉其戶……」〔註28〕（《類聚》卷74、《御覽》卷188、卷

〔註21〕（宋）姚寬：《西溪叢語》，北京：中華書局，1993年，第91頁。
〔註22〕《山海經》，北京圖書館出版社影印宋池陽郡齋刻本，2004年。
〔註23〕（明）楊慎：《山海經補注》，《函海》本第42冊，第22頁。
〔註24〕（清）吳任臣：《山海經詳注》，康熙丁未年經綸堂刊本，貞集第72頁。
〔註25〕（清）阮元：《山海經新校正》，掃葉山房石印本。
〔註26〕（清）郝懿行：《山海經箋疏》，《四部叢刊》。
〔註27〕（唐）張彥遠：《歷代名畫記》，《畫史叢書》本，上海人民美術出版社，1982年，第61頁。
〔註28〕（唐）歐陽詢：《藝文類聚》，《唐代四大類書》本，北京，清華大學出版社，

750 引《風俗通》引),《三齊略記》作秦始皇左右圖海神〔註29〕(《水經注・濡水》引),《水經注・渭水》記作魯班圖忖留神〔註30〕,其敘事如出一轍。

按照這一提示,上文獸名「駁神」,其性復「畏人畫」,與「畏獸」之名若合符節,則張衡故事當是《畏獸畫》傳承之一鏈。以上文觀之,「畏獸」得名有兩端,一如饒氏所說,取威猛辟邪之義;二則當由此獸畏人圖寫,其所以畏人圖寫,是因為畏獸是上文所說的「使民知神奸」的對象,圖寫其形貌無異於控制之;但「畏獸」不獨指神獸,且亦可以指神人,如《三齊略記》所載海神即是,海神正是「協於上下」所「協」的對象。

畏獸這一名字承載的信息相當重要,它說明《畏獸畫》不是單獨的事象,而是某種圖繪傳承鏈條上的一環。《山海經》與《畏獸書》、「山海圖」與《畏獸畫》都是更深厚的圖繪傳統中的吉光片羽。

由這兩點,我以為應當慎重考慮袁珂等先生的觀點,《山海經》乃是述圖之文,亦即根據圖畫而為,應當有古圖,這種古圖與明清以來的插圖乃是兩個根本不同的東西,古本「山海圖」可能包含有較為本源的文化信息。然「山海圖」今已不可見,參考略早的長沙子彈庫的楚帛書、馬王堆出土《星象圖》以及晚期的敦煌文獻之《白澤精怪圖》可推知,此類圖都具有相應的實際功能,或與天文相關,或與巫術相關。要之,其絕非孤立的文化現象。然我此文尤其關注的是,《山海經》與王官之學的精神血脈聯繫。

第二節 《山海經》與王官之學

《漢書・藝文志》將《山海經》置之「數術略」的「形法類」,然《隋書・經籍志》將其歸入「史部」的地理類,四庫館臣、章學誠以及顧實等人皆以為《漢志》的歸類有問題,《四庫全書總目提要》更直接將其歸入到「子部」的「小說類」(據明人胡應麟的看法)。孰是孰非呢?首先,《漢志》和《隋志》並無矛盾,《漢志》是七略的分法,名為七略,實際只有六類,為六藝、諸子、詩賦、兵書、數術和方技,其中輯略屬於總序性質。而《隋志》在鄭默、荀勗、李充、謝靈運等人四部基礎上,分經史子集四部,而佛道附在後面。《漢志》入於「數術略」中的天文、五行等另設專志。而且,《漢書》設有《地理

2003 年,第 1234 頁上欄。

〔註29〕 王國維:《水經注校》,上海:上海人民出版社,1984 年,第 476 頁。

〔註30〕 王國維:《水經注校》,第 607 頁。

志》。這就是說，《漢志》和《隋志》分類不同，並不能是《隋》而非《漢》。相較於漢人，胡應麟、四庫館臣的分類更不足信。從而理解《山海經》還得以漢人的看法作為突破口。漢人為什麼將其入之「形法類」呢？形法是個什麼觀念呢？形法是漢人數術之一種，而所謂數術包含天文、五行、雜占等項，「皆明堂羲和史卜之職也。」〔註31〕羲和，掌天文，大概相當於今天的天文台臺長；史卜就是史官、卜官之類。這句話中的難點是「明堂」，關於明堂，聚訟紛紜，大致可理解為羲和史卜所在的辦公地點，當然並非其專門的辦公室，而是他們這類人應在此辦公。「形法」類應當也就是羲和史卜當中的一類人所為。《漢志》對形法的解釋是：「形法者，大舉九州之勢以立城郭室舍，形人及六畜骨法之度數、器物之形容，以求其聲氣貴賤吉凶。猶律有長短，而各徵其聲，非有鬼神，數自然也。」〔註32〕和其同列的有《宮宅地形》《相六畜》等，皆堪輿、風水之書。需注意，此與後世淪為騙人的伎倆者不同，相地形乃古人安居的重要手段，《詩經·大雅·公劉》「相其陰陽，觀其流泉」，則相地形本周代先王固有本領，乃是王政的基礎。《周禮·地官·遂人》「掌邦之野。以土地之圖經田野，造縣鄙形體之法」。所謂「形體之法」似乎可謂「形法」作以注腳，《周禮》所說的是城市規劃、設計方案。夏官「土方氏」「掌土圭之法，以致日景，以土地相宅，而建邦國都鄙」，正可以作《荒經》多記載天文的注腳。「形法」古代或有此一含義。從這一點而言，《漢志》的「數術」略「形法」家乃有大用，和後世的認知全然不同。唯其如此，王景治水，才賜予其《山海經》、《河渠書》以及《禹貢圖》，〔註33〕這說明其有實際的地理書功能，和《隋志》並無矛盾。反倒是將其入於「小說類」有些武斷。從《漢志》「大舉九州之勢」等語來看，其所相者絕非一座山、一條河，乃是九州之大勢，此非地理而何？然《山海經》的九州大勢，出於何人之手？《漢志》以為羲和史卜之官。對此，歷來又語焉不詳。而「明堂」二字顯然又是以重要的提示，本文當然無力研究明堂制度，然明堂與施政相關，無可質疑。羲和、史卜皆當時政府顧問，這裡隱約能見到《山海經》和早期王政之間的聯繫。那麼，《山海經》和王官之學是否真的相關？

古人因《山海經》以為「虛妄之言，凡事難知，是非難測」〔註34〕或「放

〔註31〕陳國慶：《漢書藝文志注釋彙編》，中華書局，1983年，第221頁。
〔註32〕《漢書藝文志注釋彙編》，第223頁。
〔註33〕《後漢書》，中華書局，2010年，第2465頁。
〔註34〕《論衡》卷一一頁4左欄，《四部備要》本，冊359。

蕩迂闊」〔註35〕，與儒生「不語怪力亂神」「考信六藝」的標準相背，故遷固以來，多所質疑。然若放置到古典政教傳統下，以古還古，其書很可能出於王官所為。

從《山海經》的內容推斷，其與《周禮》「地官」所掌多有相吻合處。《周禮》有所謂「土訓」「誦訓」「職方」等官職，「土訓」掌「地道圖」「辨地物而原其生」「誦訓」注下文所說「方慝，四方言語所惡也；不辟其忌，則其方以為苟於言語也；知地俗博事也。」〔註36〕所謂掌道「方志」「方慝」，錢大昕謂「其志之權輿乎？……此即誦訓道方志之遺意，而世儒多忽之」〔註37〕。《山海經》雖不能簡單歸之與地志，然其內容都可與《周官》印證。「地道圖」以交通為主，而其上表明地形、地貌、各地應避開的惡蟲猛獸，和後文的鑄鼎象物相應，也是《山海經》所常見的內容。地官的「卝人」也掌有圖，「物其地，圖而授之」，卝人相當於掌管礦工之人，其圖乃是礦區圖；春官的冢人、墓大夫掌兆域圖及墓地之圖；夏官「職方氏」「掌天下之圖」證明（此《職方氏》亦見於《逸周書》，文幾乎相同）；秋官司險掌「九州之圖」（主要是軍事要地）；等等。說明圖在周政中乃常見之物，《山海經》古圖的產生有其相應的制度基礎，《山海經》正是「天下之圖」一類的作品。

《山經》的記敘方式與《周禮‧夏官‧司馬》也如出一轍，這可能是《周禮》用《山海經》書例，也可能相反，試比較：

> 職方氏：掌天下之圖，以掌天下之地。辨其邦國、都鄙、四夷、八蠻、七閩、九貉、五戎、六狄之人民，與其財用、九穀、六畜之數要，周知其利害。乃辨九州之國，使同貫利：東南曰揚州，其山鎮曰會稽，其澤藪曰具區，其川三江，其浸五湖，其力金、錫、竹、箭，其民二男五女，其畜宜鳥獸，其穀宜稻。（《周禮‧夏官司馬》）〔註38〕

《周禮》下文記敘內容是先敘方位、山澤，次敘礦產，再敘動植。對照《山經》所記各山的情況，其記敘方法幾乎雷同：

> 又東三百七十里，曰杻陽之山，其陽多赤金，其陰多白金。又獸焉，其狀如馬而白首，其文如虎而赤尾，其音如謠，其名曰鹿蜀，

〔註35〕 《前漢書》卷六一，中華書局影印《四部備要》本，1998 年，頁 890 上欄，顏師古引如淳注。
〔註36〕 《周禮注疏》卷一六，頁 747 上欄。
〔註37〕 《潛研堂集》卷二四，上海古籍出版社，1989 年，頁 408～409。
〔註38〕 《周禮注疏》，頁 861 下欄～862 上欄。

佩之宜子孫。怪水出焉，而東流注於憲翼之水。其中多玄龜，其狀如龜而鳥首虺尾，其名曰旋龜，其音如判木，佩之不聾，可以為底。（《南山經》）

檢《周禮》一書，按照類似次序記載的尚有多處，說明這種記述次序乃是一種程序，而其所以形成程序乃因制度要求使然（相當於今天的公文體）。

《山經》喜記里數，正是夏官量人「邦國之地與天下之途數，皆書而藏之」的職責所在；除上文《地官‧司徒》「土訓」、「誦訓」之外，《地官‧司徒‧大司徒》：「以天下土地之圖，周知九州之地域廣輪之數，辨其山林、川澤、丘陵、墳衍、原隰之名物……」〔註39〕，《夏官‧司馬》所謂「山師」「川師」「原師」等記載，都與《山經》的思想內容相似，說明《山經》的最初作者要麼是這批王官，要麼與他們有關。

再則，《山經》二十六條山脈之末恒記該山脈山神形貌及祀典，殆據周王室《山川之圖》。《詩經‧商頌‧殷》「隨山喬嶽，允猶翕河」鄭《箋》以為「皆信案《山川之圖》而次序祭之。」〔註40〕而《周禮‧春官》末段云「凡以神仕者，掌三辰之法，以猶鬼神之居」，則極可能為《海經》《荒經》圖像的來源。這又是《山海經》與王官之學有密切聯繫的一個可能性的依據。

《海》《荒》二經資料同出於一源然又各有側重。《海經》注重於行貌與地理位置的描繪，《荒經》側重於世系與故事本原。何以產生這一差距呢？這或與周人革命有關，周人伐殷取勝，繼承了商人的文化〔註41〕，但周人對殷人信仰必非全盤接受，故對殷商文化或加以改造，或濾其未宜。所以商人文化乃自然分化為兩股，其一為殷商遺民宋人所保留，較為接近原貌；其二則經周人改造而僅僅存有商文化的影子。就《山海經》而言，沿著這兩股潮流，逐漸形成了《荒經》系譜派和《海經》地志派兩種形式。證據是，《山海經》記載姓氏15處，皆出於《荒經》，而《海經》卻從未關注譜系問題。從這一分析看來，將這部號稱「古今語怪之祖」的《山海經》與王官之書有關似乎並非純出臆測。〔註42〕

〔註39〕《周禮注疏》，《十三經注疏》本，第702頁上欄。

〔註40〕《毛詩正義》，《十三經注疏》本，第605頁中欄。

〔註41〕《呂氏春秋‧先識覽》云：「商之亡也，太史向摯抱其圖法以奔周」，則商人文獻終為周人所得。

〔註42〕拙論：《〈山海經‧荒經〉成書問題謭論》，《中國社會科學院研究生院院報》2009（1）。

《山海經》出於「土訓」「誦訓」或「川師」「原師」與《漢志》的「明堂羲和史卜」之官是否矛盾呢？我認為不矛盾。這應當考慮周代的官常與官聯制度，《周禮・天官冢宰・太宰》以「八法治官府」，「三曰官聯，以會官治。」孫詒讓疏云「連事通職，相佐助也」，也就是各部門之間協調工作，提高效率。《漢志》所為的「羲和史卜」其實正是《山海經》官聯的產物。

假如將《山海經》視為王官之學，就不是「小說之最古者」，而極可能是有關王道教化的政典。古今研究此書，多引《逸周書・王會》等典籍相比較。為什麼喜引此書呢？大多著眼於兩書的內容印證，尤其是多載怪物。但我矚目的並不在於其內容，而在於《王會篇》等典籍的政治功能。我認為，《王會篇》、《伊尹朝獻》以及《禹貢》，此類文獻乃是一脈相承的三代政制之書，或者說乃是職貢之書。理解了其職貢的功能，庶幾能明瞭《山海經》乃何種背景之產物。

第三節 「天問圖」與圖譜之學

王逸《天問》序言說屈子「呵壁」而作此詩，《天問》本文與「天問圖」的關係通常被作為問題提出來，現代學人大多採取了內容對應的實證方法，就是通過壁畫內容上的相似性證明《天問》圖的存在。〔註43〕但實證的方法前提是：相似即實有。即通過局部形象的相似來反推《天問》所呵問的怪力亂神內容的存在。因而這種結論只能是或然性的。時至今日，並不曾發現《天問》圖的存在。而且，以後發現該圖的可能性也不會太大。證明《天問》圖實存至少要保證兩個條件：第一，證明屈子「呵壁」的具體地點，亦即找到屈子《天問》的那個「先公之廟和公卿祠堂」的位置。第二，在第一步的基礎上，有文字資料佐證其所呵問的壁畫確實是《天問》圖。實際上，證實這兩點的可能性微乎其微。為此，我們必須重新審視實證思路的可行性。少數學人從「詩畫相通」的詩學角度進行闡釋，開啟了新的研討視角。〔註44〕既然證明王逸所序是否史實的可能性極小，我們最好不要拘泥於對壁畫實存與否的無謂爭執，而將問題的焦點轉移到王逸注疏的主觀意圖上來。換言之，逸序是探究這個問題的唯一學術起點和直觀前提，我們沒有足夠的證據證實或證偽。在接納王逸序言的前

〔註43〕代表性著作如孫作雲（《天問研究》）、蕭兵（《楚辭的文化解讀》）。林庚則避而不談壁畫問題（《天問論箋》）。鑒於本文的主題和篇幅限制，諸家觀點本文不再一一臚列。

〔註44〕楊義：《楚辭詩學》，人民出版社，1998年，第三章。

提下，應當思考如下三個問題。首先，就圖畫（壁畫）內容而言，《天問》王逸序云「楚有先王之廟及公卿祠堂，圖畫天地山川神靈……及古聖賢怪物行事」〔註45〕，那麼圖畫傳統與「怪物行事」的關係如何？這個問題在上文我們已經有所解答，即圖畫傳統中存在「畫怪」傳統之一脈。「畫怪」傳統為「語怪」之對應產物，但其卻歸於更高一層級的政教傳統，這就是政象，象法之教，或經稱象教，它以教象為施政工具和手段，古人有「左圖右史」之論，先秦史籍不乏有以「圖」名篇者，如《管子》一書有「幼官圖」（或校為「玄宮」）、《呂氏春秋》多處記載「圖法」之說，長沙子彈庫楚帛書更是圖文合書的實物、北大所藏西漢簡《日書》亦有圖，可見簡牘、布帛皆可繪圖，此等圖皆可謂之「教象」。《天問》之圖概莫能外，亦係此一傳統之產物。相應地，也自然會涉及到「廟」及「祠堂」等場合與「怪物」的關係。其次，在探討圖畫及廟祠與鬼神怪物關係之外，這些圖畫具有怎樣的功能？這個功能可從上一問題推闡，即政教教化功能。從功能論的立場出發，我們首先應當反思實證論的研究思路。現代學術多採取局部的、個別的對應之實證思路，也確實印證了不少圖畫單元的存在，為「天問圖」的「復原」提供了基礎；然這種經驗實證的思路對於把握「天問圖」的性質卻只是提供一些非本質性的解釋。從上文的論證來看，是否可以從「教象」這一角度重新審視「天問圖」問題？在介入這個「天問圖」的本質之前，需首先對其構圖形式予以判定。既然局部的、經驗實證的思路不足以把握其本質，有必要從另外的角度把握這一問題，《天問》圖不是一個局部的、孤立的文學現象，而是植根於深厚的畫怪傳統。在這個傳統的基礎上，我們再進一步探究《天問》圖的形式問題。這就涉及到第三個問題，即《天問》圖的形式如何？

上一章本書討論了圖譜問題，圖譜是理解「天問圖」形式的一個關鍵術語。《天問》從遂古之初發問一直追問到當下，可謂包羅萬象。如果呈現為圖像，顯然洋洋大觀。但問題在於如今考古資料並沒有「天問圖」的痕跡，「天問」據云為「呵壁」之作，楚宗廟圖亦未發現。因此關於「天問圖」是否存在也是《天問》研究的一個難題。不過從文獻學的角度論，我們上文既然列舉了不少的「圖譜」例證，以此類推「天問圖」的存在可能亦無大過。況雖然不能證實之，但王逸注視卻也不能斷然駁倒。實則，古人圖繪於牆壁之上以示教、禮神、觀賞是日常生活的常態。其中最核心的功能便是政治教化。

〔註45〕《楚辭補注》，中華書局，1983年，第85頁。

祠堂之外，類似的圖畫序列也見於禮殿和學堂，王應麟《玉海》卷五七「漢禮殿圖、文翁學堂圖」條引《益州記》云：「益州刺史張收畫盤古三皇五帝三代君臣與仲尼七十弟子於壁間。」〔註46〕

　　禮殿、學堂等場合繪製先王聖賢系列圖畫，其政治教化意義不言自明。此壁畫「盤古三皇五帝三代君臣與仲尼七十弟子」的排列很有意思，按照《三五曆記》《五運曆年紀》的說法，盤古是開天闢地之祖，而「三皇」到「七十弟子」是一個古典史觀下的歷史序列：盤古、三皇、五帝、三代君臣、仲尼七十弟子，這又是一個從邃古之初到當下關懷的「圖譜」序列，而與零星的畫幅形式有別。如上所論，理解圖譜的意義不應當僅僅關注該畫有哪些具體的人物，而應該考慮其「天地人」組成的譜系形式之整體取義。

　　這個圖是與「天問圖」較為接近的圖譜之一。可能有人會反駁說上述圖畫在內容上和《天問》圖有差距，因而難以斷定《天問》所依據的楚宗廟壁畫也是圖譜。那麼可以看一個和《天問》圖類似的例子：魯恭王靈光殿壁畫。《文選・魯靈光殿賦》：

> 圖畫天地，品類群生，雜物奇怪，山神海靈，寫載其狀，託之丹青，千變萬化，事各繆形，隨色象類，曲得其情，上紀開闢，遂古之初，五龍比翼，人皇九頭。伏羲鱗身，女媧蛇軀。洪荒樸略，厥狀睢盱。炳煥可觀，黃帝唐虞。軒冕以庸，衣裳有殊。下及三后，淫妃亂主。忠臣孝子，烈士貞女。賢愚成敗，靡不載敘。惡以誡世，善以示後。〔註47〕

　　這段賦常為楚辭研究者引用，用以說明《天問》的內容，而我們此處則特別關注它的整體形式特徵。注意其順序是天地開闢、雜物奇怪、山神海靈、五龍人皇、伏羲女媧、黃帝唐虞、三后、淫妃亂主、忠臣孝子、烈士貞女。其內容和結構都和《天問》圖相似，與上一章所列舉的諸葛亮圖譜、張收壁畫也具有形式的一致性。

　　無論典籍作者是否有自覺的理論意識，通過以上例子可知「圖譜」確係古人表達思想情感的一種特殊的圖畫形式。圖譜實有廣狹兩種用義，廣義包含有圖表、圖畫在內，狹義的則單單就圖畫而言。不過，狹義「圖譜」應當包含在廣義「圖譜」之內。據此估量，則《天問》「呵壁」所憑之壁畫以及與此類似

〔註46〕 （宋）王應麟：《玉海》卷五七，《四庫全書》本944冊頁508下欄。
〔註47〕 《文選李善注》，《四部備要》本，第11卷13頁右欄～左欄。

之作,皆與諸葛亮所繪或是武梁祠「圖譜」(狹義)相近。「圖譜」這個名稱,意味著它並非零散的、個別的圖畫,而是具有前後相連的系列圖(既可以是描繪同一故事的連環畫,也可以是互不相關的故事的組圖);這個序列按照天地人三才的宏觀順序(卻允許有局部的不次),並且包含著某種內在意義。因此,圖譜(狹義)似乎可以定義為:具有某種意味形式的完整而有序的一系列圖畫單元集合。也就是說,「圖譜」是著眼於功能而非著眼於內容的界定。關於這一點,可參考上一章關於鄭樵「圖譜」思想的討論。

這也就能理解,為什麼《天問》在問完天地之後,其整個構架卻以夏商周三代興亡為骨架?這當然首先歸因於屈原的主體創造,不過如果明瞭上面的原因,也可以就此推論,這些內容本來可能是宗廟所固有;退一步說,即便宗廟壁畫的內容未必和文本一一對應,宗廟場合和畫壁場景也能夠引導屈原作出這樣一部關乎國運興亡的政治詩作。

站在古人的生活立場同情地理解《天問》圖問題,古人的關注重心和政治有極為深刻的淵源,這種現象就是「教象」或者「圖畫的政治」。此一問題,上文羅列了《王會圖》、《伊尹朝獻》以及《禹貢》等職貢文獻,這些文獻背後所依託的「教象」或圖繪多有「語怪」內容,昭示華夏聲教廣被;同時又奠定了華夏—四夷這一政治—地理的傳統。要之,「圖畫的政治」包含著一個華夷之辨的文化思想內核。在某種程度上說,它不僅是個單純的知識問題,而更是古今對於圖畫賦予不同價值功能的實踐的問題。這是古典政教傳統下圖畫具有社會實踐功能的表達,很大程度上也制約了文學內容和文學表達方式。《天問》之為千古輝煌無兩、矯矯活脫的巨製,恰恰因其基於「天問圖」這一圖譜形式。

立足於「教象」觀念下的圖譜學視角,我們說《天問》壁畫的獨特性,除了「多奇怪之事」這一敘事特徵外,還在於其囊括天地人「三才」的「圖譜」(狹義)序列形式;也就是說,《天問》圖是充滿怪力亂神的系列圖組。《天問》詩是「世本—譜屬」性質的,從開天闢地追問到楚國先王先公;《天問》壁畫因此也很可能是「譜系畫」。《天問》和壁畫之間構成圖譜—世本雙重的詩學機制,其意義指向既不僅僅是抒情的,也不僅僅是哲理的,而是政治教化的。對《天問圖》應該有如下的認識:從表面看來它是楚國或華夏古史的圖畫呈現;但這些圖畫是「譜系」的,它意味著連續但不一定是按照時間順序的敘事,卻要保證傳達出尋根溯源的意義以及華夷之辨的政治情懷。這也就不奇怪,何以

屈原作為一個「蠻夷」，卻屢屢對中原王朝的賢聖發問，屈子所植根的原本是「鑄鼎象物」以來的「象」—「教」或者「畫怪」—政治傳統。

第十二章　現代性論爭與神話學反思

　　神話—歷史之間的糾葛是現代神話最核心的問題之一，「神話—古史」對
應自然就是研究神話的基本模式，該模式為理解現代學術話語、認知古今學術
轉型進而反思現代性的一種理論模型。這種模型基於對近百餘年以來「神話」
觀念的引入、建構以至其於現代民族國家認同功能之細緻入微的考察而確立，
置之於代性建構和反思的思想史背景下予以勘察。對於神話的理解以對上古
文化構造的理解為其背景，而對上古文化體系的理解勢必要回溯古典政教傳
統的開端。西方學術體系的進入，引導現代學人以認識論的態度審視本土固有
文化，但如本書反覆強調的，古典政教傳統是中國人生活方式的體現，具有鮮
活的、現實的實踐論功能。對於上古思想的理解亦然。現代考古學的勃興刺激
了學者對上古史和中國文明之源的探秘熱忱；地不愛寶，華夏大地上幾乎每天
都有新發現，職是之故，神話學便被視為進入中國考古學和中國文明探源研究
的重要工具。

　　神話概念究其根源來說是西學東漸的產物，通過章太炎、梁啟超、蔣觀
雲、夏曾佑、魯迅、周作人、顧頡剛等諸前賢的工作，神話逐漸成為闡釋華
夏歷史、進而理解古典文教傳統的核心話語。而且，神話學建構又深入到現
代性與民族主義等問題之中，它與民族國家建構之間有著剪不斷、理還亂的
錯綜關聯。質言之，神話學乃東西文化相摩相蕩的產物，神話觀念也是文明
之間交流互鑒的一面鏡子。為了理解「神話」在東西文化之間的錯綜關係，
我們不妨從天神之分、儒家與耶教的關係入手。

第一節　天─神之辯與儒、耶之分

　　如前申論，神話與神話學乃西學東漸的產物，它絕非本然存在的、可供被揭示或探究的客觀研究對象，而是一個被建構的現代學術觀念，是一個充滿闡釋張力空間現代學術話語。唯有深切理解「神話」之非客觀性，唯有突破對神話的認識論迷思，乃可進一步索隱其得以成形的文化背景和權利機制。神話觀念之成型和古今政教傳統之變、中外文化體系之分以及中國現代學術話語的重新建構息息相關，因而神話觀念天然便帶有批判前古典與後現代社會文化、也帶有反思現代性徐學術特質。眾所周知，神話進入中國文化語境主要有兩條渠道，一是從歐美直接輸入，一則從倭日輾轉傳入。經典神話學的理解通常採取「衝擊─反映」的單線論模式，但這種認識論模式對於體察本土文化內部肌理卻無能為力，但華夏文化素來以兼容並包為其優良傳統，苟著眼於能夠接受外來影響的內部文化因子，神話觀念輸入的起點或可上溯到晚明，這一時期也正是耶穌會士活躍於東方的時期。耶穌會士對「天」「神」的辨析為後來的「神話」學觀念之傳入開啟了可能性。

　　從世界思想體系的角度看，「天」「神」之爭的實際就是儒家傳統和西方宗教傳統（天主教和基督教）之爭，這種爭端在晚明未能以「文明的衝突」的形態展開而已。〔註1〕相較於「神話」「歷史」問題而言，中國和域外之間的思想、文化關係問題更為根本和緊迫。這是中國立足於世界的根本問題。譚著的述思路徑為神話為現代知識譜系之一脈，而現代知識譜系基於經學歷史化或材料化，經學歷史化的時代背景科舉和西學知識論的合力作用，其關鍵點則是「天」之信仰的崩塌（從政治上講，即皇權的塌陷）。故而其以「天」為傳統經學的核心，而以「神」為西學信仰的關鍵。中西之爭便由此展開。當然，天神之辯也僅止於從籠罩的、輪廓的角度立說。因中國本土也有神明，而西方自然也有其獨立的天。問題在於，耶穌會士以華夏之天釋西方之神，混亂與爭端自此便不可得免。

　　「天」「神」二字包蘊的關係錯綜複雜。質言之，深層次的問題在於儒家和天主教如何理解以及如何設定對神聖性的訴求。就信仰層次而言，天乃是周人革命，以天取代商人之「帝」的結果（是以文獻中常有雜用天帝的情況）；神也是中國傳統中的關鍵語彙之一（「祭神如神在」「神不歆非族」等等）。《聖

〔註1〕這個問題在今天得以凸顯，參考甘陽：《通三統》，生活·讀書·新知三聯書店，2014年，第14～21頁；等等。

經》中的所謂「上帝」、所謂「神」實則為耶和華，本為專名；神乃共名，《聖經》中尚多處留有多神痕跡；摩西傚仿埃及法老阿赫那頓進行一神教改革之後，神這一名號遂為耶和華所專美。但一神論、多神論卻邏輯地、歷史地並存著，它們從未以純粹的一神或多神形式存在過。〔註2〕因此，天、神二字背後、一神教與多神論之間實有非常複雜的宗教思想或文化背景。這裡至少包含三個層次的差別，中國之「神」（復指意義上的）與西方之「神」（god）之別，中國之「神」與西方之「神」（gods）之別；中國之「天」與西方之「神」（god）之別。但是利瑪竇等耶穌會士在「易儒排佛」的指導方針下，並未來得及消化儒家思想的精髓（當然也無此動機和能力），卻採取了斷章取義、牽強附會的解經方式，將傳統經典與西方經典肆意齧合在一起，以至於有些詞彙和觀念久假不還，例如「上帝」「聖經」「博愛」「民主」等等。中西文化遭遇後，逕用中國的「天」「帝」對譯西方的獨「神」。不過，這也並非利瑪竇等耶穌會士的創造，而是延續了早期佛經譯場的慣例。佛教經典中的神，通常譯為天，比如大自在天、摩利支天等等，然而這是複數意義上的。這裡的對應也可以看出耶穌會士的煞費苦心。

　　然而僅僅將其視為單純的翻譯問題未免小覷了耶穌會士，該會自始以來便帶有極強的宗教動機和意識形態色彩，他們之所以攘「天」掠「帝」，恰恰是一種有意識、有規劃的傳教策略。「天」「神」之爭所暴露出來的，不只是中西對異文化的不同理解問題，而且還暴露了中西不同的文化品性和文化趨向。猶太—基督一脈，乃是帶有激烈的排他性的宗教，西方歷史多宗教戰爭可為一證，儘管奧涅根有「魔鬼也能得到拯救」一類的宗教觀念，然終究淪為異端；與此相照，東方思想中「一闡提人皆得成佛」卻成為基本信條。故而，基督之所謂「博愛」云云，雖則陳義甚高，而實不肯身體力行，〔註3〕徒託空言而已。從這個意義上說，耶穌會士攘中土之「天」釋西域之「神」，

〔註2〕Tim Whitmarsh, *Battling the Gods:Atheism in the Ancient World,* Felicity Bryan Associtae Ltd, 2015, p.26.

〔註3〕墨家主張兼愛，而莊子評之曰：「以此教人，恐不愛人；以此自行，固不愛己」（《天下》）。墨學曇花一現而終不復振，恐主要還是因為學理上的缺陷。基督教之所以大行其道，可能一是其傳道機制，另一主要是其排他性的信仰所致墨家「兼愛」說與《聖經》「博愛」（此詞也是擷自中國古書，如《孝經·三才章》）在主張高度一致，應當考慮傳播的可能性。三四百年的時間差，墨子學說有足夠的時間從東亞傳播到中東，處於華夏文明和西亞文明中間地帶的游牧民族可能充當了傳播者的角色。姑且說明於此，待進一步考證。

乃是「易儒」的一種策略而已，這本身便帶有一種強勢介入的西學先天痼疾。由於西學的排他性和侵略性，傳統中國文化解體庶難避免（中國文化本身的包容性和平特質注定了其崩潰的命運，況且晚明之季文化本身也發展到了極致），只是時運不到，這個歷史進程延緩了三百年。

耶穌會士所倡導的天學觀念底色是排他性的，這也就根本制約了外來知識的歸屬和地位，考其原因可能在於，傳授西方知識的主體本身是宗教人士，而接納者泰半為儒生；耶穌會士主要目的在於宗教宣傳，但儒生卻主張不語怪力亂神，因此便無由顧及古希臘等異邦神的故事。這與佛經傳入的情況相似，儘管譯經傳統源遠流長，然而古代僧人卻並無人關注印度史詩，儘管在佛經中存有兩大史詩的梗概。神話觀念之所以得到晚清才傳入，正是因為傳入主體和時代已經發生了變化。隨著中國士人對「天」「神」關係的瞭解日深，體悟到西學中的信仰成分與中國文化傳統之間乃最不可調和之處。這種不調和表現為深層的理性早熟和宗教偏執之間的尖銳衝突。中國文化發軔期就以強調「和而不同」「攻乎異端斯害也已」為其思想基調，而猶太—基督教思想則以極端的排他性為其理論底色。故而，耶穌會士入華以來，在文化對話的表層能夠取得一些文化上的碰撞和交融，而觸及到世界觀、價值觀的根本問題，這種矛盾便表露無遺。晚清士人認知西學的方式仍舊受制於傳統儒家觀念，然而「神話」「歷史」等外來術語卻因時代丕變而隨著西學東漸的大潮湧入中國，而這乃是以中華文化的整體崩塌為代價的。

第二節　中西之別視野下的「神話」

儘管也有古今之變的背景，但「神話」在西方語境中的運用卻是水到渠成，而中國人接納神話觀念卻有個相當艱辛的歷程。「神話」二字偶然出現於晚明的《任氏傳》版本中，儘管從東西文化互鑒的視角考察「有其必然性」〔註4〕，但此「必然性」則是由中國文學中源遠流長的「話」體傳統所決定。傳統文化之「話」本就有故事的含義，六朝已將，說「話」是一種恒見的娛樂方式。唐代話本（有圖畫者謂之畫本）衍化為一種經典文學樣式，至宋代而盛極一時。由此而言，「神話」觀念之於華夏文化能夠順利接榫，不僅是現

〔註4〕譚佳：《神話與古史：中國現代學術的建構與認同》，社會科學文獻出版社，2016年，第42頁。

代學者的刻意為之使然，而且也有內部文化傳統的淵源。實則，西方古典語言中 mythos 最基本的含義僅僅是說話、言談和故事，與漢語的「話」正可東西互照。「神話」一詞最早傳入中國是 1897 年的《實學報》孫福保所翻譯的《菲尼西亞國史》，孫氏僅僅立足於翻譯，並未將其運用於對中國文化的研究，也不曾改觀希臘的認識〔註 5〕。真正具體將神話用於中國現代學術新體系建設的乃是章太炎、梁啟超、魯迅、周作人等學人，在中國神話學發軔之初，章氏尤其關注神話之於現代民族國家認同的意義。由於傳統文化不語怪力亂神的價值趨向，神怪之談往往被視為不登大雅之堂的街談瑣語，從而也鮮有人從思想高度予以關注。章太炎借鑒日人的宗教概論，洞悉到「以哲學代宗教」的思想嬗變，為後人理解世界歷史、理解人類自身開啟了異常深廣的探索空間。這種洞見經梁啟超、譚嗣同、聞一多、鄧實等人闡揚，至雅斯貝爾斯集其大成；以哲學代宗教，換言之，以理性反對神話是文明史上一大激動人心的事件，這場思想運動奠定了後世的思想版圖。不過，「軸心時代」是否可以不假批判地移用於中國古史研究？問題在於中國並沒有形成西方式的「純粹理性」化的哲學，當然中國有其自身的哲學傳統，此種傳統固然並不排斥理性，卻並不唯「理」是從。

　　正是由於華夏文化的獨特思想氣質，制約了現代學人在引介西方「神話」觀念、進行現代性學術建構的不同路徑，康有為、梁啟超和蔣觀雲在使用神話上則始終懷有強烈的民族主義訴求，在他們的共同努力下，「中華民族」完成了其自形式而內容的現代範式轉型，「神話」則是其勘定歷史和民族的重要視角。比如，蔣觀雲則將神話問題推入到民族精神的層次，神話得以成為民族存在、民族獨立的標誌和旗號，「中國神話」則成為「中華民族」的合法依據和精神源泉。〔註 6〕當然，這種建構仍然是立足於本土立場的，從而與西方的文化背景和思想機制存在很大的懸隔。中西差別基於根本不同的兩套世界觀，亦即杜維明所謂「存有的連續」世界觀和西方的二分世界觀之別，中國人所用的是以世俗昭顯神聖的存在方式。

　　這裡觸及一個相當深刻的問題，亦即中西思維方式的不同。而理解中西思維方式之不同，「軸心時代」則是一個重要的觀察窗口、軸心時代以理性或

〔註 5〕《神話與古史：中國現代學術的建構與認同》，第 52 頁。
〔註 6〕蔣觀雲：《神話‧歷史養成之人物》（《新民叢報》第 36 號，1903 年），見馬昌儀選編：《中國神話學文論選萃》，中國廣播電視出版社，1994 年。

哲學突破作為世界上偉大民族成熟的標誌，這其中華夏與域外的關係顯得格外重要？何以故，被視為軸心民族的印度、波斯、希伯來、希臘等皆有其所謂「神話」傳統，而華夏則殊不然。這必然引出中西之爭的問題，該問題乃是探究神話、上古史不得繞行的關鍵問題。這無非只是儒—耶爭端的進一步擴大，後者甚至導致儒家文明為代表的中華文明解體。然而，中華文明解體是否中西之爭的最終結局？恐怕遠非如此。中國有著不同於西方傳統的世界觀和思維方式。表面上的中西之爭實際上摺射出的是兩套根本不同的思維方式之間的博弈，西方的純粹「理性」實際有著深厚的宗教背景，是西方以「啟蒙」為口號反對傳統宗教的結果，其最初僅止於宗教領域，而後漸漸成為現代性的一大標誌。然而，理性的泛濫不可避免的造成了現代畸形發展的文化弊端，正如辜鴻銘所批評的那樣，只注重發展人類能力的一部分——智力。〔註7〕從整全的、宏大的而非局部的、細節的意義上來說，現代學術譜系的建構便是一場純理性運動，其勢必與古典傳統格格不入。因為這場相對淺薄的運動並不能洞悉古典精神的深邃，這場運動以「打到孔家店」或「打孔家店」為其第一高峰，〔註8〕本質上屬於列奧·施特勞斯所譏諷的「青年打老子」的現代性建構之一環。從這個意義而言，中國文明的解體無非只是古典精神淪喪的一個特殊案例，中西之爭在深層問題上只是古典精神與現代性的爭端，亦即只是古今之爭在中國而已，相較於耶、儒的矛盾而言，古今的矛盾更為根本。這個矛盾集中的表現便是如何看待「理性」，具體言之，即「理性」的邊界問題，也就是神聖性的重新確認問題。職是之故，儒家傳統的塌陷並不意味著中華文明的最終塌陷，而僅僅是中華文明的暫時隱退，它勢必以嶄新的面貌復興。這種復興的歷程在其解體之初已經開始，伴隨著復興之路的便是早期知識人對民族認同的重構和對現代性的反思。

第三節 「神話」與現代性反思

魯迅不僅完全論述了神話的文學特質，且賦予神話以對抗現代性弊病的力量。其神話學理論背景則是西方進化論神話學。他秉持進化論神話觀，將其

〔註7〕辜鴻銘著、李晨曦譯：《中國人的精神》，上海三聯書店 2010 年，71 頁。
〔註8〕關於「打倒孔家店」還是「打孔家店」，近年來對此研究和辨析文章頗多，綜合評述可參楊華麗：《新時期以來「打倒孔家店」口號研究述評》，《船山學刊》，2014 年第一期；等。

視為「不特宗教之萌芽、美術所由起，且實為文化之淵源」(《中國小說史略》第二篇)，魯迅的神話學建構實則乃一種「反現代性的現代性」立場，魯迅對中國文化有深切的特殊體察，他以為華夏文化之根底在道教，而多次評說中國傳統文化本身彌漫著神話性，並嘗試廓清之以便引入西方現代理性；若說黑格爾、馬克思·韋伯之倫將理性視為現代社會的核心，從而與信仰傳統決裂，而魯迅則將現代理性相對的古人之思維、信仰、習俗和情感皆視為現代文化的根源。如上所說，古今裂變和中西互鑒兩個問題錯綜纏繞，對於中國神話問題的考察，立足於本土固有文化立場，方能體察到其不同於西方啟蒙主義思潮的「純粹理性之主體建構」的反思和批判特質，中國神話學自誕生之初就與救亡圖存的歷史使命息息相關。

民族認同之最深切的問題便是民族主義，但在對中國神話的解讀上，泛巴比倫主義（如蘇雪林）、環太平洋文化說（如凌純聲、蕭兵）、華夏─瑪雅文化連續體論（如張光直）等有不小影響，這裡引出了一個比較重要的問題，即上古中國文化和世界文化的關係如何？實際上，華夏古典文化傳統並非偏安一隅而不與外界往來，而是兼收並蓄地吸收了域外文化的因子。《山海經》中的蛇就是一個具體例子。〔註9〕作為文化交流典型的神話絕非孤立的文化現象，中國神話為世界神話大家庭之一員，它不會淹沒於普遍意義之上的理論洪流之中，故強調神話的民族氣派隨著中華民族危機的到來變得日益緊迫。神話遂而成為凝聚民族團結、強化共同信仰從而實現救亡圖存之歷史使命的工具。例如，聞一多通過對古典文獻《詩經》、《楚辭》等文獻的研究的（集結為《神話與詩》、《古典新義》），將神話視為文化源頭並在此基礎上探究民族文化的心靈史，這與茅盾通過神話再造以尋找民族的共同精神」可謂異曲同工。他們共同服務於現代性的民族自覺之文化建構，從而在民族文化認同的基礎上強化民族團結，其由神聖而返還真相、消解神話以凸顯歷史。

現代學術譜系建立於基本的預設，即認識論之於一切知識對象能夠全面的把握。這也就是倫理價值和事實的分離，是科學主義、唯科學論無孔不入的現代性滲透。質言之，就是工具理性的「無恥的勝利」，現代學術以「求真」「求知」之名，在各個人文領域內肆意橫行，一切價值、一切倫理被懸置、被瓦解。「神話─古史」之建構背後若有若無、或多或少地帶有此類的思想背景。學術

〔註9〕李川：《古埃及喪葬文獻〈冥書〉中的蛇──兼論〈山海經〉與域外文化的關係》，《民族藝術》。2019（3）。

譜系的古今嬗變的本土土壤是中外文明互鑒之物，是世界文化共同體相摩相蕩的結果。其一突出的標誌便是明清易代之際樸學的興起，樸學傳統與西方知識論的傳統存在方法論上的相似性。顯然，此時期的方以智、王夫之、顧炎武、戴震等對西學知識當有所耳聞或瞭解，西學東漸在此時也有一些微弱的溪流，這說明明清之際的學術嬗變當綜合考量其內在危機及外部因素。而後經歷清朝的統治，直至而以1905年科舉之廢除為標誌，這象徵著傳統制度和價值的整體塌陷。然而，著者尤其強調的是，六經蛻變為歷史，倫理下淪為知識，乃科舉解體和西學衝擊雙重合力的產物。這就為新史學和證據法的引入開啟了可能性，而胡適、顧頡剛、傅斯年之儔才有可能打造出所謂的「科學方法啟迪」之新學術。

毋庸置疑，新史學及證據法能夠解決許多知識上的問題，然而卻將「尊德性而道問學」的古典價值切割為二。比如王靜安先生的古史新證之學，王氏以二重證據法平視甲骨與六經，以科學材料瓦解六經之神聖性，從而將傳統文化納入歷史研究領域，以完成現代學術建構的融入世界的整體訴求，王氏固然是近代學術的一座高峰，然而其學之弊亦進一步強化了士人無處安頓心靈的信仰危機。「神話—古史」的研究模式終究有其學術限度。從王國維、顧頡剛、張光直到葉舒憲，從神話歷史到神話中國，學人在推進「神話—歷史」研究範式的同時，也在對該範式不斷反思。

在此，我仍然接續上文的思路，即「神話—古史」問題所折射出的兩套不同的思維方式之爭。證據法無非是西方認識論推闡到極致的產物，無非是理性精神在器物上的直接體現。隨著中國學人對西方文化傳統認識的逐漸深入，西學存在的痼疾日益凸顯出來。中國學界已經意識到，西方理論並不是包治百病的、放之四海而皆準的真理論述，而僅僅是區域性的地方性知識而已，不加批判、不加反思的移用到中國傳統中，雖然在短時期內、局部的細節問題上能夠奏效，卻並不能解決中國問題的根本。是以重返本土固有的文化傳統、從本民族文化內部尋求解決問題的方案便成為時代的必然選項。而對中西之爭、古今之辯的問題也就有了全新的理解。以往單線思維方式將中西關係簡單概括為先進—落後、文明—野蠻等等（比如馬克思·韋伯等輩），其目的完全是為了建構歐洲中心論的神話。〔註10〕這種西方中心路的思維破產之後，從而有尋找

<hr />

〔註10〕參（英）約翰·霍布森：《西方文明的東方起源》，山東畫報出版社，2009年，第20頁。

到另一種解讀，從單純的中西之爭進入到古今之爭的層次，亦即所謂現代性問題，中國問題所暴露的問題無非是西方現代性在中國的延伸而已（比如中國的列奧‧施特勞斯派）。這一派人體察到，原來現代性不僅僅給中國帶來價值迷失和信仰坍塌問題，這也是世界上諸多古老文明普遍存在的問題。在某些文明區域，以原教旨主義的方式反抗現代文明，便是古今之爭的極端反映（比如恐怖主義）。為此，我們便不能不進一步觀察「神話—古史」研究範式在未來的走向。隨著中國學界對施特勞斯派的逐步理解，重返古典傳統（包括東西兩方的）而找尋現代性的解決方案也成為一條路徑，這就是當下中國新儒家（如蔣慶等）一派的主張。在反思現代性的、古今之爭的語境下，「神話—古史」的研究範式當大有用武之地，因為它會為文明探源、重構民族精神、民族認同、強化民族自信心等提供必要的理論動力和學術支撐；亦即具有延續既有的學術路徑而進一步發揚光大的可能。如，呂微先生的實踐論——價值論立場，撥正了進化論神話研究的航向；葉舒憲先生「玉教」探索，為史前中國的統一找到了一個有力的理解視角。這也說明，「神話—古史」的研究範式在當下甚或一段時期以內可能仍具有強大的學術潛能。

附錄一　讀《山海經》札記

陸吾　《西次三經》

吳吾古音同在模韻，音同字通，「吳」即「虞」之省寫。《呂氏春秋・開春・貴卒》「中山之人多力者曰吾丘鳩」，高誘注云：「吾丘即虞丘，《漢書》吾丘壽王，《說苑》作虞丘」。虞，《尚書大傳・西伯戡耆》、《說文・虍部》並以為即騶虞。《詩經・召南・騶虞》歌詠者，即此物也。《山海經・海內北經》「林氏國有珍獸，大若虎，五采畢具，尾長於身，名曰騶吾」，亦即騶虞神獸。「林氏」，《大傳》作「於陵氏」「於林氏」，「於」、「於」蓋皆語詞，「陵」「林」音同。《莊子》之《逍遙遊》、《大宗師》、《應帝王》及《田子方》篇皆提及「肩吾」之神，且「處大山」。揆之，陸吾、騶吾、肩吾皆虎屬之神格化，「吾」蓋擬虎嘯之聲。以擬聲詞為神名，如古埃及《阿尼紙草卷〈亡靈書〉》幽冥怪獸阿姆阿姆（「吞噬者」）或阿瑪瑪特（「食屍獸」），擬吞咽之聲；鵬、鳳、飛廉，擬風起之聲，《莊子・秋水》曰「蓬蓬然起於北海，蓬蓬然入於南海」；豐隆，擬雷鳴之神，猶今雲轟隆隆。類例極夥，不具。

葆江　《西次三經》

郭注：「葆或作祖」，二字形音義皆相去甚遠。張衡《思玄賦》「弔祖江之見劉」，欙栝其事。以義度之，葆者，草盛貌（《說文・艸部》），江乃大水。葆江蓋司掌水澤、植被之神。此神為燭龍之子鼓及欽䲹所戮，鼓為龍蛇之象、欽䲹固是鳥象，水澤、植被正龍、鳥所需，故葆江遭戮，實為神話世界爭奪資源之鬥爭。

員神磈氏　《西山經》

郭注：「日西入則景反東照，主司察之。」郝懿行箋疏：「員神，蓋即少

昊也；紅光，蓋即蓐收也」。郭注未釋員神，郝疏以員神為少昊，俱有未諦。
今按：「員」為「云」之借字。《尚書‧微子》「我舊云刻子，王子弗出」，敦
煌寫卷作「我舊員刻子，王子弗出」；《秦誓》「若弗云來」，《正義》引作「若
弗員來」，「雖則云然」，《漢書》顏師古注謂「云作員」；《詩經‧鄭風‧出其
東門》「聊樂我員」，馬瑞辰《詩經傳箋通釋》云：「『員』當讀如『婚姻孔云』
之『云』」，是直以「員」為「云」之借字；《韓詩》作「聊樂我魂」，亦是借
「魂」為「云」。由上列訓釋，知所謂員神，蓋即云神也，「云」即「雲」之
訛文。「員」字即與「云」互用，亦可與「雲」字相通。《經》文言主司反景，
正日落時暮雲返照之象。下文紅光，袁本斷為「……西望日之所入，其氣員，
神紅光之所司也。」郭注：「其氣員，故其氣象亦然也。」「員」「云」即「雲」
音通，義亦相若。雲有「回轉」（《說文解字‧雨部》）之象，正與「員」字意
義相當。經文曰「日之所入」。日所入處，乃指暮雲而言，此句當作「……
西望日之所入，其氣員神紅光之所司也。」故知上文之員神魂氏，即此處之
員神紅光也。

皆用稌糈米祠之 《北次三經》

據《山經》文例，當作「糈用稌米祠之」，「皆」字因上文而衍。

百碧 《東山經》

郭注引文與今所傳本異。今本作「醴水之魚，名曰朱䱧，六足，有珠百碧。」
郭注引「醴」作「澧」，「䱧」作「螯」，字通用也。然郭注引無「百碧」二字。
《呂氏春秋‧孝行‧本味》高誘注亦未解「百碧」為何義，畢沅校引梁仲子「此
注不解百碧，疑當從下文作『若碧』，蓋青色珠也」。今按：「百」「若」字形字
義皆相去甚遠，畢沅之說實難信從。《夏小正》八月「丹鳥羞白鳥」，《呂氏春
秋》作「群鳥養羞」，是以「白」通「百」，解作「群鳥」；則「百碧」當即「群
碧」，謂各色珠也。

米用黍 《東山經》

疑文有訛誤。查《山經》祠禮，有祠、祈、嬰、鈐、糈等，而未見「米」
如何者。此「米」字殆「糈」字之脫壞也。「糈」謂以精米祀神（此處從袁
珂先生之說，而蔣禮鴻先生則謂《山經》之「糈」，並「精」字之訛）。《南
山經》首「糈用稌米」，《西次三經》「糈用稷米」，《西次四經》「糈用稻米」，
《中次十經》《中次十一經》「糈用五種之精」（蔣禮鴻以為當作「精用五種

之糈」)，《南次二經》《南次三經》《中次三經》《中次八經》《中次九經》《中次十二經》「糈用稌」：此數處「糈」皆為以精米祀神之意。「黍」字疑亦與「稌」形近而致訛。故疑「米用黍」蓋本「糈用稌」之誤。

尸水，合天也　《中次五經》

郭注「合天」云「天神之所憑也」，未知其詳。今疑「合」當讀如「答」字。金文辭例「合揚」即「答揚」，亦即「對揚」；《睡簡‧封診式》「自殺者閉先有故，問其同居，以合其故」，即「以答其故」也；《馬王堆帛書‧戰國縱橫家書‧蘇秦自趙獻書於齊王》「奉陽君合臣曰……」「合臣」即「答臣」之義；《爾雅‧釋詁》（上）「妃合會，答也。」郝懿行云：「古答問之字直作合」。故此處「合天」當讀為「答天」，答報天神之地也。

用羞酒少牢祈瘞　《中次八經》

疑文有錯簡訛奪，依《山海經》文例，當作「羞酒，少牢（之具），用（某物）祈瘞。」

高前之山　《中次十一經》

《呂氏春秋‧孝行‧本味》「水之美者……高泉之山，其上有湧泉焉，冀州之原。」畢沅以高前之山即高泉，所說甚是。泉前音同，字得通用。此處高泉之水即《中山經》所謂帝臺之漿。就此而論，帝臺者，蓋本冀州一帶所祀天神也。

二八神　《海外南經》

諸家釋「二八」之義均未諦。「二八」當為舞者之屬，舞者以八人成列，所謂「佾」者是也。《說文‧彳部》「佾」「舞行列也，從人聲」，「佾」以八人，故其字從八。此神人之「二八」與《楚辭‧招魂》「二八侍宿」之「二八」無本質區別。神人「司夜」之職殆由「侍宿」引申而來，印度古神話天龍八部之一乾達婆近之。以其按列而舞，故又有「連臂」之談，今青海省出土史前陶盆，內壁亦有連臂踏歌而舞之象，可為《山海經》此段經文作一注解。《淮南子‧地形》「有神二人，連臂為帝候夜」，袁注《山海經》以為「人」為「八」字之誤，其說至確不移。《呂氏春秋‧先識‧察微》「諦於先王之廟也，舞者二人而已」，畢沅校「『二人』，《左傳》《淮南》並同。吳斗南《兩漢刊誤補遺》曰：『人當作八』……盧云（引按：指盧文弨）《御覽》引《家語》作『二八』，知此『二人』斷然字誤。」是知《地形》之誤「八」為「人」，與《察微》之誤正同。

視肉 《海外南經》

《山海經》載視肉凡十三處。郭璞曰：「聚肉形如牛肝，有兩目也。食之無盡，尋復更生如故。」現代或亦菌類視之。考此經與熊羆虎豹之屬並列，郭璞及今人解釋皆未為妥帖。自跨文化角度勘察，古埃及喪葬文獻多言及奧西里斯之「肉」，《冥書》第三時次「結語」且有「觀看肉」之語，正合「視肉」含義。「肉」為神靈再生之根本，希臘媚神阿芙洛狄忒出自烏拉諾斯「不死之肉」（《神譜》第 193 行），《山海經・大荒西經》亦載「女媧之腸，化為神」。綜上，則「視肉」蓋監管「肉」之神靈名，與上古「死即復蘇」（《大荒西經》）觀念或有關係。

平丘 《海外北經》

注者未釋其義。《說文・虧部》「平，語平舒也，從虧從八。八，分也」其字古文正是從虧從八。字有分別之義。《尚書・堯典》「平章百姓」即「辨章百官」之義，「平秩東作」「平秩南訛」「平秩西成」，亦有辨測四方次第之義。故「平丘」當取分別為二之義，《經》文：「有兩山夾兩谷，二大丘居中，名曰平丘」。「夾」「二」「平」字義相應。

邛下地 《大荒西經》

《山海經・大荒西經》曰：「帝令重獻上天，令黎邛下地」，袁珂先生校為「印下地」，其說至確不移。唯以「抑」釋「印」，或未必然。古書印、抑二字分別甚明（《墨子・親士》：「抑而大醜」、《楚辭・懷沙》「屈心而自抑」「抑心而自強」、《荀子・成相》「抑下鴻」等皆不以印為抑），讀印為本字含義自通，不煩改字。印自謂印章或印璽，馬衡、潘天壽皆以為璽印三代始之，晚周尤盛，如《周書》《周禮》《管子》《漢舊儀》等書證，至若實物則有殷商七璽，為吾華存世印章之尤早者。中土用印之制，仍較西域為晚，西亞、北非、南歐、中亞及南亞，多有印信出土，年代亦早。唯《山海經》「印下地」之語，與域外典籍合，此其特異。古埃及《冥書》第 82 號神名曰 dbˤ tȝ「大地封印者」，第十二時次又有ḫtmw dwȝt「印乎冥界」之言，與「印下地」密合無間。嘗疑漢壤印章制度與西域文化相關，唯證據尚不足，姑錄之備考。

孽搖頵羝 《大荒東經》

《說文》有蠥字，云「凡衣服歌謠草木之怪謂之祅，禽獸蟲蝗之怪謂之蠥。」段玉裁注云「諸書多用孽」；睡虎地秦簡《日書》（甲 215）「是地居

之」,《天問》「革孽夏民」。則孽為妖厄之義甚明。「頹瓨」郝懿行以為即《呂氏春秋·喻大》之「群抵」,觀其字知其義當為群羊。「搖」殆「繇」之假字。「孽搖頹瓨」者,因群羊而致怪也。《山海經》一書文風至簡,而皆隨地記其傳聞,觀「禹父之山」「天帝之山」「女幾山」「不周負子」之名可知矣。故此山名,必寓有一故事在焉,如「二郎山」「思妻臺」「望夫石」之屬,惜歷時既久,其事失傳,而古字難解,乃有指為記錄譯音者,謬矣。

西王母梯幾而戴勝杖　《海內北經》

《漢書》如淳注、《太平御覽》卷 710 引此經並無「杖」字;袁珂先生校云「杖字實衍」。然《抱朴子內篇·仙藥》云「象柴,或云仙人杖,或云西王母杖」;《孝經援神契》亦云「或名仙人杖,或名西王母杖」;《帝王世紀》云「(西王母)蓬頭戴勝拂枝杖」:則「杖」字似亦不衍。考西域、北漠諸邦,皆有權杖制度,吾國良渚、三星堆等遺跡,亦有杖類物出土,而權杖頭則更有廣泛發現(參李水城:《耀武揚威:權杖源流考》,上海古籍出版,2021 年),杖實乃上古權力象徵,若鼎彝、璽印然。

大行伯　《海內北經》

袁注以「遊」釋「行」字,謂「大行伯,其共工好遠遊之子修乎?」固可得其一解。竊意「大行伯」或上古「大行」、「大行人」禮制之折射,與「二八」相若。《呂氏春秋·審分·務躬》「登降辭讓,進退閒習,臣(管仲)不如隰朋,請置以為大行。」高誘注引《周禮》:「大行人掌大賓客之禮,以親諸侯。」疑「大行伯」即此「大行」「大行人」之屬。稱「伯」者,猶言「河伯」「水伯」「風伯」也,為神明專司之標誌詞。四川成都揚子山漢墓《西王母》畫像磚,有持戈長人,蓋「大行伯」之寫照也。

維冰夷恒都焉　《海內北經》

古文渚豬(瀦)都俱從者得聲,為同源字,有聚合之義,水之聚為豬(後分化為瀦),人之聚為都,沙之聚為渚。則此蓋言冰夷聚合水府諸神之所也。

鞠陵於天　《大荒東經》

郭注未釋其義,但云「音菊」。今查字書,鞠古字作𥷚,《說文·幸部》:「窮理罪人也,從幸從人從言竹聲,居六切。」窮理罪人為其本義,引申之而有窮盡義,《尚書·盤庚》:「爾惟自鞠自苦。」傳云:「鞠,窮也」,可證。陵字篆文象人一足升登山阜之形,故以造意推之,陵可訓升、訓高、訓上。鞠陵

於天之山，正取此山高峻、窮極天宇之義。《呂氏春秋‧慎行‧求人》載「禹東至……撎天之山」，高誘注云「山高至天也」，畢沅校云「撎音民，撫也，疑亦與『抈』同義」。鞠陵於天、撎天之山其取義相同。惟其高峻，故「日月所出」，猶《史記‧大宛列傳》「日月相隱避為光明」之義。

天吳　《海外東經》《大荒東經》

「天吳」字當作「天虞」，古文字從虎之字虎頭常省略，如處之作處即其例。其字從虎，殆猛獸之屬，故《大荒東經》謂「（天吳）虎身十尾」，則天吳其形如虎，然虎乃山獸，《海外東經》稱天吳為「水伯」，李賀詩云「帝遣天吳移海水」，則其職司又主水事，水獸性情之近虎者，莫若鮫鱷，天吳蓋鮫鱷神話化之產物歟？以動物比擬動物或神怪，中外攸同。《水經注‧洧水》有「水虎」，實乃精怪；《金字塔銘文》亦多以獅子比擬蛇怪（如第285辭、第287辭等）。

不周負子　《大荒西經》

《尚書‧金縢》：「若爾三王是有丕子之責於天」，《史記》「丕子」作「負子」；《西山經》「欽䲴」，《淮南子》作「欽負」。可知丕負古通用。謂「負子」者，「丕子」也。「不周負子」即言「不周丕子」也，猶鍾山之有子曰鼓然，皆謂山神之子也。至注者謂「負子」二字「疑衍」，實未細審。「不周負子」在《大荒西經》，「不周」在《西山經》，二山地望相距甚遠，豈得謂為一山耶？

栗廣之野　《大荒西經》

栗廣之野，郭注但云「野名」，未釋其義。今按，「栗」為「凓」之借字。《詩經‧豳風‧七月》「二之日栗烈」，《說文》引《詩》作「從仌栗聲」之凓字。《說文‧仌部》「凓，寒也」。是知「栗廣之野」乃凓冽空曠之地也。其語義正與後世「廣寒宮」契合。頗疑「栗廣之野」或後世月宮神話之淵源，女媧為陰神、兼有月神神格，於漢畫像磚石屢有徵驗。此經下文石夷司日月之短長，上文不周、顓頊均為與古天文現象密切相關。故此經所記女媧神話，或即月亮神話之首出。

成都載天　《大荒北經》

《說文‧戊部》云「成，就也」，《京部》「就，高也」。凡物有所成就，必有積累，如京觀之築，所謂「九層之臺，起於累土」（《道德經》第六十四章）。《呂氏春秋‧慎大‧下賢》「周公旦抱少主而成之，故曰成王」。「成王」

之「成」正由「抱」字而來，由孩提而成人之過程。是知「成都」二字，蓋由下而上、自「都」而至於「天」。其所謂「都」乃指幽都而言，觀《山海經》下文言「后土」，正是幽冥之神，因科斷定。載，戴也。畢沅校《呂氏春秋·孝行·慎人》「丈夫女子，振振殷殷，無不戴說」句，列《廣韻》所引《呂氏春秋》異文「莫不載說」。「載」「戴」就其語根而言，皆從「才」聲，故相通。成都載天者，實謂此山下接幽冥世界，上通天府：正宇宙山之屬。

弄明　《大荒北經》

郭璞云：「（弄）一作卞」，然「卞」「弄」二字字形相去甚遠，無由混淆。疑郭注「卞」字本作「弁」，「弁」古文字形為與「弄」古體字形極近而訛。故知郭注原本當作「（弄）一作弁」，以「卞」「弁」音同而注文訛作「卞」。

風雨是謁　《大荒北經》

郭璞云：「言能請致風雨。」畢沅云「謁，噎字假借。」袁注「畢說是也，言以風雨為食也。」今按，袁注乃據畢沅之說引申，然謂燭龍以風雨為食與經文「不食」相牴觸，疑「謁」字當有別解。長沙子彈庫戰國《楚帛書》「風雨是於」，何琳儀讀「於」字為「鳴」或「歔」，以與前文「澤」「魚」「女」壓韻（《長沙帛書通釋》，《江漢考古》1986年第2期），何說極是。此「鳴」當釋作「嘔」。《大荒北經》「其所歔所尼」郭注「歔，嘔，猶噴吒。」郝懿行云「嘔，吐也。」《說文》卷8下「歔，有所惡若吐也，從欠烏聲，一曰口相就。」帛書乃謂天地混茫，風雨自混沌中噴薄而出，猶有物嘔之也。《大荒北經》燭龍神話殆亦此類。故「謁」或當訓為「嘔」。

附錄二 《天問》零箋

《天問》之結構

王逸云《天問》「文義不次序」，然細案之，其文枝節雖似無序，大體則表裏經義，次序井然。《天問》文脈，可以《禮記·祭義》說之。自「遂古之初」至問日月諸事，蓋所謂「致反始也」；自「禹之力獻功」至舜娶婦、南嶽二子事蓋即所謂「致鬼神也」。其間雜陳靈獸、異華，實「致物用」之意。言「易之以百兩」「彭鏗斟雉」殆「義與讓也。」夫經者，常道也，諸子所作，鮮有出其畛域。是以《天問》雖輝煌大篇，亦附庸大義，莫能出六經範圍。今人多以地域文化解騷，而其根柢，仍在宗周文教。合經傳勘之，則無往而不通。至若時代不次，則古人書法之常態，斷不可以現代編年史思維衡之。

「呵壁」之作

王逸以為屈子至於先王宗廟，「呵壁」而為此詩，近人頗疑之。今按：一國宗廟甚夥，非必盡在國都。叔師注不可疑。《史記·平原君列傳》：「再戰而燒夷陵，三戰而辱王之先人」。先人，蓋宗廟也。宗廟非必在國都。《戰國策·齊策一》（靖郭君善齊貌辯章）「先王之廟在薛」，齊都非薛，例推之，楚廟非必在都城。《齊策三》（孟嘗君在薛章）「薛不量其力而為先王立清廟」，《齊策四》（齊人有馮諼者章）：「願請先王之祭器，立宗廟於薛」。則先王之廟，蓋當時諸侯同宗所得立。《齊策六》：齊負郭之民，「王本莒……於是殺閔王於鼓裏」，胡注：「莒中地，近齊廟」，是皆明證。《國語·晉語二》晉申生雉經於新城之廟，而晉都絳。《中山策》應侯范雎責武安君白起之詞：「拔鄢郢，焚其廟，東至竟陵」，所謂「焚其廟」，即燒夷陵先王之墓也。《史記·

楚世家》載昭滑之詞：「秦破韓宜陽，而韓猶復事秦者，以先王墓在平陽，而秦之武遂去之七十里，以故猶畏秦」。古者廟、墓混言不別。王注謂屈子《天問》係呵壁之作，不可輕致詰也。所謂「仰見圖畫」，蓋宗周遺制。古所謂「政象」（《管子・勢》、《周禮・夏官・大司馬》）、「教象」（《周禮・地官・大司徒》）以「象」為政教，所謂「天子之為國，圖具其樹物」（《管子・侈靡》）者是也。《天官・冢宰・內宰》：「掌書版圖之法」，注云「版謂宮中閹寺之屬及其子弟錄籍也；圖王及後世子之宮中吏官府之形象也。」廟制乃政教之延伸，「呵壁」云云，要當有本。

誰傳道之

《周禮・夏官司馬》訓方氏掌「誦四方之傳道」，注曰「世世所傳說往古之事也。」屈子此問，或有一「天子失官，學在四夷」之背景焉。

陰陽三合，何本何化

本、化之說，蓋當時思潮（如《呂覽・大樂》）。三合之意，諸家多引《穀梁傳》「莊公三年」、《莊子・田子方》、《淮南子・天文》之說，云陰陽合而萬物生；其說可從。《逸周書・武順》：「人有中曰參，無中曰兩，兩爭曰弱，參和曰強」，「參和」、「三合」正可互相挹注。《管子・樞言》：「凡萬物，陰陽兩生而參視，先王因其參而慎所入所出。」此生、視殆如《老子》「長生久視」之意，渾言無別，析言有異。頗疑此句陰陽、三合分別為問。《大戴禮記・本命》：「陰窮反陽，陽窮反陰，辰故陰以陽化，陽以陰度，何有本化之別乎？」屈子「陰陽」之問，與戴記之意似可相參。

女岐無合，夫焉取九子

上古知母不知父，感生神話於是乎出，《說文・女部》「姓」字條「古之神、聖母，感天而生子，故稱天子」，堯母慶都、禹母修己、契妃簡狄、稷母姜嫄皆「無合」而生子，「無合」言其無匹偶也。《論衡・物勢》：「夫婦合氣，子則自生也。」《後漢書・孔融傳》：「父之與子，當有何親？論其本意，實為情欲發耳。」屈子之意，蓋問既夫婦合氣而生子，何有無合而生者？是詰怪異之事，而致倫常之意也。

伯強何處

王注以伯強為大厲。檢《禮記・祭法》「王為群姓立七祀……曰泰厲。」注「古帝王無後者也。」是則泰厲入於祀典，非民間淫祀可比。又《禮記・郊

特牲》：「鄉人禓」，鄭注：「禓，強鬼。」《左傳・昭七年》鄭良霄被殺，鬼為厲，是強死者。此云伯強大厲，不知何指。屈子所呵，其祀典耶？

順欲成功，帝何刑焉

《海內經》曰「不待帝命」，《韓非子・飾邪》：「昔者舜使吏決鴻水，先令有功而舜殺之……則古者先貴如令矣。」是帝之刑鯀，非以其功用不就，特因其違命耳。人事之是非，原不在神明世界考量之內，唯信從上帝與否，係遠古社會一根本問題。鯀禹治水原無方法之差別，堙、疏之論特細別而已。鯀之「順欲」違命，正其得罪之由。

纂就前緒，遂成考功

《離騷》：「何不改乎此度？」《思美人》：「廣遂前畫兮，未改此度。」改度與否，乃屈子一念所縈繫也。

夫何三年不施

前云「帝何刑焉」，重在刑之。此不云刑，則刑、殛義別。《秋官・司隸》掌罷民，其罪「三年而捨之」，屈子因周制而致問焉。

何以寶之

《禮記・檀弓》「主人既祖，填池」，鄭讀「填池」為「奠徹」，是也。是以填為奠，奠猶定也。填可讀為奠，寶亦然。然則「何以寶之」即「何以奠之」，謂鴻水汪洋，何以定之使可居人耶？《書・禹貢》「奠高山大川」，《淮南子・地形》「禹乃以息土填洪水，以為名山」，與《山海經・海內經》鯀以息壤「堙洪水」本無別。然《國語・周語下》則謂鯀「稱遂共工之過」「壅防百川，墮高堙庫」，則移過於鯀之無能治水，所謂欲加之辭而已。

地方九則，何以墳之

則，普天之下，莫非王土，是土有則稱。《逸周書・作雒》：「受則土於周室。」則土，崇之也。《管子・君臣下》「墳然若一父之子。」房注訓「順貌」，可從。故知墳不惟謂墳起九土，且寓有序順九州、疆理天下之意。正與《禹貢》之說互相表裏，乃闡發經部雅馴之旨，非徒好怪尚奇而已。

河海何歷

《吳越春秋・吳太伯傳》：「太伯仲雍望風知指，曰『歷者，適也。』」適猶往也。《爾雅・釋詁》：「適，往也。」河海何歷，乃問河海何所往乎？

鯀何所營

營，惑也，謂惑於鴟龜。《淮南子·精神》「而物無能營」，注曰：「營，惑也。」《大戴禮記·文王官人》「煩亂以事而志氣不營」，營亦惑也。此承上文「鯀何聽焉」而來，屈子每為鯀不平，鯀從鴟龜，果被蠱乎？禹之治水，與鯀果異途乎？

康回馮怒

康回，字例如吳光，後世康民、康國蓋因之得名。回者，邪也。《國語·魯語上》「縱私回而棄民事」注曰「回，邪也。」《晉語一》「以縱其回」，回亦邪也。《逸周書·王會》「康民以桴以」，是康回之後與？《哀時命》「願舒志而抽馮兮」，《補》曰：「馮音憑」，然則馮怒猶憤怒也。

南北順橢

《周禮·地官·大司徒》「周知九州之地域廣輪」，輪，縱也。《疏》引馬融曰：「東西為廣，南北為輪」，輪意正與橢相照。

雄虺九首，儵忽焉在

按，《管子·小匡》曹孫宿，《戒》作「孫在」，是知古音在、宿相通。此在讀為宿，與首為韻也。

嗜不同味

《禮記·王制》：「中國、夷蠻戎五方之民，言語不通，嗜欲不同。」《大戴禮記·主言》：「是以蠻夷諸夏，雖衣冠不同，言語不合。」《左傳》「我諸戎飲食衣服不與華同，贄幣不通，言語不達。」嗜欲蓋就風俗為言，其涵蓋亦廣矣。近人或校訂為「嗜欲同味」，以同姓不婚說之，於文義、情理皆有所滯礙。

何獸能言

《周禮》夷隸「掌鳥言」，貊隸「掌與獸言」，是「致物用」之意。《禮記·曲禮上》「猩猩能言，不離禽獸；鸚鵡能言，不離飛鳥」，猩猩、鸚鵡當非《天問》所詰。《軒轅本紀》（《雲笈七籤》卷一〇〇引）載：「（黃）帝巡狩，東至海，登桓山，於海濱得白澤神獸。能言，達於萬物之情。因問天下鬼神之事，自古精氣為物、遊魂為變者，凡萬一千五百二十種。白澤言之，帝令以圖寫之，以示天下。帝乃作祝邪之文以祝之。」白澤固神獸之能言者，敦煌寫本有《白澤精怪圖》。

靡萍九衢

靡,疑是國名,文例同巴蛇。《呂氏春秋‧恃君覽‧恃君》有「餘靡之地」,《漢書‧地理志》益州郡有「收靡」,《呂氏春秋‧審分覽‧任數》謂之「壽靡」,《逸周書‧王會》作「州靡」,《大荒西經》謂之「壽麻」也。靡萍言靡地之萍,就四方物怪發問也。

禹之力獻功

《周禮‧天官冢宰》「內宰」「佐後而受獻功者」,屈子正用古成語,其含義亦當與周官制度相契。

啟棘賓商

朱子疑「商」乃地「帝」之誤,後儒往往因之;或引證《山經》《史記》秦穆、趙簡夢中賓天之說,以為上至帝所。今按:商字自通,不煩改讀。《周語上》「司商協民姓」,韋昭注:「司商,掌賜族受姓之官。商,金聲清。謂人姓生,吹律合之,定其姓名也。」此言司商吹律定姓。商章音轉相通,司商,司章,謂樂也。故掌姓之官與樂官職司或通。《逸周書‧程寤》「祈於六末山川,攻於商神」,商神蓋亦樂官之神。《大戴禮記‧投壺》:「七篇商、齊,可歌也」,孔廣森補注引《禮記‧樂記》:「商者,五帝之遺聲也。……商人識之,故謂之商」,是商為五帝之遺聲,固與音樂有關。蓋《天問》簡古隱括,不作長言。賓商者,因商而來賓也。殆言啟所賓乃帝之司樂,故得九辯九歌以下也。本事湮沒,無可詳考矣。

勤子屠母

勤子,猶言祈子。古文從堇、從斤一也。《逸周書‧糴匡》「勤而不賓」,《大匡》作「祈而不賓」。故勤得通祈,勤子意即祈子。《隨巢子》(清馬驌《繹史》卷十二引)、《淮南子》(《漢書‧武帝本紀》顏師古注引)並載大禹通轘轅山、塗山氏化石而生啟,此問與之相埒。詩章因啟而及大禹,言何以求子甚急,乃令其母無完屍可存乎?《逸周書‧世俘》載《崇禹生開》一曲,崇禹猶崇伯,開則啟也。或有禹娶塗山本事在焉,是周初啟事已被諸管絃矣。

館同爰止

《管子‧輕重己》「無夫無子,謂之老寡。此三人者皆就官」,官,謂館也。然則鰥寡固當供養於公家。澆嫂女歧寡居,故澆通之於館。館非私宅。《禮記‧曲禮》「在官言官」,鄭謂「官謂版圖文書之處」,《玉藻》「在官不

俟履」注「官謂朝廷治事處。」

帝降夷羿

《夏小正》「來降燕，莫能見其始出也」，古書言降，多謂出自上蒼，《商頌・玄鳥》「降而生商」，鄭箋：「降，下也……若自天而下」。

憑珧利玦

《晉語八》：「佩之金玦」注曰「玦示離也」，《荀子・大略》：「絕人以玦」，然則上帝有絕之之意。利，意猶憑，恃也。《周語》「先王豈有賴焉」解曰「賴，利也。」聲近義通。是屈子之微諷焉。

何獻蒸肉之膏

《考工記・梓人》：「天下之大獸五……宗廟之事，脂者膏者以為牲」。獻蒸肉之膏，獻牲之異語爾。

阻窮西征

原意難明。《國語・晉語一》「狂夫阻之衣也」，與《左傳》閔公二年「是服也，狂夫阻之」同，杜注：「阻，疑也。」蓋后羿心存疑慮，故謂之「阻窮」？莫能明其本義焉。

莆雚是營

《管子・地員》「其草宜蒱雚」，即謂此耶？莆、蒱相通，猶之父、負相通。蒱，古菩字也。

白蜺嬰茀，胡為此堂

嬰，今攖字也，謂橫布遮蔽。《周禮・天官・冪人》：「祭祀……以畫布巾冪六彝」，注曰「宗廟可以文，畫者，畫其雲氣與？」此嬰茀，或是意與？

天式縱橫，陽離爰死

《逸周書・文傳》：「故諸橫生以養從，從生以養一丈夫。」孔晁注曰：「橫生，萬物也；從生，人也。」從即縱。式，用也。《墨子・非命中》「帝式是惡」，言天由是而厭之。或解「帝式」為「天法」，亦通。天式縱橫，如云帝令眾生，是上天為萬物法之意。曩讀「陽離爰死」句，以為離、螭互通，陽離猶言陽螭，謂六龍也。下文大鳥何鳴，與之互照。然或有索隱行怪之嫌，不敢意必，今姑存錄其說。《史記・周本紀》「如豺如離」，《集解》引徐廣「此訓為螭」，《後漢書・班彪傳》：「虎離其師」李賢注引《音義》「離與螭同」，

《文選・班固〈典引〉》「虎離」正作「虎螭」。

大鳥何鳴，夫焉喪厥體

《荀子・禮論》：「凡生乎天地之間者，有血氣之屬必有知，有知之屬莫不愛其類。今夫大鳥獸則失亡其群匹……則必徘徊焉，鳴號焉。」是此問非泛詰故事，乃寓「愛類」之旨耶？自白蜺嬰茀至此，皆問死生問題。前言人本可長生，而以偶然得死；後言鳥獸尚哀其類，況夫人乎？人不愛其類，「安能相與群居而無亂乎？」（《荀子・正論》）

湯謀易旅

旅，五百人（《周禮・司徒》）。易旅殆改易井牧之法，非必謂軍旅也。《左傳・哀公元年》「有眾一旅，有田一成」，以旅、田並言，可證。然古制或兵民一體，《逸周書・周月解》「改正異械」，易旅殆猶「異械」，別兵也，示與夏有異。

覆舟斟尋

《大戴禮記・少閒》：「禹卒受命，乃遷邑姚姓於陳」，《左傳》昭公八年疏：「《世本》云舜姓姚氏」，而哀公元年少康逃於有虞，有虞妻之以二姚。有虞乃舜之後，而少康乃禹後，是則寒浞之滅，乃禹、舜二族合謀，其間關係至為錯綜。《古本竹書紀年・夏紀》謂太康、澆、桀皆嘗居於是，故上文云「湯謀易旅」，自是對桀而言，不必改讀為「蠱謀」以就《左傳》也。是因澆而類系桀，《周禮・誦訓》掌誦四方故實，殆因楚宗廟圖籍連類而及，正見行文自然奇變，非必循史序作編年體也。

妹喜何肆

即《史記・夏本紀》「棄其元妃於洛」之意，「肆」與後文「負子肆情」皆有放縱之義，此處詁為「棄」。《管子・輕重》載湯以千金事女華、曲逆而亡夏，蓋隱鄭袖、子蘭之讒。

「厥萌在初」至「孰制匠之」

此數句乃推本而問。「厥萌在初」，民之始安也；「璜臺十成」，臺之肇作也；「登立為帝」，帝之初立也；「女媧有體」，人之倣造也。是四句本泛問，所謂推源；詩人於問舜事間入，或慎終追遠、人窮反本之意，且承前文治水、射日之句，亦有迴環照應之妙。史傳載楚靈王為章華之臺，象帝舜，蓋觸事而發。

前因桀伐蒙山得二女而及舜，此則由堯能禪舜而憶及楚靈之不肖，或其臺有圖，圖於宗廟耶？

厥萌在初，何所憶焉

億，安也。《左傳・隱十一年》：「寡人惟是一二父兄不能共億」，《襄公二五年》：「不可億逞」，《昭公二一年》，「心億則樂」，《昭公三十年》「億吾鬼神」，此數「億」字皆當訓「安」。「厥萌」句問初民何以安之哉，追往邃初美政所以刺楚靈疲民也。萌，百姓也，古者百姓謂百官。《韓非子・難一》：「是故四封之內，執會而朝，名曰臣。臣吏分職受事，名曰萌。」「何所極焉」，極，則也。璜臺十成，虛耗民力，而象之以舜，是真有所法則矣？深刺之也。故因而及於登於帝位，果有道也否？民之初生，其生之者亦有作者乎？雖則窮極其問，要皆遠溯帝舜，中詰楚王，近悟時主。

璜臺十成

《管子・揆度》：「至於堯舜之王，所以化海內者，北用禺氏之玉，南貴江漢之珠。」此則珠玉始用為政，蓋堯舜輕重之法，非可以聚斂輕議也。然王注以為商紂，實未必然。古書（《大戴禮記》《淮南子》《說苑》）載昏王暴主高宮室，虐萬民甚夥，此蓋泛問，非必以某君實之。

孰期去斯，得兩男子

《逸周書・大開武》「去誰哀之」，校訂「去」為「夫」，以形近致訛。是《天問》「去斯」乃「夫斯」之誤，夫斯，彼此也。孰期夫斯，謂未卜之事，孰能必之哉？頗疑古注多失。《大戴禮記・虞戴德》「人事曰比兩以度」，《周書》：「疑意以兩，平兩以參」，「兩」謂天地，「得兩」或即「參天地兮」之意。又解，《大戴禮記・主言》：「昔者舜左禹而右皋陶」，兩謂左右之，亦通。

緣鵠飾玉

《禮記・雜記》載管仲「鏤簋」，注曰：「鏤簋，刻為蟲獸也。」緣鵠諸句，意近之。《周禮・夏官・掌固》：「設其飾器，分其財用，均其稍食。」鄭玄注：「飾器，兵甲之屬。」孫詒讓正義：「謂兵甲皆有英飾，既資防禦，又壯觀瞻也。」飾猶增也，攻守則兵戈為之飾；禮享，則玉為之飾。《周禮・春官宗伯》鬯人「掌供秬鬯而飾之」，注曰「設巾」，當謂以巾承玉，玉者，可貞美惡。天府「陳玉以貞來歲之媺惡」，是此意也。以意逆之，是禱以羽

牲與玉也。《管子・輕重甲》：「鴟鵻之所在，君請式璧而聘之」，式，用之也。「式璧」猶「飾璧」。《荀子・禮論》「緇巾三式而上」，「式巾」猶前「設巾」。然則式璧則飾璧，亦即飾玉。緣非僻詞，因也。飾玉非為鴟鵻，意在弓弩爾，蓋湯故用此法以聚弓矢，而齊桓特傚之矣（《管子・輕重甲》）。

登立為帝，孰道尚之

《大戴禮記・保傅》：「故成王中立而聽朝，則四聖維之。」《淮南子・天文》：「帝張四維」。故輔弼疑丞佐之使正道也。此問「道」，舊讀道為導，實無必要。

吳獲迄古，南嶽是止

獲，《方言》「荊淮海岱之間，罵奴曰臧，罵婢曰獲。燕齊亡奴謂之臧，亡婢謂之獲。」吳獲或係詈詞，猶「惑婦」「妖夫」之比。然臧、獲或亦可混言，古力士中有烏獲。古者，謂先祖或其法度也。按，《禮記・祭義》有天地、山川、社稷、先古，「謂先祖也」。《逸周書・常訓》：「民乃有古，古者因民以順民。」「行古志今，政之治也。」是古者，猶言先祖之法。吳婢亦出自祖先遺烈。王逸注曰「遂止於南嶽」，然《吳越春秋・吳太伯傳》：「古公病，二人託名採藥於衡山，遂之荊蠻」。王注固與《吳越春秋》相左。疑不能明也。《鶡冠子・泰鴻》「東方者，萬物立止焉」，止者，基也。言萬物肇基於東方。《說文》「止，下基也，象草木出有阯。」則南嶽是止，猶言南嶽是基，以為國基也。是四句本事失考，隱有下文「是淫是蕩，爰出子文」之意。

何以懷之

此「懷」讀如「懷方氏」之「懷」，係「來遠人」之意，懷方氏「治其委積館舍飲食」，故曰「何以肥之」。要之，此殆王亥與懷方氏之故事。

卒其異方

《思美人》「知前轍之不可遂兮，未改此度。車既覆而馬顛兮，蹇獨懷此異路。」所云「聖人之一德」，即此「未改此度」之意，「卒」者，「車覆馬顛」。「異方」猶如「異路」。《惜誦》云：「行不群以顛越兮」，意猶此。是篇再三致意，正與《離騷》《九章》相表裏。

何往營班祿

《大戴禮記・虞戴德》：「以天教於民，可以班乎？」王聘珍詁：「班，遍

也。」班祿，遍與祿也，祿謂牛羊。《四代》曰：「祿不可後乎？」《管子·權脩》：「察能授官，班祿賜予，使民之機也。」是以班祿乃施政手段，營猶環也，營班乃同義詞迭用之例子（前例如「閔妃匹合」），即周遍之意。

有狄不寧

《大戴禮記·投壺》：「嗟兩不寧侯，為汝不朝於王所」，《易》曰「不寧方來」，「不寧」皆不朝覲之意。北狄不事殷商，是以致詰，哀王政也。又解：《大戴禮記·文王官人》：「藍之以樂，以觀其不寧。」不寧謂荒政。與前文昏、微意相闡發。近說以為商先王事蹟，靜安以有狄、有扈皆有易之誤字，從之者甚眾。余頗疑此蓋泛論，與《山經》《紀年》所載殷先公先王事或無涉。王先生說雖甚辯，苦無直接文獻證據。

不勝心伐帝

勝心，古恒語。《管子·幼官圖》曰：「勝心焚海內。」其義或讀如任心。《月令》「戴勝」，《淮南子·時則》作「戴任」，字通。《易·繫詞下》「吉凶者，貞勝者也」，《釋文》作「貞稱」。《考工記·弓人》「角不勝幹，幹不勝金」，鄭注：「古書勝或作稱」。故此，不勝心、不任心，意猶不稱心。

會朝爭盟

古者師行尚早。周初銅器利簋曰「武王征商，唯甲子朝」、《尚書·牧誓》云「甲子昧爽」，其明證。《管子·參患》「小征……用日維夢」，夢猶明也。

爭遣伐器

于省吾謂古書無此語（《楚辭新證》）。然檢古書，多動+賓結構之名詞。如《周禮》以求福於神明之牛為「求牛」（《地官·司徒·牛人》），尚有諸如「槁牛」「奠牛」。《天問》此例亦復不少，「緣鵠」為所緣之鵠；「射鞠」為已射之鞠，文例如一。《秋官·司隸》「為百官積任器」，注：「任持之器物」，「伐器」造語如出一轍。

並驅擊翼

並驅，《逸周書·大明武》「方陳並功，云何能御」，並功，並攻之也。翼，《六韜·軍用》「材士強弩矛戟為翼」，《軍略》所謂「衛其兩旁」。《逸周書·大匡》曰「輕車翼衛，在戎二方」，然則翼乃軍中之良者。《韓非子·十過》三家滅智，韓魏「翼而擊之」，夾擊也。

蒼鳥群飛，何以萃之

比也，《天問》通篇皆賦，忽插入比法，是亦為文三昧。此例猶《詩‧周頌‧良耜》，通篇亦皆賦，忽云「其室如墉」數語。古文忌平直。

何親揆發，足周之命以咨嗟

古者射禮，矢四謂之乘，乘三謂之發，一發十二矢。揆發殆「馮弓挾矢」之變詞，如《詩》所謂「鮮我方將」，歡美之詞也。足，或校為「定」。按，《左傳‧襄公二十五年》：「言以足志，文以足言」注：「足，成也。」《召南‧行露》「室家不足」，足亦成之意。《鶡冠子‧近迭》：「地大、國富、民眾、兵強曰足。」或疑「足周」一語不詞，校為「定周」之誤，疑所不疑，其論非是。咨嗟：諸子書有咨茲，疑可通用。《管子‧小稱》桓公曰：「咨茲乎，聖人之言長乎哉！」《戰國策‧秦策》：「咨茲乎，司空馬。」

反成乃亡

或校訂為「及成乃亡」，非。原文自通，不煩改字。《墨子‧非攻下》：「反商之周……成帝之來（通『賚』）」，意若曰，滅商興周，荷天之寵。然則反成乃亡，謂反上天之所成就，而滅亡之。乃，語詞，而也。

昭后成遊，南土爰底

遊非遊玩，乃先王政教之制。《管子‧戒》：「春出，原農事之不本者，謂之遊；秋出，補人之不足者，謂之夕。」《晏子春秋內篇‧問下》：「春省耕而補不足者謂之遊，秋省實而助不給者謂之豫。」是遊者，固有施政之意，蓋先王之法，王者不輕舉，動必有應。「南土」句，蓋問昭王娶於房之事。房故地在鄭，昭後之世是否在南土？按《國語‧周語中》「鄭，伯南也。」故曰南服。

妖夫曳衒，何號於市

《燕策一》燕王謂蘇代：「舍媒而自衒，弊而不售」，衒謂售也。曳衒殆相引而自薦之意。號，《鄭語》「聞之夜號」，《周禮‧地官》「夕市夕時而市，販夫販婦為主」，然夜市乃古制，故販夫得遇褒姒爾。謂之「妖夫」，以其所鬻「不物」，「司稽掌巡市……與其不物者」，鄭注：「衣服視占不與眾同，及所操物不如品式」，又「幾齬入不物者」有三，謂衣服、視占及操持。

天命反側

反側，上古恆語。《周禮‧夏官司馬‧匡人》：「使無敢反側」，注曰：「反

側，猶背違法度也。」《荀子‧王制》「遁逃反側之民」，注云「不安之民也」。意若曰，天命恍惚游移，無法可循。

遷藏就岐

《韓非子‧十過》張孟談對趙簡子，「臣聞聖人之治，藏於臣，不藏於府庫。」故遷藏而民往依之者，美善政也。此蓋屈子有感於楚才晉用，故就西伯發問，以挽楚政之弊。

師望在肆，昌何識

《惜往日》：「呂望屠於朝歌兮，世孰云而知之？」「識」猶「知」也。文義相應。

載尸集戰，何所急

尸，行主也。《禮記‧曾子問》：「古者師行，必以遷廟主行。」《尚書‧甘誓》：「用命賞於主」，《史記‧周本紀》載文王木主出戰，勝而告之。非謂屍體。急，《荀子‧儒效》：「武王之誅紂也，行之日以兵忌，東面而迎太歲……霍叔懼曰：『出三日而無災牲，無乃不可乎？』周公曰……遂乘殷人而誅紂。」

伯林雉經

王注迂曲。林，古以為社址。《墨子‧明鬼下》建國營都「必擇木之修茂者立以為叢社」，《戰國策‧秦策》「恒思有神叢」。則古者林木高大者為立社之所，《大戴禮記‧千乘》「循其灌廟」，孔廣森引《毛詩》證「灌」即叢意，謂社也。是故，伯林雉經乃伯雉經於叢社之意，猶之狐死必首丘。雉經，《宗伯》「士執雉」注：「取其守介。」大義可曉，而本事闕疑。

勳闔夢生

頌吳，所以激楚也。蓋吳國之興，率皆楚人之力，《左傳》諸書言之備矣。《襄公二六年》「（申公巫臣）使其子狐庸為吳行人焉」；《吳越春秋》卷二：「壽夢以狐庸子巫臣為相」。屈子以宗室之故，為深痛之。或疑如係外邦之君，不宜直呼其名，當以國名別之。檢經籍，呼他國之主不加國名例甚眾：如《魯語下》「余為先君來」（子服惠伯稱楚共王），謂楚先君也；《晉語三》「吾固將歸君，國謂君何？」謂汝國之君也。

中央共牧，後何怒？蜂蛾微命，力何固？

本事失考。《管子‧乘馬》：「方六里謂之社，有邑焉，名之曰央。」《說

文》：「央，中央也，從大在冂之內。大，人也。」冂即坰，林外之地，然則中央猶林邑，非獨指朝廷。蛾，蟻也。

《夏小正》十二月傳：「玄駒也者，蟻也。」《方言》：「蚍蜉……西南梁益之間謂之玄蚼」，蚼猶駒也。蟻緣何有玄駒之名，《古今注》：「河內人嘗見人馬數千萬，遊動往來，以火燒之，人皆是蚊蚋，馬皆是大蟻。」是書雖則晚出，然以馬方蟻，則古有是說也。馬，健陽之物。《禮記‧學記》：「蛾子時術之。」言蟻子時習銜土之術，終成大垤。蓋寓「九重之臺，起於累土」之意，故有「力何固」之問。此數句皆問稗史。

兄有噬犬，弟和欲？易之以百兩，卒無祿？

問語殆類《韓非子‧外儲說右上》「國有猛狗」之意。蓋弟為兄計，易其猛犬，則富在弟也。兄溺於玩好，必嫉弟之富，故奪之祿。「今人君左右，出則為勢重以收利於民，入則比周曼侮蔽惡於君，不誅則亂法，誅之則人主危。」無祿，《管子‧大匡》：「諸侯之禮，令齊以豹皮往，小侯以庶皮報；齊以馬往，小侯以犬報。」往重而報輕，所以存恤小國也。今兄弟之誼，擬於諸侯。弟欲噬犬，貪於物也，兄受百兩，溺於貨也。往報之禮廢，國祚安可久乎？《左傳‧襄公二二年》「皆無祿而多馬」，蓋謂多馬通於賜祿也。易之百兩者，殆謂以車乘易祿，非謂以金易犬。易，輕賤之謂。景公弟本王族，今削其祿，是奪之爵，故曰易。然猶念手足之情，而以百兩償之，百兩者，如諸賢所說，猶百乘也。

薄暮雷電，歸何憂？厥嚴不奉，帝何求？

《離騷》《抽思》「曰黃昏以為期」，《思美人》「指繡黃以為期」，「薄暮」即「黃昏」「繡黃」之謂；《九思‧疾世》「秉玉英兮結誓，日欲暮兮心悲」，《離世》「曰暮黃昏，羌幽悲兮」，《怨思》：「曰黃昏而長哀」，是薄暮憂思之解。歸，讀如「士如歸妻」之歸，屈子多以婚約喻忠信。句意猶言，婚期既定，而薄暮雷電乃作，是何憂患耶？故下文「厥嚴不奉」云云，正是「初既與余成言兮，後悔遁而有他」，「與余言而不信兮，蓋為余而造怒」同意，《疾世》所謂「惟天祿兮不再」字字相扣，可謂「厥嚴不奉」的解；「背我信兮自違」，正「帝何求」也。又解，《孫子兵法‧軍爭》：「朝氣銳……暮氣歸……善用兵者，擊其惰歸。」是歸，意猶懈怠，銳氣失也。

「厥嚴不奉」「能流厥嚴」之嚴，業也。《管子‧小匡》「擇其善者而嚴用之」，《國語‧齊語》「嚴」作「業」，失韻尾故也。然則流嚴猶言遺業，厥嚴如

云其業。二「厥嚴」蓋指一事，就吳王闔閭為說。吳王僭號，欲並楚國。前言「能流厥嚴」，謂其聲威之隆；復言「厥嚴不奉」，則其欲雖侈，終將天奪之祿也。「彭鏗」以下數韻，雖事類紛錯，而語脈通貫。問壽之修短，問兄弟悲喜，問後子之欲，率本夫人情而發。《管子·內業》：「凡人之生也，必以平正；所以失之，必以喜怒憂患」。於吳光爭國事中間入此八韻，所以正得失也。「能流厥嚴」，吳所以得也；「厥嚴不奉」，吳所以失也。《史記·屈原列傳》曰原「明於治亂」，《天問》主線，顯在國運興隆崇替，失此不足解詩。

伏匿穴處，爰何云

伏匿穴處，猶言「托在草莽」也。下文有「我又何言」，故此云或不當訓言。《詩經·正月》「婚姻孔云」毛《傳》曰：「云，旋也。」鄭玄《箋》：「云猶友也。」《左傳·襄公二十九年》子大叔之語：「晉不鄰矣，其誰云之？」杜注：「言王者和協近親，則婚姻甚歸附也。」《管子·侈靡》：「人死則易云，生則難合也。」黎翔鳳引俞樾訓「親之」。蓋離群索居，無所親附。然云亦訓有，《荀子·儒效》「云能則必為亂」，意若曰，恃其能亂作。有，字從又。友，從雙又。鄭玄固訓云為友，自亦可作有訓也。

荊勳作師，夫何先？悟過改更，我又何言？

古有異文，或作「夫何長先」，從一本校改。《鶡冠子·近迭》問：「聖人之道何先」，答以兵先。此句乃問兵事何者為先。《左傳·成十六年》子反論兵，先「德行祥義理信」，《左傳·莊二七年》士蘇論戰以禮樂慈愛為主。是皆用兵尚德之意。或解：此蓋晉楚爭長之事也。《左傳》言之甚詳，「乃先楚人。」我又何言，意猶《惜往日》：「慚光景之曾信兮，身幽隱而備之。」《左傳·僖二四年》：「言，身之文也；身將隱，焉用文之？」蓋楚政不德，屈子廢替，國運將衰，哲王不悟。此數行實乃屈子憤激之詞，與《離騷》《九章》適可參證。

環閭穿社

《戰國策·東周》：「齊桓公宮中七市，女閭七百。」則閭蓋聚居之所，以門代之。

何試上自予，忠名彌章

《戰國策·楚策一》載安陵君之詞：「原得以身試黃泉，辱螻蟻。」黃泉猶地下也，則試上蓋試於蒼穹之意。予，以也。此係倒文，當為自試上，即

以己身薦乎上蒼。嚴忌《哀時命》:「願尊節而式高」,高讀如漢樂府「東方須
臾高知之」,其意猶「上」,是則「試上」亦可解作「式高」,乃「與日月爭光」
「參天兩地」之意。彌章:《國語・周語》「其飾彌章」,注謂:「彌,終;章,
著也。」言忠直之名終於昭著也。屈子「恐修名之不立」,而卒遭讒見疏,是
以憂愁憂思,故《九歎・離世》「愬靈懷之鬼神」即「告堵敖以不長」,其所
憂者,正在國祚不永。告者,曲終奏雅之標誌,《抽思》「道思作頌……斯言
誰告兮」,正與「告堵敖」相應,猶「就重華而陳詞」之旨。

附錄三　書評兩篇

一、神話作為人之本原、本真存在方式——《回到神話本身的神話學—神話學的民俗學現象學—先驗論革命》書後

　　神話學是一門從西方傳入中土的現代學問。神話之為「學」，並非中國傳統意義上的「學而時習之」的「學」，而是基於西方歷史文化之「進化」、基於西方「科學」之「進步」誕生的-logy 之「學」。此種-logy 之「學」以「邏格斯」為其思想底色，邏格斯恰恰被視為西方文化思想的核心，故有所謂「邏各斯中心主義」的命題。邏格斯中心論與語音中心論又構成表裏一體的關係，這種關係可遠溯於西方古典傳統而為近現代西方語言學家如索緒爾等推闡到極致。在現代學術體系中，對語音——邏格斯中心主義這一西方思想支柱及其派生思想的濫用，不僅導致在認識西方思想傳統方面的誤讀，同時也導致研究本土固有之學問方面捉襟見肘。所幸的是，中國學人對人文社科研究不假思索地照搬西方認識論和方法論的做法近年來有深入反思，並漸次走出仰望西方、向西方尋求真理的思想病夫心態。隨著對西方歷史文化、對西方古典傳統理解的深入，隨著對華夏傳統精神品格認識的深化，如何從平等的、具有世界眼光的立場看待我國故有學問，成為國內多數學人的共識。平等對話、文明互鑒、東西匯通等觀念日益深入人心。業師呂微先生新著《回到神話本身的神話學—神話學的民俗學現象學—先驗論革命》（為行文方便，後文簡稱《神話學》）〔註1〕即是對既有理論反思的成果之一。在此書寫作過程中，我零星地學習過

〔註1〕　呂微：《回到神話本身的神話學—神話學的民俗學現象學—先驗論革命》，中國社會科學出版社，2023 年。

其中的篇章，已感到個人理論素養不足。如今匯為煌煌兩巨冊，整體讀來更覺其浩博精深，一篇短小的書評自然不足窺其全豹。且對先生著作置評論，亦非弟子所能勝任。我之所以率爾操觚，乃因此一宏偉理論雖不能完全參透，卻於我多有啟發，將這些零星的思維火花記錄下來，庶幾能夠拋磚引玉。

（一）

　　我於 2006 年追隨業師攻讀博士學位之時，業師即建議我以中國神話的基本理論「神話歷史化」為題，論文思路即受到老師對「實證主義」的批判這一基本理論的影響。而今閱讀《神話學》一書，更深切地意識到這一問題之於當下神話學、之於當下人文學科的重要性和緊迫性。老師曾以「實踐神話學」、「第一敘事學」等稱謂作為其對經典理論神話學的反思方向。現在書名的確定，從字面上看來較之以上稱謂似乎拗口，但拗口的題目之下恰恰蘊含了著者的問題意識、寫作意圖和學術關切。「回到……本身」之類的表達，顯然是較為「直白」地套用現象學的表達方式。現象學不是一般意義上的學術理論或主張，而是密切關聯於實踐論的一種學術方法。這種直接套用恰恰是點題之筆，「書法」是古來中國著書立說的第一關注，書者，如也，如其學、如其志、如其人。題目在某種意義上反映的是著者為學立身之道。《神話學》何以選擇這樣一個看似拗口的現象學式表達為題呢？現象學是西方古典學術之現代轉型的反動，西方文教傳統植根於語音——邏各斯中心主義，這種「中心主義」或可遠溯於巴門尼德以來的關於存在的命題，這一命題的核心即所謂「是」（ἐστι）的問題。個別事物（現象界）總是變動不居的，而只有「相」才可能恒定為「是」。柏拉圖創造了「存在」（ὅ ἔστιν）或「自在」（αὐτό ὅ ἔστιν）來表明「相」的自身同一性，詞與物之間鴻溝也因此暴露，個別事物之間會包含兩種極端相反的性質，遂有「拯救現象」（διασῴζειντὰ φαινόμενα）的命題。）的命題。〔註2〕這個命題也就是現象學家們所謂「道說不能與存在應和」的「面向存在本身」的哲學問題。〔註3〕按照柏拉圖《曼諾篇》的認識論，一就是多的「相」〔註4〕，一與多的命題可轉換為現象和本體之間的命題。巴門尼德在探討該命題時，以單數的「是」為主軸，聯繫

〔註2〕（古希臘）柏拉圖著、陳康譯注：《巴曼尼得斯》，商務印書館，2008，第 46 頁。

〔註3〕（德）海德格爾著、孫周興譯：《路標》，商務印書館，2000 年，第 481 頁。

〔註4〕陳康：《論希臘哲學》，商務印書館，2008 年，第 16 頁。

它的就只是單一事件，這就排除了多義性、模糊性，從而規定了真理便能以絕對的、純粹的形式出現。這就為現象學打開了理論缺口，現象學的學術理路是試圖通過回到事物本身、通過現象學還原來排除各種學術理路的假定和預設，也就是「懸置」各類語詞的干擾而直面事物；現象學進而「本質直觀」到諸現象的恒定存在，並進而體悟其「先驗」的「純粹自我」「純粹意識」。〔註5〕

　　從現象學的還原立場便能窺見《神話學》一書「拯救神話」、為神話辯護進而為中國神話辯護的學術意圖。中國神話學主要參照對象是西方經驗——實證的現代神話學，西方神話學流派紛呈、洋洋大觀，但中國神話學在引入西方神話學的進程中，尤其重視的是這些流派中的進化論神話學。進化論神話學在中國神話研究歷程上大行其道的根由，在於中國神話缺乏類似於西方「荷馬史詩」、《神譜》以及《聖經‧創世紀》那種樣式的神話敘事，為了與「世界」接軌也為了提振中華民族的精神底氣，早期神話學的開拓者們不得不上窮碧落下黃泉地在中國傳統典籍、中國出土文獻及文物中尋找材料，以便能夠和西方神話並駕齊驅，以便滿足西方有、中國也有的民族自尊心。但由於中國固有材料中並沒有類似於進化論神話學所說的那樣基於神明的行事之類的神話材料，因此在構建中國神話學體系時，又不得不在理論上有所俯就。先驅神話學家們在這邊方面可謂殫盡竭慮，他們運用「神話歷史化」假說重構了中國古典神話體系。「神話歷史化」假設中國原本也有和古希臘相似的極為豐富的神話，只是在後來的文化進程中被「歷史化」了；這個理論也就決定了其通過「還原太古史」重構中國神話系統的學術路徑。通過魯迅、茅盾、程憬、袁珂以及馬伯樂、李福清、傑克‧波德等等前輩學人的學術實踐，歷史還原法成為中國神話學體系建構的基本套路，該史料還原套路確實為中國神話學的構建做出了卓越貢獻。不過，在肯定前人的偉大貢獻同時，現代學人也逐漸意識到了「神話歷史化」理論的嚴重缺陷，其最根本的癥結在於這一理論不能同情地理解本土文化的主流價值和終極關懷。這個根本癥結就是在《神話學》第二章中明確揭示的「神話學實證主義」。「神話學實證主義」導致的結果是，在重構中國神話體系的學術實踐中，常常為了迎合這個理論而肆意消解第一位的、本源性的價值敘事，從而造成對本土文化實踐

〔註5〕汪家堂：《現象學的懸置與還原》，《學術月刊》，1993年第1期；孫在國：《胡塞爾的先驗還原方法批判》，《探索與爭鳴》1989年第6期。

主體價值的割裂和顛倒。舉例來說，《山海經》自成書以來在華夏古典敘事體系中從來沒有佔據主流位置，《漢書‧藝文志》列入「方技略」之「形法家」之列，在文化整體的價值序列中是相對靠後的；《隋書‧經籍志》列入「史部」的「地理類」，在《隋書》經史子集四部加上道經、佛典等，儘管排名較為靠前，但卻仍是史學之末而作為經學之附庸存在。嗣後的「語怪之祖」（胡應麟《少室山房筆叢》）、「小說之最古者」（《四庫總目提要》）等定位，皆是被看作與「常道」對應的異端或與「大道」對應的支流。然自日人鹽谷溫倡其為神話之書以來，中國前輩學人紛紛響應，《山海經》的地位也就從不被重視的「語怪」「小說」等並不佔據主流的地位，一躍成為民族的聖書，並幾乎獲得了相當於「荷馬史詩」《聖經》等奠定民族核心價值的經典地位。眾所周知，「荷馬史詩」和《聖經》對西方的精神生活產生了奠基性的、深遠的影響，《山海經》儘管對中國文化也有持久影響，比如對六朝志怪（《博物志》、《拾遺記》）、唐宋傳奇（《李湯》）以及明清小說（《鏡花緣》）的創作有直接影響，但模塑民族性格、塑造文化共同體的精神價值上所起的作用遠不能和儒家經傳相提並論。從對民族價值功能的角度看，通過抬高《山海經》的地位來認識中國神話，無異於緣木求魚，《山海經》既不能和西方的「荷馬史詩」抗衡，更不能與儒家經傳《四書五經》甚至佛道典籍比肩，它不是中國人精神生活的聖書。這種基於實證主義做法的問題，恰如《神話學》所云，「它迴避甚至從根本上就放棄了通過對『神話』概念的理論定義本身或者對『神話』定義的理論認識使用方式的反省」（第221頁），「沒有信仰，神話何為？」（第217頁），唯有立足對平等對話的反思立場，唯有立足於現象學主觀性觀念直觀方法，「神話何為」的實踐主體意義才能凸顯。這恰恰是《神話學》一書以「回到神話本身」為書名的意圖所在。「神話本身」以我理解，包含至少兩個層次，其一是作為敘事樣式的本來面目，也就是「現象學語言學視界中的共同敘事制度」（第163頁），另一層面則是作為神話敘事實踐主體的賦義，也就是「人的本原、本真存在的神顯辯證法」（第63頁）。這兩層實乃事物的一體兩面，神話之為神話，要是展現人類體悟宇宙奧賾、理解人類秘密的敘事手段，神話的價值體現在賦義主體「究天人之變，通古今之際」的既歷史又現實的實踐活動之中。

通過上文有關《山海經》的例子可以窺見，傳統實證神話學著眼於內容的表層相似，將神話界定為神靈的行事，並以此勘測中國經史敘事系統，在發現

經史敘事沒有類似於西方那樣的諸神故事，從而就斷定中國缺乏神話或者中國神話歷史化了。其實，這個基於內容定義本身的實證主義思路在解釋西方文化傳統中的「神話」方面也並非無往不利。「荷馬史詩」、《聖經・創世紀》儘管有「神話」經典之目，卻不盡都是神明的行事。西方現代神話學自其誕生之日起，就從來沒有過一個一成不變的神話概念。前輩們所引進的進化論神話學只是西方現代神話學叢林中的一株而已，而西方現代神話學又只是古典哲學——神學體系向現代科學體系演化進程中的一條支流。因此，不加反省地吸納進化論神話學的觀點，並不能真正釐清中國現代神話學的問題。前輩學人們之所以引入神話學，有其時代精神的訴求，這訴求和當時的社會思潮響應，就是民族精神的重塑，以應對西方強勢文化的侵略。但是，今天的政治、文化環境已與往日有所不同，實證主義進化論神話學在現代語境下也面臨理論困境，它還能對當下活生生的生活世界的實際意義進行解釋嗎？進化論神話學顯然已經不再具有此種闡釋力。也因此，對實證主義進化論神話學進行反思或曰「革命」，正是當下神話學理論進一步發展的自然路徑。這個路徑，一言以蔽之，就是《神話學》所提倡的現象學還原路徑，就是從認識論到實踐論的方法論革命。

　　基於神話學理論需要反思、革命的學術思路，《神話學》一書提出，從「人之本原、本真存在」的方式來理解神話學，「神話學現象學方法論的理想主義目標——『理解人的宗教本性』『展示人性的本質的、永恆的方面』——始終是實踐的而不是理論的」（第 235 頁）。《神話學》一書是基於現代哲人諸如卡西爾、康德等立場來理解人之為人的存在的，從而設定「人之所以能夠作為人，成為人而存在的客觀必然性動力（動因）與主觀必然性動力（動機）的無條件條件，即經驗性神話（包括自然神話的各種社會、歷史、政治、倫理神話）現象的先驗—超驗神話原型」（第 364 頁），在這一設定之下，作者進而作出一個「革命」意義的判斷，「唯有神話」（第 365 頁）才能賦予人以社會性。這也就意味著，神話學理應賦予人之為人以鮮活的社會實踐意義，神話理應關懷的問題是人作為人當下的生存狀態。神話是古典的然而也是現代的而且理應是當下的，為此神話學就必須是一門關於當下價值和意義的學科，而絕不能是發思古之幽情而為之的史料學或考據學。這也就本書之所以主張「清除理論神話學實證主義最後的遺跡」（第二章）意圖之所在。

　　對神話學實證主義問題的這一判定，基於神話經典概念的「二論背反」。

呂微先生指出，神話的經典定義，既有理論理性的經驗認識論的概念規定方式，也有實踐理性的現象學先驗論的觀念直觀——理念演繹的反思方式（第121 頁），這種二論背反體現為客位立場的理論神話學家和主客體交互立場的實踐神話學家之間的「背反」關係，如此，從神話現象的理論認識過渡到神話本體的實踐反思既是必要的、也是必然的（第 161 頁）。於此，「實踐神話學」的觀念也就是必然的，這個觀念正是對返回「神話本身」這一現象學還原思路的極佳注腳。

（二）

還原「神話本身」問題的底色在於其對人性的預設，作為「神話本身」的理論主體和實踐主體的人自然會投射人性於作為人之理論對象和實踐對象的「神話本身」之上。質言之，對實證主義神話學問題的現象學式的解決，最終必然落實到對人性的理解問題上來，這個問題即人的本原、本真的存在方式問題。探究人的本原的、本真的存在方式問題，必然會涉及到古今中外諸多對人性這一觀念的把握和理解。人是理性動物、是政治動物、是經濟動物、是社會關係的總和、「惟人萬物之靈」？古往今來出現了無量數的關於人之為人的界定。這些觀念和界定背後，更其根本的可能還是如何提問的方式問題。「人的本原、本真的存在方式」或許帶有某種西方現代性的色彩，這種提問預設了人具有一個「本原的、本真的存在方式」，而「存在」問題恰如前文所論，其本身是一個需要被現象學「懸置」的問題。不過如果無窮盡地還原下去，可能也會落入佛家不可言說不可說的境地。在此，我們仍然有限度地立足於這一提問方式的有效性，這一提法也確實會觸及到人性底蘊的一些面相，儘管其對人性的思考可能並「不究竟」。

通過拋出人的存在方式問題，《神話學》一書將其與「神話」問題相關聯。人之「實踐的道德神聖性」、「信仰的超驗真實性」（第 375 頁）正是神話之為神話的核心規定。這種核心規定引導我們反思神話所面臨的靈魂詰責問題，也就是神話與人的存在方式之間的關係問題。這個問題也就改變了對神話的理解方式和界定方式，神話與人性建立聯繫，它就絕不僅僅是單純的故事、不僅僅是純粹的學問，而是與人類當下的生存狀態、價值軌範和行為方式密切相關的實踐價值。神話既然與人類當下密切相關，那麼它僅僅是「現代」問題、僅僅是一個「學科」問題嗎？神話問題當然首先是個現代學科問題，但這個現代學科的核心維度卻與作為人性核心規定性的「理性」息息相關。

　　理性是理解「神話」也是理解神話學之為「學」的基礎和前提。經典理
論神話學將神話與「非理性」相聯繫，視其為「非理性信仰心理現象」或具
有一定的合理性，但視其為「非理性信仰」則「完全拒絕了神話原型可能是
人自身或人本身作為自由主體─道德本體的理性信仰情感的存在方式的合
法性甚至合理性」（第 69 頁）。神話學誕生的契機是神人關係的顛倒，神人關
係的顛倒也從而孕育了對人性的核心規定、對人的存在方式的全新理解或現
代闡釋。神話學服務於「人造神的反」這一現代意識（「神民之辨」），是對古
典生活方式的瓦解（神話學說《創世紀》是神話，上帝信仰就被打倒了）。神
靈被打倒之後，神話不再作為信仰對象而是開始作為科學研究的敘事，神話
學便應運而生。神話從信仰蛻變現實為學科對象，人也就是神明的信仰的僕
從轉化為自然的理性的主人。這個歷程中分明看到古典神話觀「秘索思」和
現代概念「神話」之間的對立。神民之辯、實踐與理論之別，構成古今對人
性、對神話理解的不同分界。這當然僅僅是一種最粗線條的輪廓，是一種表
層現象的描述。《神話學》一書對此一轉變有深刻表述，無論古代神話的實踐
論命名還是現代學科意義上的理論定義，「一旦被理論地用作經驗地認識神
話現象的表象工具或手段，就會陷入康德所謂的『二論背反』的理性困境」
（第 72 頁）。這個理性困境或許正是一個現代性的難題。一方面，人對理性
的濫用、人之理性的無限膨脹導致對神話的「非理性」因素的完全剔除，從
而不能對神話的思想情感和社會價值有共情之理解。而另一方面，在人類自
以為憑藉理性能夠包打天下、能夠征服一切的豪情之下，面對大自然的反噬
和報復時卻又不得不應對理性的無能為力，不得不呼喚信仰和神靈的回歸。
這種「二論背反」背後包含著一個神人之辨、理性與信仰的底層因素，相應
的也就有個古典（神的時代）─現代（人的時代）的爭端。

　　這一爭端並非無解，它需要重新審視理性啟蒙的畛畦和限度。它需要對
「非理性」和「理性」之間的關係進行認真釐定。儘管人類是自由主體、道
德主體，但人卻並不在單向度的、純粹的應然的意義上存在，人還是複雜的、
實然意義上的活生生的存在。人既是理性動物也是情感動物、既是「萬物之
靈」又是「輕塵棲弱草」的微末之物。西方哲學傳統追求的是人的宗教本性、
人的本質屬性和永恆特徵，這種理解思路不具有唯一性。西人的人觀與華夏
先哲並不相同，「惟天地，萬物父母；惟人萬物之靈」（《尚書‧泰誓上》）、「故
人者，天地之德，陰陽之交，鬼神之會，五行之秀氣也。故人者，天地之心

也，五行之端也，食味、別聲、被色而生者也」（《禮記‧禮運》）、「人，天地之性最貴者也」（《說文解字‧人部》），華夏先哲並不預設人有某種永恆的、本質的特性，而是從天地與人的關係中來把握人之為人，這並不是一種本質主義的認識論，而是大化流行、天人互參的人論思路。在華夏先民的理解中，人的存在是與天地相參的「靈」性存在，是作為「天地之心」的通天徹地者、萬物溝通者。「靈」跨越了理性和感性兩個層面，人必然不單純地是理性或感性的，人必然地不僅以宗教性為唯一追求，人是神聖性和世俗性的雙面存在。正是基於這一層面，中國、西方就對人的理解和設定這一問題可以開展有效的對話與溝通。這個問題恰恰對應於《神話學》一書的核心問題：「神話：人的本原、本真的存在方式」。

　　視「神話」為理解人的「存在方式」這一革命性思路，精彩地闡釋了人性的理性觀照和情感訴求這種雙向需要。這個問題《神話學》一書提煉為理論神話學與實踐神話學的對立，概括為「何為神話」與「神話何為」的命題（第170頁）。換個角度提問，價值奠基於知識之上還是知識奠基於價值之上？作為價值、模塑人類行為規範的「憲章」功能的神話學如何對作為知識、作為研究對象而存在的神話學進行反撥？這個問題，實則包含了政治哲學家們所談的「知性的真誠」與「高貴的謊言」之爭，在這種爭端中，返回前哲學、前科學、前理論的世界是一最關鍵的問題。這個爭端的解決是現象學的思路，它也引發我們思考非道德的求知活動和道德化的求善（善也是一種「知」）活動孰為第一位的問題。現代神話學之所以蛻化為一門不在關心存在、不在和當下生活有關聯的理論之「學」，就在於對其價值教化意義的漠視，就在於其忘卻了神話對於「前哲學、前科學、前理論」世界的「憲章」功能。站在返回「前」價值—功能世界的角度看待神話學，就有必要重新釐定其概念，就有必要徹地「清除」進化論實證主義神話學的最後一絲痕跡。這種對於神話價值—功能的回歸，正如《神話學》所主張的通過「理性實驗」回歸「神話敬重情感的理性信仰事實」（第599頁）。儘管人的存在的先驗條件是純粹理性的本原、本真性存在，但基於此而衍生的純粹理性道德世界卻並非人類主觀意願的選擇，人類必須設想一個先驗的擁有純粹理性情感的道德立法主體，進而必須設想且設定一種先驗地擁有純粹理性與情感分析同一性的神聖意志（第634～635頁）。神話便源於這一神聖意志，此一神聖意志確保了人類神話之不可理解的神秘性，這也同時就是人的本原、本真性存在的神話原型。但這一原型卻是一個永恆回

歸人格神聖性—神格神聖性的二論背反（第654頁）。

　　這種二論背反基於先驗主體與經驗現象、基於主客體的二元分限。人既是感性客體、又是理性主體和交互理性主體。作為感性客體，人之思想產物的神話現象具有偶然性和或然性；而作為理性主體，又需要將神話實踐建立在必然可能性的先驗基礎之上，從而還原出神話本體真正的發生條件。「所有的神話現象，都發源於神聖意志和人的善良意志之間先驗綜合規定性和超驗綜合反思性的雙向意向形式的形而上學結構，即人的本原性、本真性神話原型存在方式的天賦自由權利和自律能力」（第569頁），根據這一原理，《神話學》一書判定，道德神話因此在邏輯上必然先於自然神話。通過這種還原，通過這種方法論的革命，即從理論神話學到實踐神話學的革命，從現象學主觀性觀念直觀的方法到先驗論客觀性演繹方法的提升（第192～194頁），對於神話問題的理解便呈現出柳暗花明的清澄之境。

　　從「前」實證主義神話學的、方法論革命的角度來重勘神話問題，則神話便是一種基於人之「靈」的、基於文化共同體敘事制度的、基於絕對價值的第一敘事或神聖故事（第182頁、第189頁），它被賦予共同體文化憲章功能。作為神聖的、第一的神話敘事不關涉題材內容、不關涉敘事體裁形式，「只能是諸敘事體裁能指形式的主觀間交互信仰—非信仰理性意向形式之間相互關係的純粹形式化用法價值」（第189頁）。準此，神話是人類文化主體實踐的純粹形式，「神話」本身沒有任何實質性的、經驗的內容，通過民族文化實踐予以賦義之後才獲得敘事質料。因此，神話之所以是神話，不在於其是神的敘事，而在於其「通過『敘事』或『論理』諸『體裁』的純粹形式間關係，在任意約定的理性條件下，被賦予了共同體—神話的文化—生活憲章功能」（第190頁）。

　　以上對「神話」的重新賦義是革命性的，它不再拘泥於神的敘事還是人的敘事，也超越了神話是講故事還是論理的體裁之爭，而是直探神話與人的存在這個根本聯繫。從這一根本聯繫、也就是從人之存在的本原、本真角度來理解神話，則神話應當包含兩個層面，作為純粹形式的與人之存在相關的神話自身和作為共同體敘事制度下具體文化經驗的神話敘事。這大大拓寬了對神話的理解，泛泛地談及「神話」時，是在純粹形式的層面使用，指的是「神話」本身；而說到某敘事共同體的神話時（比如埃及神話、希臘神話、瑪雅神話、布須曼神話、愛斯基摩人的神話等等），指的是該共同體主觀賦義

的被經驗化的、具有憲章功能的表達樣式。由於各個文化實踐主體賦之以具體的經驗內容，在質料層面「神話」便呈現為豐富多彩的敘事樣式，而不必如進化論派所堅持的那樣一定是「神的故事」。神話首先既然是純粹的形式，神話既然排除了任何經驗的內容，便只能通過思想予以把握。這個形式性的定義預設神話的普遍性，一切文化共同體都有自己的神話，沒有例外。但神話「形式」必然要運用到經驗層面。從形式層面進入質料層面，神話作為文化共同體的公認敘事，各文化共同體可以自由地採取不同的敘事質料。這個界說潛在地包含著一個功能─意義的層面。神話不是一般的敘事，而是帶有價值指向的神聖敘事或第一敘事。神話是為文化共同體提供絕對價值的特殊敘事，它著眼於文化實踐主體的主觀賦義，並必然能夠闡釋當下鮮活的生活實踐（此處，當下並不是指現在，而是在神話被講述或被使用的那一時刻）。

通過理論神話學向實踐神話學的革命性定義，通過將神話和人的本原、本真的存在方式相關聯，也就能夠針對「神話歷史化」的中國神話基本理論問題予以回應。就人之本原、本真存在而言，道德「良知」是神話的必然，也因此道德神話而非自然神話歷史地也是邏輯地居於神話敘事的最高位置。「道德法則的發生條件究竟是神的純粹理性情感神聖意志抑或人的純粹理性善良意志的意向形式」（第516頁）是中外神話的根本區別。正是由於這一根本區分，中國神話學的根本問題不在於如何從浩如煙海的文化典籍中「還原」神話，而在於如何理解華夏道德敘事之於往昔尤其是之於當下生活實踐的意義。按照這一對神話的全新賦義，世界範圍內，充當敘事共同體第一敘事或神話敘述功能的本原的道德神話，只有《尚書》、《聖經》當少數故事庶幾可許，它們雙峰並峙地代表了神話原型道德精神的最高神聖性（第519頁）。

（三）

神話原型道德精神所體現的最高神聖性是深切理解「惟人萬物之靈」「天地之心」這一關於人作為人的本原的、本真的命題的鎖鑰，也是理解華夏本土文化的神話實踐價值及其功能意義的鈐鍵。如上所言，人的存在既是一個經驗的世俗的倫理的存在，也是一超驗的神聖的信仰的存在；換言之，人不單純是經驗的或先驗的、世俗的或神聖的、倫理的或信仰的存在，人的存在是和宇宙萬物一起共生的整全意義的存在，是一種「總和」意義上的存在。人不能割裂與自然的關係、不能割裂與他人的關係而純粹存在。職是之故，我們便能理解何以在中國古典傳統中「究天人之際、通古今之變」是一核心論題，我們也便

能理解在西方傳統中宙斯的意志、耶和華的旨意何以為人類立身之本。以神明原型道德精神的最高神身性為基礎為人類社會制定規範，恰恰是人體認宇宙、理解自然、處世立身的第一驅動力。作為人之本原、之本真存在的第一敘事、神聖敘事的神話，它是關聯著政治格局變遷的宏大敘事，是承載了教化的實踐功能的道德敘事，是塑造了基本的、普遍的民俗方式、風俗習慣的禮儀敘事，是解釋天地開闢、自然現象從而為此岸世界之合理性作證明的超驗敘事。神話規定了人們的行為準則，模塑人們的價值觀和世界觀，為現實生活實踐提供基本信念。

　　道德神話原型作為人類精神最高神聖性的體現，其在邏輯上先於自然神話而非相反。基於道德神聖性而非創世神聖性重新勘測神話與人類存在方式的意義，則可作出如下推論，神話的經典樣式不是「荷馬史詩」、赫西俄德的神譜詩，也不是古埃及的《金字塔銘文》、《亡靈書》等喪葬文獻以及古印度的「吠陀」文獻，也不是《波波爾·烏》以及《埃達》等講述創世的神話，而恰恰是荷載了強烈的政治倫理訴求、對人之道德的神聖性作出溯源意義探求的儒家經傳傳統、是《聖經》等具有信仰強制性的宗教經典。進而，《道藏》、《大藏經》、《古蘭經》等宗教典籍神話以及伊普威爾的訓誡、柏拉圖的神話較之史詩故事更具有道德神話原型的代表性。當然，這並不意味否定「荷馬史詩」、「吠陀」文獻或《金字塔銘文》等喪葬文獻的神話價值，而是側重於何者對「最高神聖性」具有奠基意義。道德神話為自然神話奠基，自然神話奠基於道德神話之上，這個理解更深化了對人類存在方式的理解。「神話是人自身或人本身存在的一個應然的奇蹟，神話是人朝向內在於人自身或人本身的神性的存在方式」（第629頁），作為「神性存在方式」的神話，因此便超越了具體現象的表達樣式，人類也因此成為「道德法則普遍立法的真正主體」（第629頁）。《神話學》一書的這番判定無疑振聾發聵。既然神話是人的本真、本原形存在方式，那麼它便可能不是純粹「神性」的，也尤其應當是「人性」的，神話之為神話，恰恰在於其神性、人性的一體兩面性。這種神人一體兩面性，正是「究天人之際」的「際」的含義之所在。《易經》講「天地之道」（《周易·繫辭上》並由天地而聖人而三才，《禮記》講「聖人作則」（《禮記·禮運》，聖人和天地、生民關係）以及儒家的「人副天數」（《春秋繁露》，天人感應）和道基三才（《新語》首篇，道與三才關係）統統都是神話為現實做規約的例證，神話敘事主要就在這個天人之際的框架中展開。這種「際」

是以「神話現象自我突破」（第 571 頁）為其起點的，是基於「感性為純粹理性的反叛，純粹理性認識到純粹理性情感神聖意志是人之存在的充分必要條件即條件條件」（第 581 頁）。「神話現象的自我突破」是最高神聖性確立的核心步驟，這個核心步驟既是必然的邏輯推理，也是人類歷史發展所曾經歷的過程，此一過程就是軸心時代的理性化思潮。唯有實現人類的理性突破，「純粹理性情感神聖意志」作為道德神話、作為邏輯上先於自然神話的經典神話樣式才得以建立。同樣地，作為人類最高神聖性之邏輯起源的道德神話不可能高蹈於超驗世界的「人類純粹理性」之內，它必然要落實到塵世之上，否則便不能成為敘事共同體的「憲章」。

「神話現象的自我突破」在軸心時代的歷史實際情況是，為人類制定「道德法則普遍立法的真正主體」不是真正是作為道德法則立法的普遍主體，不是敘事共同體內「人皆可為堯舜」（《孟子‧告子下》）的所有人，「純粹理性情感神聖意志」在超驗世界或許能夠存在，但它必然只有經驗地成為道德法則普遍立法神話的本源方有意義，在其成為道德法則普遍立法神話的本原過程中，它是通過少數立法者來實現的。這類少數立法者就是「天人之際」的代言者，是溝通天人、交通神民的少數人。「君子以為文，百姓以為神」（《荀子‧天論》），「君子」對「神聖意志」的體悟與表達成為民眾的信仰，這是神話成為神話、從而賦予人類以「神性存在方式」和世俗存在的轉捩點。基於此，對於人之本原、本真存在就需要作經驗地理解，「人的……存在方式」這一判斷可能需要作出分辨，即作為「憲章─生活指南」的制定者、「立法者」的「君子」和作為其信仰者的「百姓」。「人的意志中能夠普遍立法的自由意志」中「普遍立法的理性」（第 494 頁）在實然層面只能由少數人來踐行。「唯上智與下愚不移」（《論語‧陽貨》），多數人可能只是吠影吠形的盲從者，「君子之德風，小人之德草」（《論語‧顏淵》）。對於多數人實然的「理性」，似不能作太高估計。君子─小人之辯不僅是中國古典傳統的核心議題，也是自柏拉圖、色諾芬等西方古典思想家的核心議題，這個議題是近年來中國學界耳熟能詳的政治哲學之管籥。《紅樓夢》第三回中賈雨村將這一觀念推闡為「天地生人，除大仁大惡兩種，餘者皆無大異。若大仁者，則應運而生，大惡者，則應劫而生。運生世治，劫生世危。」「餘者皆無大異」既是人性的往昔、也是人性的現實。因此，作為人類第一敘事的神話道德原型，仍具有「天……使先知覺後知，使先覺覺後覺」（《孟子‧萬章上》）的啟示功能。由此，作為

神話原型源頭的最高「神聖意志」是需要通過「神道設教」(《周易・觀》)的代言方式才可能成為敘事共同體的共同敘事。

　　立足於神道設教的立場，或者能夠理解何以古人強調對天意、對神旨之隱秘的強調，「天閟毖我成功所」(《尚書・大誥》)、「慎勿決策以民萌，神明禁止若此之類」(《普塔霍太普的訓諭》99～100)之類教誨。按照古人的理解，「民者冥也」(《尚書・呂刑》「苗民弗用靈」漢鄭玄注)、「民之生也，辟則愚，閉則類」(《管子・乘馬》)、「民智之不可用，猶嬰兒之心也」(《韓非子・顯學》)、「民不可以慮化舉始而可以樂成功」(《呂氏春秋・樂成》)，「民」性如此，才為「神道設教」或「神事助政」預留了空間。那些能夠領悟到「天命」(《詩經》《尚書》等)的聖賢、能夠把握「諸神形象」(《冥書》「第七時次」中)及「神明的計劃」(《辛努赫的故事》B43)的祭司、能夠領悟繆斯的教誨(《神譜》22～34)的古風詩人以及耶和華旨意(《聖經》)的先知，是「為天傳言制法」(《太平經・案書明刑德法》)者，是「神聖意志」的代言人。《詩》《書》六經所以為世界道德神話的經典，正在於其通過聖賢之口代言了「天」或「上帝」這一最高「神聖意志」。《論衡・譴告》云：「太伯曰『天不言，殖其道於賢者之心。』夫大人之德，則天德也；賢者之言，則天言也。大人刺而賢者諫，是則天譴告也，而反歸告於災異，故疑之也。《六經》之文，聖人知語言，動言『天』者，欲化無道，懼愚者。」〔註6〕「天」「殖其道於賢者之心」正是代表了最高神聖性的神聖意志借助少數人之手來為道德普遍立法，《六經》「動言『天』者」，正是將人類道德神話的源頭追溯到最高的神聖意志。

　　由於神話原型在成為敘事共同體的「憲章」「洪範」的實踐經驗中是以「代言」關係來推動的，「因此」連接了理性和信仰、少數人和多數人兩端，它可能更應當被理解為少數為神聖意志代言者的「理性突破」，正是由於少數人對神聖意志的理性把握才能成為作為多數人本原、本真的存在方式。這是基於「餘者皆無大異」的人性判斷，儘管作為共同體敘事制度下的神話有可能成為敘事共同體的全民信仰，但「人皆可為堯舜」的滿大街聖賢、祭司、詩人和先知的理想圖景，在短期之內甚或長期歷史時段之內，恐怕並不可期。人類社會或許只是一個有待於哲人來為其謀求幸福的「洞穴」(《理想國》第七卷)，神話在人類發展的長時期內可能仍舊只是少數人的理性成為多數人

〔註6〕張宗祥：《論衡校注》，上海古籍出版社，2013年，第299頁。

的信仰。

少數人借助最高神聖意志為多數人立法，這也恰恰是《尚書》《詩經》《創世紀》等為道德神話的經典樣式的思想底色。在這些經典成為蘊含著究天人之際、通神民之辯這一原型的根本的、第一位的價值源泉，在它們成為不受任何條件制約地對本民族文化思想發揮維繫作用的第一敘事中，聖賢、先知是「天命」「天顯」「耶和華的旨意」與民眾之間的中介。唯有通過這個中介，天人才能交通，唯有通過這一中介，神民才能不擾。以此，神話作為第一敘事、作為道德本原、作為人之存在方式和生活方式充當「憲章」功能的途徑就是「神道設教」（《周易‧觀》）或曰「神事助政」（《論衡‧是應》）。「政」「教」是「神道」、「神事」的首選功能，這個功能也就是「作為共同體以及個體的文化憲章—生活指南」（第533頁）的含義之所在。

結語

「君子以為文，百姓以為神」是理解神話作為人類本原、本真存在方式的基本觀念，少數人對最高神聖意志的理性把握正是多數人的信仰。最高神聖意志可能是外鑠的（比如宙斯的意志、耶和華的旨意、神明的計劃之類），也可能是內蘊的（比如「自性」）；最高神聖意志既可能來自於神明，也可能來自於人類自身——但最終或許只能來自於人類自身。此一最高神聖意志的最終來源正是人類歷史上窺破宇宙奧賾、參透人生真諦的「君子」或立法者。外鑠類神話典籍以探究神明關係為表徵，諸如印度的「吠陀文獻」、森林書、奧義書、往事書等，希臘的「荷馬史詩」、赫西俄德詩作，波斯的《阿維斯塔》，希伯來人的《聖經》，北歐的《埃達》、《卡勒瓦拉》等，這類神話通過祭司、先知和神代詩人傳達神明意志，從而成為這些民族精神生活、社會價值的源泉。但在中國古代禮制中，儘管「事鬼神」為「命於帝庭，敷佑四方」（《尚書‧金縢》）之必備素養；儘管太宰「掌建邦之六典」「一曰治典……以八則治都鄙：一曰祭祀，以馭其神」（《周禮‧天官冢宰‧大宰》），但鬼神之學奠基於人倫基礎之上，「以和邦國，以協萬民」在是「事鬼神」（《周禮‧天官冢宰‧大宰》）的前提，「夫民，神之主也，是以聖王先成民而後致力於神」（《左傳‧桓公六年》）是華夏社會的共識。由此，便能理解中、西神話在敘事樣式上的根本分野。儘管它們都是人類道德最高神聖性的展現形式，但和西方「荷馬史詩」、《聖經》有相應功能、模塑了民族價值和行為方式、陶鑄了華夏族思想情感的華夏第一敘事典籍並不是《山海經》《淮南子》等，恰恰就是《詩經》《尚書》以及《二

十六史》為代表的經史敘事傳統。經史敘事傳統立足於三代以來的雅馴—語怪之爭，正是通過對語怪敘事的「自我突破」，它構建起以聖賢為核心人物的華夏主流價值。經史敘事傳統中的主人翁恰恰是聖賢而不是神靈（當然，這並不意味著完全排斥神明的存在，而有個成分配伍的主次問題），中國神話的主流也正是聖賢敘事而不是神的故事。「雅馴」敘事是充當了社會實踐功能的第一敘事，而語怪（怪力亂神的內容）則是末流。

　　通過對進化論實證主義神話學的清除，通過由理論神話學而實踐神話學的學術路徑轉向，對進化論神話學的還原研究可能會有全新的認知，進化論通過還原「黃帝四面」（《尸子》）「黃帝三百年」（《大戴禮記・五帝德》）「夔一足」（《韓非子・外儲說左下》）的「本貌」，試圖說明在漢語古典敘事中存在著一個「神話歷史化」的過程。事實上確實有過這樣一個過程，不過這個過程是主流價值的建設和確立過程，正是通過所謂的「神話歷史化」，使經史敘事成為華夏族的第一價值敘事。這也意外地使「『中國神話歷史化』命題（主要是反題主張）給予世界神話學的劃時代貢獻」（第 615 頁）。

　　從實踐神話學的角度理解，也就明白何以古人那麼排斥「語怪」，而現代進化論神話學恰恰是好怪的。古人說「子不語怪力亂神」（《論語》）、「萬物之怪，書不說」（《荀子・天論》）、「百家言黃帝，其言不雅馴」（《史記・五帝本紀》）。這些言論表明，基於價值論意義上的神話不是那些講究怪力亂神的蕪雜故事，而恰恰是這些確立基本價值的經傳敘事，這些敘事既可以有神，也可以只是歷史人物，神話不一定就是「以神格為中樞」（魯迅）或「神們的行事」（茅盾）。中國神話就是聖賢敘事，不需要通過還原的辦法將黃帝、堯舜禹湯等還原為各種天神或動物，他們本來就是體現人之本原、本真存在之最高神聖性的主角；不需要通過將經傳還原為「神話本貌」，經傳本身就是典型的中國第一敘事的經典樣式。進而言之，無論《五經》中的《尚書》《詩經》、還是史傳中的《本紀》《列傳》等敘事結構，在其整體上都是一個宏大的「究天人之際」的譜屬敘事。這種敘事形式展現了當下價值之最高神聖性的來源。當然，這種呈現既是一種形式上的呈現，也是內容上的呈現。比如，《尚書》自堯舜開篇乃是天地四方的確立（儘管從內容上不同於神靈的開天闢地，然而卻完全充當了同樣的功能），而後依照三代的時間序列逐一敘事，從而也就獲得了為當下生活作合法性說明的功能。歷代正是通過對《尚書》做新的闡釋賦予其當下指導性的意義。實踐論神話「賦義」是理解一個敘事是否神話文本的關鍵，神話不是僵死

的、和生活沒有關聯的娛樂故事,而是和當下緊密聯繫的第一敘事。

二、觀乎天文——評《〈山海經〉語境重建與神話解讀》

近年來,有些學者從天文角度研讀《山海經》,從多學科、跨角度研究古典載籍,自然是值得肯定的一種思路。這方面的代表作有劉宗迪《失落的天書:〈山海經〉與古代華夏世界觀》(商務印書館 2006 年版)、吳曉東《山海經語境重建與神話解讀》(中國社會科學出版社,2016 年出版)等等,這些著作立足於語境還原的學術理念,綜合利用多種現代學術手段,對傳統典籍《山海經》進行獨出心裁的解釋。

古典文教傳統中,《山海經》是一部並不為廣大士人重視的數術之書、語怪述異之書,無論《漢志》歸之於「形法」類,還是《隋志》的「地理」類,還是後人所謂的「語怪之祖」「小說之最古者」,此書從未躋入過文教傳統的主流。隨著現代科學理念的引入,學人獲得了全新的認知視角,出於建構現代學術體系的需要(某種意義上也是出於啟蒙的、政治的需要),《山海經》從居於末流的語怪之書,一躍而成為上古知識的百科全書,甚而成為代表民族精神的「聖書」。《山海經》學術現象折射了中國古典傳統在向現代學術轉型過程中,學術理念、學術意圖以及學術方法發生了根本性的變革。這一轉型持續了百年之久,逐漸形成以「德先生」為導向的學術新傳統。這部《山海經》研究便是該新傳統中下的重要著述,它根本上從屬於這樣的新學統:即以西學之新觀念,審查舊有之典籍。它所使用的諸如「神話」「語境」「口頭程序」以及考古、民俗調查等學術手段,都是歐美經驗的產物,這無疑是給古典傳統的研究注入了新鮮的血液。問題在於,基於西學經驗的學術理念、學術手段何以「先驗地」不證自明地就具有解釋異域文化的合法性呢?

如果將文教傳統下的《山海經》的接受視為「古典範式」,將現代新傳統視為「科學範式」。這兩種認知範式之間存有許多一致性,但最為突出的卻是其差異:在古典範式下,《山海經》接受者(閱讀抑或注解)之間並不存在根本的世界觀之別,亦即,古代士人對於世界的理解擁有更多的一致性。對劉向、郭璞、胡應麟、紀昀等而言,《山海經》「怪」與「不怪」只是一個程度大小的問題,他們在注釋、解讀《山海經》時,植根於共同的價值——意義傳統,就是《五經》為核心的古典文教傳統。古典觀念中「雅馴」——「奇怪」則是一個根本的劃分,這個劃分既是儒家修齊治平的根本原則,同時也是儒道兩家

閱讀著述《山海經》者所共同認可的標尺。這意味著，彼此閱讀時，古典注家不需要闡明自己所持的立場，也能夠達到同情之理解。不同之處僅僅在於，對於具體的「怪」與「不怪」，因個人視野不同而有不同的看法。古典注家那裏，產生於文教傳統的《山海經》根本不存在解讀合法性的問題。「科學範式」衝擊了穩定的、傳統的世界觀，在提供了更多選擇的同時，也造就了盤根錯節的諸多問題。以西學意識、西學方法解讀古典是否不加批判地就天然具有合法性始成為一個根本問題。而這個問題被有意無意地忽略、掩蓋。必須意識到的一點是，進行「科學」研究的現代學人是由持有不同信仰、從而也就擁有不同的價值—意義的人群共同組成。現代《山海經》研究之所以異彩紛呈，其原因蓋在於此。《山海經》現代解讀者與古典文教傳統分庭抗禮，所依賴的主要利器就在於科學。通過現代神話學的重新觀照，《山海經》被定義為神話經典。浪漫主義者通過梳理《山海經》神話為中華民族論證合法性，啟蒙主義者則通過利用作為支流的神話傳說瓦解經史傳統。文化激進的則將概述所述範圍擴展到日本乃至美洲，文化保守論者則意味書中所述範圍不過中原一帶……乃至於有人以為《山海經》所記錄涉及外星人的文化遺存。以上種種觀點看法，無疑是現代解讀的豐厚成果，也難免存在以西例中、以今例古的削足適履之弊。一旦問及何以西學能夠包打天下？學者們大都鄙夷不屑地以為這不是一個問題，或者答非所問地彈出「學問無國界」之類的老調予以開脫（對堅持此說的頑固派，無論有多少「學術的政治」的先例，他們仍無動於衷），或者給出一套所謂的「普遍理論」「先驗理論」敷衍帶過（殊不知所謂「先驗」「普遍」的西學理論本身就是基於西學經驗，根本上也僅僅是一種「地方性知識」而已）。在這一學術語境下理解諸位先生以天文學之「科學」立場解讀《山海經》，其意義便顯得不同尋常。儘管這些著作不曾明確提出西學理論—古典材料的問題，但著者顯然對此一問題有所介入。其啟迪後來的學術實踐意義在於，表面上看是在科學範式之內操作，但卻試圖達到對古人的同情之理解。這就有效地改變了以中土材料去論證西方理論合法性的做法，而有機地將西學之「地方性知識」與華夏「地方性知識」等量齊觀，從而為華夏—西土平等對話打開了一扇窗戶，從而也為民族文化突破西學舊樊籬提供了一個可供探討的思路。天文考古學是近年來方興未艾的顯學，夏商周斷代工程、中華文明探源工程等更是進一步提升了天文學之於古典學問的重要性。無論劉宗迪將《山海經》視為「失落的天書」，還是吳曉東將其記錄視為「古人對天地間的科學探索」（儘管從古

「先驗的」「國際標準」（對大多數學者而言，「國際」只是西方甚至只是歐洲這個半島，亞非拉等廣大區域常常被排斥在外）。因此如何在對西方問學方式取其精華、去其糟粕的基礎上賡續本土優良的學術傳統，實際為一重要的技術問題。吳著在這方面作出了有益的探索。本書以解決主要問題為第一要務，絕不涉及過多的枝節問題，從著者引書情況看來，其對《山海經》學術史相當熟稔，除非絕對必要，著者絕不繁複出注。該書所解決的都是一些最核心的、最基本的枝幹問題，該書以《山海經》筆法問題入手，進而提出「敘事語境」問題，而後層層展開，整體框架邏輯自洽。本書主體架構如下：

第一章　社稷祭祀：《五藏山經》的敘事語境

第二章　環形大荒：《大荒經》與《海內經》的敘事語境

第三章　七的秘密：《海外經》與《大荒經》的關係

第四章　成書辨析：《海經》非釋圖之作

第五章　尋觀象臺：《大荒經》的成書地理位置

第六章　顏色之謎：《山海經》的成書時間

第七章　天地探索：《山海經》神話的解讀

以還原敘事語境為邏輯支點，著者逐一破解了諸如《海》《荒》關係、成書時地等《山海經》研究的重要問題，這些結論容有異議，但該書獨立思考、自成一家之說。

以今人眼光治古書，面臨一個難題是，書闕有間，要找到確鑿而充分的證據十分困難。為此，容有推論、猜想甚或想像。吳著的特色是，一方面具有一絲不苟的、細緻入微的科學精神，另一方面又具有相當大膽的猜想。能夠將這兩種截然相反的精神結合在同一部著述中，洵屬不易。《荒經》二十八座定位山的發現是本書最核心的貢獻，儘管古今《山海經》注家眾多，卻極少有注家「從整體上把握其敘事格局」，從而理清《海》《荒》諸經的空間關係，以便擺脫「盲人摸象」「先入為主」的成見。立足於《山海經》乃是一部懂得「筆法」的隱微之書這一前提，吳著指出「解開《大荒經》密碼」的鑰匙就「暗藏於行文中的大荒之中四字」，並以此為線索，找到了著者心目中的二十八座定位山，從而對應於二十八宿。「尋找規律」是著者發現定位山的一個思想基礎，儘管找到了《荒經》中的二十八座定位山，但卻出現了一個問題，即《大荒南經》只有六座，而《大荒北經》只有八座。按照平衡的原則，每《荒》有七座才符合規律，著者又利用「筆法」前提，找到了每《荒》「隱

藏」的「密碼」——「極」，既然每邊都有一座山被稱之為「極」，而且東、西兩「極」恰恰是中間的一座，那麼南北兩「極」也應該居中。南六北八這個矛盾便可以通過移北就南來解決。在此，著者依據自己發現的「筆法」和「規律」支配，大膽地設想這是由於錯簡。著者提供了兩個移北就南的證據，一、《天官書》參宿「三星直者，是為衡石」；其二，《海內經》「南海之外」的若木為之輔證。通過這一移動，著者實現了二十八座定位山與二十八宿的對應關係，從而為後文論證的展開奠定了基礎。

此說在《山海經》注疏——研究史上看法獨到，著者秉持嚴謹的學術態度作大膽推論。儘管著者大膽探索，勇於懷疑，我也就細節提幾點商榷意見：一、《大荒北經》「東北海之外，大荒之中，河水之間，附禺之山」也同樣有「大荒之中」的標誌性字樣，著者排斥在「定位山」之外的理由何在？二、《大荒東經》「東極」後的「離瞀」何解？著者將《大荒西經》之「西極」定為「日月山」，但「極」與「日月山」之間的「吳姬天門」何解？《南經》之「南極果」何解？如果這些文意得不到妥切的解釋，何以便能斷定其「極」定是「最中間的一座山」？三、就兩個證據而言，既然《天官書》之「衡石」屬於參宿，何以著者卻以井宿對應《荒經》之「衡石」山？古書所載若木非止一地（袁珂《中國神話大辭典》「若木」條），何以《大荒北經》之「若木」必與《海內經》為一？四、著者以為以「大荒之中」為標誌的山為二十八座，然本屬《大荒北經》而作者調整至《大荒南經》的一條（通過這樣的調整，《荒經》每篇恰為七座，從而整飭地「極」為中軸而四相對應）：「大荒之中，有衡石山、九陰山、洞野之山」，此處「大荒之中」連續帶出了三座山，著者何以只選擇了「衡石山」而略去了另外兩座山峰？當然這些只是細節問題，著者可能偶有未照，可能別有理由。

《海》（《海外經》四篇）《荒》二經關係向是研治此書的一個難點，也是諸家樂於討論的話題。著者立足於其觀象學說，對二經關係給出了全新的解釋。著者給出的證據為：一、兩者之間結構一致；二、兩者「七」的對應；三、敘事順序也有一致性；四、「最關鍵的是可以證明二者共有一個觀象臺」。我認為該結論就其整體而言，可以成立。而且最有有趣的是，著者又一次發現了隱藏在字裏行間的神秘數字「七」。南、西、北三經都是21條記錄，而東經為14條，都是七的倍數。何以東經與其他三經不同，著者採取了相當謹慎的態度，沒有強作解人，認為「至今仍是一個難解之謎」。為了驗證著者的

統計，我也傚仿著者的方法，認真數了數數目，發現除了《海外北經》漏數了「鄧林」一條之外，其他三經的統計確實都是七的倍數。這一條為「鄧林在其東，二樹木」，依照著者 105 頁下面的注釋，條目與條目之間的標誌是「某某在某某東」，故而此條應當列出（是否著者心目中，此條應與夸父合併，以應七的倍數這一「規律」？）。著者解釋《海》《荒》二經之差別，所持的理由是，《大荒經》中有二十八座定位山，這些定位山是作者敘事的定位參照，而《海外經》四篇不是採取以山定位的敘事方式，而是直接描述主體內容，從而兩者敘事方式迥異。但是通過對務隅、黑水等山川的描述，可以發現《海》《荒》二者記載內容的一致，因而可證明二者共用同一個觀象臺。這些論述照應了本書開始提出的觀點，其觀點新奇獨特，頗給人以不少啟迪。

　　吳曉東常年從事民俗學、神話學研究，擅長運用民俗資料和傳統文獻互證的研究方法，這是一般研究傳統典籍的學者所不具備的優勢。對《大荒經》成書地理位置的推測是這一「二重證據法」運用的結果。向來對《荒經》所涉及範圍異說紛呈，甚者將其範圍擴展到歐美的廣大地域，或竟至於九天之上，可謂無遠弗屆。相較而言，吳著則保持一貫嚴謹、實事求是的風格，該書先利用《荒經》內證，通過姓氏、方國的分析，將觀象臺區域限定在北京、臨淄、濟寧甚至安陽以南。而後又利用神話傳說，通過對河南邵原流傳的大禹神話、贛巨人神話的分析，將《荒經》觀象臺定位在河南濟源的邵原鎮。這是民俗資料和古籍印證的一個絕妙例子。從著者的角度，這一論證可謂圓滿。當然，基於不同的立場和觀念，任何結論都會有不同意見。持反對意見者也可能會質疑，民俗材料乃當今採集，如何能夠保證其資料的古老性，如何彌補口頭傳承與古書記載之間將近兩千年的時間差距？而且，這裡面還可能存在循環論證的危險：因為文獻記載很古老，口頭材料可與古書印證，因而口頭材料也同樣古老——由此證明口頭材料古老。進而又以此為前提，由於口頭材料古老，所以可放心使用它來與古書印證。質疑者還會問，口頭材料與書面傳統究竟是同出一源呢，還是存在影響關係？怎能排除書面材料是口頭傳統的來源這一可能性？如果口頭傳統乃後來附會（比如說，梟上村的猩猩故事乃是根據《山海經》記載的梟陽——贛巨人附會而來，這種附會情形所在多有），則何能用為證據？同時，質疑者也可能繼續問：儘管口頭神話與古書可互證，這種情形是偶合呢還是存在邏輯的必然性。至少邏輯上應當避免的一個問題是：孤證不立；而兩則材料偶然相似，這僅僅是一個孤證。雖然可能面臨著一些質疑聲音，一

一這種情況是自然的——我們也不得不承認，吳著利用口頭——書面互證的方法，畢竟為《荒經》地理位置的斷定開闢了一條道路，具體結論容有爭議，對著者勇於開拓的精神理應表示欽佩。

對《山海經》成書時間著者也有自己獨特的考察，確定古代典籍的成書，研究者通常使用內證方法：在沒有直接文獻支撐的情況下，這也是最可靠的方法。吳著在繼承前人研究的基礎上，提出了全新的見解。探討《五藏山經》的成書，著者選了三個參照點，即顏色詞、郡縣名稱和金屬冶煉技術。通過對比《山經》和甲骨文對顏色詞的使用確定成書上限。著者指出，甲骨文有「幽」而無「青」，《山經》有「青」而無「幽」，這說明《山經》成書之時已經用「青」來表示「幽」所代表的顏色。甲骨文使用到西周穆王時期衰微，故而此書成書時間不應早於穆王。《五藏山經》出現了四處以「縣」為單位的敘事，依據《左傳》，楚武王克權而尹之，乃最早設縣的記載，時為魯莊公十八年，當西元前 676 年，而《山經》一書又有郡名，考文獻最早置郡為秦穆公九年，即西元前 651 年。這是《山經》成書上限。著者指出《管子‧地數》有段文字與《山經》略同，認為此乃《管子》抄襲《山經》，故而《山經》當出現在「管子」之前，「管子」卒年為西元前 645 年，故《山經》成書下限當在此年。確定了上下限，著者將《山經》成書定位西元前 676～645 年這三十一年之間。實際，依照著者提供的證據，似乎還可以成書年限縮小到前 651～645 年之間。這個研究對《山經》成書是一重要貢獻。然而智者千慮，仍有一失。即《管子》非「管子」，不能據「管子」生卒年定《管子》成書之年。《管子》容有「管子」後學之作，除非能證明《地數》為「管子」之親筆，否則這個下限就不能為準。進一步說，考訂中國古書成書年限中也存在大量循環論證。比如據《管子》以證《山經》，則宜提防學者也以《山經》成書年限為標尺來考證《管子》成書。不過依照這個論據推測《山海經》成書下限，雖不中，亦不遠矣。著者又據西周、北齊等地名斷定《荒經》成書，《荒經》之「北齊」乃姜齊，事在田齊之前，田氏代齊在前 379 年，故此書下限可斷在西元前 379 年。而上限不過武王伐紂，即前 1046 年，將《荒經》成書定在前 1046～前 379 年之間。

雖則偶有可商之處，全書亦有不少啟人深思的亮點，尤其是在《大荒經》方面，著者下了相當深的研讀工夫，除了文字論證之外，書中幾個圖表令人歎服，如 11 頁「四面環海」的表格、63 頁二十八座定位山與二十八宿對應

的表格、67 頁《大荒經》敘事方式示意圖，76 頁《大荒經》敘事場景構擬
圖。尤其是 76 頁的構擬圖，將《大荒四經》繁富的內容，濃縮在一張圖表
上，足見用心。

　　總之，此書的研究在方法論上，突破了西學理論——中國材料的簡單證明
模式，進一步開拓了「平等對話」的研究方法。在學術形式上，有機地融會貫
通歐式學問和傳統學問之長，建構了一個邏輯清晰而自圓其說的學術理論。在
具體問題上，著者解答了諸如《山海經》性質、成書時地等重要問題，拓寬了
我們對《山海經》的認識，也會進一步推動有關《山海經》的探討和研究。

參考文獻

一、傳世文獻

1. 《周易正義》,《十三經注疏》本,中華書局 1980 年影印。

2. 《尚書正義》,《十三經注疏》本,中華書局 1980 年影印。

3. 《毛詩正義》,《十三經注疏》本,中華書局 1980 年影印。

4. 《周禮注疏》,《十三經注疏》本,中華書局 1980 年影印。

5. 《禮記正義》,《十三經注疏》本,中華書局 1980 年影印。

6. 《春秋左傳正義》,《十三經注疏》本,中華書局 1980 年影印。

7. 《論語注疏》,《十三經注疏》本,中華書局 1980 年影印。

8. 《爾雅注疏》,《十三經注疏》本,中華書局 1980 年影印。

9. 《孟子注疏》,《十三經注疏》本,中華書局 1980 年影印。

10. (清)朱彝尊:《經義考》卷二百九,《四部備要》本,中華書局據揚州馬氏刻本校刊,第 96 冊。

11. 《緯書集成》,上海古籍出版社,1994 年。

12. (漢)許慎:《說文解字》,中華書局 1963 年影陳昌治刻本。

13. (清)段玉裁:《說文解字注》,上海古籍出版社 1981 影經韻樓藏版。

14. (漢)司馬遷:《史記》,中華書局 1959 年。

15. (漢)班固:《前漢書》,《四部備要》本,中華書局 1999 年。

16. (南朝宋)范曄:《後漢書》,中華書局 1965 年。

17. (晉)陳壽:《三國志》,中華書局 1982 年。

18. 黃懷信、張懋鎔、田旭東:《逸周書彙校集注》,中華書局 2009 年。

19. （漢）宋衷注、（清）秦家謨等輯：《世本八種》，中華書局 2008 年。

20. 方詩銘，王修齡：《古本竹書紀年輯證》，上海古籍出版社 2005 年。

21. （民國）徐元誥：《國語集解》，中華書局 2002 年。

22. 繆文遠：《戰國策新校注》，巴蜀書社 1987 年。

23. 李步嘉：《越絕書校釋》，中華書局 2016 年。

24. 周生春：《吳越春秋輯校匯考》，中華書局 2019 年。

25. （清）郝懿行：《山海經箋疏》，中華書局 2019 年。

26. （清）吳任臣：《山海經廣注》，中華書局 2020 年。

27. 袁珂：《山海經校注》，上海古籍出版社 1980 年。

28. 袁珂：《山海經校注》（增補修訂本），巴蜀書社 1992 年。

29. 王貽樑：《穆天子傳彙校集釋》，中華書局 2019 年。

30. 顧實：《穆天子傳西征講疏》，上海三聯書店 2014 年。

31. 周天游：《西京雜記校注》，中華書局 2020 年。

32. （清）馬驌：《繹史》，中華書局 2002 年。

33. 王彥坤：《路史校注》，中華書局 2023 年。

34. 王震：《六韜集解》，中華書局 2022 年。

35. 黎翔鳳：《管子校注》，中華書局 2004 年。

36. （魏）王弼：《老子道德經注》，中華書局 2008 年。

37. （清）孫詒讓：《墨子閒詁》，中華書局 1986 年。

38. 吳毓江：《墨子校注》，中華書局 1993 年。

39. 王利器：《文子疏義》，中華書局 2000 年。

40. （晉）郭象注、（唐）成玄英疏：《南華真經注疏》，中華書局 1998 年。

41. （清）郭慶藩：《莊子集釋》，中華書局 1961 年。

42. （清）王先謙：《莊子集解》，中華書局 1987 年。

43. 劉武：《莊子集解內篇補正》，中華書局 1987 年。

44. 楊伯峻：《列子集釋》，中華書局 1979 年。

45. 黃懷信：《鶡冠子彙校集注》，中華書局 2004 年。

46. （清）王先謙：《荀子集解》，中華書局 1987 年。

47. 蔣禮鴻：《商君書錐指》，中華書局 1986 年。

48. （清）王先慎：《韓非子集解》，中華書局 1998 年。

49. 許維遹：《呂氏春秋集釋》，中華書局 2009 年。

50. 王利器：《新語校注》，中華書局 1986 年。

51. 閻振益、鍾夏：《新書校注》，中華書局 2000 年。

52. 王利器：《鹽鐵論校注》，中華書局 1992 年。

53. （清）蘇輿：《春秋繁露義證》，中華書局 1992 年。

54. 汪榮寶：《法言義疏》，中華書局 1987 年。

55. （清）陳立：《白虎通疏證》，中華書局 1994 年。

56. 彭鐸：《潛夫論箋校正》，中華書局 1985 年。

57. 黃暉：《論衡校釋》，中華書局 1990 年。

58. 王利器：《風俗通義校注》，中華書局 2010 年。

59. 楊明照：《文心雕龍校注》，中華書局 2021 年。

60. 楊明照：《抱朴子外篇校釋》，中華書局 1991 年。

61. 王明：《抱朴子內篇校釋》，中華書局 1985 年。

62. 錢杭：《五行大義》，中華書局 2022 年。

63. 王利器：《顏氏家訓集解》，中華書局 1993 年。

64. 許逸民：《酉陽雜俎校箋》，中華書局 2015 年。

65. 向宗魯：《說苑校證》，中華書局 1987 年。

66. 范寧：《博物志校證》，中華書局 1980 年。

67. 齊治平：《拾遺記校注》，中華書局 1981 年。

68. 《搜神記輯校・搜神後記輯校》，中華書局 2019 年。

69. 《玄怪錄・續玄怪錄》，中華書局 2006 年。

70. 李劍國：《獨異志校證》，中華書局 2023 年。

71. 《稽神錄・括異志》，中華書局 2006 年。

72. 王天海、王韌：《意林校注》，中華書局 2014 年。

73. （宋）李昉等：《太平廣記》，中華書局 1961 年。

74. 魯迅：《古小說鉤沉》，人民文學出版社 1951 年。

75. 李劍國：《唐前志怪小說輯釋》，中華書局 2011 年。

76. （清）蒲松齡：《聊齋誌異》，人民文學出版 2000 年。

77. （宋）洪興祖：《楚辭補注》，中華書局 1983 年。

78. （宋）朱熹：《楚辭集注》，明萬曆間朱崇沐刊本，中國社科院善本書庫藏。

79. （明）黃文煥：《楚辭聽直》，中國社科院善本書庫藏本。

80. （清）王夫之：《楚辭通釋》，中華書局上海編輯所 1959 年。

81. （清）屈復：《天問校正》，道光間吳江沈氏世楷堂刻昭代叢書本。

82. （清）蔣驥：《山帶閣注楚辭》，上海古籍出版社 1984 年。

83. （清）丁晏：《楚辭〈天問〉箋》，光緒間刻廣雅叢書本。

84. 《文選李善注》卷十一，中華書局據鄱陽胡氏校刻本，第 561 冊。

85. 趙幼文：《曹植集校注》，中華書局 2017 年。

86. 陳子展：《楚辭直解》，復旦大學出版社 1996 年。

87. 湯炳正：《楚辭今注》，上海古籍出版社 1996 年。

88. 金開誠等：《屈原集校注》，中華書局 1996 年。

89. 聞一多：《天問疏證》，三聯書店 1980 年。

90. 聞一多：《天問釋天》，三聯書店 1982 年。

91. 游國恩主編：《天問纂義》，中華書局 1982 年。

92. 林庚：《天問論箋》，人民文學出版社 1983 年。

93. 程嘉哲：《天問新注》，四川人民出版社 1984 年。

二、研究論著及譯著

1. 陳履生：《神畫主神研究》，紫禁城出版社 1987 年。

2. 丁山：《中國古代宗教與神話考》，龍門聯合書局 1961 年。

3. 丁山：《古代神話與民族》，商務印書館 2015 年。

4. 馮天瑜：《上古神話縱橫談》，上海文藝出版社 1983 年。

5. 顧頡剛等：《古史辨》，上海古籍出版社 1982 年。

6. 顧頡剛等《中國上古史研究講義》，中華書局 1999 年。

7. 郭世謙：《屈原天問今譯考辨》，天津古籍出版社 2006 年。

8. 何劍薰：《楚辭拾沈》，四川人民出版社 1984 年。

9. 何劍薰：《楚辭新詁》，巴蜀書社 1994 年。

10. 何新：《龍：神話與真相》，上海人民出版社 1989 年。

11. 江紹原：《中國古代旅行之研究》，商務印書館 1937 年。

12. 姜亮夫：《楚辭學論文集》，上海古籍出版社 1984 年。

13. 力之：《楚辭與中古文獻考說》，四川出版集團巴蜀書社 2005 年。

14. 魯迅：《中國小說史略》，上海古籍出版 1998 年。

15. 呂微：《神話何為》，社會科學文獻出版社 2001 版。

16. 呂微：《回到神話本身的神話學——神話學的民俗學現象學——先驗論革命》，

中國社會科學出版社 2023 年。

17. 劉起釪：《古史續辨》，中國社會科學出版社 1991 年。

18. 馬昌儀：《古本〈山海經〉圖說》，山東畫報出版社 2001 年。

19. 馬昌儀：《中國神話學百年文論選》，陝西師範大學出版社 2023 年。

20. 茅盾：《神話研究》，百花文藝出版社 1981 年。

21. 潛明茲：《神話學的歷程》，北方文藝出版社 1989 年。

22. 蘇雪林：《天問正簡》，文津出版社 1992 年。

23. 孫作雲：《天問研究》，中華書局 1989 年。

24. 湯炳正：《屈賦新探》，齊魯書社 1984 年。

25. 王仁湘：《凡世與神界：中國早期信仰的考古學觀察》，上海古籍出版社 2018 年。

26. 王昆吾：《中國早期藝術與宗教》，東方出版中心 1998 年。

27. 王孝廉：《中國的神話世界》，作家出版社 1991 年。

28. 聞一多：《楚辭校補》，巴蜀書社 2002 年。

29. 楊義：《楚辭詩學》，人民出版社 1998 年。

30. 葉舒憲：《英雄與太陽──中國上古史詩的原型重構》，上海社會科學院出版社 1991 年。

31. 葉舒憲：《中國神話哲學》，中國社會科學出版社 1996 年。

32. 葉舒憲：《中華文明探源的神話學研究》，社會科學文獻出版社 2015 年。

33. 葉舒憲：《玉石神話信仰與華夏精神》，復旦大學出版社 2019 年。

34. 葉舒憲、李家寶：《中國神話學研究前沿》，陝西師範大學 2018 年。

35. 于省吾：《澤螺居詩經新證·澤螺居楚辭新證》，中華書局 2003 年。

36. 袁珂：《中國古代神話》，中華書局 1960 年。

37. 袁珂：《神話論文集》，上海古籍出版社 1982 年。

38. 袁珂：《中國神話傳說》，中國民間文藝出版社 1984 年。

39. 袁珂：《中國神話傳說詞典》，上海辭書出版社 1985 年。

40. 袁珂：《中國神話史》，上海文藝出版社 1988 年。

41. 袁珂：《袁珂神話論集》，四川大學出版社 1996 年。

42. 謝選駿：《神話與民族精神》，山東文藝出版社 1986 年。

43. 徐旭生：《中國古史的傳說時代》，廣西師範大學出版社 2003 年。

44. 趙逵夫：《屈原與他的時代》，人民文學出版社 1996 年。

45. 張光直：《中國青銅時代》，三聯書店 1983 年。

46. 趙樂甡譯：《吉爾伽美什》，譯林出版社 2018 年。

47. 拱玉書譯注：《吉爾伽美什史詩》，商務印書館 2021 年。

48. 饒宗頤編譯：《近東開闢史詩》，遼寧教育出版社 1998 年。

49. 金壽福譯：《古埃及〈亡靈書〉》，商務印書館 2016 年。

50. 郭丹彤譯著：《古代埃及象形文字文獻譯注》，華東師範大學出版社 2015 年。

51. 羅念生、王煥生譯：《伊利亞特》，人民文學出版社 1994 年。

52. 陳中梅譯：《伊利亞特》，譯林出版社 2000 版。

53. 王煥生譯：《奧德賽》，人民文學出版社 2008 年。

54. 陳中梅譯注：《奧德賽》，譯林出版社 2003 年。

55. 楊憲益譯：《奧德修記》，上海譯文出版社 1979 年。

56. 季羨林譯：《羅摩衍那》，人民文學出版社 1982 年。

57. 黃寶生等譯：《摩訶婆羅多》，中國社會科學出版社 2005 年。

58. 楊周翰譯：《埃涅阿斯紀》，譯林出版社 2018 年。

59. 馮象著：《創世紀：傳說與譯注》，江蘇人民出版社 2004 年。

60. 馮象譯：《貝奧武甫》，生活·讀書·新知三聯書店 1992 年。

61. 陳才宇譯：《貝奧武甫》，譯林出版社 2018 年。

62. 石琴娥、斯文譯：《埃達》，譯林出版社 2017 年。

63. 石琴娥、斯文譯：《薩迦》，譯林出版社 2017 年。

64. 納訓譯：《一千零一夜》，人民文學出版社 1994 年。

65. 孫用譯：《卡勒瓦拉》，人民文學出版社 2022 年。

66. 張華文譯：《卡萊瓦拉》，譯林出版社 2018 年。

67. （美）楊曉能著、唐際根、孫亞冰譯：《另一種古史：青銅器紋飾、圖形文字與圖像銘文的解讀》，生活·讀書·新知三聯書店 2008 年。

68. （美）列奧·施特勞斯著、彭剛譯：《自然權利與歷史》，三聯書店 2003 年。

69. （美）張光直著、郭淨譯：《美術、神話與祭祀》，生活·讀書·新知三聯書店 2013 年。

70. （日）柄谷行人著、趙京華譯：《日本現代文學的起源》，三聯書店 2003 年。

71. （日）大林太良著、林相泰／賈福永譯，《神戶學入門》，中國民間文藝出版社 1988 年。

72. （日）林巳奈夫著、常耀華等譯：《神與獸的紋樣學：中國古代諸神》，生活·讀書·新知三聯書店，2009 年。

73. （德）邁爾著、林國基等譯：《古今之爭中的核心問題》，華夏出版社 2004 年。

三、西語文獻

1. Alan Dundes: *Sacred Narrative*, university of California press, 1984.

2. Anne Birrell, *The Classic of mountains and seas*, Penguin books, 1999.

3. Bruce Lincoln, *Theorizing Myth*, The University of Chicago Press, 1999.

4. Daryl Hine, *Works of Hesiod and the Homeric Hymns*, The University of Chicago Press 2005.

5. David W. Tandy and Walter C. Neale, *Hesiod's Works and Days*, University of California Press, 1996.

6. David Hawkes: *The songs of the South,* Penguin Classics, 1985.

7. Dennis Tedlock, *Popol Vuh: The Definitive Edition of the Mayan Book of the Dawn of Life and the Glories of Gods and Kings*, Touchstone Books, 1996.

8. Eric Csapo, *Theories of Mythology*, Blackwell Publishing, 2005.

9. M.L.West, *Hesiod: Theogeny*, Oxford University Press, 1966.

10. M.L.West, *Hesiod: Works & Days*, Oxford University Press, 1978.

11. Michael A.Flower and John Marincola（ed.）, Herodotus: *HISTORIES（Book ix）*, Cambridge university press, 2002.

12. Munro S Edmonson（trans.）, *The Ancient Future of the Itza: The Book of Chilam Balam of Tizimin*, University of Texas Press, 1982.

13. Munro.S.Edmonson（trans.）, *Heaven Born Merida and Its Destiny: The Book of Chilam Balam of Chumayel,* University of Texas Press, *1986.*

14. Richard E.Strassberg, *A Chinese bestiary: strange creatures from the guideways through mountains and seas*, University of California Press, 2002.

15. Saran Allan, *The Shape of the Turtle: myth, art, and cosmos in early China*, State University of New York Press, 1991.

16. Sephen Field: *Tian Wen,* Penguin books, Canada 1986.